Sous terre

JAMES DELARGY

Sous terre

Traduit de l'anglais (Irlande) par
MAXIME SHELLEDY
et
SOUAD DEGACHI

Harper Collins
NOIR

Titre original :
VANISHED

HARPERCOLLINS FRANCE
83-85, boulevard Vincent-Auriol, 75646 PARIS CEDEX 13
Tél. : 01 42 16 63 63

www.harpercollins.fr

ISBN 979-1-0339-0807-4 — ISSN 2551-0096

À ma mère et mon père

Et à tous les travailleurs essentiels qui se sont entièrement dévoués au bien commun pendant la pandémie de Covid-19

I

Inspectrice Emmaline Taylor

Une famille avait disparu. Elle avait habité dans cette petite ville et, du jour au lendemain, s'était volatilisée. On ne savait pas encore ce qu'elle était allée faire là-bas. Personne n'aurait dû se trouver dans cette ville, théoriquement. Personne n'y vivait depuis près de cinquante ans.

Le vol depuis Perth avait été bref et turbulent, à bord d'un avion bimoteur qui avait atterri sur une petite bande de Tarmac au milieu de la poussière rouge sang – l'aérodrome de Leonora. Le trajet s'était poursuivi en direction du sud sur la Route 94, appelée la Goldfields Highway, l'autoroute des champs d'or, ce qui donnait une idée de ce qui se trouvait au bout. Ou du moins ce qu'on y trouvait autrefois, car ces jours prospères étaient révolus depuis longtemps.

Les broussailles du désert défilaient à perte de vue par la fenêtre de la voiture. L'inspectrice Emmaline Taylor conduisait, un bras posé sur le volant ; inutile de le manœuvrer, la route filait en ligne droite, telle une flèche, jusqu'à l'horizon. Le genre de routes où pourraient circuler des voitures sans conducteur. L'inspectrice avait refusé que l'un des policiers du secteur vienne la chercher à l'aéroport. La centaine de kilomètres à parcourir lui laisserait le temps de réfléchir. Avant tout à la raison pour laquelle on l'avait fait venir. Il était inhabituel que la Major Crime Squad, la brigade des crimes majeurs ou MCS, soit sollicitée pour ce qui n'était, techniquement, qu'une affaire de disparition. Mais comme cette dernière concernait trois membres de la même famille, quelqu'un avait décidé qu'il s'agissait là d'une affaire majeure. D'où la nécessité pour Emmaline de venir ici. Au beau milieu de cette poussière.

D'après le dossier qu'elle avait feuilleté dans l'avion, qui, lors des turbulences, perdait de l'altitude comme un faucon fondant brusquement sur sa proie, le lieu qu'elle cherchait était une petite ville nommée Kallayee, à la lisière du Grand Désert de Victoria. Un nom qu'elle supposait d'origine indigène, mais qui était aussi mystérieux que la disparition de cette famille.

Lorcan Maguire, trente et un ans, Naiyana (prononcé Nee-Ya-Na, d'après le rapport) Maguire, vingt-huit ans, et Dylan Maguire, six ans. Leur dernière adresse connue était à Cannington, dans la banlieue de Perth. Le couple était marié depuis huit ans. Lui travaillait autrefois dans le secteur de la finance, elle était femme au foyer et militante dans une association. Pas le genre de personnes qu'on s'attendrait à trouver au milieu du désert, dans ce qui n'était ni plus ni moins qu'une ville fantôme.

D'après les informations dont Emmaline disposait sur Kallayee, la ville était abandonnée depuis les années 1940, époque à laquelle les mines d'or s'étaient taries. La région avait bénéficié d'un bref regain de popularité dans les années 1970, lorsque la hausse du cours de l'or avait poussé les gens à retourner fouiller les anciens sites. Mais cette renaissance n'avait pas fait long feu. Depuis, la bourgade délaissée tombait en ruines. Ce n'était plus qu'un point sur la carte qui n'intéressait personne.

Personne, hormis la famille Maguire. D'après les parents de Lorcan Maguire, elle y avait même vécu. L'inspectrice avait parcouru toutes ces informations pour se faire une meilleure idée de la chronologie des événements, du cadre dans lequel ils s'étaient déroulés. Histoire de survoler l'étendue des eaux avant d'y plonger. Un instant de paix avant d'en troubler la surface étale.

Elle faillit rater l'embranchement. On l'avait pourtant prévenue qu'il n'existait plus aucun panneau indiquant la direction de Kallayee et que son GPS ne pourrait jamais l'y conduire, mais elle songeait encore aux déclarations de Seamus et Charlotte Maguire, et cela l'avait déconcentrée. Ils avaient signalé la disparition de la famille car Lorcan n'avait plus donné signe de vie depuis son coup de fil à Noël. Apparemment, il avait pour habitude de les contacter tous les deux jours, environ. C'était une famille unie, du moins, du côté de Lorcan. Les proches de Naiyana n'avaient pas manifesté la même inquiétude. Emmaline se demandait bien pourquoi. Étaient-ils déçus par le mari qu'elle avait choisi ? S'étaient-ils disputés par le passé ? Rien dans le dossier ne le précisait. Elle décida de remettre ces interrogations à plus tard. Tout cela ne présenterait plus aucune importance si elle parvenait à localiser la famille. Les raisons éventuelles pour lesquelles Naiyana ne voulait plus parler à son entourage, ou vice versa, n'entreraient en ligne de compte que si un crime avait été commis. Et, pour l'instant, rien ne prouvait que ce soit le cas.

Il ne s'agissait que d'une famille qui avait tout à coup disparu. Dans une ville elle-même disparue depuis longtemps.

2

Naiyana Maguire

Déjà, Hurton lui avait fait mauvaise impression. Un patelin paumé avec une seule rue, que le pick-up blanc avait parcourue en moins de trente secondes. Au moins, la bourgade pouvait se targuer de posséder un magasin d'alimentation générale / bureau de poste / boutique de vins et spiritueux, une quincaillerie, un pub et un truc qui ressemblait à un café. On était loin de Perth. Plus jamais Naiyana ne se plaindrait d'habiter en banlieue. Rien ne pouvait être aussi mort que ce bled.

Ensuite, le bitume noir avait commencé à se craqueler ; les fissures s'emplissaient de poussière, la matière noire se changeait en marron puis en orange, et semblait s'ouvrir sous les roues de la voiture à mesure que le tracé de la route s'effaçait et que le paysage les engloutissait des deux côtés, comme pour leur souhaiter la bienvenue. Lorsqu'ils atteignirent enfin Kallayee, le goudron avait presque complètement disparu.

La déception de Naiyana ne semblait pas partagée. Sur la banquette arrière, son fils, aux anges, gigotait dans tous les sens et poussait des petits cris enthousiastes tout en faisant couiner ses doigts sur la vitre. Assis à côté d'elle, son mari, penché en avant, contemplait lui aussi le paysage par la fenêtre.

— Regardez-moi ça, dit Lorcan. On est chez nous.

À ces mots, Naiyana haussa les sourcils. Sourcils qu'elle allait dorénavant devoir épiler toute seule, d'ailleurs. Vingt minutes par semaine, devant le miroir de sa mère, à les arracher avec un fil pour essayer de garder une ligne bien nette. Ce serait douloureux. À nouveau, elle se demanda pourquoi elle avait accepté cela. Il ne lui fallut pas longtemps pour se le rappeler. Leur sécurité en dépendait. C'était une solution provisoire mais, comme toujours, Lorcan avait foncé tête baissée. Il n'apprenait jamais rien. Il agissait d'abord et réfléchissait ensuite. Ou pas. Et leur argent lui filait entre les doigts.

— Alors, laquelle, papa ?

— Ouais, laquelle ? demanda Naiyana en se tournant vers Lorcan.

Aucune des maisons n'avait vraiment l'air habitable. Comme si elles avaient rendu l'âme lorsque tout le monde était parti. Cela faisait, quoi, quarante ans ? Soixante ? Lorcan l'avait mentionné, mais elle ne s'en souvenait plus. On aurait plutôt dit que cela faisait un siècle. Il y avait bien quelques bâtisses en briques, mais dans l'ensemble la petite ville était constituée de cloisons et de toits en tôle ondulée, aujourd'hui rouillés au point de prendre la couleur du sol, comme s'ils cherchaient eux-mêmes à s'enterrer, de honte.

Des mauvaises herbes s'accrochaient au pied des baraques, à la recherche d'un brin d'ombre et du peu d'humidité qui se formait la nuit sur la tôle et en dégoulinait comme des larmes. Naiyana eut envie de pleurer. Voilà où elle en était.

— Stop ! cria-t-elle.

Lorcan écrasa le frein. Les lits, les casseroles, les poêles et le réchaud à gaz entassés à l'arrière vinrent s'écraser contre la cabine, comme tirés de leur sommeil en sursaut.

— Qu'est-ce qu'il y a ?

Des yeux, elle lui indiqua le carrefour devant eux. Il était gardé par le squelette d'un kangourou, dont les côtes poussiéreuses pointaient fièrement vers le ciel.

— On devrait l'enlever de là, murmura Naiyana.

— Pour quoi faire ? demanda Lorcan.

— Pour qu'il ne le voie pas, répondit-elle en espérant que Dylan ne l'avait pas remarqué.

En jetant un œil dans le rétroviseur, elle vit que son fils était toujours concentré sur les maisons devant lesquelles ils venaient de passer. Il était déjà en train d'explorer les ruines dans sa tête. Elle allait devoir faire attention. Pour lui, ce seraient les meilleures vacances de sa vie. La veille, il était encore à l'école primaire de Clementine, dans un environnement sûr, cadré, entouré de béton et de panneaux incitant les automobilistes à ralentir. Aujourd'hui, il se retrouvait dans le désert, au beau milieu d'un pays inconnu et dangereux.

— Il a déjà vu des squelettes, Nee, dit Lorcan.

— Ce n'est pas indispensable qu'il fasse des cauchemars.

— On ne peut pas dissimuler ce genre de choses. On habite ici, maintenant. Plus vite il s'y habituera, mieux ça vaudra.

Avant qu'elle ait eu le temps de dire quoi que ce soit pour l'en empêcher, Lorcan jeta un coup d'œil par-dessus son épaule et lança :

— Hé, Dylan. Regarde un peu notre nouveau voisin, dit-il en appuyant sur l'accélérateur.

3

Lorcan Maguire

Des squelettes. Une ville en ruines. Les possibilités infinies du vide. Son fils s'en délectait à l'avance. C'était ce que Lorcan souhaitait. Il lui fallait convaincre Dylan, puisqu'il savait qu'avec Nee c'était peine perdue. Dès que la tempête se serait un peu calmée à Perth, elle voudrait y retourner. Lorcan avait d'autres projets. Il avait perdu leur première maison, mais il en construirait une nouvelle. Plus grande, plus belle. Il leur bâtirait une vie ici. Jusqu'au jour lointain où ils pourraient revenir. Elle lui avait donné six semaines, douze maximum. Il envisageait un délai bien plus long.

Elle lui en voulait toujours. Et elle avait raison. Il avait grevé leur budget avec l'emprunt immobilier contracté pour acheter cette maison à cinq chambres, au moment où le marché était au plus haut, ce qui avait paralysé leur capacité d'investissement. La maison avait toujours été trop grande pour eux. Un étalage de fausse opulence. Au moment où la carrière de Lorcan avait atteint un pic.

Et maintenant ils étaient embarqués dans cette aventure. Il savait que ses parents – et ceux de sa femme, surtout – considéraient tout cela comme un caprice égoïste. Selon eux, cela représentait un risque énorme avec un jeune enfant. Mais ils ne connaissaient pas les autres éléments de l'affaire. Et Dylan n'était plus si petit. Si on lui mettait une tablette entre les mains, il arrivait à trouver tout ce qu'il voulait en quelques secondes. Ce qui présentait plus de risques que tout ce qu'ils pourraient rencontrer à Kallayee. Ils avaient emporté une caisse pleine de matériel médical, des pansements, des pommades, un inhalateur bien qu'aucun d'eux ne souffre d'asthme, ainsi que des numéros à contacter pour obtenir des conseils d'urgence, et les coordonnées du médecin et de l'hôpital les plus proches, même s'ils étaient à une bonne heure de route. Et puis c'était le début des vacances. Ils avaient six semaines devant eux avant la rentrée des classes, et Lorcan apprendrait beaucoup de choses à Dylan dans l'intervalle. Comment construire un abri, comment se procurer de l'eau – des techniques de survie qu'il avait étudiées en ligne. Il s'était même confectionné un petit manuel. Lorcan se sentait prêt. Prêt à montrer à Nee qu'il savait ce qu'il faisait.

— Quand est-ce qu'on arrive ?

Ce n'était pas Dylan qui posait la question, bien sûr, c'était Nee. Une nouvelle pique pour le pousser à prouver qu'il maîtrisait la situation.

Il jeta un coup d'œil par la fenêtre. Aucune des baraques ne semblait convenir. La sueur perlait à la naissance de ses cheveux, malgré la ventilation poussée à fond. Il avait cru qu'avoir la liberté de choisir leur maison parmi toutes les autres serait une expérience grisante, il s'attendait presque à pouvoir sortir de son corps et flotter au-dessus de la ville pour découvrir le diamant brut au milieu des décombres. Ce n'était pas le cas. Toutes ces maisons avaient besoin de sérieux travaux.

Arrivé au bout de la ville, il fit demi-tour et revint au carrefour. Il prit à droite, comme semblait l'y inviter le kangourou mort, d'une inclinaison de la tête.

— Tu as une adresse ? demanda Nee.

Elle ne regardait plus par la fenêtre mais le fixait, lui, comme si elle s'attendait à ce qu'il puisse faire apparaître une maison par enchantement.

— Choisis-en une, répondit-il.

— Comment ça ?

Ses yeux sombres se plissèrent, et ses traits thaïlandais délicats se contractèrent en une expression malveillante. On aurait dit une grimace de douleur. Mais Lorcan savait qu'elle envisageait tous les angles d'attaque avant de riposter. Elle évitait les disputes conjugales à rallonge quand elle le pouvait. Une seule blessure suffisait – tant qu'elle était suffisamment profonde.

— On a le droit de choisir n'importe laquelle ?

Lorcan fut soulagé de cette interruption venue de la banquette arrière. L'enthousiasme enfantin vint dissiper l'ambiance de plus en plus tendue qui régnait dans la voiture.

— N'importe laquelle, répéta-t-il en se tournant vers son fils, dont la tête pointait entre eux, comme celle d'un petit chien impatient.

— Qu'est-ce que tu veux dire par « n'importe laquelle » ? demanda Naiyana. Laquelle as-tu achetée ?

— Je n'en ai acheté aucune.

— Quoi ?

Lorcan intercepta la grenade avant qu'elle explose.

— On appelle ça la prescription acquisitive, dit-il.

— Tu peux préciser ?

— C'est un ancien droit venu de la *common law* qu'on a héritée des rosbifs.

Il vit à l'expression de sa femme qu'elle était perdue.

— Si une maison est abandonnée, on peut la prendre, y apporter des améliorations, et, si… et quand… quand on a réuni certaines conditions, on en obtient le titre de propriété.

Il lui adressa un sourire qu'elle ne lui rendit pas, se contentant de pincer les lèvres. Dylan les observait tous les deux.

De sa main fine, Nee fit un geste en direction du pare-brise.

— L'offre ne fait pas rêver, dit-elle.

— Ça va changer.

La façon dont Naiyana retroussa la lèvre supérieure lui indiqua qu'elle était plus que sceptique.

— Alors on s'installe et on prend le pouvoir ? Comme une armée ? demanda Dylan.

— Exactement, répondit Lorcan.

Il s'abstint d'ajouter qu'ils devraient rester dans la propriété pendant douze ans avant de pouvoir en réclamer le titre. Ça faisait très long. Le plus important, d'après la loi, c'était de maintenir une possession exclusive, ininterrompue, et ce, dans des circonstances adverses – c'est-à-dire sans l'autorisation du propriétaire. C'était bien leur cas. Et il n'y avait personne dans les environs pour leur disputer cette propriété.

Le kangourou leur avait donné un mauvais tuyau. Ils firent demi-tour et traversèrent à nouveau le carrefour. C'est alors que Lorcan l'aperçut. La moins pire de toutes. Une construction de briques rouges érigée à la va-vite, recouverte de peinture blanche ou de chaux, décatie mais qui sortait quand même du lot. La maison était de plain-pied, le toit s'effondrait d'un côté, mais ils auraient tout le temps de réparer cela. Il ne pleuvait pas beaucoup, par ici. Ce qui, bien sûr, posait un gros problème en soi.

4

Naiyana

Tandis que Lorcan faisait reculer le pick-up pour l'approcher de la porte d'entrée, qui ne tenait plus que par la charnière du bas et penchait dangereusement en avant, Naiyana examina l'endroit qu'elle était censée appeler son foyer. Qu'elle serait obligée d'appeler son foyer. On était très loin de la demeure avec cinq chambres, trois salles de bains et une cuisine à tomber par terre qu'elle avait laissée derrière elle – de l'îlot dont elle ne pouvait toucher le centre sans monter sur le marchepied que Dylan utilisait pour atteindre les toilettes quand il était petit. L'état décrépi de cette maison l'emplissait d'appréhension, comme si elle risquait de s'effondrer sur eux à tout instant.

Dylan, quant à lui, n'était pas taraudé par de telles craintes. Il partit comme une flèche pour inspecter sa nouvelle maison. Naiyana se précipita et le rattrapa de justesse par le bras.

— Reste avec moi ! dit-elle.

Elle sentit un bras se glisser sur son épaule. Signe de sa nervosité provoquée par ce nouveau logis ou peut-être par le paysage désolé alentour, ses épaules se contractèrent sous l'étreinte de son mari, presque comme si elle cherchait à y échapper. Elle interpréta cela comme un signe. Elle savait qu'elle pouvait se fier à son corps.

— Alors ? demanda Lorcan.

— Alors tu as beaucoup de pain sur la planche, répondit-elle.

— Ça en vaudra la peine.

— Je réserve mon jugement. D'abord, va voir dans quel état c'est à l'intérieur. Si c'est sans danger, on te suit.

— Essaye de rester ouverte d'esprit.

— Je suis ouverte d'esprit depuis qu'on a quitté Perth. Crois-moi, si on n'était pas obligés de se faire oublier, je ne serais pas là.

Il y eut un silence. Elle savait ce que Lorcan pensait. C'était une punition pour ce qu'il avait fait et ce qu'il avait essayé de faire pour rectifier le tir. Mais elle n'était pas complètement innocente non plus. Il avait perdu la maison, certes, mais elle s'était fait beaucoup d'ennemis, elle aussi.

Elle le regarda s'éloigner et ouvrir la porte d'entrée en la poussant et la soulevant en même temps, tandis qu'un peu de peinture bleue s'effritait et tombait sur le seuil. Lorcan entra et prit possession de la maison par ce qu'il appelait la « prescription acquisitive ». Ce qui était surtout acquis, c'était qu'ils n'avaient pas besoin de difficultés supplémentaires.

Tenant Dylan par la main pour l'empêcher de suivre son père à l'intérieur, Naiyana attendit le verdict de la première visite.

Dylan tirait avec force sur sa main. Naiyana n'avait jamais été portée sur les exercices physiques. L'intensité de son activité de militante la maintenait naturellement mince – elle travaillait souvent sans s'arrêter, jusqu'à ce qu'elle se rende compte qu'elle n'avait pas mangé de la journée. En plus, elle avait de bons gènes. Sa mère et son père étaient de véritables boules d'énergie. Des gens qui avaient traversé plus d'épreuves qu'elle n'en vivrait jamais, qui avaient survécu à un long et épouvantable périple pour se retrouver confrontés à un gouvernement hostile et une population suspicieuse. Mais même eux refusaient désormais de lui adresser la parole. Apparemment, l'entêtement aussi était héréditaire.

Ses pensées retournèrent à l'instant présent. Une étincelle de frayeur s'alluma en elle, pénétrant dans son corps par le flanc droit, là où on lui avait enlevé l'appendice lorsqu'elle avait onze ans, et où se dessinait désormais une pâle cicatrice.

— Lorc ? appela-t-elle en direction de la maison.

Pas de réponse.

— Je peux aller chercher papa ? proposa Dylan.

Naiyana conserva fermement la main de son fils dans la sienne. La maison lui avait déjà pris un homme. Elle ne comptait pas perdre le deuxième.

Elle passa sa langue sur ses lèvres, qui commençaient déjà à se fendiller sous l'effet de la chaleur. Encore une chose qui lui manquait : il lui tardait de revoir une plage, de sentir la mer lui lécher les chevilles et d'y plonger. Ici, il faisait chaud comme dans un four, comme si l'air attendait d'atteindre la température à laquelle il s'enflammerait et réduirait tout à l'état de cendres.

— Papa ! cria Dylan.

À nouveau, aucune réponse.

Elle commença à se demander si Lorcan n'était pas tombé dans un trou à travers le plancher, ou si un mur à l'autre bout de la maison ne s'était pas effondré sur lui. Mais elle aurait certainement entendu quelque chose. Rien ne tombe jamais dans le silence complet. Le proverbe selon lequel un arbre qui tombe dans la forêt sans personne pour l'entendre ne fait pas de bruit n'était qu'un ramassis de foutaises. Tout ce qui est solide fait du bruit. Surtout si c'était tombé sur ce bloc de bois que Lorcan appelait sa tête.

Se laissant entraîner par Dylan, elle s'approcha de la porte d'entrée. À l'intérieur, tout était plongé dans l'obscurité, ce qui était à la fois fantastique et menaçant. Cela signifiait que le toit était toujours intact, ou en tout cas que Lorcan pourrait le retaper. S'il refaisait surface.

Lorcan avait précautionneusement déposé la porte contre le mur, mais à présent l'embrasure vide ressemblait à la bouche d'un ivrogne éclatant de rire, comme pour se moquer de la bêtise de Naiyana et de sa terreur croissante. Elle allait devoir entrer.

Elle tira la main de Dylan, le ramenant vers elle de toutes ses forces. Encore quelques années, et il serait plus fort qu'elle.

— Va dans le pick-up, ordonna-t-elle.

— Mais je veux…

— Attends dans le pick-up. Il faut qu'on soit sûrs qu'aucun… animal ne vit là-dedans.

À vrai dire, c'étaient surtout les insectes qui l'inquiétaient. Mais Dylan était encore à l'âge où il craignait davantage les grosses bêtes que les petites.

— Mais je ne…

— Il y a un KitKat dans la glacière, dit-elle.

Cela acheva de vaincre la résistance de Dylan, qui s'éloigna enfin vers le pick-up, où l'attendait la barre de chocolat glacée. Cela l'occuperait quelques minutes, le temps qu'elle comprenne ce qui était arrivé à Lorcan.

Elle se retourna vers l'embrasure de la porte. L'ivrogne hilare continuait à se moquer de sa bêtise. Cela lui rappela le grand-père de Lorcan, cet Irlandais incapable de prononcer son prénom, qui s'était mis à l'appeler Neeve – un manque de respect qu'elle supportait pour préserver la paix familiale. Il était mort peu de temps après leur mariage. Naiyana s'était servie de l'excuse de sa grossesse pour ne pas se rendre aux funérailles.

— Lorc ?

Elle posa un pied hésitant sur le pas de la porte. À cet endroit, le sol semblait solide sous ses pieds. C'était peut-être le seul élément fiable de toute la structure. Son esprit fut à nouveau assailli par toutes les horreurs qui avaient pu arriver à Lorcan. Dylan et elle parviendraient-ils à dégager son corps de sous un mur effondré, s'il le fallait ? Elle en doutait. L'idée de se retrouver sans Lorcan lui parut soudain réelle et bouleversante. Était-ce la preuve qu'elle l'aimait et avait besoin de lui ? Ou qu'ici, dans le désert, il était tout à coup redevenu utile, et que sa force physique – l'une des raisons pour lesquelles elle s'était sentie attirée par lui au début – était essentielle à leur survie ?

En se penchant, elle glissa la tête dans l'embrasure de la porte. Elle allait appeler encore une fois avant d'entrer. Comme si elle demandait la permission des propriétaires précédents afin de ne pas déranger leurs fantômes.

— Lor… ?

Un visage apparut soudain dans son champ de vision.

Reculant aussitôt à l'extérieur, elle faillit tomber en arrière et poussa un cri.

Le visage affichait une expression de joie démente.

Lorcan surgit au-dehors et la regarda. Il arborait un grand sourire, qu'elle trouva presque diabolique.

— C'est parfait, dit-il.

5

Naiyana

Lorcan la fit entrer dans la maison en la tenant par la main. Dylan n'avait pas eu la force de l'entraîner ainsi, mais son mari l'avait. Sous son T-shirt distendu, on devinait ses larges épaules et ses bras puissants. « De vrais bras de fermier », disait souvent Seamus, le beau-père de Naiyana, même si ni lui ni son fils n'avaient jamais mis les pieds dans une ferme. D'ailleurs, en venant s'installer dans ce trou, Lorcan était sans doute le premier membre de la famille Maguire à opter pour ce qui se rapprochait le plus d'un mode de vie rural.

Ils laissèrent Dylan dehors, avec pour mission de terminer sa barre chocolatée et d'arracher les mauvaises herbes qui poussaient au pied de la maison. Naiyana avait d'abord vérifié qu'il n'y avait pas de serpents ou d'araignées. Cela ne la rassurait pas de constater que son premier réflexe n'était pas de chercher des fissures dans les murs ou un quelconque défaut de construction mais de s'assurer qu'aucune bestiole venimeuse ne risquait de blesser ou tuer Dylan.

Son autre grand enfant, Lorcan, bondissait ici et là, impatient de se mettre à l'ouvrage. Il s'était renseigné sur absolument tous les domaines du bâtiment, de la maçonnerie au plâtrage en passant par l'électricité. Naiyana ne mettait pas en doute sa compréhension globale du sujet, mais tout de même, l'état de la maison nécessitait beaucoup de travaux. Plus qu'il ne pouvait en faire à lui seul, en tout cas. Et même plus qu'ils ne pourraient en faire à deux. Surtout en six semaines. Douze, au maximum. Le temps que mettraient les choses à se tasser.

Le salon était recouvert de poussière. Tout ce qui pouvait avoir la moindre valeur avait disparu. Le plancher émit un grincement sinistre, mais après quelques pas hésitants Naiyana sut qu'il tiendrait bon. Du moment qu'ils n'organisaient pas de fêtes. Ce qui ne risquait pas d'arriver de sitôt dans ce coin. Elle ne pouvait s'empêcher de penser que leur kangourou, au carrefour, était sans doute mort d'ennui.

Le couloir et les chambres étaient à peu près dans le même état que le salon. L'air sec et le toit les avaient plutôt bien protégés. Elle s'aperçut soudain qu'un certain optimisme s'était frayé un chemin parmi ses pensées. Elle se mit à envisager ce qui pouvait être fait plutôt que de rester paralysée par l'ampleur de la tâche qui les attendait, et par la situation dans laquelle elle se trouvait. Elle reconnaissait bien la dynamique, l'énergie qui lui avaient été indispensables pour mener des actions dans les centres d'expérimentation animale, protester contre les conditions de vie des réfugiés et militer des semaines durant. C'était cette même étincelle qu'elle avait redécouverte ces deux dernières années en restant au foyer pour élever Dylan. Celle qui avait fait revenir en elle la Naiyana adolescente. Mais ensuite elle avait dépassé les bornes. Des gens avaient souffert à cause d'elle. Y compris Lorcan.

L'ultime insulte se trouvait dehors, à l'arrière de la maison : les toilettes. Un simple cabanon de tôle installé au-dessus d'un trou dans le sol. Son mari appelait ça des WC à la turque.

Au moins, toutes ces années d'abandon avaient éliminé la puanteur. Une maigre consolation. Et cet espace possédait quatre murs, contrairement à la pièce la moins bien lotie de la maison : la cuisine. La partie supérieure du mur pignon s'y était effondrée – lézardée par le gel ou la chaleur extrême, tenta d'expliquer Lorcan. Le toit s'était affaissé et avait perdu quelques plaques de tôle, exposant la pièce au soleil, à la lune et aux éléments. La cuisine resterait semi-extérieure pour un bon moment. Jusqu'à ce que Lorcan parvienne à réparer le mur et le toit. Et, avant cela, ils devraient nettoyer et ranger la maison, et aussi poser des pièges pour se débarrasser des nuisibles tapis dans les coins.

Quelque part dans ce taudis, il y avait une maison. Peut-être même un foyer. Naiyana arrivait à le visualiser. C'était déjà un premier pas. De toute façon, ils n'avaient pas le choix.

6

Lorcan

— Un livre ?

— Ouais, un livre. Sur notre installation ici.

— Pour six semaines, lui rappela-t-elle.

Lorcan lui répondit par un hochement de tête évasif. S'il arrivait à arranger la maison et à inscrire Dylan dans l'école la plus proche – il devait bien y en avoir une quelque part –, il pourrait essayer de la convaincre de rester jusqu'à la fin du premier trimestre. Soit dix-huit semaines au total. Puis le trimestre suivant. Et celui d'après. S'ils se plaisaient ici.

— Et comment est née cette idée de génie ? demanda-t-elle.

Lorcan regarda Naiyana poser par terre la caisse en plastique pleine d'assiettes et de couverts. Après trois heures passées à balayer de la poussière et des insectes morts dans toutes les pièces, ils étaient allés chercher leurs affaires dans le pick-up pour les mettre à l'abri du soleil de ce début d'après-midi. Dylan avait déjà jeté l'éponge ; il s'était installé derrière le volant de la camionnette et faisait semblant de conduire. Ses parents avaient baissé la vitre pour laisser l'air circuler à l'intérieur de la voiture, comme ils l'auraient fait pour un chien. Ça aurait été assez gênant s'il y avait eu quelqu'un dans les environs pour le voir.

Lorcan posa une main sur la vieille table qu'ils avaient traînée depuis le salon jusque dans la cuisine. Elle servirait pour les repas, après un bon nettoyage. À la demande expresse de Nee, ils avaient apporté suffisamment de spray antibactérien pour asphyxier toute la ville.

— Je pensais juste..., commença Lorcan.

— C'est en pensant que tu nous as mis dans ce pétrin.

Lorcan poussa jusqu'au milieu de la table le carton contenant le réchaud à gaz et les ustensiles de cuisine. La table grinça. Il allait devoir resserrer les vis pour éviter qu'elle s'effondre au beau milieu du repas.

— Je vais aussi faire des vidéos, qui serviront de compléments au bouquin, dit-il. Une sorte de bonus.

Cette dernière remarque était censée piquer l'intérêt de sa femme. Les vlogs, c'était le truc de Naiyana. Elle en avait tenu beaucoup, y compris lors de situations difficiles : pendant les raids contre les centres d'expérimentation animale, par exemple. C'était une activité dangereuse. Lorcan était bien placé pour le savoir. Il avait lui-même travaillé pour un sale escroc.

— Comment vas-tu arriver à écrire un livre ? demanda-t-elle. Tu ne lis presque jamais, et tu écris encore moins.

— Ce n'est pas de la fiction. Je n'aurai rien à inventer. Il suffira de raconter la vérité.

— Une fois que tu auras arrangé cet endroit pour qu'on puisse y vivre, lui rappela-t-elle.

— Bien sûr.

Lorcan regarda Naiyana secouer la tête en silence, puis hausser les épaules. Ils ne trouveraient aucun terrain d'entente. Mais Lorcan était résolu à avoir le dernier mot. Il avait des projets. Il allait réparer cette maison et leur famille.

— Viens avec moi, dit-il en lui tendant la main.

— Finissons ça d'abord, protesta-t-elle.

Mais Lorcan la poussa doucement en direction de la porte.

Dylan était toujours au volant du pick-up, il rebondissait comme s'il était en train de manœuvrer sur un terrain particulièrement cahoteux, criant à des passants imaginaires de s'écarter de son chemin, car il avait une livraison urgente à faire.

Lorcan fit pivoter Naiyana sur elle-même et pointa le doigt vers la maison devant eux.

— D'abord, je vais installer le groupe électrogène, déclara-t-il. Ensuite, je vais réparer le mur pignon et le toit. Et après je me mettrai au travail à l'intérieur. Je referai le plâtre, je poserai du carrelage, je monterai les meubles.

— Et pour l'eau ?

— On a croisé un puits en chemin.

— Où ça ?

— Près de l'endroit où Skippy a cassé sa pipe.

Naiyana pencha la tête et ne put réprimer un sourire, ce qui rendit à son visage la douceur dont Lorcan était tombé amoureux il y a des années – une douceur qui ne réapparaissait plus que de façon fugace, une fois que sa femme s'était acquittée de toutes les corvées que lui imposait l'âge adulte. L'amour est donné à l'enfant en priorité, ce qui reste va au conjoint. Ou au football. Ou au golf.

— En attendant, on peut se débrouiller avec nos réserves d'eau minérale.

Il cala un énorme bidon en plastique rempli d'eau sous chacun de ses bras et emporta les deux à l'intérieur.

7

Emmaline

Soudain, Emmaline comprit le conseil qu'on lui avait donné. Tourner à gauche après le kangourou mort. Elle se gara devant la petite maison de plain-pied. Malgré son piteux état, elle avait presque fière allure à côté des autres habitations de la ville.

Lorsqu'elle émergea du 4×4, soulagée de pouvoir enfin se dégourdir les jambes après quatre heures passées dans un avion exigu et assise derrière un volant, deux policiers locaux sortirent à leur tour de leur véhicule. On lui avait dit qu'ils s'appelaient Rispoli et Barker. Elle sut à leur chemise propre et sèche qu'ils avaient pu profiter des délices de l'air conditionné en l'attendant.

En tant qu'inspectrice de la MCS, elle était leur supérieure hiérarchique. Mais elle ne savait pas à quoi s'attendre de la part de ces nouveaux subordonnés.

Elle avança vers eux. Les deux hommes restèrent campés de part et d'autre de leur voiture, comme s'ils craignaient qu'elle cherche à la voler. Peut-être ne s'attendaient-ils pas à voir débarquer une policière à la peau noire. Ou peut-être étaient-ce ses propres préjugés qui la poussaient à raisonner ainsi. Ou ses expériences antérieures. Les regards méfiants braqués sur son père, dont l'autorité et la présence étaient toujours mis en question.

— Dites-moi ce que vous savez et que vous pensez que je ne sais pas, lança Emmaline.

C'était une question destinée à évaluer leurs compétences. À leur place, elle aurait tout balancé. Toujours partir du principe que le nouveau venu n'est au courant de rien. Raconter une histoire à moitié laisse la possibilité d'omettre des choses. Peut-être essentielles.

Barker, le plus vieux des deux – et le supérieur, à en juger par les deux galons sur son bras –, lança un regard en direction du plus jeune. Les sillons sur son visage trahissaient des années d'inquiétude. Il n'aimait pas avoir affaire à sa hiérarchie, cela se voyait. Sans doute par jalousie, ou parce qu'il avait peur de dire une bêtise. Ou parce qu'il se savait proche de la retraite et ne voulait pas risquer de compromettre la jolie pension qui l'attendait.

— Nous avons délimité la scène de crime, déclara-t-il.

Emmaline regarda le ruban qui flottait dans la brise légère, sans qu'il y ait dans les environs personne à dissuader d'entrer. Mais le protocole était respecté. Elle espérait que les deux hommes avaient eu suffisamment de jugeote pour ne pas compromettre l'intégrité des lieux. « Tu scelles, tu enregistres et tu t'en vas », lui avait autrefois enseigné son sergent-chef.

— Vous avez trouvé quelque chose à l'intérieur ?

— Pas de corps, répondit Barker.

Il avait sa petite idée sur ce qui avait dû se passer et envisageait déjà le pire. Ce n'était pas très malin de sa part, à ce stade précoce de l'enquête.

— Et que sait-on des derniers déplacements des personnes disparues ? demanda Emmaline.

Ce fut au tour de Rispoli de prendre la parole. Il avait peut-être un an ou deux de moins qu'Emmaline et se redressa un peu pour lui répondre. Peut-être avait-il reçu une formation militaire. Peut-être avait-il le goût du protocole. Ou peut-être calquait-il son comportement sur celui de son coéquipier plus âgé. Ni l'un ni l'autre ne semblaient en confiance. Ils avaient l'air dépassés par la situation.

— C'est la famille du père qui a signalé la disparition. Leur dernier contact a été un coup de fil, le jour de Noël.

— Il y a dix jours, donc.

Les policiers opinèrent du chef comme un seul homme.

— Rien depuis ?

— Rien. Le père du disparu a déclaré que sa femme et lui étaient censés leur rendre visite le 26 décembre, mais que leur fils, Lorcan Maguire, les avait appelés le jour de Noël pour annuler.

— C'est assez étrange.

— En effet.

— Des éléments sur leur comportement ?

— Je cite le père : « J'entendais sa femme parler dans le fond. On aurait dit qu'il y avait un peu de tension entre eux, mais rien d'anormal. »

Ce qui soulevait d'emblée la question suivante : qu'est-ce qui était normal ? Ce qui l'est pour une personne ne l'est pas pour une autre. La tante et l'oncle d'Emmaline au Cap se disputaient tout le temps, mais c'était leur façon de s'assurer qu'ils s'écoutaient bien l'un l'autre. Ils étaient mariés depuis quarante ans. Et jamais ils n'avaient disparu de la surface de la Terre.

— Seamus Maguire a aussi précisé que son fils lui avait demandé deux mille dollars pour l'achat de matériaux dont il avait besoin pour la maison. Mais, de façon générale, l'impression qu'il a eue, c'était que lui et sa femme semblaient décidés à aller au bout de leur projet.

Une famille déterminée à vivre dans la brousse, mais avec des tensions dans l'air. Emmaline prit une grande inspiration. Le dernier contact avec les Maguire datait de dix jours. Il était temps d'agir.

— Je veux que vous recherchiez toutes les transactions bancaires ou les paiements effectués avec leurs cartes de crédit pendant les dernières semaines. Consultez aussi leurs relevés téléphoniques. Voyez s'il y a eu des déplacements. S'ils se trouvent à un endroit où il est possible de les localiser.

Les policiers opinèrent.

Emmaline regarda alentour. Il manquait quelque chose d'important. Leur moyen de transport.

— Trouvez quel véhicule ils possèdent, ajouta-t-elle. Et faites un signalement de leur numéro de plaque d'immatriculation.

Emmaline observa la maison. Il leur faudrait au moins une journée ou deux pour obtenir ces informations. Pour l'instant, tout ce dont elle disposait était devant elle.

8

Emmaline

Emmaline ne pouvait croire que des gens aient pu choisir de vivre à cet endroit. Elle avait vu des squats moins insalubres et mieux tenus. À quoi cette maison ressemblait-elle avant leur arrivée ? Cela disait quelque chose d'eux. Ils n'avaient pas peur du travail. Ni peur du tout, d'ailleurs. Entreprendre ce voyage jusqu'ici pour refaire leur vie rendait leur disparition plus étrange encore.

De plus, construire une maison demandait de la patience. Une patience qui faisait défaut à Emmaline, car elle savait que la perfection était difficile à atteindre et ne durait pas quand enfin on l'atteignait. Elle mettait cela sur le compte des cours de danse classique que ses parents lui avaient imposés quand elle avait neuf ans. Elle était la seule petite fille noire du cours. Les ballerines couleur chair n'allaient pas avec sa peau et la faisaient ressembler à une grande brûlée aux pieds couverts d'affreux bandages. Aujourd'hui, bien sûr, on fabriquait des ballerines adaptées à toutes les couleurs de peau. Mais comme toujours, le monde avait vingt ans de retard sur sa vie.

La danse classique était très à la mode, à l'époque, et ses parents, qui venaient d'arriver dans le pays – lui, un Noir d'Afrique du Sud, et elle, une Anglaise à la peau rose pâle –, souhaitaient qu'Emmaline s'intègre afin qu'ils puissent bénéficier tous trois d'un réseau de relations. Elle avait donc passé quatre ans à sautiller dans cet accoutrement, pour se fondre dans l'anonymat de la classe moyenne locale. Mais la danse classique était une pratique ardue où rien en deçà de la perfection n'était acceptable. Dans les autres activités artistiques et sportives, le résultat final primait sur la perfection du processus, mais rater un pas équivalait à un meurtre. Ce sentiment de frustration finit par l'éloigner de la danse et lui laissa la conviction bien ancrée que le devoir accompli était plus important que la perfection. Et elle appliquait ce principe à son métier de policière. L'essentiel était de faire son travail, le brio venait après.

La maison était en pagaille. Le contenu des placards et des tiroirs était éparpillé par terre, les lits de camp avaient été basculés sur le côté. Dans ce qu'elle supposa être la chambre de Dylan, elle trouva la penderie sens dessus dessous. On aurait dit que la famille était partie dans la précipitation. Ou avait été enlevée.

La cuisine était dans un état similaire. Au fond de la pièce, le plafond s'affaissait, et un trou laissait apparaître un carré de ciel bleu. Emmaline aperçut un tas de détritus balayés vers un coin, ainsi qu'une table cassée. Il y avait eu une scène violente à cet endroit. Le sang qui maculait les fragments d'un miroir brisé vint le confirmer.

Emmaline se tourna vers Rispoli. Il l'avait suivie comme son ombre, tandis que Barker s'occupait d'obtenir les informations qu'elle avait demandées.

— Vous avez prélevé et étiqueté un échantillon ? demanda-t-elle.

— Oui, c'est fait.

Emmaline se pencha pour observer le miroir brisé de plus près. Le sang qui recouvrait les bouts de verre était mêlé de poussière, laquelle transformait le rouge menaçant en brun inoffensif. Il n'y en avait pas assez pour qu'il soit le résultat d'une blessure importante, mais toute perte de sang était inquiétante en soi. Surtout si personne n'avait cherché à le nettoyer ensuite.

9

Naiyana

Le lit était inconfortable, le matelas n'était qu'un morceau de mousse recouvert d'un tissu synthétique qui lui collait à la peau comme de la glu.

Dans l'espoir d'entretenir un semblant de vie de couple, Lorcan avait poussé les lits de camp l'un contre l'autre, mais les grosses barres de métal laissaient un grand trou entre eux.

Allongée sur le dos, Naiyana fixait le plafond. Après avoir vidé le pick-up, balayé et rangé la maison, elle s'attendait à être fatiguée, mais elle sentait qu'elle n'était pas près de dormir, surtout avec Dylan dans la chambre voisine. Il n'arrêtait pas de se plaindre des bruits : des cliquetis venus d'en haut, des grondements venus d'en dessous. Elle attribua ces jérémiades à la nervosité de la première nuit, cette fameuse période d'adaptation qu'elle redoutait tant. Au moins, ici, il n'y aurait aucun voisin pour se plaindre des pleurs. Naiyana était donc toujours éveillée lorsque Lorcan se mit à lire à son intention une histoire du soir à la lumière de la lampe à piles. Un historique de la petite ville dont les multiples détails la faisaient déjà bâiller.

— En 1893, on découvrit de l'or, et l'exploitation minière commença. En 1896, la ville fut créée par le gouvernement, et elle fut officiellement reconnue un an plus tard. À l'époque, le seul moyen d'y accéder et d'en sortir était une diligence bihebdomadaire qui allait de Hurton à Wisbech et continuait ensuite, plus au sud, jusqu'à Kalgoorlie.

Elle essayait de se laisser partir à la dérive, mais le gloussement de Lorcan l'en empêcha.

— Ils ont nommé la première mine « L'Obscure ». Et la seconde, « Crotale », du nom de l'un des découvreurs, apparemment. En 1899, les deux faisaient fonctionner des bocards à dix pilons qui broyaient la roche pour en extraire le minerai.

Cherchant toujours le sommeil malgré le ronron de la voix de Lorcan, Naiyana apprit qu'à son apogée, en 1905, Kallayee avait une population de mille seize habitants, ainsi que trois pubs, une banque, un bureau de poste, une petite école et deux bordels. Elle aurait aimé que certains de ces établissements soient encore ouverts. Même un bordel. Pour qu'ils aient de la compagnie. Pour que Lorcan trouve quelqu'un d'autre à ennuyer avec sa leçon d'histoire. Au point où elle en était, elle se sentait même prête à lui payer des prostituées.

— Le puits s'est asséché, alors ils l'ont bouché et ils ont construit une rotonde par-dessus. Un autre puits a été creusé près d'un lieu nommé Orange Lake et ils ont acheminé l'eau de là-bas. J'essayerai celui-là en premier. Ensuite, j'essayerai de déboucher le puits qui est en ville. On devrait pouvoir utiliser l'eau pour la lessive, au moins.

Naiyana ne répondit rien. Tout ce qu'elle souhaitait, c'était dormir.

— Ensuite, en 1921, il y a eu un incendie dramatique dans la mine Crotale. Vingt personnes ont été tuées. L'exploitation minière a été interrompue pendant trois ans, et les gens sont partis vers les mines de nickel de Leonora et Gwalia. À la fin des années 1970, la hausse du cours de l'or a rendu l'exploitation aurifère à nouveau viable d'un point de vue économique. Mais pas ici. Et Kallayee est restée une ville fantôme.

Il s'arrêta. La leçon d'histoire était finie pour aujourd'hui, mais Lorcan n'en avait pas terminé pour autant.

— Tu crois que ce sont des fantômes qui font ces bruits ? demanda-t-il.

Elle se retourna pour lui faire face et regarder son visage, qui paraissait lui-même spectral sous la pâle lueur de la lampe.

— Ne lançons pas ce genre d'idées devant Dylan, répondit-elle.

Lorcan hocha la tête.

— Bien vu.

Comme si Dylan avait senti, d'une façon ou d'une autre, qu'on parlait de lui, un cri aigu s'éleva de sa chambre. Naiyana regarda fixement son mari. Aucun d'eux ne prononça le moindre mot pendant un moment.

— C'est ton tour, dit enfin Lorcan.

— Tu es plus près de la porte.

— D'un mètre à peine.

Elle attendit un instant pour voir si la galanterie l'emporterait sur l'inconfort. C'était le cas, autrefois. À leurs débuts.

— Je suis fatiguée, dit-elle.

— Moi aussi.

— C'est toi qui nous as traînés jusqu'ici.

Elle continuerait d'asséner les mêmes coups de massue jusqu'à ce qu'ils perdent tout effet. Naiyana avait besoin de temps pour prendre ses marques. Lorcan était certain que tout cela en valait la peine, mais elle n'était toujours pas convaincue. Elle l'était peut-être moins encore que lorsqu'ils avaient pris la route, la veille au soir, pour venir jusqu'ici.

Depuis l'autre chambre, Dylan se mit à pleurer. Il appelait sa maman. Son papa. Quiconque l'entendrait.

Elle lança un regard à Lorcan, mais il avait à nouveau le nez collé à sa tablette. Sans doute pour continuer de s'instruire sur l'histoire de la ville. Ou, mieux encore, pour apprendre à installer une fichue fenêtre.

Drapant la couverture autour de ses épaules, Naiyana entra dans l'autre chambre. Elle avait la chair de poule et les sens en éveil.

Dylan se tournait et se retournait dans son lit. Elle s'assit sur le bord du matelas et attira son fils contre elle pour essayer de le rassurer.

Au bout d'une demi-heure, l'agitation du petit garçon cessa, et elle décida de retourner se coucher. Si elle parvenait à grappiller deux heures de sommeil avant le lever du soleil, elle arriverait peut-être à surmonter la journée du lendemain. Il fallait prendre la vie au jour le jour, même si cela revenait à jeter ses projets d'avenir par les fenêtres qu'ils n'avaient pas.

Elle cherchait à se faufiler hors de la chambre de Dylan quand ce dernier se réveilla à nouveau. Naiyana lut de la peur dans ses yeux d'un brun profond, qu'il avait hérités d'elle.

— Ça gronde encore, dit-il à voix basse comme s'il craignait de réveiller un monstre.

— Quoi donc, mon chéri ?

Dylan ne répondit pas. Mais, dans le silence, elle entendit quelque chose à son tour. Un grondement, comme si quelque chose remuait dans le ventre de la terre. Comme le gargouillement d'un estomac affamé. Fermant les yeux, elle tâcha d'identifier la source du bruit, mais aussitôt ou presque le son sembla disparaître, et elle resta là, à se demander si elle ne l'avait pas simplement imaginé.

10

Emmaline

Il n'y avait rien à signaler dans le reste de la maison. Pas de traces de sang ni de fluides corporels en quantité excessive. Rien qui ne saurait être expliqué par les aléas de la vie quotidienne.

Il allait falloir enquêter pour trouver les preuves d'un événement dramatique. Pour le moment, l'affaire restait un cas de disparition. Multiplié par trois.

L'équipe comptait un nouveau membre, un autre agent de police venu de Leonora. Il s'appelait Anand et avait été arraché à ses deux jours de congé pour leur venir en aide, ce brusque changement de programme expliquant l'expression de déplaisir qui s'affichait sur son visage. Ils se déployèrent dans la ville comme des fourmis, depuis la maison des Maguire, qui leur servait de nid.

D'après ce qu'elle avait lu, Kallayee était une petite ville née de la ruée vers l'or. Quelques filons modestes y avaient été dénichés. Percés sans relâche comme les veines d'un héroïnomane, ces filons avaient livré de l'or qu'on acheminait hors de la ville tandis qu'y entraient des opiacés – introduction fort appréciée vu qu'il n'y avait rien d'autre à faire le soir que ressasser les occasions ratées.

Gwalia, petite ville voisine de Leonora, était la seule à pouvoir vraiment prétendre à la gloire. Un président américain l'avait un jour visitée. À l'époque, Herbert Hoover n'était encore qu'un jeune géologue, envoyé là pour transformer la dernière trouvaille de son entreprise en bonne affaire. Il avait pris la direction de la nouvelle mine et fait venir par bateau tout un tas de travailleurs italiens sous-payés et susceptibles d'être renvoyés à peu de frais. Peu à peu, les mineurs s'étaient dispersés vers le sud pour trouver du travail et avaient fini par s'installer à Kallayee, où, pendant un certain temps, la langue officielle devint un mélange d'italien et d'australien, incompréhensible en dehors de la ville. Ce qui expliquait l'enseigne « La Presse italienne » qui s'affichait, en lettres presque effacées, au-dessus de la porte d'une boutique fermée depuis longtemps.

Emmaline fit équipe avec Rispoli pour passer la ville au peigne fin. Son avis sur tout cela n'avait pas changé : ce n'était pas un endroit où vivre pour une jeune famille. Les cahutes en tôle encore debout semblaient sur le point de s'effondrer, celles en bois étaient délabrées, parfois éventrées, et toutes aussi inhabitables les unes que les autres. Les rares constructions en briques avaient été détruites depuis longtemps. À chaque coin de rue, Emmaline s'attendait à tomber sur un gardien de bétail solitaire et malingre assis sur un tabouret, les pieds croisés sur un tonneau, observant l'agitation qui se déployait dans son patelin et attendant l'occasion de raconter sa version des faits. Mais, dans ce métier, il était rare que tout soit joliment écrit à l'avance. Il y avait toujours une écornure quelque part, un pli qu'il fallait défroisser.

Emmaline avait une question à poser à son nouveau collègue. Et cela ne concernait pas leur enquête.

— Rispoli… C'est italien, non ?

Le jeune policier se tourna vers elle.

— Je vois pourquoi vous êtes montée en grade, répondit-il en souriant.

Il avait un sourire qui lui faisait remonter les pommettes et transformait tout son visage. Même ses oreilles semblaient se rapprocher du ciel. Un beau visage, agréable à regarder. Libéré de la tutelle rigide de Barker, Rispoli sortait de sa coquille.

— Vous avez de la famille qui a vécu dans le coin ? demanda Emmaline.

— Ma mère a fait un arbre généalogique, un jour.

— Et… ?

— On vient de Leichhardt, en Nouvelle-Galles du Sud. Mais avant ça ma famille vivait dans la région des Abruzzes, dans le sud de l'Italie. C'est mon arrière-grand-père qui a décidé de faire émigrer la famille ici, à Kalgoorlie. Il n'est jamais allé jusqu'à Kallayee. Pas officiellement, en tout cas.

— Qu'est-ce que vous voulez dire ?

— Ça veut dire qu'il a peut-être travaillé dans les mines. Mais pas d'après les registres du gouvernement. Ce genre de travail itinérant était quasi impossible à taxer, à l'époque. Je suppose que votre famille n'est pas originaire d'Australie, ajouta-t-il avec un petit signe de tête.

Emmaline s'arrêta net et se tourna brusquement vers lui.

— Pourquoi dites-vous cela ? demanda-t-elle.

Le jeune officier s'immobilisa. Ses lèvres bougèrent, mais aucun mot ne sortit. Ses joues bronzées s'empourprèrent soudain.

— Je ne voulais pas… Je… C'était…

Affolé, il essayait de se sortir du piège qu'il venait d'enclencher.

Emmaline s'efforçait de garder un air assassin. Peine perdue. Un sourire se dessina sur son visage, charriant avec lui cette montée d'endorphines dont elle avait tant besoin pour traverser cette journée interminable.

— Ce n'est rien, dit-elle enfin.

— Je voulais dire que…

Elle abrégea ses souffrances.

— Mon père vient du Cap, et ma mère, de Londres. Ils sont venus s'installer ici quand j'avais deux ans. Ma mère avait trouvé un job intéressant, mon père était ravi d'aller vivre en Australie. C'est aussi simple que ça. Pas de drame, pas de fuite. Juste l'envie d'un boulot et d'une vie plus agréables. Comme vos arrière-grands-parents.

— Pas vraiment, rétorqua Rispoli en secouant la tête avec un petit rire. Les miens, ils fuyaient.

— Quoi donc ?

— C'est une histoire que je vous raconterai un jour.

Ils sourirent tous les deux. Emmaline se demanda si cela pouvait les mener quelque part, se sentant envahie par un instinct primal. Cet élan dont la société lui disait qu'elle aurait dû en avoir honte. Mais elle n'avait pas honte. Il n'y avait rien de mal à chasser ou pêcher. Tant qu'on relâchait sa prise.

Ils entrèrent dans une autre cabane, où le soleil s'infiltrait par les trous à travers la tôle, faisant danser dans ses rayons les grains de poussière comme autant d'explosions brillantes. Elle demanda à Rispoli ce qu'il savait de la bourgade.

— Quelques bons gisements ont été trouvés, mais elle est surtout connue pour l'effondrement de la mine en 1921. Il y a eu une vingtaine de morts. Et deux autres personnes ont été tuées pendant l'émeute qui a suivi, contre la société d'exploitation. Le gouvernement a même dû interdire l'accès à plusieurs maisons qui risquaient de s'écrouler dans la mine.

Emmaline songea à la baraque où vivaient les Maguire. Y avait-il eu un effondrement ? Cela expliquait-il l'écroulement du toit et du mur ? Un désastre qui aurait poussé la famille à partir précipitamment ? Mais pourquoi n'avaient-ils pas récupéré leurs biens de valeur ? Pourquoi n'avaient-ils contacté personne ?

— Et bien sûr il y a aussi la légende qui veut que la ville soit maudite, continua Rispoli.

— C'est votre opinion officielle ? demanda-t-elle alors qu'ils sortaient de la cabane.

Il sourit.

— Ça risque d'être bientôt notre seule piste dans cette enquête.

Elle sourit à son tour, mais espérait qu'ils n'en arriveraient pas là. Tenir les superstitions à distance était chez elle une règle de vie. Sa mère était superstitieuse ; leur maison était décorée de plumes et de colifichets, et il y avait toutes ces coutumes à respecter, auxquelles son père se pliait en public tout en encourageant Emmaline à désobéir en privé.

Kallayee semblait de fait suspendue dans les limbes, quelque part entre ce qu'elle avait été autrefois et l'engloutissement ultime dans la poussière. La mère d'Emmaline aurait peut-être apprécié le silence presque spirituel qui y régnait. L'endroit ne figurait sur aucune carte, aucun panneau de signalisation n'indiquait la direction à suivre pour s'y rendre. Le gouvernement avait fait tout ce qu'il pouvait pour empêcher les gens de venir y habiter. Mais c'était un interdit facile à contourner. Emmaline observa les environs broussailleux qui se déployaient autour de la ville, un paysage de dunes de sable et de plaines rocailleuses peuplé de quelques eucalyptus fatigués, de petits mulgas et de spinifex aux racines profondes, végétation parfaitement adaptée aux rares précipitations et aux températures élevées. Il n'y avait rien d'autre que ces terres arides et désolées. Ni autorités ni police pour monter la garde. Et la nature avait horreur du vide.

La première découverte fut faite par Anand, dont les appels énergiques attirèrent les autres à l'arrière d'une maison, près d'une remise à charbon dont le toit avait disparu. Là, ils trouvèrent un quad dont les pneus avaient été lacérés. Il restait de l'essence dans le réservoir. L'engin était en mauvais état : le siège était usé, la poignée d'accélérateur et le levier de vitesses étaient tout lisses à force d'avoir été utilisés – ils brillaient au soleil, étincelants de propreté, contrairement au moteur, huileux et plein de sable.

Barker était en train d'émettre une demande de vérification de son origine lorsqu'une seconde découverte, plus décisive, fut faite non loin de là. Un carré de terre rougie. Du sang, probablement. En plus grande quantité que ce qu'ils avaient trouvé dans la maison. Des images de western vinrent aussitôt à l'esprit d'Emmaline. Les traces d'un duel au soleil, à midi.

Ces nouveaux éléments signifiaient trois choses.

Qu'il fallait faire venir la police scientifique. Pour vérifier si les échantillons de sang correspondaient à ce qu'ils cherchaient.

Que quelque chose s'était passé ici. Quelque chose de grave.

Et que, pour une ville morte depuis quarante ans, beaucoup de sang y avait coulé ces temps-ci.

11

Lorcan

Dylan ne dormit pas la nuit suivante non plus, se plaignant à nouveau d'entendre des grondements. Lorcan avait essayé de le convaincre qu'il ne s'agissait là que de son imagination, mais lui-même avait senti les trépidations. Naiyana aussi. Le grondement semblait aller et venir, sans rime ni raison. Lorcan était même allé vérifier le groupe électrogène à deux reprises pour s'assurer qu'il ne s'allumait pas automatiquement la nuit, même si l'appareil n'avait pas normalement la capacité de le faire. Nee insistait pour qu'il trouve la cause de ce phénomène troublant. Seule une explication plausible lui venait. Il devait y avoir une source d'eau ou une nappe aquifère sous la ville. Dans laquelle personne n'avait puisé depuis des décennies.

Le sommeil que Dylan ne parvenait pas à trouver la nuit, il le récupérait le jour, quand les grondements semblaient disparaître, ce qui lui permettait de se détendre, contrairement à Nee et Lorcan, qui travaillaient d'arrache-pied pour tâcher de mettre de l'ordre dans la maison.

Le temps restait sec. Lorcan laissa tomber la réparation du toit et prit la voiture pour aller inspecter le puits ouvert près d'Orange Lake. Cela lui donnerait une bonne idée de l'état de la nappe aquifère. S'il arrivait à récupérer de l'eau là-bas, il n'aurait pas à déblayer la terre accumulée depuis des décennies dans le puits d'origine.

Orange Lake était à environ cinq kilomètres au sud de Kallayee ; un panneau en bois à l'inscription effacée en indiquait le chemin. Là-bas, Lorcan ne trouva qu'une petite baraque en tôle solitaire. Il n'y avait pas de lac. Rien que des terres arides et brûlées qui s'étiraient à perte de vue. Il dut forcer sur la porte pour l'ouvrir. À l'intérieur, un muret de pierre entourait le puits, mais il s'était en partie effondré dans le trou qu'il protégeait. Au-dessus du puits, le seau en métal attaché à la poulie était fendu, mais Lorcan le lança quand même.

Il laissa glisser la corde entre ses mains, tendant l'oreille pour entendre le murmure lointain et tant espéré du clapotis que ferait le seau en touchant l'eau. Il n'était pas très sûr de lui. La cabane entière sentait la sécheresse, il n'y avait pas une once d'humidité dans l'air.

Au bout de vingt secondes éprouvantes, il y eut un bruit. Un fracas de métal heurtant la roche. Lorcan fit lentement remonter le seau, puis le redescendit, plus vite, cette fois, pour permettre au seau de rebondir sur le rocher qui gênait éventuellement le passage et de le contourner. Le fracas métallique contre la roche se fit à nouveau entendre. Une troisième tentative confirma ce que Lorcan redoutait. Le puits était sec. Ce qui signifiait qu'ils étaient actuellement coincés sans eau au beau milieu du désert.

12

Naiyana

Lorcan était parti au puits et Dylan s'était enfin rendormi. Naiyana reprit son rangement, balayant deux fois chaque pièce avant de se servir du petit aspirateur portatif qu'ils avaient emporté avec eux pour aller dépoussiérer jusque dans les coins. Elle devait s'interrompre régulièrement pour vider le réservoir. C'était frustrant pour deux raisons. D'abord parce qu'elle devait passer l'aspirateur – corvée qu'elle déléguait d'ordinaire à Dylan en échange d'argent de poche ou à Lorcan en échange de promesses sexuelles –, et ensuite parce qu'elle avait l'impression de s'être lancée dans une bataille perdue d'avance.

Une seule chose lui faisait plaisir. Le miroir que sa mère lui avait légué après en avoir elle-même hérité de sa propre mère avait survécu au voyage, enveloppé dans cinq épaisseurs de papier bulle et calé entre ses jambes dans la cabine du pick-up. Partout où Naiyana avait habité, le miroir avait suivi. C'était sa famille qui la protégeait. Un œil qui veillait à leur sécurité. Le clou sur le mur de la cuisine tint bon sous le poids de l'objet. Aussitôt, la pièce parut plus lumineuse, et Naiyana s'y sentit davantage chez elle. À un niveau plus inconscient que réel, mais elle s'en fichait. En ce moment, le moindre éclat de joie était bon à prendre.

13

Lorcan

Il ouvrit les volets horizontaux et laissa le puits respirer. Non que celui-ci manquât réellement d'oxygène, étant donné les nombreux trous qui perçaient le bois. L'intérieur était presque rempli de sable et de poussière. Le couvercle devait être quelque part en dessous. À quelle profondeur, Lorcan l'ignorait.

Le treuil métallique qui aurait dû se trouver au-dessus du trou, comme un chevalet, avait disparu depuis longtemps. Lorcan enfonça sa pelle dans le sable. Celui-ci n'était pas compact, comme il le craignait, mais meuble. En surface, tout du moins. Il commença à creuser. Mais le sable semblait se refermer à chaque pelletée. Les pieds enfoncés dans le sable, qui engloutissait ses baskets, Lorcan poursuivait sa tâche de Sisyphe.

Il entendit des bruits de pas derrière lui. Sa femme et son fils approchaient dans la poussière scintillante.

— Qu'est-ce qu'on a là, un Mario irlandais ? demanda Naiyana dans un éclat de rire.

Lorcan baissa les yeux, puis sourit à son tour. Il devait donner l'impression d'être coincé dans un tuyau, cherchant à passer au niveau suivant de la partie. Si seulement il avait pu disparaître aussi facilement.

— Il y a de l'eau ? demanda Naiyana en jetant un œil dans le puits.

— J'espère, répondit-il. À Orange Lake, c'était un vrai fiasco.

— À quelle profondeur tu dois descendre ?

Lorcan tâcha d'évaluer sa progression. Il n'avait retiré que quelques centimètres de matière. Il lui en restait encore au moins plusieurs dizaines à creuser.

— À toi de me le dire, fit-il avec ironie.

À l'expression qui s'afficha sur le visage de Naiyana, il comprit qu'elle n'aimait pas beaucoup l'idée que sa survie dépende de petites devinettes.

— Je prends le pick-up pour aller en ville, dit-elle. Je vais voir ce que je peux trouver à manger.

La ville la plus proche, Hurton, était à dix kilomètres à vol d'oiseau. Mais les oiseaux n'avaient pas à se coltiner les pentes traîtresses, les ravines dangereuses, les côtes raides et la brousse de l'*outback*. Par la route, c'était un trajet de trente kilomètres aller-retour. Et, vu l'état du bitume, il ne s'agissait pas d'enfreindre les limitations de vitesse.

Lorcan hocha la tête.

— Tu emmènes Dylan ? demanda-t-il.

— Je n'avais pas prévu, non. Il peut t'aider ici.

— Je vais plutôt le laisser se balader un peu dans les parages.

Elle lui lança un regard sévère.

— Ne le laisse pas aller trop loin.

À cet instant, Lorcan aperçut leur fils en train de glisser la tête à l'intérieur d'une cabane à demi effondrée, de l'autre côté de la route.

— Dylan, sors de là ! cria-t-il d'une voix qui porta jusqu'à l'autre côté de la rue déserte.

Le petit garçon se retourna, un air coupable sur le visage, et revint vers eux en traînant les pieds, mais il continuait à regarder de temps à autre en direction de la cahute. Il est difficile, pour un enfant, de résister à la tentation d'explorer le monde. D'ailleurs, elle ne disparaît jamais véritablement, même à l'âge adulte. Lorcan pouvait en attester. Déménager à Kallayee était l'occasion rêvée pour eux tous de partir à l'aventure. Et de se régénérer.

Naiyana prit le pick-up et laissa derrière elle une nuée de poussière. Lorcan regarda le véhicule disparaître dans le nuage, comme par magie. Il se retourna pour demander à Dylan de venir l'aider au puits, mais son fils était couché à l'ombre devant la cabane, en train de faire rouler ses petites voitures Matchbox dans le sable et la poussière, les faisant sauter du haut d'une rampe de terre. Lorcan le laissa à ses jeux et retourna vers le puits.

Au bout de trente minutes, il ôta son T-shirt trempé de sueur et évalua à nouveau l'avancée des travaux. Il était à présent descendu à une profondeur d'un mètre vingt et devait tenir le manche de la pelle plus haut entre ses mains, car l'espace devenait plus étroit.

Une heure passa encore, et il parvint à deux mètres dix. Il ne voyait plus au-dessus de la margelle. Cela aurait dû le protéger de la chaleur, mais le soleil au zénith était à présent juste au-dessus de sa tête, comme un grand œil qui l'observait. Regardant en l'air, il eut l'impression que la bouche du puits se refermait comme pour l'avaler. Il fut pris d'un sentiment de panique soudain et son cœur s'emballa d'un coup. Il venait de prendre conscience qu'il était debout dans un trou, sur le couvercle d'un puits vieux d'une centaine d'années, au beau milieu du désert, avec son fils de six ans pour seul secours. Ce n'était pas très malin. « Presque aussi malin que d'essayer de perdre du poids en se coupant un bras » – phrase qu'il avait utilisée à maintes reprises, dans son ancien boulot, pour mettre en garde les investisseurs. Il devait se tirer de là.

Il se hissa en haut du puits et émergea dans les rayons du soleil, plissant les yeux comme une taupe qui sort de son trou. Debout près du puits, Dylan avait l'air agité. Comme s'il avait senti la panique qui s'était emparée de son père.

— Tu as laissé tomber tes courses de cascadeur ? demanda Lorcan avec un sourire.

Il se sentait envahi d'une étrange vague de joie à l'idée d'être sorti de là en vie. Comme s'il avait échappé à la mort, en quelque sorte.

— J'ai vu quelqu'un, dit Dylan, les yeux braqués au loin, en direction de leur maison.

— Maman ?

— Non.

Mais il n'avait pas l'air bien convaincu.

— Où ça ? demanda Lorcan.

Pour seule réponse, Dylan le tira par la main. De manière pressante. Insistante. Lorcan se laissa guider par son fils, dont les petites jambes foulaient rapidement le sable.

— Dylan, tu n'es pas en train de parler d'un de tes amis imaginaires, hein ? demanda-t-il en se souvenant de Bennie et Ixsell, les deux personnages que son fils avait inventés par le passé.

Apparemment, beaucoup d'enfants uniques s'inventaient des compagnons imaginaires. Ceux de Dylan avaient disparu depuis un an, et Lorcan admettait qu'il avait été soulagé.

— Non, répondit Dylan d'un ton catégorique.

Il le conduisit derrière la cabane dans laquelle il avait jeté un œil un peu plus tôt. Là, de la terre excavée au moment du nivellement du sol formait une butte. Depuis le sommet du monticule, on voyait presque tout le bourg.

— Là-bas, dit Dylan en pointant un doigt vers le lointain.

Lorcan suivit des yeux la direction que son fils lui indiquait. Il chercha le pick-up et Nee du regard, mais ne vit rien. La petite ville était vide.

— Je ne vois rien, Dyl.

— C'était là-bas.

— Qu'est-ce qu'il y avait là-bas ?

— Quelqu'un.

Lorcan scruta attentivement le visage de son fils. Il avait l'air angoissé, ses traits étaient tirés, ses yeux, fatigués. Le manque de sommeil y était sans doute pour quelque chose, mais rien n'indiquait dans son expression qu'il mentait. Ou qu'il plaisantait. Il ne semblait absolument pas sur le point de rire. En général, pour un gamin, une blague n'est drôle que si elle donne lieu à une satisfaction immédiate.

— On peut le retrouver ! s'écria Dylan en tirant à nouveau sur le poignet de Lorcan.

Descendant de la butte, ils traversèrent le jardin d'une maison où rouillaient les pièces d'une ancienne Hudson Eight et rejoignirent la grand-rue. Lorcan commençait à s'inquiéter. À sa connaissance, Dylan n'avait jamais mis les pieds dans cette partie de la ville. Pas avec lui, en tout cas. Peut-être avec Nee, mais c'était peu probable. Elle n'avait manifesté aucune envie d'explorer la ville, et restait enfermée dans la maison.

Ils traversèrent la rue vide et longèrent une maison. Lorcan sentit sous ses pieds les planches d'une barrière affaissée.

C'est alors qu'il le vit. Et il éclata de rire.

Au loin, appuyé contre un appentis, il y avait un vieux portemanteau. Une boule d'herbe séchée accrochée à la partie supérieure du montant faisait penser à une tête échevelée. Dans la brume de chaleur et avec la distance, Lorcan comprenait comment un enfant de six ans avait pu se laisser tromper, croyant voir un homme adossé à son cabanon.

— C'est juste un portemanteau, Dyl.

Dylan secoua la tête.

— C'est pas lui, dit-il.

Mais Lorcan en avait assez. Il n'avait pas l'intention de se lancer dans une chasse au dahu. Il avait un puits à creuser, ainsi qu'un toit et un groupe électrogène à réparer. Et il était en retard sur son programme.

— Il n'y a personne ici, déclara-t-il.

— Mais j'ai vu quelqu'un, papa.

Les rôles s'inversèrent, et c'est Lorcan qui se mit à traîner Dylan par la main. La petite querelle se poursuivit tandis qu'ils regagnaient la grand-rue. Un grondement s'éleva alors, accompagné d'un tourbillon de poussière. Naiyana s'arrêta devant eux. Des sacs de courses étaient posés sur le siège passager.

— Qu'est-ce que vous faites ici, tous les deux ? demanda-t-elle. Pas de bêtises, j'espère ?

Lorcan secoua la tête, l'air épuisé.

— Dyl a cru voir quelqu'un.

— Mais j'ai vu quelqu'un, insista Dylan.

— Dylan, on a déjà parlé de ça.

— Mais c'est vrai.

Lorcan se retourna vers sa femme.

— Tu as vu quelqu'un dans les parages ?

Naiyana regarda son mari, puis son fils. Elle eut l'air triste à l'idée de décevoir Dylan.

— Non, je n'ai vu personne, répondit-elle.

— Mais moi si !

Dylan s'arracha à la poigne de son père et partit en courant vers la maison.

— On n'a pas besoin du retour de Bennie et Ixsell en ce moment, dit Naiyana.

— Non, en effet. C'est la chaleur. Je n'ai vu personne.

— Personne d'autre ne serait assez bête pour venir se perdre ici, répliqua Naiyana.

14

Lorcan

La réalité du grondement ne faisait plus aucun doute. Dylan avait peut-être imaginé les gens dans la ville, mais le bruit, lui, existait bel et bien. On aurait dit les grognements d'un chien en colère, enfoui profondément sous la terre. Nee y voyait un avertissement, un mauvais signe, mais elle était prête à saisir n'importe quel prétexte pour s'en aller. Lorcan aurait voulu croire que ces bruits n'étaient qu'une réaction psychosomatique. Mais c'était impossible. Ils les entendaient tous les trois.

Dylan s'agitait dans son lit. Il était à nouveau réveillé. Ce qui signifiait qu'ils l'étaient tous, encore une fois.

— On devrait partir.

Voilà, c'était dit. Nee avait exprimé ses pensées à haute voix sous l'effet du manque de sommeil et de l'exaspération.

— Mais on avait dit que…

— On peut rentrer à la maison, papa ? intervint Dylan en faisant irruption dans leur chambre.

Sur le visage de l'enfant brillait une lueur qui ne pouvait être que de l'espoir. Il imaginait déjà retrouver ses amis. Mais des amis, on pouvait s'en faire n'importe où. Surtout à son âge.

Lorcan lança à Nee un regard noir avant d'adresser un sourire à son fils.

— Mets ton casque et écoute un peu de musique, lui conseilla-t-il.

Dylan le regarda, hésita un instant, puis hocha la tête et glissa sur ses oreilles le casque noir trois fois trop grand pour lui.

Lorcan se tourna vers Naiyana.

— Qu'est-ce que tu lui as dit ?

— Je ne lui ai rien dit du tout, répondit-elle d'une voix aussi plaintive que Dylan lorsqu'il lui soutenait avoir vu quelqu'un en ville.

Un trait de caractère que sa mère lui avait sans doute transmis, ou qu'il reproduisait.

— Tu as forcément dû dire quelque chose, insista Lorcan.

— Il n'est pas idiot. Il comprend bien que ce n'est pas une vie, ça.

— On va devoir se battre pendant un petit moment encore, et après on pourra vivre vraiment. On redeviendra une famille. On s'est perdus, toi et moi, à Perth. On était accaparés par notre boulot dans la journée et par Dylan le soir.

— Donc, ta solution, c'est de nous forcer à rester ensemble ? Dans une ville fantôme dont on ne peut pas s'échapper ? C'est contre-nature. Notre présence ici est contre-nature. On ne peut forcer personne à vivre dans le désert. Les gens qui sont venus ici il y a toutes ces années n'avaient pas le choix. Ils devaient trouver de l'or pour manger. Nous, on en a, de l'argent.

— Mais on est aussi en cavale. Ne l'oublie pas.

Lorcan partit au matin sans échanger une seule parole avec Naiyana. Elle trouverait à s'occuper dans la maison. Lui, il avait des achats à faire en ville.

En se dirigeant vers le pick-up, il regarda Dylan, qui avait pris possession d'un monticule de terre battue sur le côté de la maison et y avait amené toutes ses petites voitures.

— Qu'est-ce que c'est que ça, Dyl ?

Dylan posa le camion benne jaune sur ce qui ressemblait à une route tracée sur la petite colline, qui menait à un début de grotte creusée dans la terre.

— Une mine, répondit Dylan, visiblement fier de lui.

— C'est très bien fait.

— Mais il faut un autre camion. La pelleteuse doit attendre que le camion parte et qu'il revienne pour pouvoir remettre de la terre dedans.

Lorcan sourit. Son fils avait fabriqué une vraie petite exploitation : il creusait une galerie et transportait la terre vers le pied de la colline.

— Tu veux que j'essaye de t'en trouver un autre ? demanda Lorcan.

Il savait bien qu'il était en train de tenter d'acheter la loyauté de son fils, mais il ne parvenait pas à s'en faire le reproche. Le bonheur de Dylan était un paramètre crucial dans la réussite de leur vie à long terme à Kallayee.

— Oui ! s'exclama Dylan. Et une grue aussi, si tu en trouves. Et un *monster truck*.

— Un *monster truck* ?

— Ben oui, pour rentrer après le travail, déclara Dylan comme si c'était l'évidence même.

Lorcan sourit et mit ses lunettes de soleil.

— Je vais voir ce que je peux faire.

15

Lorcan

Comme il avait peu de risques de croiser qui que ce soit dans l'autre sens, Lorcan resta bien au milieu de la piste craquelée qui sinuait jusqu'à la route principale menant à Hurton. Les pneus crépitaient au contact de la surface fracturée, il avait l'impression de rouler sur du papier bulle. Il se rappela d'acheter une ou deux roues de secours. Traverser la brousse à pied pour rejoindre la ville était hors de question, et ce n'était même pas la peine de songer à faire du stop dans le coin. Il y avait fort à parier que la route ne serait jamais réparée ; d'ailleurs, Lorcan se demandait pourquoi le gouvernement ne l'avait pas tout simplement enterrée au moment où il avait condamné la ville. Cela revenait sans doute moins cher de la laisser pourrir sur place, se dit-il, tandis qu'une nouvelle grande balafre dans le sol menaçait de lui arracher le volant des mains.

Lorsqu'il atteignit la route principale, la chaussée devint plus lisse. À présent qu'il ne risquait plus d'être envoyé dans le décor, Lorcan se remit à penser à Naiyana et à ses envies de départ. Il ne pouvait pas la laisser instiller son venin dans l'esprit de leur fils avant qu'ils aient réellement donné sa chance à leur projet de vie. C'était du sabotage, ni plus ni moins. Juste au moment où il essayait d'arranger les choses. Il leur prouverait qu'il était capable de leur créer un foyer ici, dans le désert.

À Hurton, il n'y avait que quelques silhouettes dans la grand-rue, qui erraient d'un immeuble à l'autre. Mais, par rapport au silence qui régnait à Kallayee, Lorcan eut l'impression d'être dans une ville animée. Il se gara devant la quincaillerie Mallon et fils. L'enseigne au-dessus des doubles portes venait d'être peinte et solidement fixée au mur de briques rouges.

Il s'attendait à une petite boutique familiale plutôt qu'à une franchise. Dès qu'il passa le seuil du magasin, il se retrouva au centre de l'attention. Le vieil homme à la caisse – Mallon, sans doute – interrompit sa conversation avec un individu plus jeune – son fils, certainement –, et sa main disparut sous le comptoir. Pour aller y chercher une arme. Ou actionner une alarme, peut-être.

Lorcan était un étranger, et les étrangers ne passaient pas inaperçus dans le coin. Il adressa un petit hochement de tête aux deux hommes et chercha à s'orienter dans la boutique, qui dépassait ses attentes. Il trouva tout ce qu'il cherchait : outils, matériaux, vis, clous. Sortant sa tablette de sa poche, il fit défiler les pages jusqu'à trouver celle qu'il voulait. « Construire un mur ». Il avait besoin d'une centaine de briques environ, pour être sûr d'en avoir assez, ainsi que de ciment, d'une masse, d'une truelle et de sable. Il voulut suivre un lien vers une autre page qui proposait des conseils, mais tomba sur l'avertissement « vous n'êtes pas connecté à Internet ». Il allait devoir s'habituer à ce souci dans la région.

— Je peux vous aider ?

Lorcan jeta un coup d'œil sur le côté. Mallon fils se tenait là, tout près, avec un air plus curieux que soucieux de lui venir en aide.

À l'arrière-plan, Mallon père surveillait la scène, perché derrière sa caisse comme un vieux hibou.

— J'ai juste besoin d'acheter des briques, du ciment et du sable, répondit Lorcan.

— Qu'est-ce que vous voulez en faire ?

— Réparer un mur pignon.

— Je vois. Où ça ?

Lorcan marqua un temps. Pourquoi lui posait-il cette question ? Il se tourna vers la caisse. Le vieux Mallon avait l'oreille vissée à un téléphone fixe, mais Lorcan ne pouvait distinguer ses propos. Il se mit à gamberger. Allaient-ils lui sauter dessus avant qu'il sorte du magasin ? Attaquer l'étranger pour le dévaliser ? Peut-être pensaient-ils qu'il avait des liasses de billets dans les poches ?

— Dans une maison que j'ai.

— Pas en ville.

— Non, pas en ville, confirma Lorcan.

Il y eut un bref silence, puis Mallon fils haussa les épaules, semblant se rendre compte que la conversation se dirigeait vers une impasse. Lorcan se sentit soulagé. Il s'était attendu à un interrogatoire plus long que cela. Le fils pointa le doigt vers la tablette et Lorcan se demanda si c'était la première fois qu'il en voyait une.

— Vous voulez le mot de passe ?

— Vous avez Internet ? demanda Lorcan.

Le front de Mallon fils se plissa tout à coup.

— Hurton est un peu isolée, l'ami, mais on est modernes, dit-il en prenant la tablette pour y taper une série de chiffres à toute vitesse avant de la rendre à Lorcan. Pour les clients seulement, ne l'oubliez pas, ajouta-t-il.

— Pour les clients seulement, répéta Lorcan avant de se concentrer à nouveau sur la liste de matériaux.

16

Emmaline

On aurait pu prendre ça pour une pierre dépassant de la poussière.

En attendant l'arrivée de la police scientifique, prévue dans une heure, ils inspectaient la zone environnant la parcelle de terre imbibée de sang. La priorité était de retrouver une arme. C'est à ce moment qu'Emmaline avait tendu la main vers le caillou recouvert de sable et s'était rendu compte qu'il s'agissait en fait d'un objet métallique presque parfaitement rectangulaire.

Un téléphone.

Tenant le portable Samsung entre le pouce et l'index, Emmaline appuya sur le bouton latéral. L'écran s'éclaira, lui demandant un code swipe. Il n'y avait aucune couverture réseau, et la batterie était à dix pour cent. Cela signifiait que le téléphone était resté par terre suffisamment de temps pour être recouvert d'un voile de sable, mais pas assez longtemps pour que la batterie soit entièrement déchargée. Il était peut-être là depuis une semaine, et était manifestement tombé dans la précipitation d'un départ.

Les autres se tenaient autour d'elle, les yeux rivés sur le téléphone.

— On recherche des empreintes ? demanda Barker.

— Vous avez le matériel avec vous ?

— J'ai un vieux kit pour relever les empreintes latentes, dit Anand, se dirigeant vers le 4×4 estampillé « Police » dans lequel il était arrivé.

En attendant son retour, Emmaline orienta le téléphone vers le soleil et scruta l'écran.

— Mettez un sachet là-dessus, ordonna-t-elle en désignant un gros rocher plat.

Rispoli lui obéit et plaça un sachet à pièces à conviction sur le rocher. Emmaline posa le portable sur le sachet.

— Je crois savoir à qui il appartient, déclara-t-elle.

— Comment ? demandèrent Rispoli et Barker à l'unisson.

— Il y a une trace qui apparaît sur l'écran, un motif. Formé par la sueur et la graisse des doigts de son propriétaire quand il déverrouille son téléphone. Un geste répété de nombreuses fois. En appuyant un peu trop fort sur l'écran. Sous le coup de la colère, peut-être, ou juste par réflexe. Regardez, c'est un L.

— Pour Lorcan, dit Rispoli.

Emmaline opina du chef et traça un L sur l'écran, du bout du doigt. Aussitôt, une photo de Naiyana et Dylan Maguire apparut ; la mère faisait tourner l'enfant autour d'elle en le tenant par les bras, tous deux semblaient heureux. La photo avait été prise depuis le belvédère de Kaarta Gar-up, dans les hauteurs de Kings Park ; le centre-ville de Perth apparaissait derrière eux, dans le lointain. Parmi les textos qu'Emmaline parcourut, il y avait quelques messages que Lorcan avait envoyés à sa famille peu avant Noël, pour lui dire qu'ils allaient bien et qu'ils essayaient de s'installer. Il n'était jamais question de l'état de la maison, juste de la famille. Parmi les appels reçus, il y avait quelques numéros anonymes qu'il allait falloir vérifier, mais aucun coup de fil datant de moins d'une semaine. Emmaline examina également les vidéos, dont un certain nombre faisaient état de l'ancien mode de vie des Maguire à Perth, dans leur ancien chez-eux, une maison individuelle sophistiquée qui présentait un contraste saisissant avec le taudis dans lequel ils avaient vécu avant de disparaître. Il y avait aussi des vidéos de la famille à la plage, pendant les vacances. Sur certains films plus récents, on voyait Lorcan en train de montrer la maison et d'expliquer ce qu'il allait en faire : installer des fenêtres, la repeindre. Deux vidéos étaient entièrement consacrées à la réparation du mur pignon et du toit. De toute évidence, Lorcan voulait documenter cette expérience, qui consistait à se construire une nouvelle vie à partir de rien. Encore une famille de la génération YouTube, heureuse et souriante vue de l'extérieur, mais qui cherchait à réaliser un rêve bâti sur des fondations peu solides. Surtout au vu de ce territoire. Les vidéos faisaient partie de l'escroquerie dans son ensemble : on y racontait les rêves pour mieux dissimuler la réalité.

Le dossier « Mes documents » contenait une grande quantité de pages Internet mises de côté et des tutoriels téléchargés, mais ce fut parmi les enregistrements sonores qu'Emmaline trouva l'indice le plus intéressant. Il s'agissait du dernier enregistrement en date. Un message incohérent, marmonné, prononcé par une voix masculine. Sans doute celle de Lorcan. Il y avait une réelle terreur dans son intonation, ses phrases étaient hachées, sa respiration, saccadée.

— Il faut qu'on parte, Dylan. Avant qu'ils reviennent.

À l'arrière-plan, on distinguait les pleurs et les protestations d'un enfant.

— On va aller en ville. Vite !

De sa petite voix, l'enfant demandait où était sa mère.

— Elle est partie.

Puis il y avait un blanc, et l'enregistrement prenait fin.

Emmaline regarda les autres flics regroupés autour d'elle. À leur air, on comprenait qu'ils craignaient presque de rompre ce silence lugubre, mais, tout comme elle, ils cherchaient à interpréter ce qu'ils venaient d'entendre. Qui étaient ces « ils » dont Lorcan parlait ? Et que voulait-il dire par « elle est partie » ? Naiyana avait-elle été enlevée ? Ou tuée ? Quand Lorcan avait-il enregistré cela, et pourquoi l'enregistrement avait-il été interrompu ?

Ce qui ne faisait aucun doute, étant donné la teneur de cet enregistrement et les quantités de sang versé, c'était que l'hypothèse d'un crime n'était plus à exclure.

Lorsque Anand réapparut avec le kit à empreintes, il fut accueilli par des mines moroses.

— Je n'ai pas tant tardé que ça à revenir, lança-t-il.

— Faites une copie de cet enregistrement et de tout le contenu du téléphone, demanda Emmaline à Barker. Dites à la scientifique de relever les empreintes. Puis envoyez les données à l'équipe technique. On va essayer de reconstituer la chronologie des faits.

17

Emmaline

Le soleil se hâtait de rejoindre la ligne d'horizon, comme s'il avait honte et voulait se cacher. Ou peut-être avait-il rendez-vous quelque part. Emmaline aurait bien aimé avoir rendez-vous ailleurs, elle aussi. Une petite histoire rapide et sans importance. Sans pression, sans engagement. Elle trouvait que les fins ouvertes avaient quelque chose de libérateur. Surtout dans une profession où la pression donnait toujours aux choses un caractère définitif.

Les experts de la police scientifique étaient venus et repartis en l'espace de deux heures. Ils étaient efficaces. C'était le point fort du Dr Rebecca Patel. Pour elle, discuter servait exclusivement à aborder les faits. Et, sans les résultats des analyses, elle n'avait encore rien à dire.

Anand et Barker étaient en train de faire les deux heures de route pour rejoindre leur famille à Leonora. Rispoli s'apprêtait à prendre la même direction.

— Je vous dépose quelque part ? demanda-t-il.

Emmaline regarda la maison des Maguire, devant elle. Elle n'avait rien réservé à Leonora et n'avait aucune véritable raison de s'y rendre. À part peut-être Rispoli. Beau, grand, de la classe. Du charme. Et de l'honnêteté dans le regard. C'était tentant, mais ça ne serait pas très malin. Elle obéissait à peu de règles, sauf une, presque sacrée : jamais le premier soir.

— Je vais plutôt rester ici, répondit-elle.

— À Hurton ? Ils ont bien ce qu'ils appellent un *bed and breakfast*, mais c'est plutôt un cabanon à outils derrière la maison de Miller, le peintre et décorateur.

— Non, ici, à Kallayee. Je vais dormir dans la voiture.

— Vous ne pouvez pas faire ça.

— J'ai connu pire.

Emmaline voulait rester. Ils avaient certes trouvé le téléphone et cet enregistrement paniqué, mais n'avaient encore découvert aucun corps, aucune preuve susceptible de les mettre sur une piste criminelle, hormis le sang. Elle ressentait le besoin de continuer à chercher. Rispoli baissa les yeux, puis les releva vers elle.

— Donnez-moi une heure. Je vais voir ce que je peux faire.

Il monta dans sa voiture et s'éloigna, soulevant un nuage de poussière qui s'éleva vers un ciel de plus en plus sombre. Emmaline se retrouva seule. Elle y était habituée. Même si certaines femmes de son entourage cherchaient à lui faire peur en évoquant une horloge biologique imaginaire qui égrenait le temps qu'il lui restait avant d'être trop vieille pour faire un enfant. Elle n'avait pas encore trente ans, et pourtant tous ses oncles et tantes s'attendaient à ce qu'elle leur annonce « l'heureux événement » à chaque fois qu'elle les appelait. Comme si le fait d'être devenue inspectrice à la MCS n'était pas en soi un heureux événement. Pour les membres de sa famille, la MCS n'était qu'un préambule à son vrai travail. Bien sûr, certains soirs de solitude, elle s'était renseignée sur la fécondation in vitro et le don de sperme, et s'était demandé si elle s'en sortirait, toute seule avec un enfant. Au vu de ses précédentes relations, il le valait sans doute mieux, de toute façon. Elle avait besoin d'un homme qui l'accepte. Qui sache être présent quand il fallait, mais aussi garder ses distances. C'était un équilibre délicat. Tout comme le bébé qu'elle concevrait peut-être un jour, il lui fallait un compagnon capable de s'adapter à sa vie, un homme sur mesure, pour ainsi dire – rien d'excessif, juste quelques aspérités lissées pour éviter les frictions trop rudes, le choc des plaques tectoniques. Mais il n'y en avait pas beaucoup, de plaques tectoniques, en Australie. La terre tremblait peu, par ici. Ce qui ramena les pensées d'Emmaline au sexe. Et à son envie de laisser tomber l'interdit du premier soir. Si Rispoli revenait, bien sûr. S'il ne revenait pas, elle devrait envisager de s'installer sur place, comme l'avaient fait les Maguire.

Il finit par réapparaître, une heure et demie plus tard. Il tractait une caravane qui avait apparemment survécu au trajet et qu'il gara à quelques maisons de celle des Maguire.

— Ce n'est pas le Ritz, bien sûr, déclara-t-il en souriant lorsqu'il sortit de sa voiture.

Emmaline en fit le tour. Ce fut bref. La caravane ne pouvait accueillir qu'une seule personne. Deux, en se serrant un peu.

— C'est pour nous deux ? dit-elle, son instinct prenant le pas sur le bon sens.

D'ici quelques heures, il serait minuit, donc le deuxième jour, d'un point de vue technique. C'était une ruse qu'elle avait déjà employée auparavant.

— Vous voulez que ça le soit ? demanda-t-il.

Elle croisa son regard ; il avait les yeux noirs, comme elle, mais avec une nuance noisette plus chaude. Il soutint son regard. Assez longtemps pour que le bon sens reprenne le dessus.

— Une autre fois, dit-elle. Quand on les aura trouvés.

Il sourit.

— Ça nous motivera, répondit-il.

Emmaline lui rendit son sourire. Il savait jouer le jeu. C'était toujours mieux quand ils savaient jouer le jeu.

Rispoli s'éloigna d'un pas nonchalant, pour le cas où l'un d'eux changerait d'avis.

Emmaline regarda autour d'elle une dernière fois et entra dans la caravane. Une odeur de cigarette froide la prit immédiatement à la gorge. Le jaune peu naturel du plafond et les nuances pisseuses des coussins vinrent confirmer qu'un fumeur avait vécu ici. Emmaline entrouvrit la fenêtre – d'à peine deux centimètres avant qu'elle se bloque – et s'installa sur l'étroit canapé qui formait un demi-cercle autour d'une table en aggloméré écaillée.

Dans la caravane, Emmaline trouva une bouilloire, du café et quelques paquets de nouilles séchées. Cela suffirait pour ce soir, au moins. Voilà pourquoi Rispoli était revenu une demi-heure plus tard que prévu, pensa-t-elle. Elle sourit. Elle pouvait ajouter « attentionné » à la liste de ses qualités. Les arguments en sa faveur devenaient de plus en plus solides. Après s'être préparé des nouilles au poulet qui avaient un goût de carton réchauffé mais qui lui remplirent l'estomac, elle s'assit pour prendre connaissance des documents qu'elle n'avait pas eu le temps de lire dans l'avion.

Il était d'abord question de Lorcan Maguire. Né et élevé à Perth. Son dernier emploi en date était auprès d'une entreprise nommée INK Tech, qui proposait des conseils financiers, des investissements, des stock-options, de même qu'une activité secondaire consistant à racheter des compagnies en difficulté financière pour les dépecer. Lorcan y était resté huit ans, avec une ou deux promotions. Et puis tout à coup, le mois dernier, il avait été licencié. Du fait d'une restructuration de l'entreprise. Une histoire décevante, mais somme toute peu surprenante. Apparemment, il avait obtenu des dédommagements corrects. Utilisés, se dit Emmaline, pour financer le déménagement et les réparations dans la maison.

Mais il y avait autre chose. Une suite à cette histoire. Après son départ, un grand nombre de données importantes avaient disparu du système informatique d'INK Tech. On l'avait soupçonné d'avoir eu l'intention de les vendre à la concurrence. Ou de vouloir faire chanter l'entreprise.

Un autre élément retint l'attention d'Emmaline. Les propriétaires d'INK Tech, Georgios et Nikos Iannis, étaient connus à Perth. Tous deux avaient un casier judiciaire pour fraude et extorsion. Ils avaient tiré profit de leurs séjours en prison pour acquérir des compétences dans le domaine de la finance et s'étaient offert une belle image toute neuve. Mais il y avait encore de la crasse dans les coins. La prison les avait rendus plus intelligents. Emmaline se demanda si elle leur avait aussi fait passer le goût de la violence.

18

Naiyana

Elle en avait terminé avec la maison. Ou du moins elle avait fait tout ce qu'elle pouvait. Impossible de faire briller un étron, se dit-elle en allant se promener. Dans *sa* ville – une pensée qui fit naître en elle l'impression étrangement exaltante d'être quelqu'un d'important. Car après tout un royaume, même détruit, restait un royaume.

Elle voulait se remettre à vloguer. Si Lorcan écrivait un livre, elle n'allait pas se priver de publier des vidéos sur leur vie à Kallayee. Au moins, cette fois, ces enfoirés de chez YouTube ne feraient pas les carpettes devant un connard bourré de fric, et ne bloqueraient pas sa chaîne, comme ils l'avaient fait pour celles où elle dénonçait les centres d'expérimentation animale. Ils étaient géniaux, ces vlogs de l'époque. Bien pensés, parfaitement exécutés. Mais illégaux. Aujourd'hui, un seul problème se posait : Dylan, collé à ses basques, qui s'arrêtait toutes les trois secondes pour observer un caillou ou un insecte. Et qui parlait constamment pendant les monologues de sa mère.

— Maman, maman, filme-moi !

Il lui tirait sur le bras et lui faisait rater son plan.

— Dylan, pas maintenant, le réprimandait-elle.

— Quand, alors ?

— Plus tard.

— Tu as dit ça il y a cinq minutes. Je veux être dans le film.

Naiyana n'était pas convaincue que ce soit une bonne idée. Elle ne savait toujours pas si elle devait montrer son propre visage dans ces vidéos. Au cas où les mauvaises personnes les regarderaient. Des personnes malintentionnées. Les mots étaient des armes puissantes, et c'était tout ce qu'elle avait pour se défendre. Avec ses cinquante kilos à peine et ses bras comme des allumettes, elle ne faisait pas le poids.

C'étaient d'ailleurs ses mots, et son allure, qui avaient conquis Lorcan. Même si c'était un bel homme qui gagnait bien sa vie, et un bon père, elle se demandait toujours si elle n'aurait pas pu trouver mieux. Quand elle l'avait rencontré, elle se remettait d'une peine de cœur. Elle était éreintée par les campagnes de lutte pour plus de justice sociale et les nombreuses manifestations auxquelles elle avait participé à travers le pays et à l'étranger. Chaque bataille lui faisait l'effet d'une guerre. Et, même si personne ne voyait ses blessures, elles étaient bel et bien là. Naiyana était affaiblie. Lorcan était solide. Une solution facile. Ensuite, la maternité avait pris le dessus, l'enfermant dans une bulle dont elle avait du mal à s'échapper. Devenir mère avait été davantage un coup de massue qu'un coup de foudre. Et puis, cela faisait maintenant deux ans, elle était tombée sur un ancien collègue devenu dirigeant de l'association où elle avait milité, qui lui avait demandé de reprendre son engagement. Cette fois, elle avait quelque chose de concret et de personnel à défendre. Son enfant. Et elle-même. Elle désirait un réel changement. Avoir Dylan avait instillé en elle l'impression qu'elle pouvait tout faire. Si elle était capable de donner la vie, qu'est-ce qui pourrait bien l'arrêter ? Mais elle avait perdu quelque chose depuis ses années d'adolescence révoltée. Le bouton stop. Elle savait ouvrir le robinet, pas le refermer. Cette énergie implacable l'avait rendue populaire dans la communauté. Naiyana était une force motrice. Mais elle était allée trop loin. Les marches et les manifestations, c'était bien joli, mais il lui fallait plus. Elle réclamait des occupations, des graffitis. Des actions politiques où elle traînait ses ennemis dans la boue. Ce qui avait fait d'elle une paria, même si elle se considérait davantage comme une martyre.

Elle braqua la caméra de son téléphone vers le bout de la rue. Celle-ci partait en ligne droite avant de bifurquer pour s'enfoncer dans la brousse, en direction d'Orange Lake. Elle n'en savait pas plus, et n'avait aucune intention de le découvrir.

Ce vide lui parut une conclusion parfaite pour son premier chapitre, et elle mit fin à la vidéo. Elle la mettrait en ligne quand elle irait à Hurton, le lendemain. Elle ferma les yeux et les rouvrit en grand pour se réaccoutumer au monde réel, plus lumineux que l'écran, aux couleurs plus vives et intenses que leur version numérique. Une pensée la frappa : elle était bel et bien là, elle ne regardait pas cette ville désolée à travers l'écran d'un ordinateur depuis le monde civilisé, et cette prise de conscience l'emplit de tristesse. Bientôt, elle reviendrait parmi les vivants, elle s'en fit la promesse. Mais pour l'instant c'était l'heure du dîner. Elle jeta un coup d'œil autour d'elle, cherchant Dylan des yeux.

— Dylan ? appela-t-elle.

Pas de réponse. Pas même l'écho de sa voix, vu qu'il n'y avait aucun élément suffisamment saillant dans le paysage pour que les ondes sonores puissent y rebondir. C'était le néant. À des kilomètres à la ronde.

Elle pivota sur elle-même pour regarder vers le carrefour, à l'affût du moindre mouvement parmi les bâtiments abandonnés. Glissant son téléphone dans la poche de son short, elle appela à nouveau. D'une voix plus insistante, cette fois, s'efforçant de paraître plus préoccupée que fâchée.

— Dylan, viens ici tout de suite !

Elle se dirigea vers la maison la plus proche, un pavillon en bois auquel il manquait tout un mur latéral, et jeta un œil à l'intérieur.

— Dylan ? appela-t-elle encore.

Seul le silence lui répondit. Ce fut la même chose dans la cahute en ruine d'à côté.

— Dylan, ce n'est pas drôle !

Son regard se posa sur une niche pour chien contiguë à la bicoque. Elle était toujours debout, sans doute mieux construite que la baraque délabrée à laquelle elle était rattachée. Naiyana s'accroupit et vérifia à l'intérieur. Elle faillit vomir à cause de l'odeur rance de la paille transformée en poussière sous l'effet de l'air brûlant.

Elle se releva en quatrième vitesse et dut fermer les yeux pour lutter contre l'étourdissement. Ses bras et ses jambes semblaient en coton.

— Sors de ta cachette tout de suite, Dylan !

La colère s'était changée en peur. Elle n'appréciait pas du tout cette partie de cache-cache. Ces jeux n'étaient tolérables que dans un environnement sûr. Un espace dont elle connaissait tous les recoins, où Dylan pouvait se cacher tant qu'il voulait, où elle pouvait prendre tout son temps pour le chercher – et avaler discrètement une nouvelle gorgée de vin.

Elle passa à la maison suivante, criant le nom de Dylan d'une voix de plus en plus éperdue. Elle sentait le désespoir monter en elle, ainsi que la haine qu'elle vouait à cette ville. Mais il y avait autre chose. L'impression de sentir des yeux posés sur elle. Des yeux qui observaient ses moindres gestes. Les yeux de ceux qui détenaient peut-être son fils.

Revenant au milieu de la rue, elle regarda partout autour d'elle. Il n'y avait rien. Personne. Et pourtant, quelqu'un ou quelque chose était là, elle le sentait. Il y avait quelque chose ici, avec eux. À Kallayee.

Son sang se glaça dans ses veines, et ses muscles se pétrifièrent. Peut-être que Dylan avait dit la vérité. Peut-être qu'il avait réellement vu quelqu'un en ville. Soudain, elle eut l'impression que chaque grain de sable autour d'elle était un œil qui la regardait, qui l'épiait et la jugeait. Un million d'yeux. Un million de jugements. Elle inspira brusquement, et l'air brûlant la fit suffoquer. Était-elle en train de devenir folle ? Y avait-il quelque chose qui remontait en rampant depuis les profondeurs de la terre, un gaz toxique venu d'une mine abandonnée qui recouvrait silencieusement la ville pour l'étouffer ? Elle avait lu des articles là-dessus. Des histoires de dioxyde ou de monoxyde de carbone. Mais tout cela pouvait aussi bien n'être qu'une hallucination. Peut-être étaient-ils tous les trois en train de devenir fous.

Ou peut-être étaient-ils hantés par les fantômes des gens qui habitaient là autrefois. La mine effondrée. Les vingt mineurs morts. Un frisson lui parcourut l'échine, suffisamment puissant pour ramollir ses muscles. Elle se ressaisit et se reprocha de se laisser aller à ces délires paranormaux. Dylan était là. Quelque part. Il n'y avait qu'elle et lui dans cette ville.

19

Emmaline

Il faisait trop noir pour explorer des maisons délabrées sur le point de s'effondrer. Et il était trop tôt pour aller se coucher, aussi Emmaline partit-elle en voiture à Hurton, en faisant bien attention à ne pas s'écarter involontairement du chemin. C'était d'ailleurs une autre piste à envisager : le père, la mère et l'enfant avaient été tués dans un accident. Ou gravement blessés. Ou pris au piège de leur véhicule. La meilleure solution était peut-être d'envoyer des yeux observer les environs depuis le ciel. Avec un petit avion, depuis Leonora ou Kalgoorlie. Elle donnerait suite à cette idée dès le lendemain.

Il n'y avait qu'un seul établissement ouvert en ville, un pub qui avait dû connaître des jours meilleurs. Les briques s'effritaient et l'une des lampes du porche clignotait comme un ivrogne qui n'en finirait pas de basculer de la conscience à l'inconscience. Mais c'était mieux que rien.

Tous les yeux se braquèrent sur elle lorsqu'elle entra. Elle reconnut la nature de ces regards – un mélange de curiosité, de désir et de méfiance, en proportions égales.

Elle prit place au comptoir, sur un tabouret qui grinça comme s'il protestait contre cette perturbation. À l'autre bout du comptoir, il y avait deux hommes coiffés de casquettes de base-ball, également assis, ainsi qu'un troisième larron debout entre eux. Ils avaient interrompu leur conversation pour la déshabiller des yeux. Elle entendit des murmures provenant des box au fond de la salle, mais il faisait trop sombre pour distinguer les autres clients.

Le barman quitta son perchoir derrière le comptoir et s'avança vers elle. Ses yeux trahissaient la méfiance qui l'habitait, lui aussi. L'une de ses paupières était mi-close. Sa bouche s'affaissait légèrement, du même côté. Paralysie faciale. Bénigne, mais visible de près.

— Vous avez de la vodka ?

— Ouaip.

— De la bonne vodka ?

— Le résultat est le même, de toute façon.

Emmaline sourit.

— Une double, alors, dit-elle. Avec un trait de jus d'ananas. Et de la glace.

En attendant sa commande, elle se prépara aux questions. Il y avait toujours des questions quand une jeune femme séduisante et célibataire entrait dans un pub. Restait à savoir si ces questions seraient amicales ou intrusives.

Le type debout entre ses copains brisa la glace.

— Vous venez d'où ?

— D'une autre ville, répondit Emmaline en le regardant dans les yeux.

— Plutôt d'un autre pays, je dirais, rétorqua le type, qui sembla ravi de déclencher les rires de ses comparses.

Emmaline reçut sa remarque de plein fouet, au moment où son verre arrivait. À défaut de paille, elle touilla sa vodka avec un doigt et répliqua :

— Non, je suis australienne. C'est quoi, votre excuse ?

— Mon excuse pour quoi ? demanda l'autre avec la tête du type qui se demande s'il a bien pensé à éteindre le gaz en partant de chez lui.

— Pour cet air débile sur votre tronche. Et pour vos cheveux. Votre mère était bourrée quand elle vous les a coupés ? Ou elle voulait juste se venger parce que vous vous êtes pas retiré comme vous l'aviez promis ?

Les amis du type explosèrent de rire, l'un d'eux en cracha même sa bière en cascade par-dessus le comptoir, évitant le barman de justesse.

Emmaline pivota sur son tabouret et attendit que le gars lui fonce dessus. Il était grand, mais maigre. Gérable. Elle avait étudié un certain nombre de formes d'autodéfense. Ce qui était plutôt utile dans son métier. Parfois, elle était obligée de poser des questions qui énervaient les gens. Et parfois rien ne l'y obligeait, mais elle y prenait un certain plaisir.

Le gars était retenu par ses copains, qui se marraient toujours ; il fulminait, mais il se laissa radoucir par leur proposition de reprendre une bière. C'étaient des types bas de plafond – pas malins, ils n'iraient pas bien loin dans la vie. Elle se concentra à nouveau sur la raison de sa présence dans ce trou paumé.

— L'un de vous connaît-il la famille Maguire ?

Sa question souleva des murmures, ce qui la laissa penser que c'était bien le cas, mais personne ne lui répondit.

Emmaline avait l'habitude de susciter la méfiance. À cause de son métier de flic et à cause de sa couleur de peau. Certains considéraient même cette combinaison comme inouïe. Comme s'ils étaient surpris qu'elle soit capable de faire ce boulot.

— Vous arrivez pas à les retrouver ? demanda une voix depuis un box sur le côté.

— J'ai un message pour eux, répondit Emmaline, qui préférait rester évasive.

Il était inutile de propager la nouvelle de la disparition des Maguire pour l'instant. Il y avait des canaux officiels pour cela.

— Vous êtes de la poste ou de la police ? demanda l'un des trois gars au bout du comptoir.

Il était aussi moche que son copain, avec un visage tout de travers.

— En ce moment, je suis fatiguée et furax. Ils habitaient à Kallayee.

À nouveau, ses paroles soulevèrent des murmures, mais rien de conséquent. Elle retourna à son verre. C'était une vodka bon marché et mauvaise, tout comme le jus d'ananas. Mais ça faisait effet. Elle ne boirait pas trop, de toute façon. Elle devait garder à l'œil les types au bout du comptoir.

Sirotant le fond de son verre, elle était en train de se demander si une seconde tournée était raisonnable au vu du dangereux trajet de retour qui l'attendait, quand elle sentit une présence à côté d'elle. Elle se retourna et vit un homme dont les yeux bleus tranchaient avec son visage buriné et usé. Il devait travailler en extérieur. Un ouvrier agricole. Un technicien de lignes à haute tension. Un peintre en bâtiment. Ou peut-être Miller, le propriétaire de ce *bed and breakfast* miteux dont Rispoli lui avait parlé.

— Vous êtes vraiment flic ?

Emmaline resta immobile. Elle ne détectait ni accusation ni aigreur dans la question. Elle opina du chef.

— Je vous ai jamais vue dans le coin, dit-il.

— Vous recevez la visite de beaucoup de flics ?

— Peut-être que oui, peut-être que non. Un autre ? demanda-t-il en penchant la tête vers le verre presque vide d'Emmaline.

Elle secoua la tête. Encore une demi-heure et elle prendrait le chemin du retour.

— Mais je vous en prie, prenez-en un, vous, dit-elle.

Il obtempéra. On lui tendit une bière mousseuse qui menaçait de déborder mais resta miraculeusement dans le verre.

— Ça vous dérange si je m'installe ? demanda-t-il en faisant un signe en direction du tabouret.

D'un geste, Emmaline l'invita à s'asseoir.

— Je m'appelle Matthew, dit son voisin de comptoir. Ou Matty, si vous préférez.

Emmaline accepta la main large et calleuse qu'il lui tendait. Elle la serra pour montrer qu'elle n'était pas intimidée.

— Emmaline, répondit-elle.

— Joli prénom. Pas banal.

— Pas banal d'avoir un joli prénom ?

— Pas banal d'en entendre un, dit Matty avant de boire une gorgée de bière. Est-ce que vous essayez toujours d'énerver les gens ? demanda-t-il en hochant la tête en direction du bout du zinc.

— Seulement quand je m'ennuie. Ou quand on m'emmerde.

Matty sourit.

— Je vais essayer de faire ni l'un ni l'autre, alors.

— Dans ce cas, on devrait s'entendre, répondit Emmaline.

— Qu'est-ce qui vous amène ici ?

— Les Maguire. Vous les connaissez ?

— Pas vraiment. Je les ai vus en ville. J'ai entendu des trucs.

— Quel genre de trucs ?

— Les trucs habituels dans les petits patelins. Des ragots. Les suppositions des uns et des autres. Le père venait acheter des matériaux au magasin de Spider Mallon.

— Souvent ?

— Tous les deux jours. Peut-être seulement pour se tirer de là-bas. Pour pas devenir fou, vous voyez ? À cause de l'isolement.

— Ça arrive souvent par ici ?

— À ce qu'il paraît, répondit Matty avec un hochement de tête qui en disait long.

— Comment était-il ?

— Je lui ai parlé qu'une seule fois. Il avait l'air prudent, réservé, je suppose, enfin, quand on connaît personne, c'est plutôt normal. Il venait pour faire ses achats et il repartait. Mais il regardait toujours par-dessus son épaule, comme s'il se croyait observé.

— Que faisaient sa femme et son enfant pendant qu'il achetait ses matériaux ?

— C'est ça qui était bizarre, répondit Matty. On les voyait jamais ensemble. C'était soit lui soit elle qui venait en ville. Elle, c'était moins souvent. Et seulement pour faire des courses.

— À quelle fréquence ?

— Elle est venue seulement deux ou trois fois.

— Donc elle achetait en gros ?

— Faudrait demander à Darcey, au magasin. Mais ça m'étonnerait. On ne conserve rien en grosses quantités, dans le coin. À part ce truc doré, ajouta-t-il en levant son verre à demi vide.

Emmaline s'interrogeait sur ces courses. Peut-être que Naiyana Maguire allait les faire à Leonora ou à Wisbech. Pour y acheter des choses qui les feraient se sentir chez eux.

— Et le petit garçon ?

— Des fois, il était avec eux, des fois, non.

— Des signes de problèmes entre eux ? Des engueulades ?

— Qu'est-ce que j'en sais ? demanda Matty avec un petit rire. Peut-être qu'ils se disputaient, ou peut-être pas. Ou peut-être que c'était un couple qu'avait pas besoin d'être tout le temps collé-serré.

Il avait raison, évidemment. La plupart des problèmes ne se manifestent pas par des explosions. Ils restent longtemps tapis sous la surface, sournois et fourbes, et ne remontent que lentement, avant de se révéler au monde dans toute leur splendeur destructrice.

— Vous avez vu de nouvelles personnes en ville ?

— À part vous ?

Emmaline sourit et regarda vers le bout du comptoir. Les trois gars chuchotaient entre eux. D'instinct, elle sut qu'ils étaient en train de mijoter quelque chose.

— Je suis sûre que ce patelin n'est pas inconnu des services de police, dit-elle.

Matty pencha la tête avec une moue qui lui fit comprendre qu'elle avait raison.

— T'as vu des nouvelles têtes dans le coin, Bill ? demanda Matty.

Le barman répondit sans bouger de son perchoir derrière le comptoir, d'où il surveillait son domaine.

— Deux trois touristes, des ouvriers agricoles. Un vendeur d'assurances. Et un gars qui s'était perdu. Habillé comme pour un entretien d'embauche. Il avait confondu Kallayee et Kalgoorlie, le pauvre vieux !

Matty et Bill rirent aux éclats. Mais Emmaline avait encore une question à poser.

— Est-ce que quelqu'un est déjà allé voir les Maguire ? Une petite visite pour saluer les nouveaux voisins et savoir ce dont ils avaient besoin ?

— Pas que je sache, répondit Matty.

Emmaline lança un regard à Bill. Il avait une expression impassible, aidé en cela par ses nerfs paralysés d'un côté du visage.

— Mais ça veut pas dire que personne y a été, ajouta Matty avant de s'excuser pour aller aux toilettes.

Tandis qu'il se levait, Emmaline observa son visage, à nouveau attirée par ses yeux d'un bleu glacial. C'était le détail qui l'emportait sur tout le reste de son apparence. On y lisait une sorte de froideur, qui rendait envisageable l'idée qu'il ait lui-même pu rencontrer et menacer la famille. Mais aurait-il été capable de s'en vanter devant la police ?

Quelques clients commençaient à sortir en file indienne, derrière elle. Ils rentrent chez eux, supposa-t-elle, doutant fort qu'il y ait une boîte de nuit digne de ce nom dans un rayon de cent kilomètres.

Elle gardait toujours à l'œil les trois hommes qui restaient obstinément à leur bout du comptoir, quand quelqu'un lui tapota l'épaule. C'était une femme, la soixantaine, les cheveux gris ébouriffés. Son visage rayonnait ; sa soirée bien arrosée avait visiblement exacerbé sa nature bienveillante.

— Vous avez une photo d'eux ? demanda la femme.

— Des Maguire ?

— Ouais, ma petite.

Emmaline sortit son téléphone et lui montra une photo. On y voyait les trois membres de la famille qui posaient ensemble. Bien habillés, mais dans une attitude détendue. Les parents de Lorcan l'avaient envoyée à la police.

La femme tapota l'écran d'un doigt tremblotant.

— Lui, je l'ai vu.

Emmaline se redressa.

— Le père ? Où ça ? Quand ?

— Avant le nouvel an. Mardi dernier, je crois.

— Le 28 ?

— C'est ça, mon chou. À Wisbech.

— À Wisbech ? Qu'est-ce qu'il faisait ?

La femme haussa les épaules.

— Il parlait à quelqu'un.

Emmaline fit défiler les photos et trouva celle qui montrait toute la famille de Lorcan.

— L'une de ces personnes ? demanda-t-elle.

La femme observa attentivement l'image, avec une concentration telle que sa langue pointait légèrement entre ses lèvres. Elle secoua finalement la tête.

— J'ai vu que l'arrière de sa tête. Au type à qui il parlait. Des cheveux noirs. Bien coupés.

— Rien d'autre ?

Elle secoua encore la tête.

— Je l'ai reconnu parce que je l'avais croisé en ville, dit-elle en pointant Lorcan du doigt sur le cliché. Chez Mallon. La quincaillerie.

Là-dessus, elle partit en direction de la porte, qu'elle eut bien du mal à franchir. Vu son état d'ébriété, ce n'était pas un témoin complètement fiable, mais c'était quand même un début. Avec qui Lorcan Maguire avait-il rendez-vous à Wisbech, ce mardi-là ? Ce n'était pas un membre de sa famille, donc était-ce un ami ? Ou quelqu'un de chez INK Tech ? Matty avait dit qu'il semblait sur la défensive. L'avait-on suivi quand il était rentré à Kallayee ? Était-ce là la cause de l'enregistrement paniqué retrouvé sur le téléphone ?

Les pensées d'Emmaline furent interrompues par le retour de Matty, mais son esprit restait en effervescence. Elle eut soudain l'envie irrépressible de reparcourir les dossiers, convaincue que quelque chose lui avait échappé.

— Je dois rentrer, dit-elle.

La façon dont Matty haussa les sourcils laissait entendre qu'il avait une autre proposition à lui faire.

— Vous pouvez venir chez moi, suggéra-t-il. J'habite juste au coin de la rue.

Emmaline sourit. Elle écarta toute tentation, bien résolue à s'en tenir à sa règle.

— Pas ce soir.

Matty eut un grand sourire.

— Un autre soir, alors ? dit-il.

— Qui sait ? répondit Emmaline en cherchant les clés de sa voiture dans sa poche. Il se peut que je reste un moment dans le coin. Jusqu'à ce que je réussisse à discuter avec les Maguire, en tout cas.

Elle lança un regard aux trois demeurés qui stagnaient au bout du comptoir, guettant leur réaction. Constatant leur apathie, elle commença à se diriger vers la porte.

— Voilà mon numéro, dit Matty en lui tendant une pochette d'allumettes sur laquelle étaient inscrits, en lettres vertes sur fond gris, le nom et le numéro du pub.

Emmaline ouvrit la pochette. Il n'y avait rien d'autre qu'une rangée de six allumettes à bout gris à l'intérieur.

— Il n'y a aucun numéro, dit-elle.

Matty but une nouvelle gorgée de bière et sourit.

— Suffit d'appeler le pub. En général, c'est là que je suis.

Emmaline sourit à son tour et glissa la petite pochette en carton dans sa poche.

20

Naiyana

Naiyana fouillait chaque maison l'une après l'autre en appelant Dylan, mais ne faisait que se heurter au silence.

Le désespoir montait en elle. Elle regarda son téléphone machinalement. Elle savait qu'elle n'aurait aucun signal qui lui permettrait d'appeler Lorcan ou la police.

En sortant d'une maison, elle crut apercevoir quelque chose, un peu plus loin devant elle. Une silhouette, peut-être. Ignorant la petite voix qui lui déconseillait de suivre l'ombre, elle marcha dans cette direction, trébuchant sur les palissades cassées et les gravats.

Quand elle atteignit la maison, la silhouette avait disparu. Elle essaya de suivre son instinct pour deviner où elle était partie. Où Dylan était parti.

Elle continua de crier son nom. Mais Dylan ne répondait toujours pas. Il la punissait, et elle le méritait peut-être. Elle avait joué sur son téléphone en faisant comme s'il n'existait pas, et à présent c'était au tour de Dylan de jouer. C'était un jeu cruel.

Ce n'est que lorsqu'elle fut à bout de souffle qu'elle s'arrêta, appuyée sur une clôture qui plia sous son poids mais résista suffisamment pour la soutenir. Elle regarda à nouveau autour d'elle. La bourgade tout entière semblait retenir sa respiration, comme pour participer à cette partie de cache-cache. Où s'est caché le petit Dylan ?

Fermant les paupières, elle essaya de refouler la panique. Elle inspira une bouffée d'air brûlant et sec et eut l'impression de se sentir un peu mieux. Alors elle rouvrit grand les yeux. Il n'y avait pas de silhouette et il n'y en avait jamais eu. Et, même s'il y en avait eu une, ce n'était pas Dylan. Un petit garçon de six ans ne pouvait pas être plus rapide qu'elle.

Elle décida de retourner chez eux. Avec un peu de chance, Lorcan serait rentré. Ils pourraient chercher ensemble. S'organiser et partir à la recherche de leur fils. Elle était tellement désespérée qu'elle se fichait d'avoir besoin de Lorcan. Elle était indépendante et forte, mais la peur restait la peur. Et la peur est égoïste. Quand on patauge dans le merdier, mieux vaut avoir un partenaire.

Lorsqu'elle arriva devant leur maison, elle ne vit aucune trace de la Toyota blanche. Refoulant tant bien que mal un sentiment de déception écrasant, elle rentra dans la maison. Elle réfléchit à ce qu'elle devait faire. Traverser à pied l'étendue de broussailles pour aller jusqu'à Hurton, où elle aurait un signal téléphonique, semblait de la folie. Mais une folie qui avait des chances de réussir. Une folie qui lui permettrait d'agir. Ses pensées furent interrompues par un bruit. Pas le grondement sourd qui les tourmentait la nuit, autre chose. Un feulement. Comme celui d'un animal qui chasserait. Ça venait de l'intérieur de la maison. Peut-être que la silhouette qu'elle avait aperçue en ville était bien réelle. Ce n'était pas humain, c'était animal. Ça venait des chambres. Un grognement insistant – de faim ou de colère. Elle prit un couteau dans la cuisine. Pour se défendre. Pour attaquer si besoin.

Elle traversa prudemment le couloir en s'efforçant de faire le moins de bruit possible, mais le vieux plancher lui rendait la tâche difficile. Le feulement s'était changé en un couinement.

Après avoir lentement ouvert la porte de leur chambre, elle constata que celle-ci était vide. Les lits étaient toujours défaits, et le soleil de cette fin de journée filtrait à travers les volets de bois que Lorcan avait installés.

Il restait une chambre. Quand elle approcha de la porte de Dylan, elle se prépara à tout. Quatre pattes, deux pattes, des poils, des écailles. Une bête sauvage.

Elle poussa la porte. Ce qu'elle découvrit lui fit lâcher le couteau, qui vint se ficher sur une latte du plancher, manquant de peu son pied. Dylan était au lit, les yeux clos, mais il se débattait, comme aux prises avec un cauchemar, et les ressorts usés du lit grinçaient de douleur sous le poids de son corps agité.

Naiyana s'assit au bord du lit et posa la main sur son front. Au moins, il n'avait pas de fièvre. C'était juste un petit garçon fatigué qui rattrapait le sommeil qu'il ne trouvait pas la nuit. Elle resta assise là jusqu'à ce que l'obscurité, tombée rapidement, les enveloppe tous deux de son manteau étouffant. Lorcan n'était toujours pas rentré. L'appréhension qu'elle avait ressentie au sujet de son fils se transféra vers son mari. Où était-il ?

21

Lorcan

Il n'avait pas tenu longtemps au pub. Les regards et les murmures qui fusaient dans cette atmosphère renfermée et saturée de vapeurs d'alcool étaient plus qu'il n'en pouvait supporter. Quelques locaux un peu balourds lui avaient directement demandé qui il était et ce qu'il faisait là, mais il les avait ignorés. Une femme aux cheveux gris avait essayé d'engager la conversation, mais il avait eu l'impression que tout cela n'était qu'une vaste blague faite à ses dépens. Alors il s'était acheté quelques canettes de bière et avait trouvé un coin où garer son pick-up pour boire en paix, à l'écart, entre Kallayee et Hurton. De là, il avait une vue superbe sur une gorge qu'il se promit de revenir explorer à la lumière du jour.

Il balança une nouvelle canette vide dans les broussailles, et se remit à penser à la tournure que prenait sa vie et à ce qu'il… ce qu'*ils* faisaient ici tous les trois. Il avait espéré que ce déménagement les rapprocherait. Qu'il leur donnerait un but commun vers lequel tendre. Un gain d'espace et de liberté sans la pression permanente du travail. Mais même après avoir fui jusque dans le désert, ce qu'il avait fait le hantait. Avait-il eu raison ou tort ? Était-ce vraiment nécessaire ? Il avait coupé des ponts, s'était imposé beaucoup de stress. Il avait sacrifié sa carrière juste pour le plaisir de s'offrir une petite vengeance insignifiante. Détruire des entreprises semblait inscrit dans l'ADN de sa famille, cette espèce de succube géant qui se nourrissait du désespoir d'autrui.

Ils allaient certainement se lancer à sa recherche. Ils avaient déjà traqué des gens par le passé, comme il l'avait appris au tribunal. Ces gens-là ne plaisantaient pas. C'étaient des escrocs. Des types violents. Mais ce qui était fait était fait. Il ne pouvait plus revenir en arrière. Il n'avait plus aucun contact avec personne. Quoique non, c'était une fausse impression : le contact était toujours possible. Tant que Naiyana et lui avaient un téléphone portable, du moins. Plus tôt dans la journée, alors qu'il était à Hurton, Phil lui avait écrit un texto ; il voulait venir le voir. Lorcan se demandait bien pourquoi. En tant que collègue inquiet ? Par curiosité ? Ou pour une autre raison ? Ça faisait une sacrée route, juste pour renouer et bavarder. Mais Lorcan avait sa petite idée sur la question. Phil voulait savoir s'il avait les données. Ou s'il souhaitait les vendre.

22

Naiyana

Elle finit par s'endormir à côté de Dylan. L'épuisement avait enfin eu raison de l'inquiétude suscitée par l'absence prolongée de Lorcan. Mais le répit fut bref. Le grondement désormais familier retentit à nouveau, comme un pic-vert lui martelant le crâne. Cette fois, pourtant, le son ne provenait pas des profondeurs de la terre, il semblait flotter dans les airs. C'était le souffle d'un moteur. Il lui parvenait faiblement. Lorcan était de retour. Elle ressentit un certain soulagement, mais aussi de la colère. Où était-il allé ? Comment avait-il pu les laisser seuls si longtemps ? Les questions prirent la relève du pic-vert pour s'attaquer à son cerveau. Elle attendit que le bruit de moteur se rapproche et soit bientôt suivi de celui des pas de Lorcan devant la maison. Mais le vrombissement ne s'approcha pas. Au contraire, il s'éloignait.

Elle était complètement réveillée, à présent. Dylan dormant à poings fermés, elle se hasarda dehors. L'air avait fraîchi, mais la température restait douce. Elle ne vit nulle trace de Lorcan ni du pick-up.

Elle était pourtant certaine de l'avoir entendu. À la lumière de la lune gibbeuse, elle avança en direction du carrefour, sans rien entendre d'autre que le murmure du vent et le crissement du sable sous ses sandales. Elle ressentit une étrange impression de quiétude à guetter la Toyota, à chercher son mari comme si elle se lançait à nouveau en quête de l'amour.

À l'approche du croisement, sa quiétude commença à s'estomper. Et si ce n'était pas son mari mais quelqu'un d'autre ?

Peut-être que cette personne pourrait l'aider à trouver Lorcan ?

Ou pas. Elle était toute seule, au beau milieu du désert.

Sans défense.

Lorsqu'elle atteignit l'intersection, elle se demanda si elle tenait vraiment à trouver la source de ce bruit ou s'il ne valait pas mieux en conclure qu'elle était en train de devenir folle, tout simplement. Folle, mais seule. Elle revenait de loin. Elle avait une tante, à Geelong, qui avait été internée en hôpital psychiatrique. Ce genre de saloperie était peut-être héréditaire.

Elle observa longuement les routes de terre qui partaient du carrefour, mais n'y distingua aucun mouvement, aucun bruit. Seul le squelette du kangourou lui tenait compagnie. Lui au moins avait un rôle à jouer. C'était un point de repère. Sa raison d'être à elle était moins claire. Une mère, oui. Une épouse, de temps en temps. Une femme de ménage, non, merci. Était-ce le signe qu'elle devait rentrer à Perth ? Redonner du sens à sa vie ? Là-bas, au moins, elle pouvait se rabattre sur Internet pour trouver des réponses. Ici, elle était handicapée par l'ignorance et l'isolement.

Ses pensées furent troublées par le grondement. Ce bruit mystérieux qui leur tapait sur les nerfs. Elle avait envie de rentrer chez elle retrouver son fils et son lit, mais elle avait aussi besoin de réponses. Il était temps de résoudre cette énigme. S'orientant en direction du bruit, elle arriva devant une maison faite de tôle et de briques, au bord de la route.

23

Emmaline

Le trajet du retour fut laborieux ; elle n'avait eu, pour seul guide, que la faible lueur d'un petit croissant de lune.

Et ce qui l'attendait au bout du chemin ne valait pas franchement le coup : une caravane vide et sinistre qui semblait puer encore plus qu'avant, comme si son locataire précédent y était retourné en douce pour fumer tout un paquet.

Elle regrettait de ne pas avoir accepté l'invitation de Matty. Tout ce qui l'attendait à Kallayee, c'était du travail. Intéressant, mais pas amusant.

Pendant qu'elle était au pub, elle avait reçu sur son téléphone deux nouveaux dossiers de la part du QG. Quatre vlogs YouTube postés par Naiyana Maguire sous le pseudo NeeM999. Le rapport mentionnait également 123 autres pseudos en lien avec d'autres campagnes auxquelles elle avait participé. Ces pseudos avaient tous été bannis et supprimés. Emmaline s'occuperait de cela plus tard. Pour l'instant, elle devait se concentrer sur ce qui s'était passé à Kallayee.

Les vlogs de Naiyana portaient sur les difficultés de leur nouvelle vie. Les deux premiers n'étaient que des récits. Dans le troisième, elle apparaissait à l'écran. Elle les avait intitulés

« Ma vie de mère dans l'*outback* ». Ils prenaient la forme de comptes rendus bruts, livrés avec le style et la touche personnelle d'une femme rompue à ce type d'exercices. Naiyana ne disait pas tout et parlait d'un ton enjoué et dynamique, contredit par des cernes que son maquillage ne parvenait pas à dissimuler entièrement. Elle racontait une version édulcorée de l'histoire.

Des images de la petite ville, de ciels colorés et de cahutes abandonnées accompagnaient le récit des épreuves qu'ils traversaient. Dans la troisième vidéo, on voyait Dylan de dos en train de jouer avec ses petits camions sur un tas de sable, mais il ne faisait pas attention à la caméra, et son visage n'apparaissait pas. À la fin de ce dernier film, on entendait Lorcan demander à Naiyana de poser son téléphone et de venir l'aider. L'irritation dans sa voix était palpable, tout autant que celle qu'on entendait dans la réponse de Naiyana. Le passage avait été conservé, sans doute intentionnellement, dans ce vlog qui, autrement, paraissait très professionnel. Ce détail laissait supposer que tout ne se passait pas très bien, que les nerfs de la famille étaient mis à rude épreuve, que la mère et le père – et même Dylan – se repliaient sur eux-mêmes et s'éloignaient les uns des autres.

Dans la dernière vidéo, on trouvait un exposé plus honnête sur l'absence de douche et quelques astuces pour se laver avec un gant et un seau. Un tourbillon marron apparaissait dans le lointain. C'était une petite tornade de poussière qui, à première vue, pouvait sembler le détail le plus intéressant de ce plan large, mais une ombre attira l'attention d'Emmaline. Elle mit la vidéo sur pause et scruta l'écran avec attention, les yeux plissés. Sur l'image arrêtée, on voyait la maison, sur le toit de laquelle Lorcan posait des briques.

Mais derrière, à l'arrière-plan, il y avait autre chose. À moitié dissimulée au coin d'une maison, une silhouette sombre semblait les épier. Elle distingua une tête et des épaules qui disparurent derrière la maison dès qu'elle remit la vidéo en marche. Elle revint en arrière et regarda à nouveau la séquence pour en avoir le cœur net. Aucun doute : il y avait quelqu'un.

24

Emmaline

La silhouette aperçue dans le vlog et la question de savoir qui Lorcan Maguire avait bien pu retrouver à Wisbech taraudèrent Emmaline toute la nuit. Elle dormit d'un sommeil entrecoupé, jusqu'à ce que sa soif de réponses la force à ouvrir le fin rideau et laisser la lumière du matin inonder la caravane.

Elle ordonna à Barker, Rispoli et Anand de revenir fouiller le bourg. Il s'y trouvait forcément quelque chose qui expliquerait les disparitions, elle était prête à en mettre sa main au feu. Malgré les mines et l'histoire de la région, le sol n'avait pas pu s'ouvrir et engloutir le couple et l'enfant. L'endroit devait être passé au peigne fin.

Les hommes arrivèrent et se mirent à explorer la ville fantôme, ralentis par la nécessité de s'assurer que les constructions ne s'effondreraient pas sur leur tête avant d'y pénétrer. Barker était toujours prêt à parier que c'était ce qui était arrivé aux Maguire, mais, au vu des vidéos, Emmaline trouvait peu probable qu'ils aient été très portés sur les activités de groupe.

Encore une fois, elle fit équipe avec Rispoli. Après tout, leur premier rendez-vous en tête à tête avait consisté à ratisser des baraques abandonnées, pourquoi ne pas recommencer ?

Près du carrefour, ils remarquèrent une première maison intéressante. La structure de tôle et de briques avait dû être solide autrefois, mais la façade s'était écroulée, et le toit, que les murs ne suffisaient plus à soutenir, penchait jusqu'au sol, l'avant mordant la poussière, l'arrière s'accrochant désespérément au mur du fond.

— Par ici, dit Emmaline à Rispoli.

— Qu'est-ce qu'il y a ?

— Je veux regarder sous cette maison.

— Pourquoi ? Elle s'est effondrée.

— Oui, et je pense que c'est récent.

— Qu'est-ce qui vous fait dire ça ?

— Si elle était dans cet état depuis longtemps, elle serait couverte de poussière. Or, ce n'est pas le cas.

— Un coup de vent, peut-être ?

— Peut-être.

Emmaline appela Barker et Anand qui, aidés de Rispoli, saisirent l'avant du toit et le soulevèrent, en ayant pris soin d'enrouler leur veste autour de leurs mains pour se protéger de la chaleur brûlante et des arêtes coupantes du métal à nu. La toiture s'éleva sans s'abîmer. Mais de quelques dizaines de centimètres seulement.

Emmaline se pencha et jeta un œil en dessous. C'était obscur, poussiéreux. Aucune puanteur caractéristique de chair en décomposition. C'était plutôt bon signe.

— Vous êtes sûre de vouloir aller là-dessous ? demanda Barker.

— Pas du tout, répondit Emmaline. Mais il le faut.

Elle se fraya tant bien que mal un chemin sous la tôle, pliée en deux et repoussant les morceaux de brique et de pierre.

À mesure que la lumière diminuait, elle sentait la température augmenter.

— J'espère que vos vaccins antitétanos sont à jour ! lui cria Barker.

Toujours d'une aide précieuse, celui-là.

Emmaline se faufila un peu plus loin, aussi vite qu'elle le pouvait. Elle n'avait aucune envie de rester là-dessous plus longtemps que nécessaire.

— Vous tenez le coup ? demanda-t-elle, s'étouffant dans la poussière.

— Ça va, répondit Rispoli d'une voix tendue.

Le ton qu'il employa ne la rassura pas beaucoup.

L'angle du toit réduisant l'espace, elle se pencha encore plus pour enjamber un poteau en bois, qui déchira sa blouse, comme pour la convaincre de ne pas s'aventurer plus loin.

Derrière elle, Barker la sommait de se dépêcher, appuyé par les grognements sourds de Rispoli et d'Anand ; au-dessus d'elle, la tôle oscillait et lui frôlait à présent le sommet du crâne.

Elle était arrivée au milieu de la baraque. Ses yeux tentèrent de percer l'obscurité, et elle chercha à tâtons la présence de vêtements, de chair, de n'importe quoi. Elle ne trouva rien.

— Je sors ! annonça-t-elle.

Elle recula rapidement, et la tôle rouillée lui érafla la tête. Elle sentait dans sa bouche le goût des écailles de métal oxydé qui lui tombaient dessus. Une retraite maladroite et précipitée vers la lumière.

Dès l'instant où elle se fut dégagée, Rispoli, Anand et Barker laissèrent retomber le toit de tôle avec fracas, dans un grand nuage de poussière qui les obligea à se détourner.

— Alors ? demanda Barker en secouant ses bras pour les détendre et en agitant ses mains devenues rouge vif.

Emmaline secoua la tête, dans un mélange de soulagement et de déception.

Les recherches reprirent. À quelques maisons de là, Emmaline poussa de côté une plaque de tôle et pénétra dans une autre construction en ruine. À l'intérieur, une cloison s'était à moitié écroulée, transformant tout le rez-de-chaussée en une seule et même pièce. Emmaline se dit qu'il devait s'agir d'une des belles maisons du patelin, autrefois ; il y avait même encore un vieux frigo jauni dans la cuisine. Elle jeta un œil à l'intérieur. Juste pour vérifier.

— Comment ça se passe, dans la caravane ? demanda Rispoli tandis qu'ils ressortaient.

— J'ai l'impression d'être dans les poumons d'un fumeur, répondit Emmaline.

— Webster fumait soixante cigarettes par jour.

— Fumait ?

— Oui, c'est la raison pour laquelle la caravane était disponible si rapidement.

Ce détail vint mettre un terme à la conversation. Momentanément.

— Je suis allée à Hurton hier soir, dit Emmaline.

— Une ville festive et animée, je parie, ironisa Rispoli.

— J'ai découvert deux ou trois choses.

— Comme… ? s'enquit Rispoli tandis qu'ils entraient dans la maison suivante.

C'était une construction en bois, mais les murs demeuraient solides. Elle était aussi bien mieux meublée que les autres, comme si ses habitants étaient partis récemment – un peu comme celle des Maguire.

— On les voyait rarement tous les trois ensemble, répondit Emmaline. C'était soit lui soit elle qui venait.

— Et l'autre restait à Kallayee avec l'enfant pendant ce temps ?

— Je suppose. Apparemment, le père est allé voir quelqu'un à Wisbech.

— Un membre de la famille ?

— Non.

— Alors qui ?

— Ça reste à découvrir..., dit Emmaline, laissant ses derniers mots en suspens.

Elle se dirigea vers l'une des armoires abandonnées et regarda par terre.

— Ce meuble a été déplacé, remarqua-t-elle.

— Je suis sûr qu'il a été déplacé plein de fois, répondit Rispoli en jetant un œil dans la cuisine.

— Non, c'est récent. Regardez les traces dans la poussière.

Des marques indiquaient en effet un déplacement latéral, qui avait mis à nu le plancher marron clair.

— Aidez-moi, dit Emmaline en tirant l'armoire vers elle, suivant les traces au sol.

Sous le meuble, ils découvrirent un trou. Un rond nettement découpé dans le plancher.

À l'aide de la lampe de son téléphone, Emmaline éclaira une série de marches grossièrement taillées. Cela la fit songer à ces sous-sols dont on parlait parfois à la rubrique faits divers dans les journaux. Ces lieux souterrains qui servaient à cacher le fruit de relations incestueuses. Ou des victimes kidnappées.

— Appelez Barker et Anand. On descend.

25

Emmaline

Ils avancèrent aussi lentement sous terre qu'en surface. D'abord, ils durent s'assurer que les poutres d'étai installées le long du tunnel ne risquaient pas de s'effondrer. Emmaline se rassura en se disant qu'elles avaient tenu bon une centaine d'années ; Rispoli et elle auraient donc une sacrée poisse s'ils se les prenaient sur la tête pile à ce moment. Quoi qu'il en soit, chaque étai fut rigoureusement inspecté au fur et à mesure de leur progression.

Ils s'étaient demandé s'il fallait appeler une équipe de spécialistes, mais tous s'accordèrent à dire que cela prendrait trop de temps de faire venir des mineurs ou des spéléologues. Par ailleurs, ils ne trouveraient sans doute rien d'autre que les espoirs perdus cent ans auparavant.

Cette théorie fut quelque peu révisée lorsqu'ils découvrirent des provisions. Des canettes de soda, des sachets de chips, des friandises qui n'existaient certainement pas un siècle plus tôt. Il y avait un petit tas de KitKat au beurre de cacahuètes. Quelqu'un était venu ici récemment.

Emmaline pressa le pas, Rispoli sur les talons, et se mit à appeler par leur nom les membres de la famille Maguire, mais seul l'écho lui répondit.

Derrière elle, Rispoli appela à nouveau. Sa voix grave leur revint aussitôt, réverbérée par les parois du tunnel. Ils avaient atteint un cul-de-sac, jonché d'emballages de barres chocolatées et de détecteurs de métal. Il y avait aussi un casque antibruit. Et autre chose encore : deux machines qui, même si elles étaient recouvertes de suie et de poussière, avaient l'air très modernes. L'une ressemblait à un bac rouge avec un petit tapis roulant en dessous, l'autre, à une sorte de broyeur muni de roues et d'un marteau. Les deux étaient reliées à un petit groupe électrogène. C'était une espèce de chaîne de transformation. Le bac était rempli de cailloux.

— Qu'en pensez-vous ? demanda Rispoli.

— On dirait une exploitation minière, dit Emmaline. À petite échelle. On charge les pierres pour les broyer et puis on met le matériau obtenu dans ce bac pour le laver, en utilisant le tuyau en boucle, qui permet de recycler l'eau.

— Vous croyez qu'ils cherchent de l'or ?

— Sans doute.

— Il ne doit plus en rester beaucoup.

— Suffisamment pour que ça vaille le coup d'essayer, dit Emmaline. Suffisamment pour prendre le risque de laisser les machines ici.

— À moins qu'ils aient prévu de revenir, suggéra Rispoli.

— Si c'est le cas, ils vont avoir une petite surprise. Appelez la police scientifique, faites-la descendre ici. Inspectez le matériel et tous les détritus que ces gens ont laissés derrière eux. On va savoir de qui il s'agit.

— Les Maguire ?

— Ça ne répondrait toujours pas à notre question. Que leur est-il arrivé ?

26

Lorcan

Il passa la nuit dans le pick-up. Cela lui permit de respirer un peu. Là était l'ironie de Kallayee. Malgré tout cet espace, Lorcan n'échappait pas à l'impression de claustrophobie. Il était enfermé en lui-même, pris en otage par ses méfaits passés.

Naiyana l'ignorait complètement. Elle n'avait préparé le petit déjeuner que pour Dylan et elle. Si c'était la méthode qu'elle avait choisie pour le punir, cela ne le dérangeait pas. Pas de cris, pas de hurlements. Vu son épouvantable gueule de bois, il lui en savait gré. Il avait toujours trouvé que le silence était la forme de punition la moins douloureuse. Pour un petit moment, en tout cas. Le temps de laisser passer la tempête. Un couple ne reste pas ensemble pendant huit ans sans savoir ce qui exaspère l'autre et risque de mettre le feu aux poudres. Tous les humains apprennent cela dès leur plus jeune âge. Où sont les limites ? Jusqu'où puis-je aller avant que mes parents ou mon conjoint soient forcés d'intervenir ?

Elle ne lui avait même pas encore reproché de ne pas s'être mis au travail immédiatement. Il régnait une étrange tranquillité, ce matin. Comme si, en l'espace d'une nuit, Naiyana s'était transformée en zombie.

Dylan, au moins, ne l'ignorait pas. Alors, après avoir transporté le ciment et les briques jusqu'à la maison pour se mettre à travailler sur le mur pignon, Lorcan s'arrêta un instant auprès de son fils pour voir où en étaient ses opérations d'extraction. La pelleteuse remplissait le camion qui partait décharger l'or et les diamants à la ville, puis retournait à la mine, où le trou devenait de plus en plus profond, très lentement, à mesure que les tombereaux déplaçaient la terre, une tonne après l'autre. C'était incroyable, tout ce que cet enfant avait retenu de ce qu'il avait vu à la télé et lu dans les livres ; son esprit était une véritable éponge.

— C'est une grande exploitation, hein, mon fils ?

— Très grande. Et elle sera encore plus grande quand tu m'auras acheté d'autres camions.

Lorcan sourit.

— Pour ça, il va falloir que tu aides papa.

C'est ainsi qu'il acheta Dylan pour que ce dernier l'aide à mélanger le ciment, y ajoutant des pelletées de sable pendant que Lorcan le tournait et le retournait, tout en donnant à son fils la consigne d'ajouter de l'eau quand c'était nécessaire.

C'était un travail dur mais gratifiant. Le ciment formait une mixture humide très satisfaisante en retombant sur la plaque de tôle.

Lorcan jeta un œil par la fenêtre de la cuisine. Nee s'affairait à la table. L'extrémité d'un grand pansement apparaissait sous la manche de son T-shirt.

— Est-ce que quelque chose est arrivé hier ? À maman ?

Dylan faisait couler de l'eau dans le trou au centre du ciment humide, ce qui formait un petit lac boueux. Il s'interrompit et détourna le regard. Un signe qui trahissait sa culpabilité.

— Qu'est-ce qu'il y a, Dylan ?

— On s'est disputés. Maman faisait sa vidéo, et je voulais être dedans, mais elle m'a dit non, alors je suis parti en courant.

— Où ça ?

— À la maison. J'ai attendu mais elle est revenue au bout de très longtemps. Je me suis endormi, mais je l'ai entendue rentrer.

Voilà donc pourquoi elle était aussi distante, pensa Lorcan. Naiyana avait été terrifiée à l'idée d'avoir perdu Dylan, et lui n'était pas là pour lui venir en aide. Elle avait dû se blesser en le cherchant. Elle se remettait encore du choc. Et de la colère qu'elle avait ressentie à son égard. À raison.

— Et puis j'ai fait un autre cauchemar, ajouta Dylan.

— Encore le grondement ?

Le garçon hocha la tête.

— Maman était pas là, dit-il.

— Elle a dû aller se coucher dans son lit, dit Lorcan. Il est trop petit pour vous deux, le tien. Tu grandis, tu sais.

— Non, elle était pas là. Elle était pas dans la maison.

Lorcan reposa la pelle. La mixture grise formait une masse informe sur la tôle qu'il avait récupérée dans une maison effondrée, de l'autre côté de la route.

— Maman avait disparu.

— Je suis sûr qu'elle est juste allée prendre l'air, Dyl, répondit Lorcan, même s'il n'était sûr de rien du tout.

27

Emmaline

D'autres policiers furent réquisitionnés à Kalgoorlie et Perth, et Kallayee fut fouillée de fond en comble. Quatorze autres tunnels furent découverts. Tous étaient vides ou s'étaient effondrés depuis longtemps.

Les opérations ne donnèrent rien.

Un nouvel avis de recherche concernant les Maguire et leur véhicule fut diffusé dans tout l'État. On envoya un avion surveiller les routes et repérer d'éventuels pick-up accidentés.

En attendant, Emmaline décida de se concentrer sur la personne que Lorcan Maguire avait retrouvée à Wisbech. Elle commença par interroger les gens d'INK Tech.

L'entreprise était située dans une zone industrielle à Welshpool, à deux pas de l'aéroport de Perth, en direction du sud. C'était un immeuble ordinaire aux murs préfabriqués gris ; l'ensemble était terne et morne. Tout le capital avait manifestement été investi dans des rangées d'ordinateurs dernier cri et des serveurs qui ronronnaient en bruit de fond.

Elle rencontra d'abord Nikos Iannis, le patron. Son frère, Georgios, codirigeant de l'entreprise, était à l'hôpital depuis trois mois, atteint d'un cancer des os particulièrement virulent.

Le pronostic n'était pas bon. Nikos était donc seul aux commandes, mais Emmaline vit immédiatement qu'il avait le charisme et la stature nécessaires pour gérer dix entreprises. Lorsque la secrétaire la fit entrer, l'homme, un véritable géant, n'arriva pas à se lever de sa chaise – ou ne le souhaita pas.

Emmaline s'assit, coupant court aux présentations d'usage. Elle s'était déjà acquittée de cela au téléphone.

— Vous avez récemment licencié Lorcan Maguire, n'est-ce pas ? commença-t-elle.

Le sourire suffisant de Iannis s'évanouit.

— Que pouvez-vous me dire à son sujet ? poursuivit Emmaline.

— Que c'était un serpent, répondit Iannis.

— Vous avez dit « était ». Savez-vous quelque chose que nous ignorons ?

Le sourire réapparut. Menaçant, cette fois.

— Je sais sans doute beaucoup de choses que vous ignorez, inspectrice Taylor.

— Ce n'est pas une réponse, monsieur Iannis.

— Devrais-je faire appeler mon avocat ?

— Ce n'est pas un interrogatoire formel, mais si vous le souhaitez…

— J'ai dit « était » uniquement parce qu'il « était » mon employé. Ce n'est plus le cas aujourd'hui.

Emmaline suivit cette piste.

— Vous pourriez me le décrire ? demanda-t-elle.

— Je viens de le faire.

— À l'époque où il était encore votre employé. Avant qu'il soit licencié.

Iannis inspira une bouffée d'air qui se fraya difficilement un chemin jusqu'à ses poumons, comme comprimés par toute la graisse accumulée sur sa poitrine.

— D'après ce qu'on m'a dit, il avait tendance à faire le minimum syndical. On aurait dit que son travail l'ennuyait. Ses résultats se sont améliorés après un avertissement. Sans doute parce qu'il voulait garder ce boulot pour me voler des informations.

— De quelles informations s'agit-il ? demanda Emmaline.

— Des données concernant les clients. Des chiffres.

— Des données financières ?

— Je ne crois pas être obligé de répondre à cette question.

— En effet, mais cela pourrait nous aider.

— Qu'est-ce qui vous fait croire que je veux vous aider ?

Ils s'observèrent quelques secondes en silence.

— Pourquoi a-t-il été renvoyé ? demanda Emmaline.

— À cause de la pression commerciale. Il fallait qu'on licencie, il a fait partie du lot. D'ailleurs, j'avais plutôt de la sympathie pour ce petit con. On l'a laissé terminer le mois et on lui a donné un mois de salaire en prime. C'était plutôt généreux de notre part, je dois dire. Ce n'est qu'après qu'on s'est rendu compte qu'il nous manquait un nombre très important de données.

— Pourquoi pensez-vous que c'est lui qui les a volées ?

— Seules quelques personnes y avaient accès. C'est forcément lui.

— Le tribunal en a jugé autrement.

— On n'a pas pu prouver son innocence de façon certaine, dit Iannis. Mais l'inverse non plus.

— Que voulez-vous dire ?

— Le doute raisonnable l'a emporté.

— Vous l'avez revu ?

— Non. Pas après le procès. On a été trop occupés à convaincre nos concurrents de ne pas acheter les données volées. Au cas où il aurait essayé de les revendre. Maintenant, les journalistes nous tombent dessus.

Emmaline avait lu les articles. INK Tech faisait l'objet d'une importante couverture médiatique pour avoir perdu les données sensibles de ses clients.

— Vous n'auriez pas dû aller au tribunal, dit-elle.

Iannis ne répondit pas. Son regard glacial disait qu'il n'avait pas besoin qu'on lui rappelle cette erreur. Peut-être que ses avocats avaient essayé de l'en dissuader, mais qu'il n'avait pas supporté de laisser passer l'affront. Aujourd'hui, sa réputation en pâtissait.

— Je vais devoir interroger certains de ses collègues.

Nikos Iannis fronça les sourcils.

— Veillez à me tenir informé s'ils sont au courant de quoi que ce soit, dit-il froidement.

L'examen des allées et venues des employés au cours des deux dernières semaines ne révéla rien d'intéressant. Emmaline interrogea de façon informelle le reste du personnel de l'entreprise et n'eut affaire qu'à des visages inexpressifs. Selon le consensus général, Lorcan était un collègue et non un ami proche ; aucune des personnes interrogées ne lui apprit rien de nouveau, car les employés ne se fréquentaient pas en dehors du travail.

Assise dans un coin pour mettre de l'ordre dans ses notes, Emmaline vit que le bureau était effectivement en pleine gestion de crise. Les coups de fil des clients inquiets, à qui il fallait assurer que leurs données étaient en sécurité et que toutes les mesures nécessaires seraient prises pour qu'elles le restent, étaient incessants. Emmaline se demanda quelles conséquences cette perte et ce procès peu judicieux auraient sur l'entreprise. Les deux frères avaient déjà dû perdre beaucoup d'argent. Ils en perdraient sans doute davantage encore en actions en justice si jamais ces données volées fuitaient. Était-ce une raison suffisante pour menacer Lorcan ? Ou pire encore ?

28

Naiyana

Elle les fit venir tous deux dans le salon pour une réunion de famille. Elle avait une annonce à leur faire, elle l'avait préparée toute la journée.

— Je veux qu'on fasse en sorte que ça marche.

— Tu parles de notre mariage ? lança Lorcan du tac au tac.

À en juger par la grimace qu'il fit aussitôt, il regrettait sa réplique. Naiyana ne lui avait pas adressé la parole de toute la journée. Il aurait dû se douter que ce n'était pas une bonne idée de renouer le dialogue avec une blague. La situation était délicate. Plus délicate qu'elle ne l'avait jamais été.

— Notre installation ici. Il faut tout faire pour que ça marche.

Le rictus de son mari se mua en un sourire quelque peu réticent.

— Tu es sûre ?

Elle arqua un sourcil comme pour le prévenir de ne pas pousser trop loin.

— Dyl, va jouer un peu dans ta chambre, dit Lorcan.

Le petit garçon leva les yeux avant de décamper, trop heureux d'échapper à cette ennuyeuse conversation entre adultes.

— Qu'est-ce qui nous vaut ce revirement ? demanda Lorcan.

— Ça te contrarie ?

— Non, c'est juste... inattendu.

Elle s'approcha de lui et prit ses mains entre les siennes.

— C'est que..., commença-t-elle.

Elle parcourut du regard le salon dépouillé. En essayant de nettoyer les murs, elle les avait frottés au point de faire des trous assez laids dans le plâtre.

— Je ne veux pas abandonner cet endroit comme on a été obligés de le faire à Perth, continua-t-elle. Il faut tenir bon. On doit rester à l'écart de la ville pour un moment.

— Et Dyl, alors ? Il fait toujours des cauchemars.

— À Perth aussi, ça lui arrivait. Ça ne va pas s'arrêter d'un seul coup.

— Mais il ne se réveillait pas toutes les nuits. On dirait que ça empire.

— C'est juste parce qu'il a déménagé dans un nouvel endroit, un lieu étrange, c'est normal. Il faut lui laisser le temps. Il faut qu'on laisse du temps à cet endroit aussi.

Elle effleura le visage de son mari, lui adressant à dessein le sourire timide, réservé, auquel il ne pouvait résister.

29

Emmaline

Le départ de Lorcan Maguire de chez INK Tech s'était fait dans un contexte d'intrigues et de manœuvres, mais, de ce point de vue-là, sa femme n'avait rien à lui envier. On accusait Lorcan d'avoir volé des données, ce qui avait mis une entreprise en difficulté. Le scandale que Naiyana avait fait éclater manqua provoquer la faillite d'une institution nationale.

Brightside Foods, qui avait pour slogan « *Always look for the Brightside in life* », soit « Regardez toujours la vie du bon côté », était une marque alimentaire légendaire en Australie. L'entreprise fabriquait à peu près tout, du plateau-télé aux Brightside's Best, ses menus luxueux pour fins gourmets. Elle s'était récemment lancée dans la création d'une nouvelle gamme d'aliments pour bébé censée révolutionner le marché – même si les bébés s'en fichaient pas mal et ne le remarqueraient même pas, pensait Emmaline.

Le problème, c'était que l'un des ingrédients, un agent conservateur, était interdit dans la plupart des pays du globe, mais apparaissait dans ces produits sous une forme autorisée en Australie. Naiyana avait joué un rôle prépondérant dans l'organisation de boycotts et de campagnes en ligne virulentes qui dénonçaient les dangers de ce conservateur. Toute cette publicité négative et l'indignation nationale qui s'en était suivie avaient réussi à faire retirer les produits des rayons. L'entreprise tout entière en avait pâti. Brightside Foods, au bord du dépôt de bilan, avait été forcée de licencier un grand nombre de travailleurs dans son usine principale, près de Perth.

L'affaire avait même été portée à l'attention de Chester Grant, député local et chouchou du Parti travailliste, qui se faisait harceler de tous les côtés : par les salariés qui avaient perdu leur emploi, par l'entreprise, qui avait vu ses revenus baisser drastiquement, et par les militants en colère, qui s'inquiétaient pour la santé de la population. Le dossier mentionnait également la publication de menaces à peine voilées sur les réseaux sociaux, où Naiyana était traitée de petite militante pleurnicharde et nombriliste qui prenait un malin plaisir à détruire la vie des autres. Tout cela avait mis beaucoup de gens en colère. Naiyana avait même trouvé un chat empoisonné sur le pas de leur porte.

Ces événements – le licenciement de Lorcan et la soudaine célébrité de Naiyana – s'étaient produits quelques semaines avant que la famille déménage. En surface, ils formaient une famille normale, et pourtant le couple s'était débrouillé pour provoquer deux séismes avant de disparaître. Une famille nucléaire de la classe moyenne avec beaucoup d'ennemis. Voilà qui n'était pas normal.

30

Lorcan

Naiyana avait deux facettes. La râleuse ou le tyran. Quand elle était râleuse, il pouvait ignorer ses plaintes et partir vaquer à ses occupations. Quand elle était tyran, elle était tout le temps sur son dos, à exiger qu'il accélère la marche des travaux, s'attendant à ce qu'il transforme ce taudis en Taj Mahal du jour au lendemain.

Le tyran changeait aussi d'avis en permanence et comptait sur l'approbation inconditionnelle de Lorcan. Nee se savait en position de pouvoir, car il voulait désespérément réussir ce projet. Il était l'instigateur, elle était le fouet. Mais les indemnités de son licenciement fondaient comme neige au soleil, et les virées qu'il faisait à Hurton, ou même plus loin, se multipliaient. Dylan l'accompagnait de plus en plus souvent, à la demande de Naiyana, qui ne voulait pas l'avoir dans les pattes pour pouvoir bricoler dans la maison.

Lorcan avait enfin réparé le mur pignon. Cela ressemblait un peu à du travail d'amateur, mais pour une première ce n'était pas si mal. Puis Naiyana avait exigé qu'il répare le toit. Ce qu'il avait fait. Ce n'était toujours pas le dôme du Taj Mahal, mais cela suffirait à protéger la cuisine de la pluie. Il avait suivi les indications du manuel à la lettre. Ensuite, il s'attellerait aux fenêtres. Un travail coûteux et délicat.

Lorcan était en train de ranger le ciment qu'il lui restait dans une remise temporaire qu'il avait construite derrière la maison quand Nee apparut à la porte.

— Le salon, dit-elle. Quand va-t-on avoir des placards ? Et un canapé ?

— Un souhait de style en particulier ? lança-t-il, sarcastique.

— Du pin, ce serait bien.

Elle n'avait pas relevé le sarcasme.

— Est-ce indispensable pour…, commença-t-il.

— Ce serait bien.

Il savait ce que cela signifiait. Cela voulait dire : oui, c'est indispensable. Fais-le. Il se demanda si elle faisait exprès de se montrer aussi obtuse. C'était peut-être sa vengeance ultime pour lui faire regretter sa petite virée alcoolisée de la nuit passée. Une punition plus poussée que le simple silence. Comme son grand-père le disait souvent : peu de choses séparent le perfectionniste qui a l'amour du travail bien fait de l'enfoiré qui force la terre entière à se plier à des standards impossibles à atteindre.

— Je voulais te le dire quand tu étais en ville, mais tu avais le pick-up et il n'y avait pas de réseau, ajouta-t-elle.

— Je vais devoir aller à Kalgoorlie.

— Emmène Dylan avec toi. Ce sera l'occasion de faire une balade.

— Je ne veux pas devoir jouer les baby-sitters pendant que je cherche ce dont j'ai besoin. Je ne suis pas un as de la débrouille, tu te souviens ?

— Ça se voit, rétorqua-t-elle.

Lorcan essaya de trouver une repartie percutante, mais rien ne vint.

— Écoute, reprit Naiyana, vous n'avez qu'à passer la nuit là-bas. Vous arriverez cet après-midi, vous serez de retour demain. Peut-être que vous pouvez aller pêcher, tous les deux.

— Et on te laisse ici ?

— Au moins, j'arriverai à dormir un peu. Et peut-être que le petit aussi.

31

Emmaline

Emmaline venait d'atterrir à Leonora. Elle s'apprêtait à prendre la route qui la ramènerait à sa caravane lorsqu'elle reçut un appel du QG de la MCS. On avait deux nouvelles à lui annoncer. Premièrement, les groupes sanguins retrouvés à Kallayee étaient différents. Cela signifiait qu'il y avait deux victimes distinctes, ou au moins deux blessés. Deuxièmement, ils avaient reçu des informations de la part de la banque de Lorcan. Quant à son téléphone, les recherches se poursuivaient.

La carte de Lorcan avait été utilisée pour la dernière fois à Hurton, le 28 décembre, à la quincaillerie Mallon. La dernière dépense de Naiyana était antérieure à cela, elle avait été effectuée le 25 décembre, à Hurton également. À l'épicerie. Des achats de dernière minute pour le dîner de Noël, se dit Emmaline.

L'essentiel des dépenses sur la carte de Lorcan ne soulevait aucune question. Des achats à la quincaillerie et à l'épicerie, des articles nécessaires à la survie : de la nourriture, de l'eau, de quoi se faire un abri. La question du chauffage ne se posait pas tellement, en été. Mais en ce qui concernait la nuit passée à Kalgoorlie le 19 décembre, c'était différent. Il y avait environ cinq heures de route aller-retour, et, d'après les relevés, tout un tas de matériel de bricolage et d'autres objets divers – y compris un harnais d'escalade – avaient été achetés ce jour-là et le lendemain, le lundi 20 décembre. Cinq heures, c'était assez long pour un séjour aussi bref, mais, pour une famille au budget limité – Lorcan et Naiyana étaient tous deux à découvert après leurs dernières dépenses en date –, il était logique d'avoir voulu rentrer. À moins que cette nuit à Kalgoorlie ait servi de couverture pour autre chose.

Un coup de fil au motel, un établissement bon marché dans le nord de la ville, confirma qu'un certain Lorcan Maguire avait bien séjourné là-bas la nuit du 19. Et qu'il n'était pas seul. Ce détail aiguisa l'intérêt d'Emmaline. Avait-il vu quelqu'un au sujet des données volées ? Essayait-il de les revendre à un concurrent, voire à INK Tech ?

Mais non, Lorcan était accompagné d'un petit garçon. Le propriétaire du motel confirma la description de Dylan. Peut-être que Maguire avait choisi de passer la nuit là-bas pour ne pas imposer les cinq heures de route d'affilée à son gamin. Peut-être que cette nuit à Kalgoorlie n'avait rien de sinistre, après tout.

Cela signifiait tout de même que Naiyana était restée seule dans la ville fantôme. Est-ce que le père et le fils étaient partis à cause d'une dispute ? Seamus Maguire avait évoqué des tensions au sein du couple. Et habiter une maison aussi inconfortable n'avait certainement pas contribué à les alléger.

32

Naiyana

Le silence absolu régnait.

Mais en elle retentissait un mélange de vacarme, de peur et d'espoirs qui la prenait aux tripes, à tel point qu'elle ne pouvait réprimer de petits cris de temps à autre. Les papillons qu'elle avait dans le ventre lui faisaient tourner la tête, et elle se mit à tanguer, assise sur son lit de camp. Elle n'avait pas ressenti une telle exaltation depuis des années. La même fébrilité qui s'était emparée d'elle quand elle avait réussi à traîner BS Foods devant les tribunaux. Elle espérait ressentir la même impression d'accomplissement, au bout du compte.

Pour la première fois depuis six ans, elle passait une nuit seule. Sans Lorcan ni Dylan. Et, même si cette perspective la rendait nerveuse, elle l'excitait aussi. Une excitation non dénuée d'un brin de culpabilité. Mais un brin seulement. Il n'y avait pas de mal, ou très peu, à souhaiter voir son mari et son fils s'en aller. Il était naturel d'avoir besoin de faire une pause. Peut-être était-ce une réaction froide et insensible de sa part, mais quand la vie est difficile, il faut savoir s'adapter et changer. Peut-être était-ce l'aube d'un jour nouveau, un précipice qui s'approchait. En tout cas, elle était face à l'inconnu, et c'était grisant. Elle n'avait jamais rien fait de semblable auparavant. Ces sentiments, tout ce qui l'envahissait, elle n'aurait pas pu en parler dans un vlog. Jamais.

Dans le silence environnant, elle entendit un grattement léger, comme si l'on écornait le portrait idéal qu'elle s'était élaboré au fil des ans. La femme au foyer éprise de justice, la mère dans l'*outback*, l'épouse aimante. Un coin de la photo avait été arraché. Elle n'était plus si parfaite, à présent. Il était temps de voir ce qui se cachait en dessous.

33

Emmaline

La caravane était exactement dans l'état où elle l'avait laissée. Imprégnée de nicotine et de tristesse. Pleine du souvenir des derniers instants d'un vieil homme malade et garée près d'une maison en ruine elle-même marquée par les derniers jours d'une famille désormais disparue. Emmaline avait à nouveau refusé d'aller à l'hôtel à Leonora. Tant qu'elle n'aurait pas trouvé de réponses à ses questions, elle continuerait de vivre ici, à la dure. Elle resterait proche du cœur battant du mystère. Elle tisserait un lien avec lui.

Elle était seule, comme Naiyana Maguire pendant cette nuit du 19 décembre. Était-ce Lorcan qui avait décidé de rester à Kalgoorlie, ou elle qui avait voulu être un peu tranquille ? Comme Emmaline n'avait jamais été mariée, elle avait peut-être du mal à bien saisir la situation ; mais, après tout, le mariage n'était que l'officialisation d'une relation de longue durée. Avec un enfant en guise de coup de tampon.

Emmaline avait toujours craint qu'un bébé ne la condamne à vivre confinée. Elle avait une vie sociale très active, autant que son métier le lui permettait, en tout cas. Elle avait de nombreux amis, elle fréquentait les pubs, les boîtes de nuit et les bars, mais avec le temps elle s'était rendu compte qu'elle avait de plus en plus de mal à se déconnecter de son métier, comme si son radar de flic était constamment en éveil, à l'affût du moindre problème. Et, comme elle savait à quoi les problèmes peuvent mener, son esprit essayait de les anticiper. Elle n'avait trouvé qu'une seule solution. L'alcool, qui lui permettait d'émousser ses sens, mais dont elle avait tendance à abuser. C'était un équilibre difficile à trouver. Si elle ne buvait pas assez, ses pensées étaient trop présentes, mais si elle exagérait elle perdait le contrôle. C'était déjà arrivé, et elle l'avait regretté. Pas d'avoir couché avec une personne avec qui elle n'aurait pas dû, mais que l'alcool ait joué un rôle dans sa décision.

La lueur de l'écran de son ordinateur l'attendait. Le sommeil aussi, mais la banquette convertible qui lui servait de lit n'était pas assez confortable pour qu'elle réponde à cet appel autrement qu'en dernier recours. L'autre possibilité, c'était Hurton. Peut-être qu'elle pourrait aller y boire quelques verres et retrouver Matty. C'était le seul avantage à travailler à l'autre bout de l'État, elle était libre comme l'air. À quoi bon vivre en couple alors que le plaisir était partout, à portée de main ? À disposition quand elle en avait besoin, et congédié dès qu'elle n'en voulait plus.

Quelque part dans le lointain, des dingos hurlaient. Elle interrompit le fil de ses pensées. Quand avaient-ils commencé à aboyer, au juste ? Leurs cris plaintifs lui rappelèrent beaucoup de choses. L'alcool, le sexe, la solitude. Elle ne les avait pas entendus la nuit dernière mais, la région étant au nord de la barrière à dingos, il fallait s'attendre à en croiser. Ils allaient là où ils sentaient la présence de nourriture.

Les clameurs se poursuivirent, s'élevant dans la nuit et retombant tour à tour ; on aurait presque dit qu'elles résonnaient à l'intérieur de la caravane, comme une longue lamentation solitaire.

Les bêtes avaient-elles flairé son odeur ? S'approchaient-elles lentement ? Naiyana les avait-elle entendues, elle aussi ? Si c'était le cas, elle n'avait pas eu peur. Elle était restée. Jusqu'aux jours qui avaient suivi Noël, en tout cas.

Emmaline décida de se mettre au travail. De s'enterrer dans ses notes et d'ignorer tout le reste. Plus vite elle aurait résolu cette affaire, plus vite elle pourrait retrouver la lumière, les boîtes de nuit et les belles occasions.

Ces pensées agréables furent interrompues par un grattement à la porte. Un seul. Les chiens étaient en chasse, ils cherchaient une proie.

Elle dégaina son arme et s'approcha de la porte. Elle n'avait aucune envie que les dingos lui tournent autour toute la nuit. Elle allait sortir et les faire déguerpir. Tirer un coup de feu s'il le fallait.

Lorsqu'elle posa la main sur la poignée, un sentiment de paranoïa l'envahit soudain, faisant croître son malaise. Un tir d'avertissement, c'était idiot. Excessif. Elle n'avait qu'à faire du bruit, et les dingos s'en iraient. Dehors, les hurlements continuaient, on aurait dit que les bêtes s'interpellaient. Ou l'appelaient, elle, pour qu'elle les rejoigne. L'invitant à se laisser tenter et à venir jouer dehors.

La poignée était froide dans sa main. Elle la tourna, inspira à fond et ouvrit la porte d'un coup.

L'air de la nuit s'engouffra dans la caravane ; un air frais et pur qui chassa un instant l'odeur de renfermé. Il n'y avait pas de dingo devant sa porte. Un rapide coup d'œil alentour lui confirma qu'aucune bête ne s'apprêtait à se jeter sur elle.

Les hurlements semblaient plus forts, maintenant qu'Emmaline les entendait à l'extérieur de sa coquille d'aluminium. On aurait dit qu'un orchestre jouait quelque part dans le désert, sous la direction d'un chien qui semblait mener tous les autres. Il se passait quelque chose.

Guidée par les appels des chiens sauvages, elle se retrouva rapidement en train d'escalader les dunes et les rocailles, derrière les bosquets d'eucalyptus et les mulgas. Elle avançait, attirée par les dingos comme par des sirènes de sable, le pistolet levé. En cet instant, elle ne se sentait pas prédatrice au sommet de la chaîne alimentaire. Elle savait qu'elle aurait dû retourner se mettre à l'abri, mais les dingos l'appelaient toujours, profitant de sa faiblesse, de son attrait pour l'inconnu, s'adressant à sa nature obsessionnelle.

La lune disparut derrière l'un des rares nuages qui flottaient dans le ciel, et l'*outback* fut soudain plongé dans l'obscurité. Emmaline s'immobilisa. Elle avait laissé sa lampe torche dans la caravane. Y avait-il quelque chose dans cette ville qui la rendait complètement idiote, une force malfaisante qui l'attirait vers la mort ? L'air était nettement plus frais dans la brousse, sans ces briques, ce bitume et ces toits d'étain qui piégeaient la chaleur. Son souffle formait une légère vapeur devant elle.

Le nuage passa, et l'obscurité se dissipa tandis qu'elle s'approchait à petits pas du sommet d'une crête sablonneuse. C'est alors qu'elle les aperçut, non loin d'elle. Leurs yeux brillaient au clair de lune, des yeux en amande aux reflets presque bleu-vert, et leurs souffles réunis formaient comme une brume autour d'eux. Il y avait là une dizaine de dingos, tous de couleur sable, la couleur du désert où ils vivaient, les oreilles dressées, aux aguets, conscients de la présence de cette étrangère parmi eux.

La meute était rassemblée autour de quelque chose ; certains montaient la garde, d'autres mangeaient. Les hurlements redoublèrent, plus sonores, et se muèrent en petits aboiements secs. Elle n'avait jamais entendu de dingo aboyer auparavant et, même si elle n'avait pas peur des chiens, elle trouvait ces animaux-là très différents. Elle n'hésiterait pas une seconde à leur tirer dessus s'ils l'attaquaient. À cette distance, dans ce désert uniquement ponctué de broussailles, elle n'aurait pas raté un être humain. Mais un chien ? Ça courait plus vite. En ligne droite, certes, mais plus vite.

Elle approcha. Les dingos commencèrent à se disperser avec des gémissements indignés, tels des adolescents qui se rebiffent sans trop y croire. Emmaline se demanda si elle était en train de prendre tous ces risques pour un pauvre kangourou ou un chameau, mais son intuition lui soufflait qu'il y avait plus que cela.

Le sol se dérobait sous ses pieds dans la pente, ses chevilles s'enfonçaient dans le sable. Elle s'approcha suffisamment pour s'assurer qu'elle ne se trompait pas. Ce n'était ni un kangourou ni un chameau. Le corps avait été démembré ; ils s'étaient attaqués aux parties les plus tendres, le ventre et les cuisses, avant de rogner sauvagement le crâne pour en arracher le peu de chair qui y restait. Sur le sable doré, Emmaline distingua un morceau de tissu ensanglanté qui ressemblait à un bout de T-shirt déchiré, ainsi qu'un objet grisâtre. Un os. De l'avant-bras, peut-être. Détaché du reste du corps.

Emmaline se força à regarder le cadavre, réprimant une envie de vomir. Son instinct lui disait qu'elle avait trouvé Lorcan Maguire.

34

Emmaline

Elle avait déjà vu des cadavres. Mais jamais un corps déchiqueté par des bêtes sauvages. Dans sa tête, à l'endroit où naissaient d'ordinaire la logique et l'organisation, il n'y avait plus rien, ni envie de vomir ni capacité à prendre une décision. Même les hurlements et les cris des animaux avaient disparu ; c'était comme s'ils n'existaient plus. Finalement, une pensée parvint à émerger. L'action des animaux sur le corps allait-elle réduire à néant leur capacité à déterminer la façon dont la victime était morte ?

Lentement, elle retrouva ses esprits. Elle devait rester vigilante car, si les dingos se tenaient à distance, ils n'avaient pas complètement battu en retraite et restaient postés au niveau de la ligne d'arbres au pied de la dune. Elle allait devoir laisser le cadavre là pour aller chercher de l'aide, mais elle craignait que les animaux en profitent pour détruire encore davantage d'indices.

Pointant son arme vers le ciel, elle tira un coup de feu. Le silence de la nuit explosa dans un craquement étourdissant. Les dingos détalèrent. Avec un peu de chance, la détonation pousserait quelqu'un à venir voir ce qui se passait, quelqu'un à qui elle pourrait demander de lancer l'alerte.

Le fracas du coup de feu mourut dans le lointain. Un silence sourd retomba. Depuis leur abri sous les arbres, des yeux luisants réapparurent petit à petit, à l'affût de ses moindres gestes. Si personne ne venait, il lui faudrait attendre que le jour se lève. Alors, peut-être que les chiens la laisseraient tranquille.

Elle se lança dans un rapide examen de la scène. Sous le T-shirt autrefois écru, il y avait un bermuda kaki déchiré, dont l'entrejambe n'était plus qu'une masse de sang – aucun doute possible sur l'émasculation sauvage que la victime avait subie. La tenue légère de l'homme indiquait qu'il avait essayé de s'échapper durant la journée. Un petit sac à dos rayé avec des dessins de dragons gisait, éventré, à côté du corps. Il n'y avait pas de nourriture à l'intérieur. Son contenu avait dû être dévoré par les dingos. Cela donnait à penser que Lorcan et Dylan, dont le corps était toujours introuvable, avaient tenté de fuir. Et que Lorcan n'avait pas réussi à aller bien loin – il s'était retrouvé à seulement un kilomètre de Kallayee.

L'os du bras gisait à distance du corps. Il avait été rongé, au vu de ses extrémités hérissées. Il était également brisé, une mauvaise fracture, et la moelle avait été sucée par les animaux. Elle se demanda si les dingos avaient pu casser un os avec leurs dents. En tout cas, le trou parfaitement net et rond laissé par une balle dans le T-shirt laissait clairement deviner la cause du décès. Un trou au pourtour roussi, en plein milieu de la poitrine.

Emmaline parvint à exécuter un examen rapproché qui dura plusieurs minutes avant que la puanteur des chairs en décomposition ne la pousse à s'écarter. Au-dessus d'elle, un nuage massif avait pris le ciel d'assaut et plongeait les morts et les vivants dans une pénombre inquiétante.

On allait lui reprocher de ne pas avoir trouvé le corps plus tôt, mais la région était vaste, et ils n'avaient eu aucune piste digne de ce nom jusque-là. Avoir découvert un cadavre était en soi un coup de chance. Elle ne pouvait qu'espérer que la police scientifique arriverait à en tirer quelque chose.

S'asseyant sur le flanc de la dune, elle commença sa veillée glaciale et solitaire. Quelqu'un avait sûrement entendu la détonation. On allait accourir pour se renseigner. Sûrement.

Les dingos restèrent là, eux aussi, veillant à leur manière, rôdant autour de la lisière des arbres, attendant de voir ce que l'intruse allait faire, se demandant si elle allait partir et les laisser récupérer ce qui restait de leur dîner.

35

Emmaline

Le soleil se levait. Les terres et tout ce qui s'y trouvait passèrent du noir au violet, puis à l'orange et enfin au jaune, comme un hématome s'effaçant lentement avec le temps. Emmaline était certaine que le souvenir de cette nuit resterait, lui, indélébile dans sa mémoire.

Personne n'avait répondu à son coup de feu. Il n'y avait eu ni cris ni battue.

Avec le soleil vint la chaleur. Le problème d'Emmaline restait inchangé. Un cadavre et une dizaine d'animaux affamés. Prêts à bondir pour reprendre possession de leur repas. Une idée germa dans son esprit. Dans sa poche, elle retrouva la boîte d'allumettes que Matty lui avait donnée. Avec le numéro du pub. Cet échange avait été une nouvelle expérience pour elle. Elle avait eu l'impression d'être dans un de ces films noirs violents où le héros donne son numéro à une demoiselle en détresse. Mais Matty n'était pas un héros de cinéma, et elle n'avait rien d'une demoiselle en détresse. Elle était juste aux prises avec un problème qu'elle savait à présent comment résoudre.

À l'aide de brindilles et de feuilles mortes trouvées au pied d'une rangée d'arbres, elle érigea un petit bûcher à côté du cadavre. Détachant les six allumettes collées ensemble en deux morceaux pour se laisser deux essais, elle en gratta trois d'un coup. Les bouts gris s'enflammèrent en crépitant. Elle les posa sous le petit bois essentiellement constitué de spinifex sec, et le feu prit aussitôt, dégageant d'abord de la fumée pendant quelques secondes avant de s'embraser complètement. Elle ajouta d'autres brindilles et deux branches mortes, qui noircirent d'abord, avant de flamber.

Priant pour que le feu effraie les dingos et les tienne à distance pendant un moment, Emmaline redescendit en courant à travers les dunes, les rochers et la végétation rase, avec l'impression d'avoir les jambes engluées dans de la mélasse. Arrivée à la caravane, elle attrapa ses clés, son téléphone et s'engouffra dans son 4×4 pour filer en direction de Hurton, un œil rivé à la route, l'autre à son portable. À proximité de Hurton, une barre apparut enfin sur l'écran. Elle freina brusquement, laissant deux traces de pneus noires sur le bitume, et appela le poste. Son essoufflement provoqua l'émoi au QG. Elle les rassura, elle allait bien. Par contre, ce n'était pas le cas de Lorcan Maguire.

Elle raccrocha, fit demi-tour et retourna vers Kallayee, où elle espérait que le feu parvenait encore à repousser les charognards affamés.

36

Emmaline

Lorsqu'elle arriva sur les lieux, le feu en était à ses dernières braises. Quelques animaux téméraires s'étaient imperceptiblement rapprochés, mais ils détalèrent à son arrivée. Renonçant à toute dignité, elle s'étala de tout son long sur la dune, ses jambes épuisées l'ayant lâchée sur les derniers mètres.

Elle reprit son souffle et attendit les renforts. Rispoli, Barker et Anand arrivèrent les premiers. La MCS leur envoyait une équipe supplémentaire et leur fournissait un appui administratif spécifique.

Les policiers de la scientifique débarquèrent peu de temps après. Emmaline les regarda se déployer : ils balisèrent le chemin à emprunter pour s'approcher du corps ; les plaques de métal posées à cet effet s'enfonçaient dans le sable, comme avalées par le désert affamé. D'autres agents, spécialisés dans l'analyse des scènes de crime, se massèrent autour du corps pour collecter des échantillons et prendre des photos. Certains écrivaient sur des blocs-notes, d'autres travaillaient sur tablette, un autre encore faisait un croquis de la scène. Emmaline avait l'impression d'avoir résisté à une attaque en vain, pour finalement laisser Lorcan succomber à l'assaut de ces espèces de vautours albinos.

Rispoli s'approcha d'elle, une tasse de café fumant à la main.

— La nuit a été longue ?

Emmaline but une gorgée du liquide, qui lui brûla la langue, mais son corps fit bon accueil à cet apport de caféine.

— Comment est-ce que vous l'avez découvert ?

— Grâce à une meute de dingos.

Rispoli haussa les sourcils.

— Vous avez eu de la chance.

— J'aurais eu plus de chance si on l'avait retrouvé plus tôt.

— Qu'est-ce qui s'est passé, à votre avis ?

— Je crois que c'est lié au message qu'on a découvert sur le portable de Lorcan. Quelqu'un le pourchassait. Quelqu'un qui tenait déjà Naiyana. Lorcan s'est enfui, mais il n'a réussi à arriver que jusqu'ici.

— Et Dylan ?

— Son sac à dos est là. Pas lui.

Même à elle, ce résumé des faits parut abrupt. Voyant la chef d'équipe s'éloigner un peu de la scène, Emmaline se leva et s'approcha. Quand la femme baissa sa capuche, Emmaline reconnut le Dr Rebecca Patel, dont le visage et les cheveux noirs luisaient de sueur.

Parvenue aux véhicules tout-terrain garés de l'autre côté des dunes, le Dr Patel sortit une bouteille d'eau d'une glacière et but à grands traits. Pas de café pour elle.

— Qu'est-ce qu'on sait ? demanda Emmaline en plaçant une main au-dessus de ses yeux pour les protéger du reflet éblouissant de la blouse blanche.

— Vous voulez les faits ?

— Les faits, oui.

— Ce n'est pas une attaque de dingos qui l'a tué, mais, ça, vous le saviez déjà.

Emmaline acquiesça d'un hochement de tête.

— C'est moi qui ai été attaquée par les dingos, dit-elle avec ironie.

— J'en doute fort.

Soudain, elle se souvint que Rebecca Patel ne plaisantait jamais. Pour cette femme, rien ne devait venir alléger l'atmosphère. Peut-être avait-elle raison.

— On a là un homme, âgé d'environ trente ans. Auquel il manque une quantité importante de chair.

— Les dingos ?

Le Dr Patel afficha un air de compassion méprisante.

— Ce n'est pas un fait établi, répliqua-t-elle. Seul l'examen et la présence éventuelle de traces de dents pourront le déterminer avec exactitude.

— Mais on peut quand même supposer…

— *Vous* pouvez supposer ce que vous voulez, inspectrice.

Emmaline insista.

— Vous avez une première hypothèse, pour la cause de la mort ? Et une date ?

Elle était sûre que cela coïnciderait avec le message désespéré enregistré sur le portable de Lorcan Maguire le 30 décembre. Il n'avait même pas survécu jusqu'au nouvel an.

Avant que le Dr Patel n'ait le temps de lui rétorquer, d'un ton assassin, que les hypothèses n'étaient pas des faits, Emmaline mit les pieds dans le plat.

— Et je veux vos suppositions, docteur.

— Mais elles risquent de ne pas figurer dans le rapport.

— Je n'en mourrai pas.

Le Dr Patel marqua un temps d'arrêt, comme si toute sa carrière se jouait là, en cet instant.

— Abattu par arme à feu, déclara-t-elle enfin. Une balle dans la poitrine. Aucun résidu de poudre autour du point d'entrée.

Elle avait débité tout cela en buvant de petites gorgées d'eau.

— Donc ce n'est pas un suicide ? demanda Emmaline.

— Il y a des résidus sur les deux doigts qui restent à la victime. Mais sa mort n'est absolument pas un suicide. À mon avis, l'homme a dû tirer avec une arme à un autre moment.

— Quelle sorte d'arme ? demanda Emmaline.

— Difficile d'en être sûre à cent pour cent, mais je *suppose* que c'était un fusil.

— Du genre de ceux qu'on utilise pour faire déguerpir les dingos ?

Le Dr Patel réfléchit à la question un instant.

— Oui, répondit-elle. Et du genre qui rendent le suicide difficile.

— Et la date du décès ?

— Il y a une semaine, environ, au vu de l'état du corps et de la décomposition avancée liée à l'exposition à la chaleur. On a eu de la chance. Encore quelques jours et les indices auraient tous disparu.

— Et cet os cassé ? Vous pensez que c'est dû à une blessure par balle ?

Le Dr Patel secoua la tête.

— Non, répondit-elle. Il y aurait des traces de poudre, si c'était le cas.

— Alors ?

— C'est une grosse fracture. Probablement suite à un choc. Un choc très violent.

Emmaline retourna vers la scène de crime et y trouva l'équipe de la scientifique qui emportait le cadavre pour procéder à un examen plus approfondi. Heureusement, l'isolement géographique leur évitait pour le moment toute attention médiatique. Mais cela ne durerait pas. Les journalistes allaient débarquer comme des mouches à viande attirées par le pourrissement d'un cadavre.

Rispoli, Barker et Anand la rejoignirent, tandis que les techniciens de la scientifique effectuaient leurs dernières collectes. Emmaline les mit au courant de ce qu'elle avait appris jusque-là. Elle allait aussi devoir en informer les autres agents que la MCS leur envoyait. Mais sa supérieure, l'inspectrice principale Angela Moore, lui avait très clairement signifié qu'elle était la seule aux commandes des opérations.

— On est sûr que c'est bien Lorcan Maguire ? demanda Rispoli.

— À quatre-vingt-dix-neuf pour cent, répondit Emmaline.

— C'est plus que ce qui reste de lui, lança Barker.

Personne ne rit à sa blague.

— Alors il s'est fait tirer dessus ici ? demanda Anand. Et personne n'est venu voir ce qui se passait ?

— J'ai moi-même fait une petite expérience en la matière, la nuit dernière, dit Emmaline. Et je peux confirmer que personne n'est venu m'aider.

— Hurton se trouve quand même à plus de six kilomètres de distance. Peut-être qu'ils n'ont pas entendu.

— Il n'y a pas grand-chose pour faire obstacle au son, pourtant, rétorqua Rispoli.

— Peut-être que c'est quelqu'un de Hurton qui a fait le coup, suggéra Barker.

C'était une éventualité qu'Emmaline commençait à considérer. La plupart des habitants de Hurton n'avaient pas été très accueillants, et ils s'étaient montrés peu coopératifs – à l'exception de cette femme ivre et de Matty. Et elle n'avait aucune raison d'écarter ces deux-là non plus.

— Ça ajoute du poids au message sur son téléphone, fit remarquer Rispoli.

Emmaline hocha la tête.

— Quelqu'un était à leur poursuite. Et, dans l'enregistrement, il disait que Naiyana avait déjà disparu.

— Donc le cadavre de Naiyana est aussi dans les parages ? demanda Anand, qui se mit à scruter les environs comme si le corps pouvait surgir du sable.

— Ou ailleurs, dit Emmaline. Tout ce qu'on sait, c'est que celui ou celle qui en avait après Lorcan a réussi à l'avoir. Et Dylan aussi, sans doute.

37

Lorcan

Le trajet du retour avait été long. Interrompu par un arrêt à Wisbech pour prendre une glace. Dans l'ensemble, ça avait été un voyage très agréable. Entre père et fils. Il avait trouvé tout ce qu'il lui fallait : un placard, des chaises et un canapé d'occasion. Il avait même réussi à trouver une aire de jeux où Dylan avait pu se dépenser avant de s'endormir dans le pick-up, pendant que Lorcan en profitait pour filer faire une course. Il avait l'impression d'avoir accompli quelque chose d'important. Il était temps d'être constructif. Littéralement.

De retour à Kallayee, Dylan reprit aussitôt ses manœuvres dans sa mine florissante. Naiyana, en revanche, semblait distraite ; elle avait apprécié le succès de leur mission, mais lorsque Lorcan avait dit qu'il commencerait tout de suite à monter les placards, elle avait repoussé cela à un autre jour. Comme si elle avait envie d'avoir la maison pour elle toute seule. Peut-être avait-elle besoin de temps pour se l'approprier. Quelle qu'en soit la raison, il obéit de bonne grâce. Le puits l'attendait.

Pendant que Dylan dormait dans la camionnette, il était passé dans un magasin de sports d'extérieur et avait acheté un harnais d'escalade. Après l'avoir attaché et s'être bien sanglé, il se laissa descendre dans le puits. Là, il se remit à creuser, emplissant des seaux qu'il faisait remonter grâce à la vieille poulie qu'il avait dénichée. Le harnais le gênait un peu pour creuser, mais c'était infiniment plus rassurant que la perspective de voir le couvercle s'effondrer sous son poids et le précipiter au fond du puits dans une chute mortelle.

Au bout d'une heure, la terre se mit à gronder doucement mais de façon insistante, et les parois s'effritèrent un peu, faisant tomber de la poussière, qui vint saturer l'air. Sa première réaction fut de penser que le puits était en train de s'écrouler sur lui. Mais malgré la douche de poussière, les blocs ne bougèrent pas. Il se dit alors que c'était peut-être dû au passage d'un avion à basse altitude. Il lui arrivait souvent de suivre la traînée laissée par les avions dans les nuages jusqu'à l'horizon, ou jusqu'à ce que ses yeux abandonnent. Mais il n'aperçut rien dans le ciel. Ce grondement venait à nouveau du sous-sol. Il se manifestait en journée, cette fois, plus seulement la nuit.

À l'école, il avait appris que l'Australie-Occidentale n'était en général pas sujette aux séismes de forte magnitude, mis à part le grand tremblement de terre qui avait frappé Meckering en 1968, et un autre, moins important, qui avait eu lieu à Kalgoorlie en 2010. Il y avait par ailleurs beaucoup de volcans en activité entre Melbourne et Mount Gambier, mais aucune éruption ne s'était produite en cinq mille ans. Aussi Lorcan était-il plutôt serein : il n'était certainement pas en train de creuser dans une chambre magmatique.

Tentant d'ignorer le grondement, il remplit encore deux autres seaux, mais le bruit ne cessait pas. Alors il se hissa hors du puits – un exercice qui ne pourrait que s'améliorer avec la pratique –, défit son harnais et s'allongea sur le sol. L'oreille collée par terre, il sentit les vibrations le traverser. Lorcan se redressa, marcha jusqu'à l'autre côté de la route et plaqua à nouveau son oreille sur le sable. Il se trompait peut-être, mais il lui sembla que le son était plus fort.

S'éloignant encore de quelques mètres du puits et de leur maison, il recommença son manège. Cette fois, les résonances s'accompagnaient de rires.

— Qu'est-ce que tu fais, papa ?

Il se retourna et vit Dylan qui l'observait, son camion benne jaune serré dans sa petite main.

— Je cherche quelque chose, répondit-il.

— Je peux t'aider ?

Lorcan hocha la tête. Il continua de se déplacer en collant la tête au sol, et Dylan fit de même derrière lui. Ils traversèrent le carrefour. Le bruit était sans aucun doute plus fort dans ce coin de la ville, mais quelle en était la source ? Il avait déjà visité la plus grande partie de ces bâtiments, même celui qui s'était récemment écroulé, quand il cherchait des objets ou des matériaux à récupérer pour leur maison.

Au bout d'une heure de recherches infructueuses, Lorcan renonça. Dylan, lassé lui aussi, retourna jouer avec ses camions. Alors qu'il faisait demi-tour pour rentrer vers la maison, Lorcan vit un bout de papier d'aluminium rouge et argenté voleter devant lui, étincelant dans la lumière. Il le coinça sous son pied et le ramassa. Les rayons du soleil n'avaient pas encore effacé ses couleurs. Il avait été jeté là récemment. Sa première pensée fut que c'était à Dylan. À son âge, les enfants étaient peu voire pas du tout sensibles à la question des détritus. Ils laissaient traîner n'importe quoi derrière eux, comme autant de balises rassurantes qui leur indiquaient qu'ils étaient passés par là plus tôt et que le chemin était sûr. Mais c'était un emballage de KitKat fourré au beurre de cacahuètes. Et ceux-là, Dylan les détestait.

Reprenant sa chasse au son, Lorcan pénétra dans la maison la plus proche. C'était une solide construction en bois ; il aurait même pu l'envisager comme logis, s'il n'y avait eu ce mur effondré qui avait transformé les deux chambres en une seule et causé des dégâts irréparables au mur du couloir, si branlant qu'on aurait pu le renverser en soufflant dessus.

Ici, le grondement était intense. Les lattes du plancher tremblaient sous ses pieds, les placards cliquetaient comme si toute la ville essuyait un bombardement et que la maison flageolait sur ses fondations. C'est alors que Lorcan remarqua quelque chose. Une armoire qui avait été déplacée, à en juger par les traces laissées au sol. Dylan ne pouvait pas avoir poussé le meuble tout seul, celui-ci semblait beaucoup trop lourd. Naiyana, alors ? Elle avait pris l'habitude d'errer dans les ruines pour alimenter son vlog, parfois même la nuit, d'après Dylan. Était-elle venue voir s'il y avait des meubles à récupérer ? Possible. Seulement faire les poubelles et fouiller les décombres, ce n'était généralement pas le mode opératoire de sa femme.

38

Lorcan

Il posa la main sur l'armoire. Le meuble vibrait ; il bourdonnait presque comme un groupe électrogène, mais en plus puissant. Comme s'il y avait quelque chose de vivant à l'intérieur. Ce qui était possible. Lorcan ouvrit l'armoire et recula aussitôt. Il s'attendait à voir quelque chose de gros et dangereux en surgir. Mais il n'y avait rien à l'intérieur, à part un fin nuage de poussière, telle la fumée d'un magicien.

Suivant les traces laissées au sol, il déplaça l'armoire sur le côté. Un trou apparut en dessous. Assez large pour laisser passer un homme. Un tunnel plongé dans le noir complet s'ouvrait dans le sol. Sans l'armoire pour étouffer le son, le grondement était plus intense et lui parut plus vorace encore. Il y avait quelque chose, là, sous terre. Il se demanda s'il s'agissait d'un phénomène géologique étrange, d'une anomalie jamais encore découverte par la science. Ce serait parfait pour son livre, ça, un mystère résolu par ses soins.

Avec cette idée en tête, il retourna à la maison pour trouver une lampe torche.

Naiyana était à l'intérieur, les yeux rivés sur son téléphone portable. Il dut s'y prendre à trois reprises pour obtenir son attention, comme si elle était sur une autre planète.

— J'ai découvert un tunnel.

Elle leva les yeux vers lui et fronça les sourcils.

— Comment ça ?

— Un tunnel, dans une des maisons. Le grondement qu'on entend sans arrêt vient de là.

Naiyana resta silencieuse, comme perdue, ne sachant que répondre. Puis elle retrouva l'usage de la parole.

— Et le puits, alors ? Et les murs qu'il faut enduire de plâtre ? Et ces meubles qu'il faut monter ? s'exclama-t-elle en montrant du doigt les cartons posés dans le coin de la pièce.

— Tu m'as dit de ne pas m'embêter à le faire.

— Oui, mais pas de partir à l'aventure fouiller des grottes, ou pratiquer je ne sais quel nouveau hobby. En plus, je ne vois pas en quoi c'est si intéressant.

— On dirait qu'il y a un truc là-dessous.

Naiyana jeta un regard alentour et baissa la voix, comme si elle craignait que Dylan l'entende.

— Concentre-toi sur notre maison plutôt que sur l'aventure, Lorcan. J'ai déjà un enfant dont me soucier.

— Je vais y jeter un œil, insista-t-il.

— Et qu'est-ce que tu feras si c'est une nappe souterraine ?

— Ce serait bien.

— Pas si tu tombes dedans.

— Je ne tomberai pas…, commença-t-il à riposter avant de se rendre compte que c'était un combat perdu d'avance.

Il prit la lampe torche et se dirigea vers la porte. Agir d'abord, discuter plus tard.

Elle le coupa dans son élan.

— J'ai rendez-vous avec une copine demain, lui lança-t-elle. Et j'en profiterai aussi pour visiter l'école en ville.

Lorcan se retourna. Elle avait essayé de noyer le poisson en annonçant d'abord la mauvaise nouvelle, l'air de rien, espérant que celle-ci passerait inaperçue.

— Quelle copine ? Pas une de l'association, quand même ? demanda-t-il.

Pour toute réponse, elle haussa une épaule.

— Tu sais que ce n'est pas raisonnable, Nee.

— Je n'ai pas de leçons à recevoir d'un type qui va se balader dans un tunnel centenaire creusé dans la cave d'une maison abandonnée, rétorqua-t-elle d'un ton moqueur.

Lorcan ne trouva rien à répliquer. Il sortit de la maison, poursuivi par un flot de sarcasmes.

Le tunnel était plongé dans l'obscurité. La lampe torche illuminait les étais, qui semblaient très anciens mais encore robustes. Le grondement avait disparu et Lorcan n'entendait plus que le bruit de ses pas. Le souterrain était vieux, mais l'odeur qui y flottait semblait récente ; il y avait de l'humidité dans l'air, ce qui poussa Lorcan à se demander si le tunnel ne menait pas, effectivement, à une nappe aquifère. Mais, derrière cette humidité, il sentait l'odeur facilement reconnaissable du pétrole chaud. De la graisse des machines. Une odeur industrielle. Peut-être était-ce un gisement de pétrole souterrain. Si une telle chose était possible. Ses connaissances géographiques et géologiques n'étaient pas suffisamment étendues pour qu'il le sache.

Au bout de dix minutes de marche prudente, le faisceau de sa lampe se posa sur un petit groupe électrogène raccordé à un appareil rouge qui lui sembla être un dispositif de tamisage, ainsi qu'à une courroie transporteuse et à un broyeur équipé de roues et d'un marteau. C'étaient des machines récentes ; elles ne dataient certainement pas des années 1970, date à laquelle la ville était censée avoir été définitivement abandonnée. Lorcan effleura le flanc de la machine à broyer. Elle était encore chaude. Quelqu'un était venu travailler ici. Et récemment. Lorcan sentit son cœur s'accélérer. Il avait soudain l'impression d'avoir mis le doigt là où il n'aurait pas dû.

Qui pouvait bien travailler ici ? Que cherchaient ces gens ? Seuls deux motifs pouvaient pousser quelqu'un à descendre dans un trou pareil au milieu de nulle part : la drogue et l'or. Il n'avait aucune envie de se retrouver coincé dans l'un ou l'autre de ces scénarios. Encore moins seul et sans arme.

Il ressortit du tunnel à un rythme infiniment plus rapide que lorsqu'il y était entré. Le faisceau de sa torche rebondissait devant lui. À chaque instant, il s'attendait à tomber sur des inconnus. Après s'être hissé en dehors du tunnel, il trébucha et s'étala de tout son long dans la poussière.

Il se releva et se rua hors de la maison. Et maintenant, que faire ? Sa première pensée fut que la réaction la plus intelligente était de rentrer pour raconter à Nee ce qu'il avait découvert, qu'ils fassent leurs bagages et qu'ils quittent les lieux. Mais qu'avait-il découvert, au juste ? Qui avait-il trouvé ? Peut-être valait-il mieux en être certain avant de les alerter, elle et Dylan. Alors il fonça vers la cahute de tôle installée en face de la maison au tunnel et attendit pour voir qui allait y revenir – si quelqu'un le faisait.

39

Emmaline

On lui avait attribué Oily et ZZ. Deux inspecteurs plus que compétents. Oily s'appelait en fait Olly Treeston et devait son surnom à la quantité insensée de gel qu'il se mettait dans les cheveux[1]. ZZ était ainsi surnommé car l'inspectrice principale Moore avait un jour oublié son véritable nom, Zhao Zheng, lors d'une réunion. ZZ, c'était plus simple, et ça lui était resté.

La découverte du cadavre de Lorcan avait propulsé l'affaire en tête des priorités absolues. Oily et Emmaline allaient tâcher de la résoudre sur le terrain, avec l'aide de la police locale, pendant que ZZ se chargerait de la partie des opérations se déroulant à Perth, car il était obligé de rester derrière un bureau depuis l'accident de moto qui l'avait paralysé, deux ans plus tôt.

Oily avait apporté des informations. Ou plutôt une absence d'informations. L'enquête sur les machines trouvées au fond de la mine n'avait rien donné car les numéros de série avaient été grattés, ce qui rendait l'identification du vendeur impossible.

1. *Oily* peut se traduire par « gras » ou « huileux ». (NdT)

La police scientifique avait davantage de détails à leur fournir. Le corps était bien celui de Lorcan Maguire. Mais sur son T-shirt, en plus de son sang, on avait retrouvé ce que le rapport décrivait comme une quantité significative de sang d'un autre groupe. Qui correspondait à celui du petit Dylan, d'après le dossier médical de ce dernier. À présent, leur hypothèse était que le garçon était présent lors du drame, mais avait ensuite disparu, probablement blessé.

On recherchait actuellement les douilles des cartouches, mais pour l'instant rien n'avait été retrouvé, malgré la minutie avec laquelle le sable était tamisé et balayé, couche après couche.

Ce qu'ils avaient remarqué, en revanche, c'étaient deux sillons parallèles dans le sable qui montaient vers le sommet de la colline et que le vent n'avait pas tout à fait effacés. Le sable meuble ne permettait pas de déterminer le dessin de la bande de roulement, mais on avait tout de même réussi à estimer la largeur des pneus. Ils appartenaient à un véhicule utilitaire ou à un 4×4. Emmaline avait renvoyé Oily, Barker et Anand sur les lieux du crime pour tenter de suivre les traces en sens inverse. Si le véhicule avait roulé sur de la terre ou même sur la rocaille, ils auraient peut-être une chance de trouver une empreinte de pneu et de l'identifier.

Ce dont on était sûr, c'était que les sillons ne poursuivaient pas leur tracé au-delà du corps de Lorcan. Cela semblait contredire l'hypothèse selon laquelle le cadavre aurait été déplacé après l'accident. Le véhicule avait fait demi-tour et dévié sa trajectoire pour repartir vers l'autoroute en passant exclusivement à travers le sable. Ce qui était soit une décision liée au hasard, soit le signe qu'on avait affaire à un conducteur hors pair. Les traces ne retournaient pas vers Kallayee, comme s'il n'y avait plus rien à y faire. Celui qui était dans le véhicule avait tué

Lorcan Maguire et était reparti une fois le boulot terminé. C'était également le suspect principal dans la disparition de Dylan et Naiyana Maguire.

L'objectif numéro 1 de la brigade était maintenant de les retrouver.

40

Emmaline

Les recherches sur l'origine des traces de pneus étaient dans l'impasse, et toute possibilité d'en retrouver sur le bitume hors de la ville ou plus près de Hurton avait été balayée par l'intensité de la circulation. Les policiers avaient eux-mêmes contaminé la scène sans le savoir.

Emmaline rassembla son équipe. Le moment était venu de déterminer les solutions qui leur restaient. La scientifique avait installé un amplificateur de signal mobile temporaire, et la technologie des téléphones portables avait atteint Kallayee pour la première fois. Pour célébrer ce moment historique, Emmaline mit ZZ en ligne pour leur réunion.

Oily se lança le premier. Emmaline savait qu'il avait dû étudier l'affaire dans ses moindres détails. C'était un enquêteur méticuleux, à l'esprit encombré de défis que son corps ne parvenait plus à relever, sa silhouette de quadragénaire s'arrondissant de jour en jour. L'époque où il était jeune et athlétique était loin derrière lui. Aujourd'hui, ses seules occasions d'éprouver son endurance étaient de partir à l'assaut du buffet à volonté que proposait le café en face du QG.

— Est-ce qu'on envisage la possibilité que quelqu'un de chez INK Tech, Nikos Iannis, pour ne pas le citer, se soit vengé ? demanda-t-il.

Emmaline vit Barker jeter un regard perdu à Rispoli et Anand. Elle l'avait déjà rangé dans la catégorie des bons petits employés. Ceux qui pointent à 9 heures, repartent à 17 heures, et placent la famille avant le boulot. Ce qu'elle ne lui reprochait pas, d'ailleurs. Mais elle attendait de lui qu'il reste à la page.

— Donc le coup aurait été fait par des professionnels ? demanda Zhao au téléphone.

Il avait fait partie de la même promotion académique qu'Emmaline ; il était fils d'immigrants de première génération, et ses parents avaient été fiers de le voir devenir policier. Ils avaient consacré tout leur temps et leur argent difficilement gagné à son éducation. Zhao incarnait une nouvelle vie pour la famille. Par beaucoup d'aspects, son histoire ressemblait à celle d'Emmaline. L'accident de moto les avait totalement dévastés. Plus encore que Zhao lui-même.

— C'est ce que j'aurais tendance à penser, répondit Oily.

— Mais pourquoi s'en prendre à Naiyana et Dylan ? demanda Emmaline.

— Ils voulaient peut-être se servir d'eux pour faire pression sur Lorcan ? suggéra Oily.

Un silence et des regards vides accueillirent cette hypothèse.

— On sait que Naiyana avait aussi des problèmes de son côté. À cause de son militantisme, dit Emmaline.

— Donc tu penses que quelqu'un de chez…, commença Rispoli en laissant sa phrase en suspens.

— De chez Brightside Foods, compléta Anand, qui, en tant que plus jeune membre de l'équipe, tenait à s'impliquer dans la discussion.

— Oui, Brightside Foods. Quelqu'un de chez eux aurait aussi pu vouloir se venger de Naiyana ? Ce serait prendre un risque énorme, alors que l'affaire a été aussi médiatisée.

Ils tombèrent tous d'accord là-dessus. Mais on ne pouvait pas écarter totalement cette piste. Pas encore.

— On a aussi le député, Chester Grant, dit Emmaline.

— Ce connard populiste, lâcha Barker. Il vendrait sa grand-mère pour quelques centimes, celui-là.

— Il était étroitement lié à Brightside Foods, fit remarquer Emmaline.

— Il faisait leur promo, oui, ajouta Barker du tac au tac.

— Il a fait du lobbying pour eux à un certain nombre d'occasions, précisa Zhao pour clarifier la saillie de Barker.

— Donc la découverte du corps de Lorcan et la disparition de Naiyana et de Dylan risquent de le mettre dans l'embarras, dit Oily.

— C'étaient des électeurs potentiels, après tout, dit Rispoli.

— C'est peu probable, vu leur passif, dit Emmaline.

— Alors il aurait tout aussi bien pu s'en prendre à eux, n'est-ce pas ? fit remarquer Rispoli.

Encore une piste, large comme une avenue, qu'on ne pouvait écarter. L'enquête commençait à ressembler au désert qui les entourait. Aride, sans âme qui vive, et sillonnée de chemins et sentiers où il était facile de se perdre.

41

Naiyana

Elle retrouva Leona à Wisbech. Avec Hurton, c'était la ville la plus accessible, lorsqu'on prenait la direction du sud, vers Kalgoorlie. Leona et elle avaient toujours été proches ; leurs enfants avaient environ le même âge, ce qui les avait souvent incitées à comparer les progrès qu'ils faisaient. Elles en étaient venues à mieux se connaître et étaient devenues amies. Mais Leona n'avait pas emmené Giulia avec elle, vu la distance et le fait que la raison officielle de ce rendez-vous était une visite à un client de Kalgoorlie.

Naiyana avait opté pour Wisbech par mesure de sécurité. Une sorte de compromis, pour ainsi dire : d'un côté, elle contournait l'interdiction que Lorcan lui avait faite de revoir ses anciens collègues, mais de l'autre elle le faisait sans révéler leur nouvelle adresse. Elle avait même appelé Leona depuis une cabine téléphonique pour plus de sûreté.

C'était un rendez-vous où les deux parties trouvaient leur compte. Elle avait l'intention de soutirer à Leona des informations sur la situation actuelle, et Leona comptait bien en faire de même. Mais Naiyana était sûre d'être la plus maligne des deux.

Assise dans un coin tranquille du café presque vide, elle attendait l'arrivée de Leona en regardant Dylan jouer dans l'aire de jeux, de l'autre côté de la rue. Il courait sur le sol amortissant, escaladait les échelles et franchissait les ponts de corde, rebondissant, tournant et sautant partout, empli de joie de vivre. Elle espérait que cela durerait. À mesure qu'il grandirait, ces moments deviendraient plus rares. Mais pour l'instant ils n'avaient pas complètement disparu. Il y avait toujours des occasions de jouer. Il fallait juste savoir où regarder.

— Nee !

Leona traversa le café d'un pas glissant, les bras tendus. On aurait dit qu'elle avait une espèce de sonar intégré qui lui permettait d'éviter les tables, aidée dans cette manœuvre délicate par ses hanches étroites et sa silhouette longiligne.

— Lee !

Il y eut une étreinte chaleureuse. Naiyana pressa son visage contre l'épaule de Leona. Des retrouvailles entre vieilles amies.

— Comment vas-tu ? Comment ça se passe, la vie loin de la grande ville ?

— Perth n'est pas une si grande ville que ça, rétorqua Naiyana, davantage pour étouffer sa propre nostalgie que par réelle conviction.

— Comparée à tout ce que j'ai croisé en chemin pour venir ici, si.

Leona rejeta la tête en arrière et éclata de rire. Elle riait toujours à ses propres blagues, comme si elle était elle-même surprise d'avoir réussi à faire preuve d'un tel sens de la repartie.

Elle jeta un coup d'œil alentour.

— Cette ville a l'air correcte, par contre. Elle est mieux en vrai que dans tes vlogs.

Naiyana eut un petit sourire.

— Si seulement j'habitais dans un coin aussi urbain, dit-elle.

— Je me disais bien que l'endroit que tu montres était plus désert que ça.

Naiyana coupa court à ces bavardages. Il était temps de passer aux choses sérieuses.

— C'est encore chaud là-bas ? demanda-t-elle.

— Bah, forcément, on est en été, répondit Leona en partant à nouveau d'un grand rire bruyant, la tête rejetée en arrière.

— Sérieusement, Lee.

Leona fit la moue et hocha la tête.

— On reçoit toujours des menaces, oui, dit-elle.

— Contre l'association ?

— Et contre toi.

En prononçant ces mots, Leona regarda furtivement autour d'elle dans le café, puis ses yeux se reposèrent sur Naiyana.

— Les propriétaires de BS Foods… Ils sont venus au QG, ils cherchaient à te contacter.

— Et… ?

— Et quoi ? On ne leur a pas donné ton adresse, qu'est-ce que tu crois.

— Vous ne l'avez pas.

— Tout juste.

— Ils ont dit ce qu'ils voulaient ?

— Non, mais j'imagine qu'ils cherchent à limiter la casse. Apparemment, les plats ont un goût de pâtée pour chiens, maintenant. De la pâtée bas de gamme, ajouta-t-elle en riant.

Naiyana supposa qu'obtenir d'elle l'approbation du produit modifié serait une bonne publicité pour une société qui essayait de redorer son blason et de redynamiser ses ventes.

— On a aussi eu une manifestation d'employés de BS Foods qui ont perdu leur boulot devant nos locaux. C'était une journée sympa, ironisa Leona, sans éclat de rire, cette fois, et en lançant un regard presque noir à Naiyana.

— Tu veux dire que ce merdier continue ?

— On est dedans jusqu'au cou.

Malgré ces nouvelles peu réjouissantes, Naiyana eut un pincement au cœur à l'idée de ne pas être là-bas pour essayer d'agir. Elle ratait l'opportunité de transformer un désastre en expérience positive. Telle était pourtant son intention première. Mais ils n'avaient qu'à aller se faire voir. La vague de licenciements était regrettable, mais comparée à la mise sur le marché de produits dangereux, c'était un dommage collatéral acceptable.

— Chester Grant nous a contactés, lui aussi, dit Leona. Enfin, son bureau, pour être plus exacte.

— Ça ne m'étonne pas, dit Naiyana, incapable de tenir sa langue.

— Comment ça ? demanda Leona, intriguée.

— Je ne peux rien te dire. À part que ça concerne peut-être les conneries de BS Foods. Des conneries empilées les unes sur les autres. Mais, pour changer de sujet, qu'est-ce que tu penses de mes vlogs ?

— J'adore, répondit Leona. Je me disais qu'il faudrait que tu sois plus présente qu'une simple voix derrière la caméra. On devrait te voir.

Naiyana le pensait aussi. C'était risqué. Mais après tout, la vie n'était-elle pas faite de risques ? Elle en avait déjà pris tellement qu'un de plus ne changerait pas grand-chose. Tant que personne ne découvrait l'endroit où ils vivaient, ce serait comme adresser un énorme doigt d'honneur à BS Foods et Chester Grant.

42

Emmaline

Dans l'après-midi, ils reçurent un rapport de l'équipe technique au sujet du téléphone de Lorcan. Celui de Naiyana était toujours hors ligne et introuvable.

La date du tout dernier enregistrement de la voix paniquée de Lorcan était confirmée. Le 30 décembre à 17 h 03.

Le reste de ses déplacements avait été analysé – en tout cas, pour les moments où son téléphone s'était trouvé dans le rayon de l'antenne située à quatorze kilomètres au nord de Hurton. Comme la plupart de celles installées dans la région, c'était une antenne très puissante, mais sa portée n'allait pas tout à fait jusqu'à Kallayee. Cela n'avait jamais été nécessaire jusqu'à présent.

Emmaline fit entrer Oily et Rispoli dans sa caravane, qui servait de base de repli pour l'enquête. Barker et Anand étaient à Hurton pour savoir si quelqu'un avait entendu des coups de feu dans l'après-midi du 30 décembre ou la nuit dernière. Et pour recueillir des informations supplémentaires sur les faits et gestes de la famille Maguire durant leurs seize jours dans la région. Seize jours seulement. Emmaline ne pouvait s'empêcher de penser que le couple semblait s'attirer des ennuis partout où il allait.

— Bon, voilà ce qu'on sait, commença Emmaline. Lorcan Maguire a quitté Perth le 12 décembre, vraisemblablement en compagnie de sa petite famille. Il a passé la nuit à Kalgoorlie avant d'entrer dans le rayon des antennes qui se trouvent à côté de Kanowna et Menzies, et il est arrivé à Hurton le 13. Après ça, on est dans le noir jusqu'au 15, date à laquelle son téléphone s'est connecté et où un règlement par carte bancaire a été effectué à la quincaillerie de Hurton. Ce jour-là, il a appelé ses parents. Durant cinq minutes.

— D'après les parents, son coup de fil n'avait rien d'urgent, ajouta Oily. Maguire confirmait qu'ils étaient bien arrivés, qu'ils avaient trouvé une maison, qu'ils étaient en train de s'installer.

— Ils sont retournés à Hurton le lendemain. Et ils ont fait de nouvelles dépenses pour des matériaux.

— Ça laisse supposer qu'ils n'avaient pas bien anticipé dans quoi ils s'embarquaient, fit remarquer Rispoli.

— Sans doute, et c'est vrai pour un certain nombre de domaines, dit Emmaline en pensant au vol de données et au boycott contre les petits pots pour bébé. Le 19, poursuivit-elle, Lorcan Maguire et son fils ont passé une nuit à Kalgoorlie, là encore pour acheter du matériel, y compris les meubles à monter soi-même qui sont encore dans la maison, puis ils sont rentrés le 20. Le 21 après-midi, la carte de Naiyana Maguire a été utilisée dans un café à Wisbech.

— La facture mentionne une glace avec trois garnitures différentes, fit remarquer Oily. Ce qui peut signifier soit qu'elle a un gros faible pour les sucreries, soit que Dylan était avec elle.

— Ensuite, la carte de Naiyana est de retour à Hurton le 22 ; elle l'utilise pour faire des courses et acheter de l'essence.

Le signal de son téléphone indique qu'elle y revient le 24. Mais elle ne fait aucune dépense ce jour-là.

— Donc elle est juste venue se promener ? demanda Oily.

— Elle n'est pas obligée d'être dans la ville pour être à portée de l'antenne, déclara Rispoli.

C'était un point qu'Emmaline devait prendre en considération. Tous les déplacements n'avaient pas forcément Hurton pour objectif. Naiyana avait pu aller retrouver d'autres personnes dans d'autres endroits.

— Le 25, on a une visite confirmée à Hurton : Naiyana y fait des dépenses avec sa carte.

— Ensuite, on arrive au 27, jour où le téléphone de Lorcan apparaît à Hurton. Il passe un coup de fil vers un numéro inconnu, dit Rispoli.

— En revanche, il n'a pas utilisé sa carte bancaire.

— Peut-être qu'il craignait de dépasser le plafond autorisé. Il était à la limite, à ce moment-là.

Emmaline acquiesça d'un hochement de tête.

— Le 28, son téléphone est repéré à Wisbech. À nouveau, pas d'achats. Donc, s'il n'est pas venu dépenser son argent, je suppose qu'il avait un rendez-vous avec quelqu'un.

— Mais on ne sait pas qui, dit Oily.

— Non, on ne sait pas, reconnut Emmaline.

Rispoli resta silencieux un moment, puis il reprit.

— Le 29, on a une trace du téléphone de Naiyana. Encore à Hurton. Elle n'utilise pas sa carte.

— Et enfin on arrive au 30, dit Emmaline.

La journée du 30 avait été bien remplie, d'après les relevés. Pour Naiyana comme pour Lorcan.

— D'abord, le téléphone de Lorcan est repéré à Wisbech dans la matinée, avant de disparaître des radars à 11 h 24.

Lorcan est sans doute retourné à Kallayee, vu que c'est là-bas qu'on a retrouvé son téléphone.

— Dans lequel était enregistré le message, ajouta Oily.

— Oui. Il est allé à Wisbech en voiture dans la matinée, sans y faire de dépenses, et puis il est rentré. La question qui se pose est la suivante : a-t-il aperçu quelqu'un à Wisbech ? Quelqu'un qui lui a fait peur ? A-t-il cru que l'étau se resserrait sur lui ? Je me disais aussi que c'est peut-être en revenant de Wisbech qu'il a découvert que Naiyana avait disparu. Comme on l'entend dans le message. Et ça l'aurait poussé à partir sur-le-champ, en emmenant Dylan avec lui. Mais il se serait fait rattraper. Seulement...

Emmaline regarda ses collègues.

— Le téléphone de Naiyana est signalé à Wisbech, l'après-midi de la même journée. On a un signal actif de 14 h 27 à 15 h 33.

— Est-ce que Lorcan pouvait avoir les deux téléphones avec lui ? demanda Oily. Il aurait éteint l'un et allumé l'autre ?

— Mais pourquoi aurait-il pris les deux ?

— Si Naiyana était à Kallayee, elle n'avait pas besoin de téléphone, dit Rispoli.

Emmaline hocha la tête.

— Elle n'en aurait pas eu besoin non plus si elle avait déjà disparu.

— Ou si elle avait été enlevée ?

— Pendant que Lorcan était à Wisbech, dit Oily.

— Donc, le message sur le téléphone de Lorcan, ce serait de la comédie ? Il savait déjà qu'elle avait disparu ? demanda Rispoli.

— On ne dirait pas de la comédie.

— Non, c'est vrai, reconnut Emmaline. Il y a trois scénarios possibles. Numéro un : Lorcan Maguire a emmené les deux téléphones à Wisbech car il savait que sa femme était morte. Il cherchait peut-être à brouiller les pistes. Numéro deux : il a emmené les deux téléphones pour une raison inconnue et est rentré ensuite à Kallayee, où il a découvert que sa femme avait disparu. Numéro trois : il est rentré à Kallayee, puis Naiyana est partie à son tour à Wisbech.

Elle les laissa digérer ces hypothèses, avant de conclure :

— Ce que l'on sait avec certitude, c'est que le 30, c'est le dernier jour où l'un des téléphones a été en contact avec une antenne.

— Donc ils avaient tous les deux rendez-vous à Wisbech ? demanda Rispoli.

Oily prit la parole.

— ZZ a obtenu des mandats et a pu comparer les endroits où le portable de Lorcan a borné avec les localisations des téléphones de Nikos Iannis et des collègues de Maguire. Il n'y a aucune corrélation.

— Sauf s'ils se sont retrouvés à Kallayee, bien sûr, dit Rispoli.

— Dans l'angle mort, ajouta Emmaline.

L'expression n'avait jamais paru si appropriée.

43

Emmaline

— ZZ et son équipe ont aussi consulté l'historique de navigation sur Internet, dit Oily en ouvrant un autre document sur l'ordinateur portable.

— Ça, c'est jamais bon, remarqua Rispoli en haussant les épaules avec l'air de dire « on se comprend », ce qui fit sourire Emmaline.

Oily ne prêta pas attention à son commentaire.

— Il y avait surtout des tutoriels de bricolage, mais aussi quelque chose de plus inquiétant : un certain nombre de recherches commençaient par « comment tuer ».

— Est-ce qu'il ne serait pas plutôt question de termites, de cafards et d'araignées ? suggéra Emmaline.

— Apparemment, mais les recherches se concentraient surtout sur les poisons à utiliser pour s'en débarrasser.

— Dont certains pourraient tuer un être humain ?

— J'imagine que tout est une question de dosage.

— Il faut interroger les commerçants de Kalgoorlie à Hurton pour savoir s'ils ont vendu du poison à quelqu'un qui correspondrait à la description de Lorcan Maguire.

— Ça risque de prendre un certain temps.

— Il faut le faire, dit Emmaline.

Si quelqu'un avait vendu du poison à Lorcan, ils tiendraient peut-être une piste sur la façon dont Naiyana était morte, faute de réussir à trouver son corps.

— Il y avait aussi plusieurs recherches concernant la prospection et l'extraction aurifère, ajouta Oily.

— Donc les mines l'intéressaient, en conclut Emmaline. C'est peut-être la raison de leur déménagement dans la région ?

— Il faudrait aussi savoir où il s'est procuré le matériel, dit Rispoli.

— Je me suis renseignée, et il y a plein d'endroits dans le coin où on peut faire de l'orpaillage en amateur. Il suffit de trouver le bon filon.

— Et d'avoir de la chance.

— Est-ce que Naiyana pourrait être dans une de ces mines ? demanda Rispoli. Empoisonnée ?

— On les a pourtant bien fouillées, remarqua Oily.

— Oui, mais pas toutes.

— Trouvez-moi la liste la plus exhaustive possible, dit Emmaline. Vérifiez si on n'en a pas raté une. Vous pouvez aller jusqu'à Hurton et au-delà.

À ce rythme, elle allait devoir mobiliser l'intégralité de l'équipe de la MCS pour leur venir en aide. Il se pouvait que Lorcan Maguire ait empoisonné sa femme et caché son corps dans un boyau abandonné. Mais cela n'expliquait en aucun cas pourquoi il avait été abattu dans le désert, et pourquoi Dylan avait disparu.

— Les techniciens ont aussi trouvé un autre enregistrement vidéo, dit Oily. Il date du 22 décembre. Il était très abîmé, mais ils ont fait des miracles. Le voilà.

Oily monta le volume et appuya sur « *play* ». L'écran resta noir. Emmaline était sur le point de tourner en dérision les miracles de l'équipe technique, quand un bruit de pas étouffés et un souffle rauque emplirent la caravane. L'écran restait complètement noir, mais ils entendirent les bruits de pas cesser, la respiration s'interrompre. Il y eut un autre son : une voix au loin, ou plutôt deux voix, indistinctes mais bien réelles. Elles se turent presque aussitôt. Le bruissement et la respiration reprirent alors, comme si la personne qui tenait le téléphone se déplaçait rapidement. Puis l'enregistrement s'arrêta abruptement.

— C'est tout ? demanda Emmaline.

— Ils ont essayé de nettoyer l'enregistrement, et c'est le meilleur résultat qu'ils ont réussi à obtenir. Selon eux, il s'agit d'une voix masculine et australienne. Ils penchent pour un accent des environs de Brisbane, ou de la Gold Coast. Ce gars était très loin de chez lui.

— Il y a aussi un petit bruit quand il parle, remarqua Rispoli. Comme s'il mâchait du chewing-gum.

— Et il y a de l'écho, ils sont dans un lieu clos.

— Peut-être le tunnel où on a retrouvé le matériel d'exploitation minière ?

— Ça expliquerait l'obscurité, dit Emmaline. Ou alors le téléphone était rangé dans sa poche.

— Et s'ils s'étaient retrouvés piégés quelque part dans une mine ? Peut-être que Lorcan a essayé de s'échapper avec son fils. Ils ont dû abandonner Naiyana derrière eux. Ou elle était peut-être déjà morte.

— Est-ce qu'on a montré cette vidéo à la famille de Lorcan ?

— Oui, répondit Oily. Ils n'ont pas reconnu sa voix.

— Mais on sait qu'au moment de l'enregistrement le téléphone ne captait pas de réseau, dit Emmaline. La question qu'on peut se poser est la suivante : est-ce que quelqu'un est venu rendre visite à la famille ? Et, si c'est le cas, ce visiteur était-il le bienvenu ou non ?

— Quelqu'un de chez INK Tech ou Brightside ?

Ou Chester Grant, se dit Emmaline, mais elle décida de ne pas l'inclure dans l'équation pour l'instant. Elle s'aperçut du désespoir croissant qui s'emparait de l'équipe. Ils avaient trouvé le corps de Lorcan, mais tous s'accordaient à penser qu'ils étaient arrivés trop tard. C'était le sentiment qui l'habitait depuis qu'elle était flic : elle arrivait toujours trop tard pour empêcher les catastrophes. Elle n'était là que pour assembler les morceaux du puzzle et recomposer un dernier aperçu de la vie des victimes. Mais, une fois que le miroir était brisé, on ne pouvait le recoller à l'identique. Les fissures demeuraient à jamais.

— Est-ce qu'on diffuse l'enregistrement dans tout le pays ? demanda Rispoli. Pour voir si quelqu'un le reconnaît ?

— Ou est-ce qu'on ne le garderait pas plutôt pour nous, pour le cas où les assassins de Lorcan Maguire auraient pris Naiyana et Dylan en otage ? suggéra Emmaline.

— On n'a reçu aucune demande de rançon pour l'instant, dit Rispoli. Ce qui serait bizarre, si c'était un enlèvement.

Emmaline n'avait rien à opposer à cette logique. Elle était heureuse d'avoir Rispoli à ses côtés. Étant donné la vitesse à laquelle leur charge de travail ne cessait de croître, il lui faudrait une vingtaine d'agents aussi compétents que lui. Mais elle n'en avait que quatre. Sans compter Barker.

— En plus, on a trouvé le sang de Naiyana dans la maison, dit Emmaline. Et celui de Dylan sur la chemise de son père.

— Et plus de sang encore près du quad aux pneus lacérés, ajouta Anand.

— Qui d'après la police scientifique ne correspond pas au groupe sanguin de Naiyana, dit Oily. Ni à celui de Lorcan, ni de Dylan.

— Alors, on diffuse la vidéo, oui ou non ? demanda Rispoli à Emmaline.

Il fallait prendre en compte les risques encourus : que se passerait-il si quelqu'un retenait effectivement Naiyana et Dylan prisonniers ? La diffusion de la vidéo ne pousserait-elle pas leurs ravisseurs à les tuer tous les deux ? Mais il n'y avait aucune demande de rançon. Il leur fallait une piste concrète. Comme cette voix inconnue sur le téléphone de la victime.

Emmaline inspira un grand coup.

— Diffusez-la, dit-elle. Et croisons les doigts.

44

Lorcan

Naiyana préparait le dîner sur le réchaud à gaz. Même s'ils arrivaient à transformer la maison en palais, celle-ci aurait toujours l'air en travaux tant qu'ils n'auraient pas de cuisinière digne de ce nom. Lorcan ne s'était jamais rendu compte auparavant du rôle essentiel que jouait la cuisine dans une maison. On pouvait s'habituer à dormir par terre, à s'asseoir sur des poufs, et même à chier dans des WC à la turque au fond du jardin, mais l'absence de cuisinière donnait à leur installation un caractère toujours aussi temporaire.

Ils mangeraient des œufs et des haricots. Un petit déjeuner en guise de dîner. Naiyana annonça qu'elle irait faire des courses en ville le lendemain. Lorcan savait qu'elle détestait faire la cuisine et le ménage. Lui aussi, d'ailleurs. À Perth, ils avaient une femme de ménage qui venait une fois par semaine et qu'ils payaient cinquante dollars. Ce qui valait le coup, rien que pour ne plus avoir à y penser. C'était l'époque où ils n'avaient pas à se soucier de l'argent.

Naiyana en était à son troisième verre de vin. Sa main ne tremblait pas encore, mais cela n'allait pas tarder. En temps normal, Lorcan lui aurait déjà fait une réflexion à ce sujet, mais pas ce soir. Il fallait qu'elle s'endorme, cela faisait partie du plan.

— Elle était comment, l'école ? demanda-t-il, tâchant d'orienter la conversation vers un sujet neutre.

— Ça va, répondit-elle en marmonnant. Rien à voir avec Clementine, ceci dit. Elle est vieille, poussiéreuse, et elle tombe un peu en ruine. Mais ça va.

— Ça ne me plaît pas trop, d'envoyer Dylan là-bas.

— Il va s'y habituer. Il se fera de nouveaux amis et…

Elle ne termina pas sa phrase, l'air un peu hébété. Le vin commençait à faire effet. Mais elle s'anima tout à coup et aborda un nouveau sujet.

— Tu es sûr que personne ne sait que nous sommes ici ? demanda-t-elle.

— Oui, je suis sûr, répondit Lorcan. Pourquoi ?

— Je voulais juste… en être certaine.

— Et toi, qu'en penses-tu ?

— J'en pense que personne n'est au courant, répondit-elle.

Elle prit une longue gorgée de vin.

Lorcan plissa les yeux, comme s'il voulait forer un trou dans le crâne de sa femme pour lire dans ses pensées.

— Nee ?

— Je me posais juste la question.

— Tu n'as rien dit à ton amie ? Ou dans un vlog ?

— Non.

— Peut-être que tu devrais plutôt t'inquiéter de savoir qui est probablement *déjà* avec nous ici.

— Que veux-tu dire ? demanda-t-elle en fronçant exagérément les sourcils.

— Rien, fit Lorcan.

— Tu as envie de retourner dans ce tunnel, n'est-ce pas ? demanda-t-elle, portant le verre à ses lèvres, qui, tachées de vin, étaient à présent d'un rouge profond.

Lorcan ne répondit pas.

— Ne nous laisse pas seuls ici, dit Naiyana.

— Je vais juste jeter un œil.

Le reste du dîner se déroula en silence. Tout comme la demi-heure suivante, jusqu'à ce que Naiyana finisse par sombrer sur la chaise longue dans le salon. Lorcan mit au lit Dylan, qui tombait de sommeil, et s'en fut. Il serait de retour avant que Naiyana se réveille.

45

Lorcan

Il retourna se poster dans la cabane en tôle, en face de la maison d'où partait le tunnel. Il faisait un peu plus froid que les nuits précédentes, mais ses nerfs à fleur de peau le réchauffèrent ; il gardait les mains serrées contre ses jambes pour les empêcher de trembler.

Peu avant minuit, il entendit le bruit. Le ronronnement d'un moteur qui entrait lentement dans la bourgade. Une minute plus tard apparut, au clair de lune, l'ombre d'un pick-up de couleur sombre, qui roulait tous feux éteints. Une arrivée discrète. Bien rodée. Le pick-up se gara en marche arrière devant la porte d'une maison en bois, et trois silhouettes en sortirent. Trois hommes, d'après leur taille et leur carrure. Dans l'obscurité, ils se mirent à décharger des objets de l'arrière du pick-up et à les transporter à l'intérieur de la maison où Lorcan avait découvert le tunnel. Ce qu'ils transportaient semblait tellement lourd qu'ils devaient parfois s'y prendre à deux.

Lorcan ne les interrompit pas. Mieux valait en savoir davantage avant de se décider à agir. Apprendre qui étaient ces hommes, et ce qu'ils faisaient. Déterminer s'ils étaient des amis ou des ennemis. La prudence l'invitait plutôt à les considérer comme des ennemis. Il fut d'abord inquiet à l'idée que ces gens aient été envoyés par Nikos Iannis pour chercher à lui nuire. Mais, si ça avait été le cas, ils ne se seraient pas intéressés au tunnel et n'auraient pas eu besoin de tout ce matériel. D'après ce qu'il avait lu, Nikos et son frère étaient du genre rapide et efficace. Ils allaient droit au but.

Cette logique le rassura, de même que la carabine Browning calibre 22-250 posée près de lui. Un type la lui avait vendue à un bon prix, devant chez Mallon, la veille. Il la lui avait conseillée pour se défendre contre les dingos et tout ce qui était susceptible de menacer sa propriété. À ce moment-là, Lorcan s'était demandé si l'homme n'était pas en train de lui adresser une mise en garde à peine voilée, mais le type avait pris les deux cents dollars et lui avait remis la carabine et quelques cartouches. Lorcan n'avait pas encore tiré un seul coup de feu avec et, assis dans ce cabanon à regarder l'arme, il se demanda soudain s'il ne s'était pas fait avoir. Il n'avait tiré qu'une seule fois dans sa vie, lors d'une session de tir aux pigeons d'argile organisée par INK Tech. Peut-être que cette séance d'entraînement viendrait un jour se rappeler au bon souvenir de Nikos Iannis. Mais chaque chose en son temps. Lorcan devait découvrir qui étaient ces gens et ce qu'ils voulaient. Il concentra son attention sur la maison de l'autre côté de la rue.

Le déchargement s'acheva quinze minutes plus tard, et les trois hommes disparurent dans la maison. Le faisceau des lampes-torches transperça les fenêtres sans vitres, jaillissant ici et là dans l'obscurité, comme si les inconnus s'assuraient que la pièce était bien vide avant de descendre dans le tunnel.

Lorcan attendit dix bonnes minutes avant de les suivre. Lorsqu'il entra dans la maison à pas de loup, il constata immédiatement que l'armoire qui recouvrait le trou avait été déplacée.

Un frisson lui parcourut l'échine. Et s'ils avaient remarqué des traces de sa présence ici ? Avait-il touché quoi que ce soit ? S'en apercevraient-ils ? Et si ces hommes étaient en fait des espions en mission secrète, en dehors de tout cadre légal ? Au cours des années 1950 et 1960, le gouvernement britannique avait réalisé des essais nucléaires dans ces régions désertiques. Peut-être venaient-ils chercher dans ce tunnel quelque chose qui avait été oublié ? De l'uranium ou du plutonium ? C'était un peu fantaisiste, mais possible, néanmoins.

Lorcan se tenait devant l'entrée du souterrain. Des bribes de conversation résonnaient dans le tunnel, lointaines et déformées. Il n'arrivait pas à identifier la langue dans laquelle les hommes s'exprimaient. Il se demanda s'il ne s'agissait pas d'espions étrangers. Cette pensée l'effraya encore plus.

Il était temps de prendre une décision. Devait-il les suivre ? Le fusil serait une arme encombrante dans ce tunnel étroit, et il ne savait pas si ces individus étaient armés, ni à quel point. Il s'agissait de toute évidence d'une opération bien organisée. Ils avaient forcément prévu de quoi se défendre.

Une lueur apparut soudain dans le tunnel. Elle s'intensifiait à chaque seconde. L'un des trois hommes était en train de rebrousser chemin.

Lorcan se mit à paniquer. Il parcourut la pièce du regard et sentit tout à coup l'épaisseur des ténèbres qui l'environnaient. Il n'arrivait plus du tout ni à penser ni à s'orienter. Où était la porte ? Était-elle loin de lui ? Y avait-il un obstacle dans l'intervalle ? La lumière se rapprochait. Il avait environ vingt secondes pour agir. Le chemin à suivre lui revint soudain à l'esprit. Il fonça vers la porte, sortit et courut se cacher sur le côté de la maison. Il se colla contre le mur, espérant que les nuages continueraient à avaler la lumière de la lune. Ces quelques secondes lui parurent une éternité. L'individu passa soudain près de lui et se dirigea vers le pick-up. Grand, mince, barbu, il avait une allure presque spectrale, et ses membres semblaient s'allonger dans l'obscurité, comme s'ils absorbaient les ténèbres. La silhouette déplaça la camionnette sans mettre le moteur en marche vers un vieux cabanon de l'autre côté de la rue, que Lorcan n'avait jamais pensé à inspecter. L'homme jeta une bâche par-dessus le véhicule, passa à nouveau près de Lorcan, et disparut dans la maison. Cette fois, Lorcan ne se demanda pas s'il allait le suivre. C'était hors de question. Il allait retourner dans sa cachette et monter la garde. Son fusil en main.

Il pressa le téléphone contre son oreille et écouta l'enregistrement qu'il venait de faire. Les souffles rauques, les échos contre les parois du tunnel. Et les voix. Cela prouvait qu'ils n'étaient pas seuls dans cette ville.

Dix minutes plus tard, le grondement sourd démarra pour de bon, faisant vibrer le sol sous ses pieds. Le bruit qui leur empoisonnait l'existence. Ces hommes étaient là depuis le début, il venait d'en avoir la confirmation. Ils avaient réussi à ne jamais se montrer. Ce qui signifiait qu'ils étaient déterminés. Et que l'opération à laquelle ils se livraient était importante. Ils faisaient entrer des machines dans le tunnel pour creuser. Et trouver quoi ? De l'or ? Des diamants ? De l'opale ? S'ils s'acharnaient ainsi, dans cette chaleur et de façon aussi discrète, c'était que leurs efforts étaient couronnés de succès.

Une heure avant le lever du soleil, les trois hommes réapparurent. Ils se séparèrent en silence.

L'aube naissante permit à Lorcan de mieux distinguer les acolytes du grand barbu qu'il avait aperçu dans la nuit. Le plus petit était un homme gras à la chemise trempée de sueur, et au gros crâne chauve luisant. Le second avait la peau plus foncée que les deux autres et une chevelure abondante et hirsute ; il était également un peu plus jeune et athlétique que ses comparses.

Le barbu semblait être le chef. Il alla chercher le pick-up dissimulé sous la bâche et le gara contre la porte. Les hommes le chargèrent en moitié moins de temps qu'il leur en avait fallu pour le décharger. À l'aide d'une vieille couverture poussiéreuse, ils étouffaient tous les bruits qu'ils auraient pu faire à l'arrière du véhicule.

Celui-ci s'en fut, à nouveau tous feux éteints. Il était évident que le chauffeur connaissait bien le chemin. Kallayee retrouva sa torpeur habituelle. Vide et morte.

46

Naiyana

Elle avait mal à la tête. Son imbécile de mari ne l'aidait pas en arpentant la chambre en long et en large, aussi excité que Dylan après une orgie de bonbons. Le soleil n'était même pas encore levé.

— Ils sont trois.

— Qui ça ?

— Trois types. Des mineurs. Ou des espions.

— Parle moins fort, dit-elle, pensant autant à Dylan qu'à sa migraine. Qu'est-ce que tu racontes ?

— Ils sont allés dans le tunnel.

Naiyana fronça les sourcils.

— Tu as bu, toi aussi ?

— Je les ai vus de mes propres yeux, Nee. Ils sont arrivés en pick-up, phares éteints, et ils sont descendus dans le souterrain. Dix minutes plus tard, ce satané grondement a commencé. Le chef est un grand type avec une barbe, je crois. Il y a aussi un petit trapu et un mec à la peau sombre. Un aborigène, peut-être. Je ne crois pas que ce soient des espions, mais il y a eu des essais nucléaires par ici, dans les années 1950 et 1960. À Maralinga et…

Lorcan s'interrompit. Même lui devait reconnaître à quel point ses propos étaient insensés.

— En fait, je crois qu'ils cherchent de l'or, des diamants ou de l'opale.

Naiyana s'accorda un moment pour digérer la nouvelle.

— En quoi ça nous regarde ?

— Qu'est-ce que tu veux dire ?

— Ils ne nous dérangent pas, que je sache ?

— Non, mais on ne sait rien d'eux. En plus, ils se donnent beaucoup de mal pour qu'on ne les remarque pas. Ils doivent avoir une bonne raison de nous éviter. On ferait mieux de partir.

— Je croyais qu'on avait déjà discuté de ça. Et qu'il n'en était pas question.

— Mais c'était avant de savoir qu'on n'était pas seuls ici.

— Je n'en peux plus, de fuir, Lorcan. Où est-ce qu'on ira se cacher, après ? Sur la Lune ?

Elle le fixait dans l'attente d'une réponse. Elle ne voulait pas être traînée aux quatre coins du pays comme un pauvre témoin qu'on aurait de plus en plus de mal à protéger. S'il fallait choisir entre se battre et s'enfuir, elle préférait encore se battre.

— Je vais retourner les surveiller cette nuit.

Naiyana secoua la tête.

— Ils ne veulent pas qu'on sache qu'ils sont ici, alors on n'a qu'à faire semblant de ne pas savoir.

Les yeux de son mari se braquèrent sur la porte. Elle voyait bien qu'il cherchait à échapper à cette conversation en évitant de lui répondre.

— Lorcan ?

— Quoi ?

— Si on ne les dérange pas, ils ne nous dérangeront pas non plus.

— Qu'est-ce que tu en sais ?

— Je n'en sais rien. Mais s'ils nous ont laissés tranquilles jusqu'ici, pourquoi est-ce qu'ils se mettraient à nous chercher des ennuis maintenant ?

47

Emmaline

Le rapport de l'autopsie du corps de Lorcan Maguire fut prêt dès le lendemain matin. Emmaline fit la route jusqu'à Hurton pour prendre son petit déjeuner et passer son coup de fil. Une fois de plus, les gens du coin, plus quelques journalistes, étaient dans les rues et observaient les nouveaux venus, à moitié par curiosité, à moitié pour les attirer dans les boutiques où ils pourraient dépenser leur argent. Ces petites villes dépendaient beaucoup des dollars des touristes, et pour l'instant Emmaline était perçue comme telle, même si elle travaillait.

Elle appela Oily. Il était à Kalgoorlie avec le pathologiste, le Dr Arthur Collins, qui se présenta comme s'il faisait la connaissance d'une nouvelle copine.

— C'est un plaisir de faire votre connaissance, mademoiselle, madame, docteur Taylor ? Comment dois-je vous appeler ?

— Inspectrice Taylor. Qu'avez-vous découvert ?

— J'imagine que vous ne voulez pas que je m'attarde sur ce qui va de soi.

— C'est-à-dire ?

— Lorcan Maguire a été assassiné. Sa poitrine présentait une blessure par balle.

— Avez-vous déterminé le type d'arme et le calibre des cartouches ?

— Des cartouches .22 Winchester. Provenant sans doute d'un fusil de chasse. On en utilise souvent, dans le coin, pour tirer sur les animaux et les nuisibles.

— Et sur les gens.

— Oui. Mais c'est plus rare, fort heureusement. On a tiré sur la victime à une distance d'environ quatre mètres, ce qui exclut le suicide, malgré le résidu de poudre qu'on a trouvé sur les doigts qui lui restaient.

— À ce sujet, avez-vous une idée du moment auquel la victime pourrait avoir utilisé une arme à feu ?

— Étant donné le caractère persistant du résidu, je dirais que c'est récent.

— Et il était mort depuis environ une semaine quand on l'a trouvé ?

— D'après les résultats, oui. Même s'il faut tenir compte des températures élevées qui ont dû accélérer la décomposition. La chaleur est propice à la prolifération des bactéries.

Il débitait ces informations sur un ton amical mais froid, comme un prêtre administrant l'extrême-onction. Le rituel se devait d'être respecté dans les règles, même s'il s'autorisait à en arrondir un peu les angles. Les résultats corroboraient les premières observations du Dr Patel. La prochaine fois qu'elle la verrait, Emmaline allait devoir lui rappeler que parfois les faits pouvaient être avérés d'emblée. Le Dr Patel n'apprécierait sans doute pas.

— Et l'os fracturé ?

— Un radius. L'avant-bras. Une méchante fracture qui a dû être provoquée par un gros objet contondant.

— Comme un pied de biche ? Une masse ?

— Quelque chose de plus gros. Un véhicule, plutôt. Le coupable est très certainement un pare-buffle.

— Celui du pick-up, peut-être ? demanda Emmaline, songeant au véhicule de la famille Maguire.

— Ou de n'importe quel 4×4 ou véhicule tout-terrain, répondit le Dr Collins. Si vous arrivez à mettre la main sur ce véhicule et qu'il n'a pas été soigneusement nettoyé, vous y verrez sans doute des traces de sang, de peau ou de cheveux.

— Rien d'autre ?

— Le rapport toxicologique n'a rien signalé d'inhabituel chez la victime, ni drogue ni alcool. Mais il y avait du sang correspondant à celui de Dylan Maguire sur la chemise retrouvée sur la scène de crime.

— Assez pour laisser penser qu'il a été tué ?

— N'importe quelle quantité de sang pourrait faire penser cela, inspectrice. Mais il n'y en avait pas en proportions inquiétantes, si c'est ce que vous avez en tête. On a également identifié du sang de Naiyana Maguire. Encore une fois, pas en quantité suffisante pour nous porter à croire qu'elle est morte. Peut-être qu'elle a seulement été blessée.

Emmaline repensa à la maison et au miroir brisé. Une famille attaquée, sans doute cambriolée. Les choses avaient peut-être dérapé. Naiyana abattue, le père avait attrapé son fils et s'était enfui avant que les malfaiteurs se mettent à les poursuivre dans le désert. Ou peut-être que Naiyana et Dylan avaient été pris en otage par l'homme dont la voix avait été enregistrée dans le tunnel. Mais l'enregistrement datait de huit jours avant le dernier message émis par Lorcan, ce qui voulait dire que l'homme en question n'avait pas tout de suite fait peur aux Maguire.

48

Emmaline

L'appel qu'elle passa ensuite fut pour Perth. ZZ et les autres enquêtaient sur les transactions de Lorcan Maguire, avant et après son licenciement, et une équipe menée par Neil Templeton, un autre inspecteur de la MCS, se penchait sur l'association avec laquelle Naiyana avait milité et sur le scandale qui l'avait obligée à quitter son poste.

C'est cette dernière équipe qui leur apporta de nouvelles informations ce matin-là. Une certaine Leona Sanchez s'était présentée à la police et avait reconnu être allée à un rendez-vous avec Naiyana à Wisbech, le 21 décembre.

Un interrogatoire avait été programmé pour midi. Emmaline leur demanda de le décaler à 13 heures, afin qu'elle puisse y participer.

Emmaline entra dans la salle d'interrogatoire, où était déjà installée une femme mince, dans la quarantaine, au visage marqué. Malgré son nom de famille qui semblait indiquer des origines espagnoles, elle avait la peau très pâle. Elle paraissait agitée et se tordait les mains.

Elles échangèrent les salutations de rigueur. Emmaline l'informa que l'entretien serait enregistré, puis passa aux questions.

— Vous avez dit que vous étiez allée à un rendez-vous avec Naiyana Maguire à Wisbech, c'est exact ?

— Oui, c'était le 21 décembre. Au café Half-Door.

— Était-ce déjà arrivé depuis son départ de Perth ?

— Non, c'était la première fois.

— Est-ce que quelqu'un d'autre de l'association l'a revue ?

— Non.

— Vous en êtes sûre ?

— Pour autant que je sache.

Rien ne permettait de supposer que Leona Sanchez mentait, mais Emmaline décida de la mettre à l'épreuve.

— Pourquoi ne vous êtes-vous pas signalée plus tôt ?

La nervosité de Leona Sanchez se traduisait par un tremblement persistant des mains.

— Nous n'avons pas discuté de grand-chose, juste des dernières… des répercussions de ce qu'elle… de ce que nous avons fait.

— Et quelles étaient ces répercussions ?

— Vous avez dû lire des articles là-dessus, non, inspectrice ?

Emmaline garda le silence et attendit que Leona développe sa question.

— C'était dans les journaux, sur Internet et même à la télé. Le boycott de Brightside Foods, le rappel des petits pots pour bébé ? Plus de cent emplois détruits ? Les manifestations devant notre bureau, les trucs envoyés à Naiyana… ?

— Quel genre de trucs ?

— Des menaces sur Internet, pour la plupart. Deux lettres avec de la merde de chien à l'intérieur. Une autre avec de la merde humaine. C'était trop de tension pour l'association. Les dons diminuaient. Alors ils ont demandé à Naiyana de démissionner.

— Et vous, qu'est-ce que vous en avez pensé ?

— Je pense qu'ils auraient dû la soutenir, dit Leona, dont la main avait cessé de trembler.

Sa fidélité envers son amie. Voilà à quelle valeur morale Leona se raccrochait.

— Ils l'ont jetée dehors, poursuivit-elle. Mais c'est elle qui avait raison. *Nous* avions raison.

— Alors vous voudriez qu'elle revienne ?

— Oui, je veux qu'elle revienne. Mais elle devait s'éloigner. Se cacher.

— C'est ce qu'elle a dit ?

— Oui.

— Donc elle ne voulait pas partir ?

Leona secoua la tête.

— Non. On savait toutes les deux qu'elle ne supporterait pas de se retrouver au milieu de nulle part. Elle avait tant de choses à faire. Et maintenant…

— Et maintenant ?

— Personne ne sait où elle est. Les policiers interrogent tout le monde. Ça doit vouloir dire que c'est grave.

Leona ferma les yeux, visiblement choquée. Emmaline changea de sujet.

— Ce jour-là, le 21, avez-vous parlé d'un sujet en particulier ?

— Je l'ai tenue au courant de l'évolution de la situation, mais rien de très précis, juste pour lui dire qu'on était encore en plein dedans. On a parlé d'elle et de sa famille, de leur nouvelle vie.

— Et quelle est l'impression que vous en avez eue ?

— Qu'elle s'en sortait. Ou du moins qu'elle essayait. C'était un énorme changement pour eux.

— Avait-elle l'air en détresse ?

— Non. L'air de s'ennuyer et de s'apitoyer un peu sur son sort, peut-être. J'avais de la peine pour elle. On a parlé de ses vlogs. Je lui ai dit de faire bien attention à ce que personne ne puisse identifier la ville à cause des menaces. Ce scandale a éclaboussé beaucoup de gens. Y compris cette ordure de député.

— Chester Grant.

— Oui. J'ai dit à Nee que son bureau nous avait contactés.

— À quel sujet ?

— Ils ne l'ont pas précisé. Sans doute qu'ils cherchaient à se couvrir. Peut-être qu'ils voulaient que Nee fasse une séance photos avec BS Foods et leur produit soi-disant amélioré.

— Et elle était intéressée ?

Leona se mordit la lèvre.

— Je ne sais pas. Mais elle m'a laissé entendre qu'elle savait quelque chose sur lui.

Emmaline fronça les sourcils.

— Comme quoi ?

— Elle ne me l'a pas dit.

— Elle n'a rien évoqué ?

— Non.

— Mais ça avait l'air important ?

— Oui.

Emmaline nota de prendre contact avec Chester Grant.

— Encore quelques questions, Mme Sanchez. Quelqu'un a-t-il pu vous suivre là-bas ? Avez-vous utilisé votre carte bancaire à un moment de votre visite ?

— Pour prendre de l'essence, oui, répondit Leona en écarquillant les yeux.

Les tremblements reprirent. La culpabilité la gagnait.

— Vous ne pensez pas que quelqu'un pourrait avoir... Que c'est moi qui les ai conduits à elle ? Et à Lorcan. Et à Dylan...

Elle ne parvint pas à retenir ses larmes plus longtemps.

— Avez-vous parlé à quelqu'un de ce rendez-vous ? demanda Emmaline.

Leona continua de pleurer sans répondre.

— Madame Sanchez ?

— Oui, mais juste au bureau. J'ai pensé que les autres avaient le droit de savoir qu'elle allait bien. J'ai eu tort, là aussi ?

49

Lorcan

Lorcan regarda les cartons des meubles à monter alignés dans le salon. C'était la partie facile de la rénovation de la maison. Aucun manuel en ligne n'était nécessaire, il n'avait besoin que d'un mode d'emploi avec des schémas. Quoi qu'il en soit, cela lui paraissait incroyablement ennuyeux comparé à ce qui se passait de l'autre côté du carrefour.

Naiyana passa la tête dans l'embrasure de la porte.

— Comment ça avance ?

Il garda les yeux fixés sur le carton devant lui – un rocking-chair – et ne répondit pas.

— Je vais chercher des provisions, dit-elle. De la glace pour la glacière. Dylan est dans la cuisine, il dessine.

— Emmène-le avec toi.

— Il est très bien là où il est. Et j'ai besoin de sortir.

Il la regarda. Ils savaient tous deux pourquoi elle avait besoin de sortir. Pour se faire à l'idée qu'ils n'étaient pas seuls ici.

Il entendit le moteur toussoter en s'allumant et les pneus crisser sur le sable, puis la voiture disparut dans le lointain et le silence retomba. Il ouvrit le carton, un fatras de pièces en vrac. Ça ne l'intéressait absolument pas.

Il alla à la cuisine pour voir ce que faisait Dylan. Celui-ci était en train d'affubler un super héros anonyme d'une cape résolument criarde en tirant la langue, l'air concentré.

— Je sors un moment, lui dit-il. Reste ici.

Dylan se redressa.

— Je viens avec toi, papa.

Sur le point de refuser, Lorcan se ravisa. Avoir quelqu'un pour faire le guet ne pouvait pas faire de mal. Au cas où.

La maison était calme. Pas de pick-up. Pas de lumière. Et pas de grondement. Il posa un doigt sur ses lèvres pour indiquer à Dylan de ne pas faire de bruit, mais le silence qui régnait ne lui donnait aucune raison de penser que les trois hommes étaient là, sur leurs gardes.

Avec précaution, il déplaça l'armoire pour dégager le trou, en suivant précisément les traces au sol, et il entendit Dylan pousser un petit cri d'exclamation quand le tunnel apparut.

Lorcan se prépara à descendre.

— Bien, toi, tu montes la garde ici. Si tu entends un camion, tu cries dans le tunnel pour appeler papa, et puis tu cours te cacher.

L'idée de demander à son fils de six ans de faire le guet lui parut soudain irresponsable, mais il n'avait personne d'autre sous la main.

— Je veux pas que t'ailles là-dedans, papa.

— Ce n'est rien. Je ne resterai que quinze minutes.

— Non !

— Dylan, quinze…

— Je veux venir, moi aussi.

Lorcan regarda son fils. Il avait peur.

— Reste bien derrière papa, alors.

Lorcan alluma la lampe torche et pénétra dans le tunnel, Dylan derrière lui.

50

Emmaline

Après l'interrogatoire de Leona, les membres de l'association furent à nouveau entendus.

Rapidement, on découvrit que le bureau de Chester Grant avait été mis au courant du nouveau lieu de vie de Naiyana. L'équipe du député avait prétexté vouloir discuter avec elle des changements effectués dans leurs recettes, et quelqu'un de l'association avait cru se montrer utile en leur faisant savoir qu'elle s'était installée dans la région de Wisbech.

Emmaline contacta le bureau de Grant pour organiser un rendez-vous, mais ce dernier ne pouvait se libérer de tout l'après-midi. Même pour la police.

Puisqu'elle était à Perth, Emmaline décida d'en profiter pour rendre à nouveau visite à Nikos Iannis. Oily se joignit à elle.

Iannis habitait une élégante maison individuelle à Applecross, mais d'autres maisons, réellement luxueuses, celles-ci, lui barraient la vue sur le fleuve Swan, si proche et pourtant invisible. Cela devait le faire enrager. Il tirait malgré tout son épingle du jeu : sa maison à étage au toit de tuiles rouges était une propriété impressionnante, avec piscine. Un 4×4 était garé dans l'allée. Équipé d'un pare-buffle.

Ils annoncèrent leur nom à l'interphone. Les battants du portail s'ouvrirent, contrôlés à distance. Iannis ne se donna pas la peine de sortir de la maison pour aller à leur rencontre. Son attitude nonchalante trahissait tout le mépris qu'il avait pour eux.

En s'approchant du 4×4, Emmaline sortit ses clés de sa poche et les laissa négligemment tomber. Elle s'accroupit sur le gravier et vérifia discrètement s'il y avait, sur le pare-buffle, des résidus quelconques. Du sang ou des cheveux, comme l'avait suggéré le Dr Collins. Elle jeta un coup d'œil sous le véhicule. C'était propre. Le 4×4 avait été nettoyé récemment. Elle se dit qu'un homme comme Iannis n'aurait pu diriger une entreprise aussi florissante ou se payer une maison pareille sans avoir un tant soit peu de jugeote. Et, a contrario, vraiment très peu de scrupules.

Rangeant ses clés, elle releva la tête ; Iannis se tenait dans l'encadrement de la porte, vêtu d'un peignoir, dont les pans entrouverts révélaient une poitrine luisante. Rasée de près.

— Vous avez trouvé quelque chose d'intéressant, là-dessous ? demanda-t-il avec un grand sourire.

— Vous ne travaillez pas, aujourd'hui ? rétorqua Emmaline.

— Quand on est le patron, on décide de l'heure du début de la journée. Peut-être que ça vous arrivera, un jour.

— Dès que j'aurai appris à attacher la ceinture d'un peignoir.

Iannis leva les yeux au ciel.

— Qu'est-ce que vous voulez, inspectrice ?

— Parler de votre passé.

Emmaline savait que Nikos et Georgios Iannis avaient bâti leur fortune dans le monde interlope du recouvrement de dettes, où ils s'étaient spécialisés dans les clients en défaut de paiement. Le conseil financier était la face respectable de leur commerce. Leur mode opératoire, en revanche, consistait à se jeter sur les entreprises en difficulté, mais aussi sur d'autres qui ne l'étaient pas. Selon les rumeurs, les négociations étaient tendues, voire violentes dans certains cas. On les soupçonnait d'employer des méthodes de voyous. Des passages à tabac, des pressions, des intimidations. Il n'y avait pas de preuves.

— On peut en discuter dehors, dit Iannis sans bouger de l'encadrement de la porte.

— Votre frère et vous n'êtes pas étrangers à certaines méthodes brutales, n'est-ce pas ?

— Vous êtes venue me donner une leçon d'histoire ou me poser une question ? Dans le premier cas, ça ne m'intéresse pas. Dans le second, j'aimerais que mon avocat soit présent.

Oily intervint.

— Des gens de votre entreprise ont déclaré qu'il y avait eu des réunions très tendues dans les jours qui ont suivi le licenciement de Lorcan Maguire.

— Effectivement. On cherchait les données qu'il avait volées.

— Supposément volées, le corrigea Emmaline. Et que vous n'avez pas retrouvées, du reste.

— Non.

— Ça n'a pas l'air de vous inquiéter tant que ça, dit Emmaline. Alors même qu'on a retrouvé le cadavre de Maguire.

— Que voulez-vous que j'y fasse ?

— Il a été tué par balles, monsieur Iannis.

— Et alors ? Vous croyez que c'est moi qui ai fait le coup ? Nous étions furieux, et nous le sommes toujours, à cause du vol, mais plus encore de ne pas l'avoir empêché. Nous avons été négligents, et ça nous a coûté cher. Très cher.

— Mais vous reconnaissez avoir essayé de contacter M. Maguire pour récupérer les données ?

— Nous avons essayé par la voie judiciaire.

— Et, quand ça a échoué, vous avez retrouvé sa trace et envoyé quelqu'un lui rendre visite. C'est exact ?

Iannis lui lança un regard noir.

— Tout ce que nous voulons, c'est sauver l'entreprise, répondit-il, moins arrogant à présent, plus prudent. Nous avons envoyé nos avocats menacer les autres sociétés pour qu'elles n'achètent pas les données. Mais on ne sait toujours pas si Maguire essayait de les refourguer. Elles n'ont pas refait surface. Pas encore.

— Ce qui veut dire qu'elles ont été perdues ou qu'elles sont encore quelque part dans la nature, dit Oily.

— Et vous seriez prêt à tuer pour mettre la main dessus, ajouta Emmaline.

— C'est une grave accusation, inspectrice. N'oubliez pas que nous sommes les victimes, dans tout ce merdier.

— Si on fait abstraction de l'homme qui a été assassiné, bien sûr.

— Je n'ai rien à voir avec ça, répliqua sèchement Iannis.

— Sa maison a été mise sens dessus dessous.

— Je n'ai rien à dire à ce sujet.

— Il y avait peu d'objets de valeur, à part potentiellement ces données. Et on dirait vraiment que des professionnels ont été envoyés là-bas pour fouiller et détruire ce qu'ils trouveraient. Je suis certaine que vous devez en connaître quelques-uns.

— J'en suis sûr, moi aussi, dit Iannis avec un rictus non dissimulé.

— Ils n'ont rien trouvé, donc ils ont utilisé Naiyana Maguire pour faire pression sur Lorcan et le forcer à leur révéler où les informations étaient cachées. On a découvert du sang de

Naiyana dans la maison. Ensuite, Lorcan s'est enfui avec son fils, puis il a été rattrapé et tué.

— Est-ce une accusation ? demanda Iannis.

— Pour l'instant, nous ne faisons qu'envisager toutes les pistes possibles. La vôtre est l'une des plus vraisemblables. L'animosité engendre la vengeance. N'est-ce pas, monsieur Iannis ?

Nikos Iannis retroussa les lèvres avec un petit grognement, comme pour montrer les crocs, puis il recula et referma la porte.

51

Lorcan

Dylan n'arrêtait pas de se cogner dans ses jambes, ce qui les faisait trébucher tous les deux. Il obéissait consciencieusement à l'ordre que lui avait donné son père de ne pas le lâcher d'une semelle. Cela faisait maintenant cinq minutes qu'ils avançaient d'un pas hésitant, à l'affût du moindre bruit pouvant leur indiquer qu'ils n'étaient pas seuls.

— J'ai peur, papa.

— On arrive bientôt, répondit Lorcan.

Il voulait voir ce qui sortait des machines. S'il s'agissait d'or, de diamants ou d'opale, il serait capable d'en reconnaître les fragments. Du moins, c'était ce qu'il pensait. Il avait écarté l'hypothèse de l'uranium ou du plutonium, dans la mesure où les hommes ne portaient aucun équipement spécial pour se protéger des radiations.

— On peut rentrer à la maison ?

— On y est presque, répondit Lorcan. Je sais que tu es un petit garçon courageux.

Heureusement, la pénombre empêchait Dylan de se rendre compte que le courage affiché par son père ne pesait pas bien lourd.

Dylan se tut pendant quelques instants. Puis il se mit à pleurer.

— Je veux rentrer, papa. J'aime pas être ici.

Lorcan fit quelques pas de plus, puis s'arrêta. Les pleurs se répercutaient contre les parois et l'entouraient de désespoir. C'était une idée idiote. Il n'aurait pas dû l'emmener. Il reviendrait la prochaine fois que Naiyana emmènerait Dylan en ville avec elle. Le lendemain, avec un peu de chance.

— OK, on remonte, dit-il en le poussant vers la sortie.

La lumière du jour lui fit mal aux yeux pendant quelques secondes. Il se sentait fébrile.

Il aida Dylan à regagner la sortie. Dehors, la chaleur passa aussitôt de relativement irritante à quasi insupportable.

Gardant son fils tout près de lui, il regarda des deux côtés de la rue pour vérifier qu'on ne les épiait pas. Il n'y avait personne.

Un petit dragon barbu vert était perché en haut d'un rocher, près de la barrière ; le lézard sortait et rentrait sa langue furtivement, comme pour goûter la peur qui flottait dans l'air. Lorcan la sentait, lui aussi.

52

Emmaline

En fin d'après-midi, Emmaline retourna au siège de la MCS, à Northbridge, et réserva une salle de réunion donnant sur les rangées de bureaux qui, à cette heure-ci, se vidaient rapidement.

Elle cherchait à déterminer ce que Naiyana Maguire pouvait bien savoir de compromettant au sujet de Chester Grant. Ses recherches sur la famille du député, les écoles qu'il avait fréquentées et ses divers emplois n'avaient rien donné. La famille Maguire n'avait jamais vécu dans sa circonscription.

La seule chose qui les reliait, c'était Brightside Foods. Brightside avait été créée dans les années 1970 par un agriculteur d'Australie-Occidentale nommé Herbert Palmer. Il avait eu l'idée de concevoir des repas rapidement préparés à partir de ce qui poussait sur ses terres et de créer une entreprise autonome. À sa mort, en 2003, Brightside Foods était devenue une énorme entreprise nationale, alimentée par de nombreuses exploitations agricoles dans tout le pays, et s'était diversifiée dans différentes branches de la préparation des aliments et de l'approvisionnement alimentaire. Une belle réussite. Jusqu'à ces derniers temps.

Selon les journaux, après la mort de Palmer, la croissance rapide de l'entreprise restée jusque-là entre les mains de la famille provoqua son entrée en Bourse. Ses bénéfices à venir devinrent accessibles aux actionnaires. En consultant le registre en ligne des sociétés, Emmaline découvrit que quarante pour cent des actions étaient détenues par une compagnie nommée AG Solutions. Emmaline n'en avait jamais entendu parler, et les membres de la direction n'étaient pas répertoriés. AG Solutions était elle-même propriété d'AG Holdings, dont la direction n'était pas précisée non plus. En suivant ces filiations, Emmaline eut l'impression de tomber dans un puits sans fond. C'est alors qu'elle trouva ce qu'elle cherchait. Sous AG Holdings, et sous une autre entreprise nommée AG Future, il y avait AG Decade. Détenue par Abilene Grant.

Une nouvelle recherche lui apprit qu'Abilene Grant était la mère d'un certain Chester Grant. Cela signifiait que la famille du député détenait un nombre important d'actions de Brightside Foods. Un élément qui ne le ferait pas nécessairement condamner devant un tribunal, mais qui produirait l'effet d'une bombe si la presse l'apprenait, étant donné que Grant se servait de sa position pour défendre les intérêts de l'entreprise au Parlement. Et, si Naiyana Maguire avait découvert cette information, elle l'avait peut-être utilisée pour le faire chanter.

Il était 18 heures. Emmaline téléphona à nouveau au bureau du député. La secrétaire se contenta de lui donner une réponse toute faite : toutes les requêtes devaient passer par les voies habituelles.

Emmaline ne comptait pas se laisser rembarrer.

— Il ne s'agit pas d'un sujet habituel. Il est question de l'assassinat de Lorcan Maguire et de la disparition de deux autres personnes. Si vous appelez cela des sujets habituels, c'est que vous vous êtes trompée de carrière.

À ces mots, la secrétaire bafouilla un peu, momentanément déstabilisée, avant de retrouver ses moyens.

— Laissez-moi voir…, fit-elle.

Emmaline n'entendit plus rien à l'autre bout du fil pendant près d'une minute, puis la voix de son interlocutrice réapparut.

— Pouvez-vous être à Claremont dans quinze minutes ?

C'était juste, mais Emmaline n'avait pas l'intention de laisser échapper cette occasion.

Quatorze minutes plus tard, très exactement, elle était arrivée dans un autre quartier aisé de Perth, sur la rive opposée à celle où vivait Nikos Iannis, devant une maison qui, des dorures du portail aux colonnes en marbre, affichait les mêmes signes extérieurs de richesse.

La première chose qu'elle remarqua en arrivant fut la présence d'un SUV blanc garé dans l'allée. Un Toyota, comme celui des Maguire. Mais en plus neuf. À nouveau, elle eut recours à son petit tour de passe-passe bien rodé pour inspecter le pare-buffle. Celui-là aussi était d'une propreté irréprochable. Où les gens trouvaient-ils le temps d'entretenir leur voiture avec autant de soin ? Elle ne le comprendrait jamais. La sienne était en permanence recouverte de poussière et de fientes d'oiseaux.

Ce fut un Chester Grant en costume qui l'invita à entrer et à prendre place sur un canapé en cuir blanc qui luisait dans la lumière du soir filtrant par les portes du patio. Devant elle se dressaient un bureau en acajou et un meuble à vitrine dans lequel était exposée une collection de fusils.

— Ce sont tous des antiquités, fit remarquer Chester Grant en remplissant deux verres de porto rouge.

Emmaline déclina sa proposition. Il avait peut-être besoin de décompresser ce soir, mais elle avait encore du travail.

Son visage joufflu mais aux traits plutôt harmonieux avait les mêmes nuances grenat que le porto qui tachait à présent ses lèvres. Sa barbe touffue était parfaitement taillée.

— Pourquoi vouliez-vous rencontrer Naiyana Maguire ? demanda Emmaline sans détour.

Si la question l'avait déstabilisé, il le cacha bien, se contentant de boire une nouvelle gorgée, qu'il savoura longuement.

— Pour essayer de résoudre cette terrible situation, de façon à ce que chacune des deux parties y trouve son compte.

— Et de quelle façon les deux parties auraient-elles pu y trouver leur compte ?

— Brightside Foods a toujours souhaité trouver un compromis, inspectrice. Modifier l'ingrédient mis en cause pour obtenir un produit correspondant plus exactement à la réglementation.

— Mais ce n'était pas suffisant pour Naiyana Maguire ?

— Elle s'était lancée dans une croisade pour le bien.

Il avait dit cela de façon très brusque, comme s'il s'agissait là d'une attitude condamnable. Au vu de l'exaspération qu'il laissait transparaître, il semblait avoir oublié qu'elle avait disparu. Comme s'il se rendait compte de son erreur, il releva les yeux et se composa une expression pleine d'empathie, qui parut d'autant plus factice.

— Mais, évidemment, toute cette affaire est épouvantable, ajouta-t-il.

— Pour vous, ou pour elle, monsieur Grant ?

— Eh, ce n'est pas…

— Pourquoi avez-vous été choisi comme médiateur dans cette affaire ?

— La médiation, c'est mon travail. Je me dois de représenter les citoyens de ma circonscription. Et, parmi eux, il y a les entrepreneurs. Il faut les prendre en considération, puisque les entreprises sont les plus grandes pourvoyeuses d'emplois de la région. Pour être heureux, les gens ont besoin d'avoir du travail. C'est un principe que je défends par-dessus tout.

Emmaline le laissa débiter son baratin politique. Elle n'était pas l'une de ses électrices.

— Vous l'avez rencontrée ?

Il but une nouvelle gorgée de porto.

— Non, elle a refusé. Et ensuite tout a explosé. C'est lamentable. Brightside Foods ne faisait rien de mal. L'ingrédient en question n'était pas encore interdit ici, et malgré cela l'entreprise a été punie lors de cette parodie de procès.

Emmaline eut envie de lui demander de quelle punition la famille Maguire avait écopé, elle, mais elle s'abstint.

Elle avait remarqué le bref instant qu'il avait laissé s'écouler avant de répondre. C'était une question simple, à laquelle il suffisait de répondre par oui ou par non, mais il avait hésité, se servant du porto pour détourner l'attention.

— Ce que je veux savoir, c'est si vous l'avez vue après que tout a explosé, comme vous dites. Depuis son départ de Perth.

— Non.

Un déni plus rapide, plus affirmé, cette fois.

— Est-ce que quelqu'un, à Brightside Foods, l'a rencontrée ?

— Je ne sais pas.

— Malgré vos liens étroits avec cette entreprise ?

— Que voulez-vous dire ?

— Je fais référence aux rumeurs selon lesquelles il existerait des liens entre vous et Brightside Foods.

Le visage rubicond de Chester Grant devint soudain livide. Cette fois, le porto ne pouvait rien y faire.

— Quelles rumeurs ? Enfin, je veux dire quels liens ? reformula-t-il en plissant les yeux.

— Il paraît que vous êtes proches.

— Il s'agit de l'entreprise la plus importante de ma circonscription.

— Il y a plus que cela.

— Je n'aime pas beaucoup la tournure que prend cet interrogatoire, inspectrice.

— Il est rare que les gens apprécient les interrogatoires de police, monsieur Grant.

— Je crois que vous essayez de m'accuser de quelque chose.

— Et moi je crois que vous avez peur.

— Peur de quoi ?

— D'un scandale.

Chester Grant marqua un temps. Il la dévisagea longuement, tout en faisant tourner son porto dans son verre, comme s'il essayait d'évaluer la portée exacte de ses sous-entendus, craignant de tenir des propos qui risqueraient de l'incriminer davantage.

— Il y a toujours des scandales, inspectrice.

— Ce n'est pas le scandale qui m'amène ici, monsieur Grant, c'est une enquête dans le cadre d'un meurtre.

— Dans ce cas, à moins que vous ne soyez ici pour m'arrêter, je pense qu'il vaut mieux que vous partiez.

53

Naiyana

Naiyana était contente. La journée avait été bonne. Grâce à cet endroit. C'était en touchant le fond qu'elle avait pu remonter vers la surface.

— On dirait que tu viens de gagner à la loterie, lui fit remarquer Lorcan.

Son mari était assis à la table, en train d'inspecter un petit radiateur électrique. En prévision des soirées plus fraîches. Elle se doutait bien qu'il allait essayer de faire éclater sa petite bulle de bonheur. Par le passé, il lui avait déjà reproché d'être insupportable, enjouée au point d'en devenir ridicule, lorsqu'elle était heureuse. D'après lui, cet étalage de bonne humeur forçait les autres à se demander ce qu'ils avaient raté dans leur vie.

Dylan lui collait aux basques comme s'il se nourrissait de son énergie. Il l'aidait à ranger les courses dans le vieux placard et à remplir la glacière.

Lorcan jeta le tournevis sur la table, l'air énervé et inquiet. Elle n'avait aucune envie de lui demander ce qui n'allait pas. Il le lui dirait bien assez tôt. Elle comptait bien savourer son moment d'euphorie tant qu'il durerait.

— Qu'est-ce que tu veux manger au dîner, petit homme ? demanda-t-elle à Dylan en lui ébouriffant les cheveux.

— Des saucisses !

Exactement la réponse qu'elle attendait.

— Regarde au fond du sac, lui dit-elle.

Elle le regarda fouiller dans les courses et en ressortir deux paquets. Il en tenait un dans chaque main, avec un sourire radieux. Elle ôta l'emballage plastique et piqua dans les saucisses à l'aide d'une fourchette avant de les poser dans la poêle.

Dylan l'aida à préparer les petits pains à hot-dog, qu'il beurra tellement que les saucisses auraient bientôt l'air de nager dans un océan de gras. Ils faisaient la cuisine ensemble. Voilà qui ressemblait davantage aux activités d'une véritable famille.

Et puis, en un clin d'œil, tout s'effondra.

— Maman, aujourd'hui, on est descendus dans le tunnel.

Naiyana tourna aussitôt la tête vers Lorcan, qui ne put réprimer une grimace.

— Il faisait tout noir, et j'ai eu peur…

Elle inspira un grand coup.

— Pourquoi est-ce que tu n'irais pas ramasser tes jouets dans le jardin ? proposa-t-elle.

— Mais j'étais en train de te raconter…

— Tu peux aller les chercher, s'il te plaît ?

Ce qui lui restait de bonne humeur permit à son sourire d'avoir l'air sincère. Dylan hocha la tête et partit en courant.

Lorcan prit la parole en premier.

— Il n'y avait pas de grondement, ils n'étaient pas là, expliqua-t-il.

— Peu importe. Ils auraient pu y être. Et toi tu as emmené notre fils là-bas ? Dans cet endroit ?

— Il était plus en sécurité avec moi.

— En sécurité ? Je préférais quand on croyait que les grondements étaient des fantômes. Les fantômes, c'est effrayant, mais ce n'est pas dangereux.

— On ne peut pas se voiler la face et faire comme s'ils n'étaient pas là, répliqua Lorcan. De toute évidence, cet endroit représente un enjeu plus important pour eux que pour nous. Si on se mettait en travers de leur chemin, ça pourrait être dangereux.

— Et descendre dans ce tunnel sans prévenir, ça ne l'est pas ?

— J'essayais de comprendre ce qu'ils fabriquent.

Naiyana secoua la tête. Quand son mari avait-il perdu la raison ?

Mais cela lui donna une idée.

— Et si on leur annonçait notre présence ici ?

Lorcan la regarda comme si c'était elle qui divaguait.

— On n'a qu'à leur faire savoir qu'on sait qu'ils sont là, continua-t-elle.

— Je ne suis pas sûr, Nee…

— Ils étaient au courant de notre présence ici bien avant qu'on apprenne la leur. S'ils avaient l'intention de nous agresser ou de nous tuer, ils l'auraient déjà fait.

54

Emmaline

Emmaline revint à Kallayee vers 23 heures. Passer la nuit à Perth, dans son propre lit, aurait semblé la décision la plus logique, mais elle dormirait dans cette caravane jusqu'à ce que l'affaire soit résolue. Le voyage l'avait fatiguée. Elle avait bien l'intention de dormir six heures au moins, et de ne pas faire la course avec le soleil le lendemain matin.

Lorsqu'elle s'arrêta devant la caravane, elle vit que la porte était entrouverte. Elle l'avait pourtant fermée en partant. Sortant son arme, elle se glissa hors de son véhicule, à l'affût du moindre mouvement dans les maisons et les cabanes voisines. Rien ne bougeait. Elle se faufila contre la caravane et jeta un coup d'œil à l'intérieur, par la fenêtre. Elle ne vit rien à part la pénombre. Si c'était une tentative de cambriolage – les péquenauds du pub lui revinrent à l'esprit –, les voleurs risquaient d'être sérieusement déçus. Faisant volte-face, elle se mit dos à la fine cloison d'aluminium pour aller jeter un œil de l'autre côté. Là, elle aperçut une silhouette recroquevillée par terre. *Naiyana*. Enfin, elle espérait que ce soit elle. S'était-elle échappée pour revenir à l'endroit qu'elle connaissait le mieux ? Mais pourquoi ici, et pas à Hurton ou à Wisbech ? Avait-elle été retenue prisonnière dans les environs ? Et pourquoi ne se manifestait-elle pas auprès des policiers qui avaient bouclé la ville ?

Retenant son souffle, Emmaline s'avança et secoua légèrement la masse sombre. Celle-ci émit un grognement qui n'avait pas grand-chose de féminin.

La silhouette releva la tête, et Emmaline croisa le regard bleu de Matty. Elle baissa son pistolet. Pas complètement, toutefois.

— Comment êtes-vous arrivé ici ? C'est une scène de crime.

— J'ai garé mon quad un peu en dehors de la ville et j'ai marché. C'était facile, la sécurité laisse à désirer, répondit-il avec un sourire.

— Et la porte ?

— Ça sent le fennec, là-dedans. J'ai aéré.

Sur ce point, Emmaline ne pouvait que lui donner raison. Elle se rappela mentalement de renforcer ses exigences en matière de sécurité.

— Qu'est-ce que vous foutez là ? dit-elle en rangeant son pistolet dans son étui.

— Je suis content de vous voir aussi.

— Très drôle.

— J'ai des informations pour vous. Le fils de Tracy Marley a dit qu'il avait vu Naiyana Maguire avec quelqu'un.

— À Hurton ?

— À l'extérieur de la ville.

— Parfait. Allons-y.

— Demain matin. Bobby Marley... Bobby n'a que douze ans.

Emmaline le dévisagea sans mot dire et s'apprêta à rentrer dans la caravane par la porte ouverte. Elle se retourna et vit qu'il la regardait. Il y eut un silence.

— Vous venez ?

Elle ne se sentait plus si fatiguée que ça, après tout.

55

Emmaline

Quand elle se réveilla, il régnait une chaleur étouffante dans la caravane. Le soleil brûlait à travers les rideaux fins comme du papier à cigarette, et il y avait quelqu'un, serré à côté d'elle, dans le lit étroit. Elle aurait dû se sentir groggy, mais c'était tout le contraire. Rien de tel que le souvenir des plaisirs de la chair pour apprécier une nouvelle journée et l'occasion qu'elle offre de tout recommencer.

Assise sur le lit, elle enfilait ses vêtements quand Matty s'étira lentement.

— Bonjour, dit-il d'une voix ensommeillée.

— Prépare-toi, répondit-elle. On va voir Bobby Marley.

— Et le petit déjeuner ?

— Après. Si la piste est solide, c'est moi qui régale.

Tandis qu'il tirait sur son T-shirt pour recouvrir son torse poilu et un début de ventre, elle lui posa une question.

— Tu m'as dit que tu avais un quad. Est-ce que tu en as vendu un autre ? À Lorcan Maguire ?

Il secoua la tête.

— Jamais je vendrais Betsy.

— Betsy ?

— Oui, c'est toujours un pari de savoir si elle réussira à aller du point A au point B[1], répondit-il en lui lançant un grand sourire, les yeux brillant dans la lumière du soleil levant.

— Tu connais quelqu'un qui en aurait vendu un récemment ?

Il secoua à nouveau la tête, tandis qu'elle glissait son arme dans son étui à la ceinture.

— Pourquoi tu me poses cette question ?

Ce fut le tour d'Emmaline de secouer la tête.

— Allons-y, dit-elle, sinon, on est encore là pour le déjeuner.

Elle prit son 4×4 – il était hors de question qu'elle s'asseye à l'arrière du quad de Matty – et suivit les indications qu'il lui donna. Ils arrivèrent aux environs de Hurton et s'engagèrent dans une voie sans nom menant à une maison qui semblait tout droit sortie d'un western, avec ses poteaux en bois, son large porche et ses marches fissurées qui conduisaient à la porte d'entrée.

Matty fit les présentations, et Tracy Marley leur amena à la porte un Bobby qui se frottait les yeux, tiré du lit en pleines vacances scolaires.

— Raconte voir ce que tu m'as dit, Bobby, fit Matty.

Bobby battit plusieurs fois des paupières pour en chasser le sommeil, puis raconta comment, alors qu'il était en balade sur son VTT, un cadeau de Noël en avance de la part de son oncle, il avait vu Naiyana Maguire en compagnie d'un homme. C'était à l'écart de la grande route, près de la gorge, un endroit où l'on trouvait des entrées de mines abandonnées.

— À quoi ressemblait l'homme, Bobby ?

Le gamin haussa les épaules.

1. « Pari » se dit *bet* en anglais. (NdT)

— Il y a que la femme que j'ai vraiment bien vue. Elle était jolie. Très jolie.

— Tu n'as vraiment pas vu le visage du monsieur ?

— Il avait une barbe. Ils étaient dans une grosse voiture blanche. Mais on voyait pas bien dedans.

Une grosse voiture blanche. Ce qui pouvait correspondre à la Toyota des Maguire. Et à celle de Chester Grant.

— Tu ne t'es pas approché ?

Le garçon secoua la tête.

— Maman dit que si je fais des bêtises je serai privé de vélo.

La description était peut-être vague, mais elle semblait confirmer le fait que Naiyana Maguire avait eu un rendez-vous. Lorcan Maguire n'était pas barbu. Nikos Iannis non plus, avec son visage et son torse aussi lisses que ceux d'un bébé. Chester Grant, en revanche, oui.

56

Naiyana

Elle leva la feuille de papier en l'air.

— On va leur laisser un petit mot.

Lorcan éclata de rire.

— Et pourquoi pas leur faire une tarte, aussi, comme de bons voisins ? rétorqua-t-il.

Elle ignora ses railleries. Elle était décidée à aller au bout de son idée.

— On leur laisse une petite note, de notre part à tous, pour leur montrer qu'on est inoffensifs.

Elle posa la feuille devant Dylan, qui y griffonna sa signature, le bout de la langue pointant au coin de ses lèvres, signe qu'il se concentrait.

Le style amateur du message ajoutait encore à sa nature rassurante et non menaçante.

— Je ne sais pas si ça...

— On ne veut pas aller sonner directement à leur porte, n'est-ce pas ? Un petit mot, c'est ce qu'il y a de mieux. Comme une sorte de communication préventive. Ils savent qu'on est ici, c'est évident. Par contre, ils ne savent pas qu'on est au courant de leur présence.

Lorcan poussa un soupir.

— Tant qu'on ne traîne pas dans les parages après, consentit-il. On observera leur réaction de loin, à l'abri.

57

Lorcan

Lorcan épingla le message sur l'armoire. Il se méfiait de ce plan, mais il n'avait pas d'alternative à proposer. À part la fuite. Qu'il considérait toujours comme la meilleure solution.

Ensuite, ils prirent la voiture et quittèrent Kallayee pour se rendre sur la petite colline qui dominait la ville, où il se garèrent sous un boqueteau d'arbres qui les dissimula dès que le soleil se coucha.

Il avait dit à Dylan qu'ils allaient observer les étoiles. D'ailleurs, la nuit claire et la disposition des astres détournèrent ses pensées de ce qui se déroulait dans la bourgade à leurs pieds.

Mais, à mesure que la nuit avançait, Lorcan délaissa le ciel et songea à nouveau au tunnel et à leur maison, qu'il imaginait mise à sac. Et s'ils l'incendiaient ? Ce ne serait peut-être pas plus mal. Cela obligerait Nee à accepter de partir.

À 23 heures, les hommes arrivèrent en ville, tous phares éteints. On ne voyait de leur pick-up qu'une ombre qui rampait le long de la rue. Ils descendirent du véhicule, comme la fois précédente. Lorcan attendit que l'orage éclate.

Il n'eut pas à patienter longtemps. L'agitation des faisceaux des lampes-torches qui ressortaient précipitamment de la maison présentait un contraste saisissant avec la précision militaire à laquelle il avait assisté auparavant. Les hommes avaient trouvé le mot. À cette distance, Lorcan n'entendait rien de leurs échanges, mais à leurs grands gestes, et vu la frénésie avec laquelle ils arpentaient la rue, on pouvait deviner qu'ils étaient sur les dents. Voilà qui était fâcheux. Énerver les voisins n'est jamais judicieux. Surtout quand on ne les connaît pas. Et a fortiori quand ils ont accès à des tunnels dans lesquels ils peuvent vous enterrer.

Lorcan jeta un coup d'œil en direction de sa femme et de son fils, qui dormaient sur les sièges passagers. Il se demanda comment Naiyana pouvait prendre les choses aussi tranquillement.

58

Lorcan

Il avait observé attentivement les inconnus, qui avaient fini par retourner dans le tunnel. Il se força à rester éveillé jusqu'au petit matin ; enfin, peu avant l'aube, les hommes réapparurent et s'en allèrent comme si de rien n'était.

Le soleil commençait à caresser les maisons de sa chaude lueur jaune. Lorcan sentait ses yeux se fermer malgré lui, à mesure que la léthargie remplaçait l'énergie nerveuse qui l'avait fait tenir jusque-là. C'était fini. Ses paupières étaient lourdes comme des pierres.

— Tu vas aller voir ?

C'était Nee qui lui parlait à voix basse. Pendant quelques secondes, il réussit à se convaincre que ce n'était qu'un rêve, mais la main qui se posa sur sa cuisse et le secoua le ramena à la réalité.

— Pourquoi moi ? chuchota-t-il.

— J'ai pensé que…

— Tu peux penser ce que tu veux. C'était ton idée.

Il la vit essayer de trouver un prétexte pour ne pas y aller. Et échouer. Il avait gagné. Lorsqu'elle enfila sa veste et sortit du pick-up, il se sentit lâche. Mais même cette impression ne le poussa pas à la rappeler.

Maintenant incapable de fermer l'œil, il la regarda descendre jusqu'au bas de la colline et suivit sa progression des yeux. Il attendait l'attaque surprise. Il s'imaginait que, d'une façon ou d'une autre, l'un des hommes était resté sur les lieux. Il se demandait ce qu'il ferait dans ce cas et réussit à se convaincre qu'il irait l'aider, même s'il se rendait compte que le simple fait de se poser la question en disait long sur sa véritable nature.

Naiyana entra dans la maison au tunnel et disparut. Lorcan sentit des fourmillements dans ses orteils, comme si ses pieds essayaient de se mettre en mouvement et de provoquer une réaction qui le forcerait à sortir du pick-up pour aller aider son épouse, mais son corps refusa d'obéir. Il regarda fixement le bâtiment, priant pour que Naiyana en sorte saine et sauve. Une tête apparut dans l'embrasure de la porte. Puis un corps. C'était elle, qui leur adressait de grands signes de la main. Lorcan s'autorisa à reprendre sa respiration, mais il ne bougea pas d'un centimètre pendant encore une minute, pour s'assurer que les signaux de Naiyana n'avaient pas pour but de les prévenir d'un danger.

Il mit le contact et roula prudemment jusqu'au bas de la colline, s'arrêtant devant la maison au tunnel. Les cahots de la pente avaient réveillé Dylan. Naiyana monta en voiture et leur montra le message. Il y avait des mots griffonnés sous les leurs.

— Ils veulent nous rencontrer, expliqua-t-elle. Ici. Ce soir.

— Pourquoi pas dans un endroit plus public ? demanda Lorcan. C'est la preuve qu'ils ont quelque chose à cacher.

— Ça, on le sait déjà, répliqua Naiyana. Nous aussi, on se cache.

— Mais, si on les rencontre ici, qu'est-ce qui les empêchera de nous tuer ?

— Ils auraient pu nous tuer à n'importe quel moment ces dix derniers jours.

Lorcan secoua la tête, mais sut qu'il venait de perdre la partie.

59

Lorcan

Lorcan eut du mal à se concentrer sur les travaux ce jour-là. Comment l'aurait-il pu, avec cette épée de Damoclès au-dessus de leurs têtes, comme un rendez-vous avec la chaise électrique ? Quand la pression devint insupportable, il partit s'occuper du pick-up. Il vérifia les niveaux d'huile et d'eau et examina les pneus. Juste pour le cas où ils devraient quitter les lieux en urgence. Il avait presque renoncé au puits, au moins tant que sa famille et lui ne seraient pas à nouveau seuls dans la ville. Mais Kallayee lui semblait décidément trop convoitée.

Il s'assura qu'il était bien seul lorsqu'il se rendit dans leur chambre et qu'il sortit le fusil de sa cachette entre le mur et le toit pour le charger. Il ne voulait pas devoir se débattre avec les cartouches si le moment venait de s'en servir.

Au dîner, il n'eut pas d'appétit, et la conversation fut morne. Enfin, 21 heures sonnèrent. L'heure du rendez-vous. À la croisée des chemins, comme dans un vieux western. Lorcan n'aimait pas beaucoup cette idée. Dans les westerns, les gens se faisaient tuer. Les bons aussi souvent que les méchants.

Même si le carrefour n'était qu'à deux cents mètres environ, Lorcan tint à y aller en voiture. Histoire de pouvoir s'enfuir facilement en cas de besoin, ce dont Naiyana convint.

Ils s'arrêtèrent au croisement à neuf heures moins le quart et attendirent.

À 21 heures pile, le pick-up rouillé entra dans la ville, tous feux éteints, et descendit lentement la rue en terre battue éclairée par la lune. Il s'arrêta de l'autre côté du carrefour, à trente mètres d'eux, comme pour revendiquer ce côté-ci de la ville.

Pendant une poignée de secondes, rien ne se produisit. Lorcan lança des regards à droite et à gauche, par les fenêtres latérales, pour s'assurer qu'on n'était pas en train de leur tendre une embuscade. Alors le chef sortit du pick-up, suivi de ses deux complices. Lorcan scruta attentivement les trois individus, essayant de voir s'ils étaient armés, mais il se rendit compte qu'il ne savait pas vraiment quel indice rechercher. Des poches gonflées ? Une posture étrange ? Il se tourna vers Naiyana, qui le regardait fixement. De toute évidence, elle voulait qu'il sorte le premier, mais ce n'était pas ce qu'il avait prévu. Elle ouvrit donc la porte et sortit dans la nuit, emmenant Dylan avec elle.

Lorcan récupéra la carabine qu'il avait rangée sous le siège passager et sortit à son tour. Dissimulé par la portière ouverte, il plaqua l'arme derrière lui comme il put, le long de sa jambe, puis il les rejoignit en claudiquant un peu. Il fit abstraction du regard de dégoût que Nee lui lança. Elle ignorait la raison pour laquelle il était resté à la traîne. Mieux valait qu'elle ne le sache pas, étant donné son opinion sur les armes à feu. Il concentra son attention sur les trois hommes, gardant la main sur la crosse de son fusil.

— C'est gentil de votre part, de vouloir nous rencontrer, lança le chef.

Il avait un soupçon d'accent du Queensland. Lorcan avait déjà travaillé avec des gars de Brisbane, mais n'était jamais allé là-bas.

— C'est vrai qu'on est voisins depuis un moment, donc c'est normal qu'on se rencontre, ajouta l'homme.

— Qui êtes-vous ? demanda Lorcan.

— On n'a pas besoin de connaître nos noms, si ?

— Les voisins se disent leur nom, en général.

Le barbu sourit, laissant apercevoir des dents étincelantes.

— Je m'appelle Ian, déclara-t-il.

— On va vraiment faire ça, alors ? Tu te fous de nous ? fit en ricanant l'homme trapu et chauve.

Encore un accent du Queensland, mais saccadé, entrecoupé par la mastication d'un chewing-gum.

— On a dit qu'on serait sympas, Mike, fit Ian.

Le troisième homme se présenta à son tour. Il était d'origine indigène, comme Lorcan le pensait.

— Je m'appelle Stevie, dit-il en se tournant vers Ian pour obtenir son approbation.

Encore un gars du Queensland. C'était une véritable invasion.

— Je m'appelle Naiyana…

— Ne leur donne pas ton vrai nom, dit Lorcan.

— Et voici Dylan, ajouta-t-elle en se mettant de côté pour montrer son fils, qui se cachait derrière elle.

— Et vous ? demanda Ian, regardant Lorcan.

Ce dernier serra les dents.

— Lorcan, répondit-il.

Il se sentait dangereusement exposé, à présent, malgré la carabine.

— C'est les messieurs qui creusent, dit Dylan en levant les yeux vers son père. C'est eux qui creusent le tunnel.

Les trois hommes regardèrent le petit garçon. Il y eut un air de stupeur sur le visage de Ian, et d'inquiétude sur celui de ses complices.

— C'est un enfant perspicace, remarqua Ian.

Mais il ne prononça pas ces mots sur le ton du compliment.

La tension était presque insupportable. Lorcan descendit la main le long de la crosse de son fusil. Arriverait-il à dégainer assez rapidement ? Il se disait qu'ils auraient mieux fait de rester dans leur voiture.

— Pourquoi êtes-vous ici ? demanda Naiyana.

— Nous étudions les minéraux.

— N'importe quoi, lança Lorcan.

Sa nervosité l'avait poussé à exprimer ses pensées à haute voix, ce qui n'était pas très judicieux. Tous les yeux se braquèrent sur lui. Il ne pouvait plus reculer.

— Si vous étiez vraiment là pour étudier les minéraux, vous ne viendriez pas ici en douce et de nuit. En plus, vous auriez plus de matériel avec vous.

Il ne savait pas trop ce qu'il était en train de faire en les provoquant ainsi. À en juger par l'expression sur le visage de Nee, elle ne le savait pas non plus.

— Ce sont des travaux exploratoires, expliqua calmement Stevie.

— Vous avez un permis ?

— Et vous ? demanda Ian. Il en faut un pour s'installer ici.

Son ton était charmant. Chaque mot qu'il prononçait, qu'il s'agisse de menaces, d'accusations, ou de simple bavardage entre voisins, respirait la bonhomie.

— Écoutez, poursuivit-il. On est dans le même bateau. On est ici pour des raisons très similaires. La différence, c'est que vous vous occupez de ce qu'il y a au-dessus du sol, et nous, de ce qu'il y a en dessous.

Naiyana se retourna vers Lorcan.

— Ça pourrait être utile, d'avoir des alliés ici, dit-elle.

— Je suis bien d'accord, affirma Ian. On peut travailler chacun de son côté *et* collaborer.

Lorcan ne savait pas quoi dire. Il était parti du principe que, dès la fin de ce rendez-vous – dans l'hypothèse où ils ne se feraient pas assassiner tous les trois –, Nee accepterait de sauter dans le premier train qui les emmènerait loin d'ici. Mais elle semblait en tout point d'accord avec le projet de Ian.

Ils restèrent plantés là, face à face, à s'observer dans la chaleur déclinante du soir, avec cet embryon d'arrangement. Mais à quel point Lorcan pouvait-il se fier à de complets inconnus ?

Sans doute pensaient-ils exactement la même chose que lui.

60

Emmaline

Après un petit déjeuner avec Matty qu'elle paya de sa poche comme promis – et un tas de regards ébahis, d'expressions de surprise et de questions de journalistes auxquelles elle ne répondit pas –, Emmaline passa le reste de la matinée à chercher si quelqu'un, en ville, pouvait corroborer le témoignage de Bobby Marley, et lui fournir une meilleure description de la personne que le gamin avait aperçue avec Naiyana.

À la fin de la matinée, toujours bredouille, elle reçut un appel du QG. La police du Queensland avait identifié la voix qu'on entendait sur le téléphone de Lorcan.

— Un certain Mike Andrews. Originaire de Brisbane. Quarante-cinq ans. Un scientifique.

— Ils en sont sûrs ?

— Quasi sûrs, répondit Zhao.

— Qui l'a identifié ? Un parent ?

— Non. Il a été reconnu à la télévision. Je t'ai envoyé le lien.

Perplexe, Emmaline cliqua sur le lien qui s'affichait sur l'écran de son téléphone. C'était un reportage d'une chaîne de télé du Queensland. Il datait du mois de septembre de l'année précédente. Un homme chauve était debout devant un immeuble de bureaux, manifestement très énervé. Il avait la quarantaine, mais ses traits déformés par la colère lui donnaient l'air plus âgé. Il protestait avec véhémence contre les licenciements, mastiquant frénétiquement un chewing-gum qu'il faisait claquer toutes les cinq secondes, bruit que le micro collé à sa bouche ne faisait qu'exacerber.

L'accent correspondait à celui qu'on entendait sur l'enregistrement de Lorcan. Le chewing-gum aussi. Son nom apparut soudain sur le bandeau qui défilait en bas de l'écran. Mike Andrews.

— Trouve-moi tout ce que tu peux sur…

— C'est déjà fait, l'interrompit Zhao.

Emmaline aurait dû s'y attendre.

— Renvoyé de Skyline Industries à la fin du mois de septembre.

— Skyline Industries ?

— C'est une boîte de consultants. Ils bossent autant avec des compagnies minières qu'avec des promoteurs immobiliers ou des agences gouvernementales. Ils utilisent des données satellites pour cartographier les terrains.

— Ça a l'air…

Elle avait envie de dire « ennuyeux », mais se ravisa. Elle était elle-même lancée dans une laborieuse mission de porte-à-porte qui n'avait rien donné jusqu'à présent.

— Sa famille, enfin, ses parents seulement, vu qu'il est célibataire, affirment qu'il a pris ses cliques et ses claques et qu'il est parti en novembre dernier. Sans dire à personne où il allait.

— Bon. Débriefe le reste de l'équipe.

Une autre question lui vint à l'esprit.

— Dans l'extrait, il parle des licenciements, ajouta Emmaline. Trouve-moi qui d'autre a pu être viré à cette époque. Je doute fort que ce type soit du genre à creuser tout seul dans ces tunnels.

Ils avaient un nom. Et une profession. Mais pas de mobile. Et rien qui indique un lien entre Mike Andrews et la famille Maguire.

Ses pensées furent interrompues par Anand qui criait « On en a un », depuis l'autre côté de la rue.

Anand disait vrai. Ils en avaient un. Mais Jacob Inglot en savait encore moins que Bobby Marley. Il leur apprit qu'il avait vu Naiyana Maguire garée un peu à l'écart de la route, hors de la ville, en direction de l'ouest, alors qu'il se rendait lui-même sur ses terres. Après les terrains aurifères et juste avant Dredger's Gully. Elle était seule, mais elle avait l'air d'attendre quelqu'un. Inglot ne s'était pas arrêté, étant donné que son réservoir d'essence était presque vide et qu'il avait encore vingt kilomètres à parcourir avant d'arriver chez lui et de pouvoir le remplir avec son jerrican.

— De quoi avait-elle l'air ?

— Dur à dire. Elle a un peu tourné la tête, comme si elle voulait cacher son visage, mais comme j'étais poursuivi par un nuage de fumée de la taille du mont Augustus, il se peut aussi qu'elle ait juste essayé de se protéger de la poussière. Elle n'avait pas l'air en panne, en tout cas. Elle n'a pas essayé de me faire signe de m'arrêter.

— Il n'y avait pas d'autres véhicules avec elle ?

— Non. Et je n'en ai pas croisé, non plus.

— Et c'était quand ?

— Aux alentours de Noël.

— Une date ?

— Le 23, peut-être. Ça vous aide ?

Emmaline réfléchissait. Cela ne leur disait pas qui Naiyana attendait – si elle avait effectivement rendez-vous avec quelqu'un. Mais ce qui était étrange, c'était qu'elle se soit trouvée là-bas, à l'ouest de Hurton, sur une route qui ne menait finalement nulle part.

Emmaline venait de remercier Jacob Inglot quand le QG appela à nouveau. L'un des amis d'Andrews, un homme nommé Stevie Amaranga, avait été renvoyé en même temps que lui. Et il avait disparu à peu près au même moment. Sans informer quiconque de sa destination. Tous deux semblaient s'être volatilisés.

À présent, elle avait une voix et deux noms. Andrews et Amaranga étaient sans doute descendus dans le tunnel. La poussière d'or découverte près des machines laissait penser que leurs efforts avaient été couronnés de succès.

— Des détails sur la raison de leur licenciement ?

— Revers commerciaux. Réductions budgétaires.

— Tiens, on dirait un refrain connu.

— C'est toujours le cul du ver solitaire qui sort en premier quand il n'a plus rien à manger, fit remarquer Zhao.

Emmaline rit.

— Ça fait combien de temps que tu nous la mijotes, celle-là ?

— Deux heures. Andrews et Amaranga ont reçu un préavis de deux semaines et un mois d'indemnités.

— Tu sais ce qu'ils faisaient exactement, pour Skyline ?

— De l'imagerie par satellite. Ils analysaient les données.

— Ça concernait une région en particulier ?

— Le Queensland. Et surtout le bassin de Surat.

— Pas le désert de Victoria ?

— Non, apparemment.

— Bon. Contacte Skyline et demande-leur de vérifier sur quoi portaient les recherches de Mike et Stevie avant leur départ. Vois s'ils enquêtaient sur d'autres régions avant de se faire licencier.

La liste des suspects s'allongeait. Mike Andrews, et peut-être Stevie Amaranga, venaient de s'y ajouter.

61

Naiyana

La tension était insoutenable. Régulièrement, elle jetait un œil dehors pour voir si les trois hommes étaient en ville – et, si c'était le cas, pour déterminer l'endroit précis où ils se trouvaient. La prise de conscience de la présence des uns et des autres n'avait pas dissipé la méfiance. Au contraire, elle l'avait aggravée.

Chacun des deux camps était ici de manière illégale. Le gouvernement ne considérerait pas leurs activités avec bienveillance, mais le pire qui pourrait leur arriver, en tant que famille, ce serait qu'on leur ordonne de s'en aller. Sommation peut-être assortie d'une tape sur la main ou d'une amende. Ils arriveraient à filer en douce sans y laisser trop de plumes, avant que qui que ce soit à Perth ait le temps de réagir. Mais Ian, Mike et Stevie pourraient avoir des ennuis bien plus graves avec la justice. Sans permis, ils se rendaient coupables de vol envers une propriété du gouvernement.

Dylan lui-même n'arrêtait pas de demander où étaient les mineurs. Il voulait leur montrer sa petite exploitation minière. Ils étaient devenus ses héros, et son obéissance en avait pris un coup. Naiyana lui avait défendu de leur parler. Mais Dylan s'entêtait. Après tout, il s'était rendu compte de leur présence en premier. Ces personnes qu'il avait affirmé voir en ville s'étaient révélées bien réelles, et ses parents ne l'avaient pas cru.

Lorcan terminait de construire le lit de Dylan, comme il l'avait promis. Naiyana partit vloguer. Elle avait besoin de passer un peu de temps toute seule. Juste elle, son téléphone, et ses pensées.

C'était encore une journée de grand ciel bleu d'azur, dont la belle monotonie n'était interrompue que par une moucheture de noir : un aigle d'Australie à queue pointue, qui volait en solitaire et rentrait chez lui. Elle le suivit, le filma jusqu'à ce qu'il disparaisse de son champ de vision, et se retrouva soudain devant la maison au tunnel. Elle ne parvint à en détacher le regard, alors qu'elle savait bien qu'elle devait conserver une attitude désintéressée.

Elle continuait de filmer le ciel, quand un des mineurs, Mike, surgit de la maison. Elle sursauta. L'homme fut aussi surpris qu'elle, et sa première réaction fut de se cacher le visage, comme pris en flagrant délit.

— Rangez-moi ça, dit-il d'un ton sec.

— Mais je filme vers le haut.

— Rangez-moi ça, répéta-t-il.

62

Mike Andrews

Les autres avaient essayé de le convaincre que l'un des points positifs de la découverte de leur présence par cette famille était qu'ils pouvaient maintenant faire des pauses régulières à l'air libre. Et travailler en journée plutôt que se limiter à la nuit.

Mais Mike n'était pas sûr que ce soit si avantageux que cela. Il préférait l'anonymat. Son physique était trop reconnaissable. Et maintenant il y avait des caméras. Il sortit un nouveau chewing-gum de son emballage et l'enfourna. D'habitude, ça l'aidait à garder son calme.

Il avait espéré que la famille s'enfuirait après leur rencontre, mais ils étaient toujours là. À tout enregistrer.

Malgré l'éclat de la lumière du jour qui l'aveuglait, il constata que cette femme, Naiyana, était jolie. C'était tout à fait son genre. Mais il avait dix ans et vingt kilos de trop, même si le travail dans la mine le faisait fondre à vue d'œil.

Stevie et Ian le rejoignirent dehors, sans même prendre la peine de cacher leur visage. C'était complètement con. On pouvait remonter jusqu'à lui à travers Stevie.

Le silence fut brisé par Ian, qui salua Naiyana. Celle-ci s'éloigna rapidement, après avoir rangé son téléphone dans la poche de son short.

Mike la suivit des yeux tandis qu'elle quittait les lieux à grandes enjambées. Encore un problème engendré par le fait de se retrouver coincé au fond d'un tunnel obscur. On y manquait cruellement de plaisirs pour les yeux.

— Allez, on retourne bosser, lança Ian.

— Je suis toujours en pause, répondit Mike en ouvrant d'un coup son canif et en se curant les ongles pour ôter la terre coincée en dessous.

Il voulait rappeler à Ian qu'il n'était pas seul aux commandes. Que c'était une opération conjointe.

Ian et Stevie le toisèrent d'un air méprisant. Qu'ils aillent se faire foutre. Ils étaient bâtis pour ce genre de travaux, eux. Minces et athlétiques. Lui passait son temps à s'éponger le front, à moitié aveuglé par la sueur. Ils lui lancèrent tous deux un regard appuyé avant de rentrer dans la maison. Mike jeta un dernier coup d'œil au ciel bleu et aux fesses de Naiyana, qui tournait au coin d'une baraque, avant de les suivre. Le tunnel et l'or étaient la raison de leur présence ici, après tout. Il fallait garder l'objectif en tête, comme Ian aimait à le répéter. L'objectif de Mike, c'était de s'accorder de longues vacances et de monter sa boîte. Avec lui-même pour seul patron.

Ils n'étaient pas des escrocs – à part Ian –, seulement des opportunistes. Skyline n'utiliserait pas ces données. L'entreprise s'intéressait aux opérations de grande envergure, pas à ce genre de menu fretin. Avec un peu de chance et beaucoup de travail acharné, ils pourraient devenir modérément riches. Mike n'était pas du genre avide. Une fortune moyenne lui suffisait.

L'analyse des images révélait qu'il y avait quatre-vingt pour cent de probabilités que la récolte à Kallayee s'avère fructueuse. Les indicateurs étaient tous au vert. La trace d'un ancien lit de rivière gigantesque indiquait la possibilité de dépôts alluviaux et des chances de trouver de l'or ne nécessitant pas de broyage. Après seulement deux tentatives avortées, ils étaient tombés sur le bon filon. Au sens propre. Une mine exploitable, en bon état. Le tunnel était abandonné depuis au moins quarante ans – ou plus probablement quatre-vingt-dix. Tout droit de propriété avait donc expiré. Le gouvernement pouvait aller se faire voir. Stevie était d'accord avec lui. Son avis sur la question était qu'une mine abandonnée depuis si longtemps devait retourner à l'état de nature. Et la nature était là pour être pillée.

63

Emmaline

Les rapports ne cessaient d'arriver, ouvrant de nombreuses pistes à explorer. Mike Andrews, Stevie Amaranga, Chester Grant, Brightside Foods, INK Tech, Nikos Iannis et les données volées. Les recherches concernant le poison que Lorcan Maguire avait peut-être acheté n'avaient rien donné : aucun paiement par Carte bleue n'avait été repéré, mais ils ne pouvaient écarter l'éventualité de règlements en liquide. Tout était possible, même la mort-aux-rats, à raison d'une petite dose glissée chaque jour dans le repas de sa femme.

Une enquête menée par ZZ révéla que Lorcan Maguire n'avait pas de coffre à la banque dans lequel il aurait pu conserver les données volées. Il n'y avait rien non plus au nom de Naiyana ou de Dylan.

Lors de la fouille approfondie de leur maison à Kallayee, et de celle de Perth, qui avait été saisie, ils ne trouvèrent aucun disque dur ni aucun stockage électronique d'aucune sorte. Et Lorcan n'avait apparemment pas contacté d'entreprise concurrente pour chercher à vendre les informations, même si l'entreprise en question ne l'aurait certainement pas avoué le cas échéant.

Non pas que ces éléments auraient suffi à convaincre Nikos Iannis de laisser tomber les poursuites, s'il avait été au courant. L'insulte qu'il avait essuyée suffisait à le pousser à envisager d'autres types de représailles ; par ailleurs, Emmaline avait bien compris, après sa rencontre avec Iannis, que celui-ci ne croyait absolument pas aux dénégations de Maguire. Au point qu'il aurait été capable d'envoyer des hommes jusqu'à Kalgoorlie et au-delà pour le retrouver.

Emmaline passa au cas de Chester Grant. Grant avait soutenu mordicus qu'il n'avait pas revu Naiyana Maguire. Mais, étant donné les liens entre sa famille et BS Foods, elle était sûre qu'il ne lui disait pas tout. Grâce à un mandat chèrement gagné suite à l'intervention de l'inspectrice principale Moore et des magistrats, Emmaline put avoir accès à l'agenda des déplacements et rendez-vous du député avant et après Noël.

Sa vie dans la caravane se résumait à présent à une curieuse alternance de sexe et de paperasserie. Le sexe était plus agréable, bien sûr, mais elle avait quitté Matty ce matin sans aucune promesse de le revoir. Pour cela, elle s'en remettait au hasard. Mais pas pour cette enquête.

À première vue, rien dans l'agenda de Chester ne lui sembla suspect. Des dates, des heures. Des rendez-vous avec des électeurs mécontents. Avec des chefs d'entreprise. Des membres de sa famille. Toutes ces rencontres étaient programmées et notées. Des obligations officielles ponctuées d'affaires plus personnelles. Une liste de notes de frais accompagnait l'agenda. Depuis les scandales pour déclarations fausses ou exagérées qui avaient fait la une des journaux l'année précédente, tous les politiciens consignaient méticuleusement leurs dépenses. Chester Grant ne dérogeait pas à la règle. Mais un détail sauta aux yeux d'Emmaline. La liste de ses frais mentionnait un voyage qui n'apparaissait nulle part dans son calendrier. Le 30 décembre. Un vol pour Kalgoorlie, une voiture de location et deux cents kilomètres de route au compteur. C'était une destination très éloignée de sa circonscription. Elle était désignée par les initiales WB. L'abréviation de Wisbech, se dit Emmaline. En direction de Kallayee. C'était une erreur stupide, mais qu'un homme à la fois motivé par l'appât du gain et soucieux de conserver son mandat pouvait facilement commettre.

Pourquoi Wisbech ? Il n'y avait qu'une seule réponse à cette question. Le téléphone de Naiyana avait borné là-bas le 30 décembre. S'étaient-ils donné rendez-vous pour discuter de la suite ? S'agissait-il d'une tentative pour la faire taire qui avait mal tourné ? Ou même d'un piège ?

Quoi qu'il ait pu se passer ce jour-là, Naiyana Maguire s'était bel et bien volatilisée. Dès le lendemain, Emmaline retournerait s'entretenir avec Chester Grant. Et, cette fois, elle obtiendrait des réponses.

64

Mike Andrews

Même pour le célibataire malgré lui qu'il était, passer la veille de Noël coincé dans la fournaise d'un tunnel, à chercher de l'or, était plutôt bizarre. On aurait dit une histoire tirée d'un livre pour enfants. Mais quelle en serait la morale ? En travaillant dur, on obtient ce qu'on veut ? Bof. À bas le système ? Mieux, mais ce n'était pas ça non plus. Il n'y a pas de récompense plus grande que d'avoir court-circuité le système ? Pas trop mal.

Mike émergea dans la lumière et troqua le vieux chewing-gum sans goût qu'il avait dans la bouche contre un nouveau. Ian et Stevie étaient déjà dehors ; ils goûtaient le réconfort de l'ombre et de l'air frais.

Lorcan, le père, apparut soudain de derrière une maison voisine. On aurait dit qu'il y était resté planqué tout ce temps, à attendre. Il tenait son téléphone à la main, comme s'il était en train de s'enregistrer, ou de les enregistrer, eux. Qu'est-ce qui poussait cette famille à vouloir tout enregistrer, tout filmer, comme ça ? Qu'est-ce qu'ils fichaient, nom d'un chien ?

— Vous faites quoi, là ? demanda-t-il en avançant vers Lorcan, prêt à lui arracher le téléphone.

Il se sentait bien plus à l'aise à l'idée de le désarmer lui plutôt que sa femme. Même si cela ne lui aurait pas déplu de poser les mains sur elle...

— Je prends juste des images de la ville, et j'enregistre des sons.

Ian intervint avant que Mike puisse répondre. Il avait toujours un coup d'avance. C'était son boulot. Il savait y faire avec les gens. Stevie et lui, c'étaient les scientifiques.

— Et pourquoi ? demanda Ian.

— Pour écrire un livre.

Mike vit Ian se raidir. Stevie semblait tout aussi nerveux ; les tendons de ses bras secs se mirent à tressaillir.

— Un livre sur quoi ?

— Sur notre vie ici.

Il y eut un silence. Mike attendait que Ian attrape le téléphone et le balance par terre.

— Ne venez plus tourner autour de nous, dit enfin Ian.

Lorcan les dévisagea à tour de rôle, comme sur le point de les défier, avant de tourner les talons. Il semblait aussi tendu qu'eux.

— Tu vas le laisser faire ? demanda Mike.

— Je n'aime pas ça, ajouta Stevie.

— La situation est sous contrôle, répondit Ian, qui cherchait à imposer son autorité avec ce calme que Mike trouvait insupportable.

— Comment est-ce que tu peux dire un truc pareil ?

— Il faut qu'on apprenne à vivre ensemble, eux et nous.

— J'ai pas signé pour une partouze sans sexe, rétorqua Stevie en regardant Mike.

— Gardons notre sang-froid, les gars, dit Ian.

Encore une de ses phrases toutes faites et condescendantes.

Une fois Lorcan parti, Ian sortit le téléphone jetable de la poche de son short. Un des nombreux téléphones qu'il avait achetés à Brisbane. En cas d'urgence, avait-il dit.

— Je dois aller en ville, annonça Ian.

— Pourquoi ?

— Une vente. Une bonne affaire. Retournez dans le tunnel, tous les deux.

— Et lui ? demanda Mike en regardant Lorcan, qui se tenait debout au niveau du carrefour, le téléphone pointé en direction du sol.

— N'y pensez plus. Je m'en occupe.

65

Emmaline

Emmaline prit la route aux aurores et fit la course contre le soleil levant afin d'attraper un avion pour Perth. L'obscurité tardait à se dissiper. Comme si les éléments savaient que quelque chose de terrible apparaîtrait avec la lumière du jour.

À l'aéroport de Leonora, elle appela le bureau de Chester Grant pour programmer un rendez-vous en urgence. On était samedi, et elle espérait que l'agenda du député serait vide, mais sa secrétaire l'informa que Monsieur le membre du conseil législatif, représentant de Curtin, était pris toute la journée, car il visitait une usine locale.

— Ce ne serait pas Brightside Foods, par hasard ? demanda Emmaline.

— Je ne suis pas autorisée à divulguer cette information, répondit la secrétaire en s'abritant derrière la formule destinée à se débarrasser des journalistes trop curieux.

— Je prends un vol pour Perth à l'instant, donc dites-lui de se dégager un peu de temps.

— Il est occupé toute la journée, inspectrice.

— Dites-lui que je veux lui parler de Wisbech. Ça devrait l'aider à trouver un créneau.

À bord de l'avion, elle parcourut un rapport qui déclarait que les recherches pour retrouver Naiyana et Dylan Maguire étaient désormais nationales. Leur photo était à présent diffusée dans tout le pays. Emmaline trouvait que Naiyana n'y était pas à son avantage ; apprêtée comme pour une soirée mondaine, elle avait les yeux fatigués. Le cliché en disait long sur le stress qu'avait provoqué la bataille contre Brightside Foods.

À l'arrivée sur le tarmac, ce fut Neil qui vint la chercher. Et elle reçut un appel de Zhao.

Mike Andrews et Stevie Amaranga avaient bien eu accès aux données de la région aurifère de Murchison, au nord de Gwalia, et à celles du Grand Désert de Victoria. Ce qui faisait un sacré paquet d'informations. Assez pour occuper une dizaine d'analystes pendant six mois, d'après Skyline. Mais, apparemment, Mike et Stevie avaient découvert quelque chose qui les avait convaincus que l'exploration de Kallayee valait le coup d'y investir leurs efforts et leur argent.

Zhao avait aussi noté que la société Skyline elle-même avait lancé des manœuvres pour retourner dans cette région suite à cette découverte. Dès que l'enquête pour meurtre aurait abouti. Adieu, les cadavres, bonjour, les machines. La société était prête à ressusciter la ville fantôme.

Les comptes bancaires de Mike et Stevie avaient été épluchés. Tous deux n'affichaient plus qu'un crédit de quelques centimes seulement ; l'argent des indemnités de licenciement s'était envolé depuis longtemps. Leur vie semblait avoir suivi le même chemin que celui des Maguire : la petite ville les avait attirés, ingurgités, puis recrachés après les avoir pressés comme des citrons.

Les comptes étaient laissés à l'abandon depuis le début du mois de décembre. Suite à l'identification de la voix de Mike sur le téléphone de Lorcan, on avait accordé aux policiers un mandat pour consulter les relevés téléphoniques des deux hommes, mais les appels s'arrêtaient début décembre également. Avec pour dernière localisation Brisbane.

Emmaline supposait qu'à partir de là ils avaient traversé tout le pays en voiture pour gagner Kallayee. Deux hommes mus par l'énergie du désespoir, animés d'une idée folle, idée nourrie par des données qui s'étaient avérées exactes mais dont ils ne pouvaient être certains à l'époque. Rien, dans leur passé, n'indiquait une propension à la violence, mais l'absence de communication et le manque d'argent avaient pu les faire basculer dans le désespoir.

La chance leur avait-elle soudain souri, suite à quoi ils avaient tué les témoins ? Étaient-ils partis vivre de leurs bénéfices ailleurs, loin des impôts et des regards ?

En arrivant au bureau du député, Emmaline demanda à Neil de mettre l'équipe de Kallayee sur la piste des marchés de l'or de la région. Pour qu'ils trouvent tout ce qu'ils pouvaient sur l'arrivée en ville d'inconnus cherchant à vendre des pépites. Et qu'ils montrent aux locaux des photos de Mike et Stevie.

66

Emmaline

Le bureau se trouvait au sixième étage d'une tour qui surplombait North Perth, la banlieue qui s'étirait paresseusement dans le lointain. La vue était apaisante. Plus belle que celle qu'elle avait depuis sa pauvre caravane.

La secrétaire, une femme grassouillette aux lunettes en écaille, informa son patron de l'arrivée de l'inspectrice Taylor. Se faire annoncer de cette façon donnait à Emmaline l'impression un peu étrange que son entrée aurait dû s'accompagner d'une musique menaçante, avec un titre entouré d'éclairs.

Escortée à l'intérieur, elle se retrouva bientôt devant Chester Grant, abrité derrière son bureau, sans verre de porto à la main, dans un costume Armani impeccable et parfaitement repassé.

— Merci de me recevoir, dit-elle tout en sachant qu'il n'avait pas vraiment eu le choix.

— Je veux que cette affaire déplorable soit résolue, inspectrice.

— Elle le sera si vous me dites la vérité.

— C'est-à-dire ?

— Vous étiez dans la même ville que Naiyana Maguire le 30 décembre. Vous l'avez rencontrée. Et ce rendez-vous n'était pas inscrit dans votre agenda.

Chester Grant la regarda fixement avant de détourner les yeux vers le panorama qui s'étendait derrière la fenêtre. Il prit une profonde inspiration. Emmaline avait l'impression qu'il avait préparé sa défense et était sur le point de se lancer dans un long discours. Au bout du compte, ce fut bref.

— C'est un oubli de ma part.

— Un très gros oubli, monsieur Grant. D'aucuns pourraient même appeler cela un mensonge.

Il braqua sur elle des yeux froids et déterminés.

— Appeler ça un mensonge, c'est une affirmation très lourde. C'était un oubli. Un point c'est tout.

— Et le fait que vous devez hériter d'une part importante d'une énorme société, ça aussi, c'est un oubli ?

Il resta silencieux.

— Qui est le propriétaire d'une certaine entreprise nommée AG Solutions, monsieur Grant ? Elle-même possédée par AG Holdings ? Et AG Future ? Et AG Decade ? Qui est AG ? Cette personne, quelle qu'elle soit, détient quarante pour cent de Brightside Foods. Ce qui veut dire qu'elle a tout intérêt à faire taire quiconque menacerait cette société.

Grant planta son regard dans le sien. Ses mâchoires se crispèrent.

— Elles appartiennent… Ces sociétés appartiennent à ma mère. Et sont gérées par un conseiller financier. Je n'ai pas mon mot à dire quant à la façon dont elles sont dirigées, ou aux domaines dans lesquels elles peuvent investir.

— Mais vous hériterez de ces entreprises, n'est-ce pas ? J'ai lu que ces parts constituaient la majeure partie de la fortune familiale, vous confirmez ?

— Que voulez-vous savoir exactement ? répliqua Grant sur un ton abrupt.

— Je vous l'ai dit. La vérité.

Passant sa langue sur ses dents de devant, il aspira l'air entre ses incisives en émettant un bruit de succion aigu.

— Vous n'en avez parlé à personne ?

— Je n'ai pas rendu cette information publique, si c'est ce qui vous inquiète. Mais ces choses-là ont la fâcheuse habitude de se savoir très vite.

Chester la fusilla du regard. À cet instant, avec cette noirceur dans les yeux, il avait quelque chose de bestial. De menaçant.

— Quand l'avez-vous vue ? demanda Emmaline.

— Le 30. Comme vous l'avez dit.

— Pourquoi ?

— On avait besoin de cette séance photos. C'était elle qui était à l'origine de tout ce bordel, alors il fallait qu'on ait son soutien. Pour prouver que Brightside avait pris les mesures adéquates afin de résoudre le problème. Une histoire qui finirait bien, en somme.

Emmaline ne savait pas trop si elle devait croire à cette version. C'était un voyage bien long pour accomplir ce qu'un simple coup de fil aurait pu régler. Et Grant était un homme très occupé. Un homme qui avait une famille. Sans compter qu'on était en pleine période de Noël.

— Pour faire remonter le prix des actions, dit-elle.

— Pour le stabiliser.

— Ou le faire grimper pour vous débarrasser de vos parts. Et vous épargner de futures migraines.

Chester ne répondit pas à ses insinuations.

— Pourquoi avoir caché ce rendez-vous ? Pour pouvoir nier être personnellement impliqué si quelque chose arrivait ?

— Non, répondit-il, mais son regard s'était remis à contempler la liberté de l'autre côté de la vitre.

— Que s'est-il passé lors de ce rendez-vous, monsieur Grant ? Est-ce que Naiyana vous a révélé qu'elle était au courant pour AG Holdings et les autres sociétés ? Qu'elle connaissait l'implication de votre mère ? Et la vôtre ?

— Il ne s'est rien passé ! aboya-t-il. Elle a refusé de participer à la séance photos, et à toute publicité. Elle est restée cinq minutes et elle est repartie. Comme si elle était pressée.

— Vous pouvez le prouver ?

— Quoi ?

— Qu'elle n'est restée que cinq minutes.

— Je suis rentré à temps pour un rendez-vous que j'avais cet après-midi-là.

— Un véritable rendez-vous ?

— Oui, un véritable rendez-vous. Mais je préférerais que vous n'alliez pas fouiner partout et demander à ces personnes si elles peuvent me fournir un alibi.

— Oh ! je suis certaine que vous ne le préféreriez pas, monsieur Grant, mais je ne ferais pas correctement mon travail si je m'en abstenais.

Chester Grant sembla sur le point d'exploser. Emmaline rebondit aussitôt.

— Naiyana Maguire a-t-elle menacé de révéler ces informations sur les parts détenues par votre mère ? L'avez-vous menacée en retour ?

— Non. Oui… Elle a dit qu'elle était au courant.

— Vous a-t-elle demandé quelque chose en échange de son silence ?

— Non ! C'est ça, le problème. Elle souriait sans rien demander. Comme si ça lui plaisait de me menacer. Je lui ai proposé de l'argent. Je lui ai proposé d'oublier toute l'affaire

Brightside. De lui offrir un bon boulot ici, à Perth. Mais rien. Elle ne voulait rien, à part me voir souffrir.

— Donc elle avait des principes. Une qualité appréciable, pour la plupart des gens. Ça vous a mis en colère ?

— Est-ce que vous essayez de dire que je n'ai pas de principes ?

Emmaline refusa de le laisser faire diversion.

— Vous aviez peur qu'elle rende cette information publique ? Quelle réaction cela a-t-il déclenchée chez vous ?

— Aucune.

Le visage rougeaud de Grant avait viré au cramoisi.

— Avez-vous indiqué à d'autres personnes où elle se trouvait ?

Il ouvrit grand la bouche et resta pétrifié comme un mannequin de vitrine par cette accusation. Collection Condamné 2019.

Puis il secoua vigoureusement la tête.

— Non, je ne l'ai dit à personne.

— Pas même quelqu'un chez Brightside Foods, par exemple ?

— Je leur ai dit que je ne pouvais rien faire de plus.

— Et comment ont-ils réagi ? Qu'est-ce qu'ils ont fait ?

— Rien, à ce que je sache. La voilà, la vérité.

— C'est une denrée qui se fait rare, ces temps-ci.

67

Lorcan

Le fracas les réveilla tous. On aurait dit le bruit qu'aurait fait le Père Noël si, au lieu de descendre par la cheminée, il avait fait exploser le mur.

Lorcan sut aussitôt de quoi il s'agissait. Une attaque. Les mineurs avaient attendu qu'ils soient endormis et sans défense. Mais il était prêt. Sautant au bas du lit, il attrapa le fusil chargé caché sous le toit.

— Dans la chambre de Dylan, ordonna-t-il à Naiyana, qui regardait fixement le fusil.

Elle ne bougea pas d'un pouce, aussi la saisit-il par le bras. Il retrouva un Dylan gémissant dans l'encadrement de la porte. Il les poussa tous deux dans la chambre et barra la porte avec le lit de camp.

— Qu'est-ce…, commença Naiyana.

— Ils essayent de…

Un craquement retentit depuis l'intérieur de la maison. Un coup de feu. Lorcan fit sauter la sécurité du fusil. C'était le moment d'espérer que l'arme fonctionnait, et qu'il savait l'utiliser. C'était la fin du monde.

Le fusil posé sur le lit retourné, il attendit que l'un de ces salopards se montre. Que viser ? La tête ? Un bras, une jambe ? Avoir ce fusil était à la fois un cauchemar et une bénédiction. Cela voulait dire qu'il pouvait protéger sa famille, mais aussi qu'il risquait d'être obligé de s'en servir. Son doigt posé sur la gâchette commençait à devenir glissant. Personne ne se montrait. Au bout d'une minute, il se demanda s'ils n'avaient pas rebroussé chemin et fait le tour de la maison pour passer par la fenêtre. Ils pourraient alors leur tirer dessus comme des lapins.

— Au pick-up, chuchota-t-il en leur faisant signe de traverser la pièce.

Lorcan entraîna Nee, qui entraîna à son tour Dylan, tous trois formant comme une chaîne humaine.

Ils avancèrent dans le couloir. Prendre le pick-up et se tirer. Rouler jusqu'à ce qu'il n'y ait plus d'essence, ou de route.

Ils étaient près de la porte d'entrée, maintenant. Les clés étaient dans la poche de Lorcan. En sécurité.

— Attends ! s'écria Naiyana, qui s'arrêta soudain, les freinant comme une ancre.

— Il faut qu'on parte ! répliqua Lorcan.

— La cuisine, fit-elle.

Il suivit son regard. Des éclats de brique étaient éparpillés partout par terre, ainsi qu'un morceau de tôle neuve. Ce qui s'était produit devint évident. La nouvelle partie du mur pignon s'était effondrée, emportant avec elle la plaque qu'il venait d'installer sur le toit. Ils n'essuyaient pas une attaque des mineurs mais de leur propre maison.

Lorcan se mit à rire, sans même savoir d'où lui venait cette hilarité qui libérait toute la nervosité réprimée jusque-là. Et pourtant son rire fusa tel un rugissement et emplit la maison démolie.

68

Naiyana

Lorcan avait cessé de rire. Passer Noël dans une maison délabrée n'avait jamais fait partie du plan. La lumière du jour éclaira toute l'étendue des dégâts. Le pignon réparé avait disparu au profit d'un trou dans le toit. Tout le travail de Lorcan était réduit à néant. Tout son travail à elle aussi. Ils étaient de retour à la case départ. Ils essayèrent d'abord de rassurer et calmer Dylan avec des cadeaux de Noël, de nouvelles machines miniatures pour son exploitation minière. Mais ce qu'il voulait plus que tout, maintenant, c'était un fusil comme celui de son papa. Celui-ci avait été remisé dans sa cachette, prêt à servir. Au cas où.

Alors qu'ils contemplaient tous les deux les dégâts dans la cuisine, Naiyana demanda à Lorcan :

— Où l'as-tu acheté ?

— À un type en ville. Je me suis dit qu'on en aurait sans doute besoin. Pour tuer des animaux dangereux.

— Ou nous tuer nous-mêmes, rétorqua Naiyana, à qui ce trait d'humour morbide donna la nausée.

— C'est indispensable, dit Lorcan. On doit se protéger. Penser à Dylan.

— Non, protesta Naiyana. Je veux que tu t'en débarrasses.

Il était hors de question que Dylan mette la main dessus.

— Tu ne m'écoutes pas, dit Lorcan.

— C'est toi qui ne m'écoutes pas.

— Si, je t'écoute. Si tu veux toujours rester, alors je garde le fusil. Le mariage, c'est une affaire de compromis.

C'était aussi une affaire d'amour et de respect, songea Naiyana, mais elle ne fit aucun commentaire. Elle laisserait Lorcan savourer cette petite victoire.

— Je vais en ville, dit-elle.

— Encore ?

— Je veux un repas de Noël et je ne peux pas cuisiner ici. Je vais voir si je trouve quelque chose d'ouvert. Alors mets-toi au travail, ou commence à écrire ton bouquin. Gagne de l'argent.

— Je vais en trouver, de l'argent.

— Arrête de dire que tu vas le faire. Fais-le, c'est tout.

— Mon père a dit qu'il m'aiderait, fit Lorcan en détournant le regard. En attendant que mes autres projets aboutissent.

Naiyana plissa les yeux. Elle se demandait ce que ces « autres projets » impliquaient. Mais elle n'avait pas la patience de l'écouter les exposer pour l'instant.

— Ils veulent nous rendre visite, ajouta Lorcan.

— Tes parents ? Ici ?

— Ouais. Demain. Le 26.

— Pourquoi ?

— Je crois qu'ils se font du souci pour nous.

— Tu veux dire qu'ils veulent venir fourrer leur nez dans nos affaires.

— Ce n'est pas..., commença Lorcan d'un ton geignard.

— Je crois que tu ferais mieux de prévenir Ian et les autres. Dis-leur de ne pas se montrer.

Naiyana sortit et se dirigea vers le pick-up.

69

Emmaline

L'examen des chèques confirma que Chester Grant avait bien honoré son rendez-vous avec Kilbourne et Associés, le 30 décembre. Un rapide coup de fil le confirma, et prouva qu'il était rentré à Perth en fin d'après-midi ce jour-là. Greg Kilbourne avait de nombreuses questions à poser sur les raisons pour lesquelles la police s'intéressait à tous ces détails. Emmaline ne répondit pas, mais sa venue allait laisser derrière elle un nuage de fumée, comme sorti du canon d'un revolver.

Ensuite, il fallut enquêter sur le marché de l'or local. Les comptes en banque de Mike Andrews et Stevie Amaranga n'ayant pas bougé depuis début décembre, cela signifiait que l'argent liquide dont ils devaient se servir pour leurs dépenses avait été obtenu par d'autres moyens.

Lorsque Emmaline les rejoignit, Rispoli, Anand et Barker étaient allés voir trois vendeurs à Leonora pour savoir s'il y avait eu une soudaine augmentation de l'or ou un changement notable de qualité. Ils se retrouvèrent dans un café, l'après-midi, regroupés autour d'une petite table.

— On leur a montré des photos de Mike Andrews et Stevie Amaranga, dit Rispoli. Sans résultat.

— Ce qui nous laisse quoi, comme possibilités ? demanda Emmaline, essayant de se remettre de la fatigue du vol avec un double expresso qui commençait à faire effet.

— On doit encore aller en voir quelques-uns, répondit Rispoli. Des vendeurs officiels, je veux dire.

— Et combien de vendeurs non officiels ?

— Je ne le sais pas plus que vous.

— Mais aucune piste pour l'instant ?

Anand feuilletait son calepin. Ses notes semblaient soigneuses et précises.

— L'un d'eux, dit-il, un nommé Gord Sawyers, m'a informé qu'on trouvait de l'or tout le temps. Ici et là, un peu partout. Il n'a pas été franchement utile.

— On s'est concentrés sur les derniers mois, précisa Barker. Sur les gens qui sont venus et sur ce qu'ils ont vendu. Mais apparemment personne ne vérifie jamais que le lieu mentionné comme site de découverte l'est réellement.

— Ça doit être fréquent, que les vendeurs cachent l'origine de leur or, non ? demanda Emmaline.

Barker hocha la tête et haussa les épaules.

— Ce qu'on sait, c'est qu'il faut obligatoirement montrer sa pièce d'identité quand on en vend, répondit Rispoli. Et le nom de la personne est enregistré. Comme on sait à quel moment nos deux hommes ont quitté le Queensland, le temps qu'ils achètent du matériel, l'installent et se mettent à travailler, leurs ventes n'ont dû commencer qu'il y a six semaines ou un mois.

— On doit donc identifier les orpailleurs ayant démarré et abandonné leur activité au cours du mois dernier, en conclut Emmaline. Au boulot.

70

Lorcan

— Joyeux Noël !

Lorcan cria dans le tunnel. Mais ils ne l'entendaient sans doute pas, avec le bruit des machines. Ils étaient en train de travailler dur, de gagner de l'argent. De l'argent dont Lorcan aurait bien besoin.

En gage de bonne volonté, il avait apporté du gâteau au chocolat. Il était périmé depuis deux jours mais encore comestible. Lorcan était sur le point d'entrer dans le boyau quand le chauve, Mike, surgit devant lui, avec cette expression de colère qui semblait être chez lui une seconde nature. Stevie apparut à son tour, sec comme un coup de trique, l'air méfiant.

— Qu'est-ce que vous voulez ? demanda Mike, faisant claquer le chewing-gum dans sa bouche et jetant un regard derrière Lorcan pour s'assurer qu'il n'avait pas amené la cavalerie à sa suite.

Lorcan brandit le gâteau devant lui.

— C'est Noël ! s'exclama-t-il.

— Joyeux Noël, répondit Mike sans enthousiasme.

Stevie avança vers Lorcan et prit un morceau de gâteau, qu'il engloutit, avant d'attraper la bouteille à sa ceinture et de boire une grande gorgée d'eau.

— Merci, dit-il, un petit sourire aux lèvres.

Mike lui lança un regard noir, comme s'il venait de briser un tabou, avant de mettre la main sur un morceau de gâteau et de le manger à son tour.

— Où est Ian ? demanda Lorcan.

Mike regarda Stevie, la bouche pleine.

— En ville, répondit Stevie.

— Ah. Le travail avance bien ?

— Oui.

— Vous trouvez quelque chose ?

Mike avait terminé son morceau de gâteau.

— C'est une question que vous n'avez pas à vous poser, rétorqua-t-il.

La trêve de Noël était finie.

— Qu'est-ce que vous cherchez ? demanda Lorcan.

— Je vous renvoie la question.

— Je suis curieux, c'est tout, dit Lorcan en leur lançant à tous deux un sourire faussement amical. Curieux de ce que vous faites.

— Moins vous en savez, mieux c'est, rétorqua Mike.

— Vous ne comprendriez sans doute pas, ajouta Stevie.

— J'ai lu beaucoup de choses sur la prospection et l'extraction de l'or. Sur les mines de diamant, aussi. Je suis diplômé en gestion des entreprises.

Mike partit d'un rire tonitruant.

— Voyez-vous ça, lança-t-il sur un ton ouvertement sarcastique. Ça ne sert pas à grand-chose, par ici, vous ne croyez pas ? On n'a pas vraiment besoin de savoir taper cent mots à la minute.

Lorcan tint sa langue. Il voulait que cet échange reste amical.

— Est-ce que Ian est parti vendre ce que vous avez trouvé ? demanda-t-il.

— Et si vous alliez plutôt réparer votre mur effondré ? répliqua Mike avec un méchant rictus.

Stevie s'efforça de ne pas sourire.

Lorcan sentit ses sourcils se froncer malgré lui.

— Qu'est-ce que vous allez faire, maintenant ? lui demanda Stevie. Quitter la ville ?

— C'est ce que vous voulez ? dit Lorcan sur un ton plus dur qu'il ne l'aurait souhaité.

La réponse ne vint pas immédiatement, mais la façon dont Mike leva les sourcils en disait long.

— On veut juste que vous nous foutiez la paix, dit-il enfin.

— Je le pourrais, répondit Lorcan. Je pourrais retourner réparer mon mur et mon toit, si j'avais de l'argent, ajouta-t-il.

La température de la pièce chuta d'un coup. Le regard de Mike était redevenu glacial, et ce n'est que lorsque Stevie lui tapota l'épaule qu'il fit volte-face pour redescendre dans le tunnel. Lorcan les regarda s'éloigner, l'estomac noué.

71

Naiyana

Mme Blanchard n'était dans son magasin que parce qu'elle était passée prendre du beurre, dont elle avait besoin pour sa purée de pommes de terre. Naiyana la persuada qu'elle ne resterait que deux minutes, histoire de prendre de quoi bricoler un repas de Noël – de la dinde sous vide, du jambon et des patates en conserve. Elle ne gagnerait pas d'étoile au guide Michelin, mais cela ferait l'affaire.

La seule chose qui rendait la perspective de ce dîner vaguement appétissante, c'était sa faim. Elle avait réussi à se remettre du choc provoqué par l'effondrement du mur et la découverte du fusil ; elle devait maintenant reprendre des forces.

Alors qu'elle roulait sur la route défoncée qui la ramenait à Kallayee, un nuage de poussière approcha en sens inverse. Elle ralentit. De loin, elle reconnut Ian, dont le bras sortait négligemment par la fenêtre de la vieille camionnette. Elle se demanda où il allait. Elle avait beaucoup de questions à lui poser, mais elle voulait l'oublier – les oublier tous, en fait – pour l'instant. Ce serait difficile, mais il fallait fêter Noël. Il fallait sauver les meubles. Elle se demanda quel cadeau suffisamment fou lui permettrait de passer un bon moment.

Elle savait en revanche ce qui lui en ferait passer un mauvais. Elle fit signe à Ian de s'arrêter.

72

Lorcan

Après la douche froide dans la mine, Lorcan avait passé le jour de Noël à élaborer des plans. L'argent que son père lui avait transféré suffisait tout juste à réparer le mur et le toit, mais il n'osait pas lui en demander plus. On ne pouvait pas forcer la main au Père Noël. Ce dont il se rendit compte, c'était que ses parents lui manquaient. Il n'avait eu qu'une seule hâte, quand il était jeune : se libérer d'eux. À présent, il comprenait les gens qui affirment qu'on ne sait pas ce qu'on a tant qu'on ne l'a pas perdu. Même entouré de sa femme et de son enfant, il se sentait seul.

Mais il ne le resta pas très longtemps. Aux environs de 20 heures, on frappa à la porte.

Il lança un regard en direction de Naiyana, qui secoua la tête.

— Qui est-ce ? demanda-t-elle.

— Vos voisins, répondit une voix.

C'était la voix de Ian. Chaleureuse mais insistante.

Lorcan se raidit et fit mine d'aller chercher le fusil. Naiyana l'arrêta.

— Tu ne peux pas aller ouvrir la porte avec une arme, murmura-t-elle.

— Qu'est-ce qu'ils peuvent bien vouloir ?

— Pourquoi on ne leur pose pas tout simplement la question ?

Lorcan la regarda se diriger vers la porte, restant lui-même hors de vue.

Il entendit Ian souhaiter un joyeux Noël à Naiyana et celle-ci lui répondre, avant de l'inviter à entrer. D'autres bruits de pas résonnèrent. Les trois hommes étaient dans la maison. Lorcan laissa Naiyana les mener dans le salon avant de les rejoindre. Il resta dans l'embrasure de la porte, d'où il pourrait bondir en direction du fusil s'il le fallait. Heureusement, Dylan était déjà au lit.

La tension dans la pièce était palpable. Chaque camp observait l'autre avec défiance. Lorcan se demanda s'ils étaient armés.

— Il paraît que des visiteurs vont arriver demain, dit enfin Ian.

— Qui vous a dit..., fit Lorcan, avant de se tourner vers Nee, qui ne chercha pas à cacher sa responsabilité.

— On n'a besoin de personne d'autre ici, poursuivit Ian.

— Ils veulent juste voir notre nouvelle maison, protesta Lorcan.

— Vous devez les dissuader de venir. Ça vaut mieux pour tout le monde.

Ian plissa les yeux, comme un chat. Lorcan lut une menace très réelle dans son regard. Mais alors que la peur aurait dû le pousser à battre en retraite, sa colère prit le dessus. Comment osaient-ils venir ici, dans sa maison, les menacer, lui et sa famille ?

— Vous croyez vraiment que je veux leur montrer ce taudis ? demanda-t-il. J'ai dû les supplier de m'envoyer de l'argent.

Les mineurs gardèrent le silence. Lorcan se demanda si Mike et Stevie avaient parlé à Ian de leur petite conversation. Il décida de clarifier la situation sans plus tarder.

— Il est sans doute temps que les richesses soient un peu partagées.

— Ce qui veut dire ? demanda Ian.

— Lorcan, ne..., commença Naiyana.

— Les choses doivent être dites, la coupa Lorcan. Je me sens de plus en plus acculé ici.

— C'est vous qui avez choisi ce coin, remarqua Mike.

Ian lui lança un regard noir pour le faire taire. Puis il se tourna vers Naiyana.

— Est-ce que vous allez bien, tous les trois ? demanda-t-il. Votre enfant ? Vous avez assez à manger ?

— Ils vont bien. On va bien. Joyeux Noël ! cracha Lorcan.

— Estime-toi heureux, mon pote, dit Mike. Nous, on est coincés dans un trou.

— Oui, mais, vous gagnez de l'argent.

— En travaillant dur, précisa Stevie.

— On peut tous travailler dur. Si on a l'opportunité de...

— Écoutez, l'interrompit Ian en levant les mains. On ne se connaît pas encore très bien. Mais, qu'on le veuille ou non, on a une espèce de relation... partagée.

— Symbiotique, suggéra Stevie.

Ian claqua des doigts.

— Une relation symbiotique, c'est ça.

— Parasitique, plutôt, marmonna Mike, mâchonnant son éternel chewing-gum.

— Mike..., fit Ian.

— Qu'est-ce qu'ils nous donnent, à part la migraine ?

— Ce sont mes parents qui ont demandé à venir nous voir, dit Lorcan. Ce n'était pas prévu.

— Et c'est bien ça, le problème, dit Mike.

73

Emmaline

Après avoir terminé son double expresso et convenu d'un plan avec ses collègues, Emmaline se joignit à Rispoli pour continuer l'enquête auprès des négociants.

Rispoli prit le volant, et elle fut contente de prendre place côté passager et de profiter du paysage qui défilait derrière la vitre. Leonora était une jolie petite ville, avec ses grandes rues à double voie bordées de coquettes maisons de plain-pied et de commerces rutilants qui semblaient assoupis. Des arbres au feuillage luxuriant dépassaient au-dessus des toits, comme autant d'habitants curieux pointant le bout de leur nez. L'ensemble était tout à fait paisible.

Rispoli lui montra les auvents rouge sang de Tower Street, l'imposant White House Hotel, et la bibliothèque aux porches et colonnes symétriques rouges et jaunes, dont on aurait dit qu'ils voulaient se fondre dans le paysage.

Quelques rues plus loin, un grondement sourd secoua les vitres de la voiture tandis qu'un gigantesque train routier les doublait. Le sol trembla comme si un séisme ébranlait la ville, mais à un rythme tranquille, dérangeant un peu le calme qui y régnait sans le faire voler en éclats.

Le dernier endroit remarquable de cette visite improvisée était un ancien foyer destiné aux employés des mines, reconverti en centre de rétention administrative pour les demandeurs d'asile.

— C'est une honte, dit Rispoli. On les entend la nuit. Ils pleurent, ils gémissent. On dirait qu'il y a une banshee en liberté dans la ville.

Emmaline ne put que hocher la tête.

— Si le gouvernement avait les mains libres, il les entasserait au fond des mines plutôt que dans les foyers. Loin des yeux, loin du cœur.

Il y eut un moment de silence.

— Vous terminez toujours vos visites guidées comme ça ? demanda Emmaline. Ça vous vaut de meilleurs pourboires, de filer le bourdon aux touristes ?

Rispoli éclata de rire.

— Je le fais par passion. Pas pour l'argent.

— Manifestement.

Ils rirent tous les deux, et Emmaline sentit l'air chaud de la ville remplir ses poumons.

— Comment ça se passe dans la caravane ?

— Ça me rappelle ma chambre d'étudiante, répondit Emmaline en repensant à Matty et à leurs corps étendus sur la banquette convertible en forme de U.

— Ça ne devait pas être terrible.

— Quand on est étudiant, on s'en fiche un peu.

— Mais vous n'êtes plus étudiante.

— Vous ne croyez pas que je pourrais encore passer pour une petite jeunette ?

— Je passe mon tour pour répondre à cette question.

Ils échangèrent à nouveau un sourire.

— Vous ne vous sentez pas trop seule, là-bas ?

Elle se demanda ce qu'il cherchait. Attendait-il une invitation ? Peut-être qu'il savait pour Matty. Non pas qu'elle en soit embarrassée, mais cela risquait d'affecter l'histoire que Rispoli et elle pourraient peut-être avoir. Ou peut-être pas.

Ils s'arrêtèrent devant un bâtiment sur Hoover Street. Les locaux commerciaux du négociant se résumaient à un préfabriqué en acier avec deux chaises, un bureau et un coffre-fort à l'intérieur. Les espoirs de l'homme, qui pensait avoir affaire à des clients, furent anéantis dès que les policiers se présentèrent. Son visage tavelé, jusque-là accueillant et expressif, se referma d'un coup, comme s'ils avaient déboulé en plein déjeuner dominical et vomi dans son assiette.

Emmaline laissa à Rispoli le soin d'expliquer qu'ils n'étaient pas là pour lui reprocher quoi que ce soit. Ce qui n'apaisa pas la méfiance de leur interlocuteur.

— Nous cherchons quelqu'un qui pourrait être passé par ici au cours des derniers mois, dit Emmaline. Peut-être une seule fois. Et probablement pour vendre une quantité d'or assez importante.

L'homme ne les quitta pas des yeux tandis qu'il déverrouillait un tiroir de son bureau et en sortait un carnet de notes.

— Pas d'ordinateur ? demanda Rispoli.

— Je suis pas l'hôtel des Monnaies, a priori.

— Ça vous dérange si on jette un coup d'œil à vos comptes ? demanda Emmaline.

— Faites, dit le négociant en lui tendant le carnet avec un rictus.

Les pages étaient couvertes de chiffres et de gribouillis impossibles à déchiffrer.

Elle le lui rendit. L'homme étudia une page. Puis encore une, qu'il parcourut du doigt comme s'il était en train de lire du braille.

— Là, dit-il en tapotant sur une ligne et en retournant le calepin pour le leur montrer. Le 15 décembre. 1,511 troy.

— Troy ?

— Des onces troy, expliqua le vendeur d'un air suffisant. Ça date de l'Angleterre du XVe siècle. Elles diffèrent de l'once avoirdupois standard…

— En termes compréhensibles, s'il vous plaît, l'interrompit Emmaline, agacée de devoir dire « s'il vous plaît ».

— Ça veut dire quarante-sept grammes d'or vingt et un carats. De la poussière et de petites pépites. J'ai déboursé deux mille. J'ai gagné plus de sept cents sur cette vente.

D'un air interrogateur, Emmaline montra du doigt un dessin griffonné dans la marge. Qui, a priori, n'avait rien à faire dans un livre de comptes.

L'homme ricana.

— C'est une bite, répondit-il. Vous avez bien dû en voir avant, non ?

Rispoli s'avança, mais Emmaline leva la main.

— Est-ce que vous êtes obligé de clarifier ce point avec beaucoup de femmes ? demanda Emmaline en faisant un signe de tête en direction de l'entrejambe du marchand. Elle est déformée, ou seulement minuscule ?

Le négociant la regarda avec mépris.

— Qu'est-ce que ça veut dire ? demanda Rispoli.

— Ça veut dire que le type avait des couilles, répondit le bonhomme.

— Dans quel sens ?

— Vous voyez l'espace laissé en blanc, devant les lettres AO, sur la page ? L'Australie-Occidentale, c'est tout ce qu'il a bien voulu me dire quand je lui ai demandé d'où venait l'or.

— Et vous n'avez pas insisté ?

— Pas pour sept cents dollars.

— Ça arrive souvent ?

— De temps en temps. Il y a des gens qui sont cachottiers. Certains ont des bagues ou des bijoux de famille à vendre. Je ne veux pas connaître leur vie.

— Il a donné un nom ? demanda Emmaline.

L'homme scruta attentivement son carnet.

— Ian King, répondit-il. Il m'a montré une pièce d'identité.

Rispoli se mit à examiner son bloc-notes, à la recherche de ce nom, tandis qu'Emmaline demandait une description.

— Grand, barbu. Il portait un bonnet.

— Par cette chaleur ?

— Je fais dans le commerce d'or, pas dans les conseils de mode.

— Là ! s'écria Rispoli en tendant son bloc-notes à Emmaline. Le nom de Ian King est déjà apparu. Deux fois, chez d'autres acheteurs. À qui il a vendu des quantités importantes.

En retournant à la voiture, ils demandèrent à Zhao de rechercher ce nom dans le système informatisé. Puis ils contactèrent Barker et Anand.

— Est-ce que vous êtes tombés sur des ventes faites par un certain Ian King ? demanda Rispoli.

Ils entendirent un froissement de pages à l'autre bout du fil, puis Barker répondit.

— Ouais, dit-il. Une à la sortie de Hoffmann, une autre à côté de Remington. Des quantités pas négligeables, apparemment.

— On vous a donné une description ?

— Grand, avec une barbe.

— Et un bonnet ?

— C'est ça.

— Merci, dit Emmaline. Continuez dans cette voie.

— Pas de problème, dit Anand, dont la voix leur parvint comme un bruit de fond au moment où Barker raccrochait.

— C'est comme s'il allait frapper à toutes les portes pour rester anonyme, fit remarquer Emmaline.

— Ou peut-être pour trouver le meilleur prix.

Zhao les appela à ce moment.

— Je n'ai rien sur Ian King, dans aucun dossier.

— Merde, fit Emmaline.

— Mais il y a un certain Ian Kinch qui a fait deux séjours à l'ombre pour vol et voie de fait. Originaire du Queensland. Né à Cairns. Il a effectué sa peine au centre correctionnel Capricornia, à Rockhampton. Surtout pour des infractions mineures, mais l'agression pour laquelle il a été condamné a eu lieu dans les environs de Miles. Dans le bassin de Surat.

— La région où Mike Andrews et Stevie Amaranga travaillaient pour Skyline, dit Emmaline.

— Exactement, déclara Zhao.

— On a une photo et une description ?

Avant même d'avoir terminé sa phrase, elle reçut une notification sur son téléphone. Une photo d'identité judiciaire et une description de Ian Kinch. Il avait un visage d'une beauté frappante. Des traits anguleux et ciselés, des yeux bleus perçants. Il serrait les mâchoires ; il ne fanfaronnait pas face à l'objectif, mais il n'était pas intimidé non plus. Un mètre quatre-vingt-cinq pour soixante-dix-sept kilos. Ses cheveux bruns étaient en bataille, mais cela lui allait bien, comme si un coiffeur les avait arrangés pour la photo.

Cela n'apportait pas la preuve décisive que Kinch travaillait avec Andrews et Amaranga, mais, étant donné que l'or avait été négocié sans la présence de ces deux derniers, cela signifiait qu'il y devait y avoir un troisième homme. Et Ian Kinch en avait tout à fait le profil.

74

Mike Andrews

C'était une idée à la mords-moi-le-nœud. Mais il n'avait rien d'autre à proposer. Ian était toujours convaincu qu'ils devaient essayer de cohabiter avec la famille. Mike s'en tenait à sa position : il les considérait comme des parasites. En venant les supplier de lui donner de l'argent, Maguire l'avait prouvé. Et ça n'allait pas s'arranger maintenant que leur maison s'était effondrée. S'il découvrait le montant des gains qu'ils faisaient, il réclamerait sa part du gâteau.

Ils avaient travaillé dur sur ce projet. Le vol et l'étude des relevés, le voyage jusqu'à Kallayee, leurs économies investies dans l'achat des machines, le forage des deux tunnels avant celui-ci, le campement à l'intérieur – tout ça, c'étaient eux. C'étaient eux qui se mettaient en danger au regard de la loi. Eux qui risquaient de se retrouver ensevelis dans un tunnel vieux comme Mathusalem.

— Contrairement à nous, il n'a pris aucun risque, dit Mike au moment où ils buvaient leur eau d'un trait, regrettant qu'il ne s'agisse pas de bière.

— À part mettre son nez dans nos affaires, répondit Stevie.

— Un nez fouineur peut vite se retrouver en sang, fit remarquer Mike, laissant planer la menace tout en se curant les ongles à l'aide de la lame de son canif.

— Il ne faut pas les braquer, dit Ian.

— Mais eux, ils ont le droit de nous enquiquiner ?

— Ce sont des électrons libres, dit Stevie.

— Des parasites *et* des électrons libres. Y a rien de bon pour nous dans tout ça. Si j'avais voulu qu'une famille me colle au train en braillant et en criant...

— On peut se servir d'eux comme couverture en cas de besoin, dit Ian.

— Comment ça ? demanda Mike, méfiant. À quoi est-ce que tu t'attends ?

— À tout, répondit Ian. Se préparer à toute éventualité, c'est mettre son cul à l'abri. J'ai appris ça en taule.

Mike n'aimait pas trop parler de la prison. En pessimiste assumé, il anticipait des complications partout. Ce qui était à son avantage dans le domaine de l'expérimentation, mais n'était pas si constructif à un niveau plus pragmatique.

Chaque jour, il oscillait entre la certitude qu'ils allaient finir derrière les barreaux et la conviction qu'ils allaient s'en tirer. Ian l'avait déjà accusé d'être à deux doigts du trouble de la personnalité. « Personne n'est parfait », avait-il répondu.

Un bruit de moteur leur parvint tout à coup. Ça venait d'au-dessus de leur tête. Aussitôt, ils ramassèrent leurs affaires et se baissèrent pour filer à l'abri, comme s'ils étaient dans une zone de guerre.

— Et voilà, nous, on se planque, mais eux ils restent à découvert, dit Mike en faisant claquer son chewing-gum.

Je vous jure qu'il y a plus d'avions, ces derniers jours. Ils volent tellement bas que je les entends même dans le tunnel.

— Arrête tes conneries, tu veux, lança Ian.

— La seule connerie, c'est d'être coincés ici avec cette famille.

— Là-dessus, il a raison, Ian, dit Stevie.

Mike savait que Stevie le soutiendrait. Ils avaient travaillé ensemble pendant trois ans chez Skyline, liés par leur intérêt partagé pour la réussite personnelle et les jeux de plateau complexes. Mais Skyline avait d'autres projets pour eux. Alors ils avaient trouvé une solution de repli.

— Tu as deux possibilités, déclara Ian. Partir ou continuer de creuser. On a touché un bon filon, alors ce serait dommage de s'arrêter maintenant.

— Il faut partir tant qu'on a l'avantage, dit Stevie.

— Vous pouvez faire ce que vous voulez. Je ne ferai rien pour vous en empêcher. Mais vous ne verrez pas la couleur de votre pognon tant que je n'aurai pas fini.

— Pourquoi ? demanda Mike.

— Pour être sûr que vous allez la fermer.

— Ce n'est pas juste.

— Si, ça l'est, comparé à l'autre méthode que je pourrais employer pour vous forcer à la boucler. Personne n'abandonne à la moitié du chemin. Je ne vous laisse pas tomber, vous ne me laissez pas tomber. Point.

Puis Ian agita la carotte.

— Et si, demain, on allait passer la journée dans un motel, histoire de dormir et s'amuser un peu ?

La manœuvre était aussi grosse que la statue du grand casoar sur la plage de Mission Beach. Gigantesque au point d'en être ridicule. Mais l'idée de prendre un bain, de dormir dans un lit, de boire un coup et de passer du bon temps avec des filles l'emportait facilement sur la perspective de s'allonger dans un sac de couchage glacé à la belle étoile. Les inquiétudes de Mike attendraient encore une nuit.

75

Emmaline

Si, jusque-là, ils n'avaient obtenu aucune preuve concluante, les dernières informations venues du Queensland changeaient la donne. Ils avaient passé au crible les mouvements de Ian Kinch au cours des deux derniers mois.

Sa disparition datait du début du mois d'octobre, elle coïncidait presque exactement avec celle des deux scientifiques. Ce point avait été confirmé par son silence soudain sur les réseaux sociaux – une page Facebook devenue muette, un compte Twitter fermé. Quant à son compte en banque, il n'y avait pas touché.

Les familles et amis de Mike et Stevie avaient été très coopératifs, inquiets au sujet de leurs proches. Et d'autant plus maintenant que la police enquêtait.

La plupart des personnes interrogées donnaient à peu près cette description de Ian : beau garçon, vif d'esprit, un nouvel ami avec lequel Mike et Stevie traînaient depuis que Skyline s'était débarrassé d'eux. Ils formaient une drôle de bande ; Mike et Stevie étaient très introvertis comparés à Ian. Pendant quelques semaines, avant leur disparition, ils avaient écumé les boîtes de nuit et les bars. Comme s'ils essayaient de dilapider tout l'argent de leurs indemnités de licenciement.

Comme si c'était à chaque fois leur dernier soir sur terre. Leurs amis s'étaient montrés inquiets de l'influence que ce nouveau venu semblait avoir sur eux, mais ils ne pouvaient nier que Mike et Stevie avaient besoin de se détendre un peu.

Emmaline était maintenant convaincue qu'il y avait eu trois mineurs à Kallayee. Elle imagina le déroulé chronologique des événements. Se sachant mis à la porte par Skyline, Andrews et Amaranga s'étaient mis à sortir le soir pour relâcher la pression et avaient commencé à fréquenter Ian. Ils avaient dû discuter, peut-être d'occasions à saisir, ou simplement de travail en général. Ensuite, Ian les avait persuadés de voler des données. Ou alors Mike et Stevie en connaissaient déjà l'existence mais ne savaient pas quoi en faire. La première hypothèse paraissait la plus vraisemblable. Un type aussi sociable et roublard que Ian Kinch avait dû remarquer l'influence qu'il exerçait sur les deux scientifiques réservés. Il s'était peut-être même autodésigné chef d'équipe. Ayant compris comment ils pourraient exploiter les informations de Skyline, il avait échafaudé un plan et s'était procuré à bas coût du matériel d'extraction minière dont le numéro de série avait été effacé. Kinch était le visage de l'opération, Andrews et Amaranga, les cerveaux qui procédaient aux expertises et choisissaient la cible. Peut-être avaient-ils eu tout de suite de la chance à Kallayee, ou peut-être qu'ils avaient essayé d'autres endroits entre le milieu et la fin du mois de novembre avant de se fixer sur la petite ville fantôme. Avant de découvrir la veine.

Et puis les Maguire étaient arrivés et les avaient interrompus. Alors pourquoi Ian Kinch ne les avait-il pas aussitôt terrorisés pour les faire fuir ? Après tout, il avait déjà été condamné pour vol et agression. Or les Maguire avaient cohabité avec eux pendant plus de deux semaines. Avait-il fallu autant de temps pour qu'un membre de la famille, sans doute Lorcan, découvre la mine ? Avait-il ensuite été poursuivi et assassiné ? Mais qu'en était-il de Naiyana et Dylan ? C'était la question qu'ils se posaient tous.

Enfin, Emmaline tenait une piste. Maintenant qu'ils pouvaient affirmer que Kinch, Andrews, Amaranga et la famille avaient vécu en même temps à Kallayee, elle devait découvrir ce qui était arrivé aux mineurs.

76

Emmaline

Avant même qu'elle puisse commencer à réfléchir à l'endroit où les trois hommes avaient pu aller, une nouvelle information changea la donne. Nikos Iannis apparaissait sur les images de vidéosurveillance, datées du 30 décembre, d'une station-service au nord de Kalgoorlie. Ce n'était pas son terrain de chasse habituel. Iannis était surtout un rat des villes.

Emmaline se dit que le seul motif qui avait pu le pousser à aller là-bas était Lorcan Maguire. Quelle que soit la raison pour laquelle il tenait à le voir.

Deux heures plus tard, elle était de retour à Perth. Oily lui résuma la situation. Iannis n'avait encore rien dit et avait réclamé la présence de son avocat.

— Tu veux t'en occuper ? demanda Oily.

— Et comment, répondit-elle.

Iannis était assis derrière la table dans la salle d'interrogatoire. Il portait un pantalon noir et une chemise au col largement déboutonné. Les bras croisés, il était assis au fond de son siège, bien calé contre son dossier – une posture qui semblait dire « venez me chercher si vous l'osez ».

— Encore vous ? fit-il.

Il se retourna vers son avocat, un homme à l'air imposant, avec une cravate rouge ornée d'une épingle.

— C'est elle qui est venue me harceler chez moi, précisa Iannis à son intention.

— Vous nous avez invités à entrer, monsieur Iannis, rétorqua Emmaline.

— Parce que j'ai cru que vous étiez une stripteaseuse, dit Iannis. Enfin, une qui ne se serait pas fait siliconer les seins.

Emmaline sourit.

— Contrairement à vous, je crois, fit-elle avec un petit hochement de tête en direction du poitrail de Iannis.

Un silence de plomb retomba. Emmaline égrena les formalités – où ils se trouvaient, qui était présent –, et l'avocat se présenta à son tour : Vasilios Drakos, du cabinet Drakos & Galanis. Il avait la soixantaine et des sourcils épais noirs de jais qui contrastaient avec ses cheveux gris, faisant l'effet d'une visière protégeant son visage.

Emmaline commença sans détour.

— Savez-vous pourquoi vous êtes ici, monsieur Iannis ?

— Pour la même raison que tout le monde ici présent, inspectrice. Je n'ai pas gagné à la loterie.

— On vous a vu sur des images de vidéosurveillance, dans une station-service au nord de Kalgoorlie, le 30 décembre, dit Emmaline en poussant vers lui un cliché tiré de la vidéo.

La résolution n'était pas parfaite, mais comme Iannis regardait en direction de la caméra, on le distinguait suffisamment bien pour l'identifier.

Il observa la photo un instant. Emmaline s'attendait à ce qu'il nie en bloc. Pour parer à cette éventualité, Rispoli avait déjà interrogé le propriétaire de la station-service, qui avait identifié Iannis, lui aussi.

Vasilios se mit au travail.

— Mon client ne souhaite pas…

— C'est bien moi, déclara Iannis.

Vasilios se tourna vers lui.

— Vous n'êtes pas obligé de…, commença-t-il.

— Je sais ce que je ne suis pas obligé de faire, Vasi, répondit sèchement Iannis avant de se tourner à nouveau vers Emmaline. J'étais là-bas.

— Le 30 décembre ?

— Sur ce point, je vais devoir vous croire sur parole.

— Qu'est-ce que vous faisiez là-bas ?

— Je suis allé regarder les baleines.

— Monsieur Iannis, puis-je vous rappeler que cet interrogatoire est enregistré ?

Iannis rit.

— D'accord, je suis allé murmurer à l'oreille des serpents. On m'a dit qu'il y en avait dans ce coin-là.

— Vous êtes en train de parler de Lorcan Maguire ?

Iannis ne répondit pas, mais eut un petit sourire en coin.

— Comment l'avez-vous retrouvé ? Grâce à l'un de ses collègues ?

Après lui avoir fait miroiter des aveux, il se refermait comme une huître. On aurait dit qu'il prenait plaisir à voir Emmaline se débattre pour en savoir davantage. Elle faisait ce qu'il détestait sans doute le plus au monde : elle lui manquait de respect. Emmaline supposa que cette salle d'interrogatoire ressemblait aux dizaines d'autres par lesquelles il était déjà passé. À présent, il scrutait les coins de la pièce, à l'affût de n'importe quel détail pouvant lui changer les idées.

— Vous vouliez lui parler des données volées, n'est-ce pas ? Vous vouliez le retrouver. Parce qu'il vous a ridiculisé.

Nikos Iannis tourna la tête vers elle d'un coup, piqué au vif. Emmaline savait qu'il ne résisterait pas à l'envie de la mordre en retour.

Ayant repéré le danger qui guettait son client, Vasilios intervint.

— Mon client n'a même pas confirmé sa présence là-bas, dit-il. Il faudrait organiser une séance d'identification…

— J'ai l'impression qu'il vous a de nouveau pris pour un imbécile, non ? le coupa Emmaline.

Elle afficha un sourire ouvertement moqueur, dans le but de déclencher les hostilités. Les narines de Iannis se dilatèrent. Il serrait les dents. Il se tourna vers Vasilios, qui lui intimait silencieusement de ne pas entrer dans le jeu.

— Est-ce que vous lui avez donné de l'argent en échange de ces informations, monsieur Iannis ? demanda-t-elle. Est-ce qu'il vous a roulé ? Peut-être qu'il les avait déjà vendues à quelqu'un d'autre ? Vous lui auriez donc versé deux fois des indemnités. Pensez à tout cet argent gaspillé, de l'argent durement gagné par votre entreprise. Par votre propre labeur. Ce n'est pas terrible pour votre réputation, n'est-ce pas ? Vous faire arnaquer par l'un de vos employés. Un tocard caché derrière son bureau. Ça donne l'impression que vous n'êtes pas capable de tenir la boîte sans votre frère pour vous aider. Il ne peut pas faire grand-chose, depuis son lit d'hôpital, je crois ? Il ne peut plus prendre son petit frère par la main.

— Ce ne sont pas des questions…, commença Vasilios.

Mais Iannis en avait assez entendu.

— Il m'a juré qu'il ne les avait pas, lança-t-il.

— Vous n'avez pas à…, dit Vasilios.

Iannis écarta d'un geste impatient la main que l'avocat tendait vers lui pour le calmer.

— Il m'a dit qu'il les avait détruites.

— Et vous l'avez cru ?

— Difficile de croire tout ce qui pouvait sortir de la bouche de ce sale rat.

— Ce « sale rat » a été assassiné peu de temps après, monsieur Iannis.

Il haussa les épaules sans répondre.

Il avait défendu sa réputation pour les personnes présentes dans la pièce et pour l'enregistrement. Il était en colère, mais il n'avait pas peur. Il était sûr et certain de ne pouvoir être relié au meurtre de Lorcan Maguire. Il avait balancé un mobile tout en sachant qu'Emmaline n'avait aucune preuve.

On frappa à la porte. Neil Templeton tendit à Emmaline une feuille de papier.

— Vous avez déjà menacé des gens auparavant, n'est-ce pas, monsieur Iannis ? demanda-t-elle après avoir lu la note. Qu'avez-vous à dire au sujet de Georgina Harbles ?

Nikos ne répondit pas.

— Qu'est-ce que ça a à voir avec..., lâcha Vasilios.

— Cela montre que votre client a un passé chargé dans ce domaine, le coupa Emmaline. Très chargé, même. Mlle Harbles poursuivait INK Tech en justice pour harcèlement, à cause de menaces proférées sur les réseaux sociaux. Des choses d'ordre personnel, vraiment moches. Et puis l'entreprise pour laquelle elle travaillait a été incendiée. L'immeuble a brûlé, avec un gardien à l'intérieur. Ça ressemblait à s'y méprendre à un incendie criminel mais personne n'a pu le prouver. C'était un avertissement, n'est-ce pas ? Pour dire qu'on ne plaisante pas avec la famille Iannis ?

— Ce sont de simples allégations, inspectrice, répliqua Vasilios, réussissant enfin à terminer une phrase. Il n'y a jamais eu aucune preuve. Je vous demanderai donc de laisser partir mon client. Il a pleinement coopéré.

77

Emmaline

Après le départ de Nikos – ils n'avaient rien de solide contre lui –, Emmaline demanda à Zhao d'organiser une téléconférence avec Rispoli et les autres, restés à Leonora. L'urgence était à la stratégie, il était temps de déterminer un angle d'attaque. Et une ligne de défense. Ils avaient réussi à limiter les fuites dans la presse au sujet de Lorcan Maguire pendant ces trois derniers jours, mais les résultats de la demande d'identification vocale qu'ils avaient envoyée dans tout le pays avaient été ébruités, et les journaux se demandaient à présent si Mike Andrews était le suspect principal. Cela avait lancé des rumeurs parmi les habitants du Queensland, et maintenant la presse voulait savoir si Stevie Amaranga était également soupçonné. Ce qui donna lieu à des appels téléphoniques de la part des familles, qui les assuraient que jamais les deux hommes n'auraient pu faire une telle chose. Heureusement, le nom de Ian Kinch restait en dehors des discussions pour le moment. Mais la presse réclamait d'être tenue au courant des progrès de l'enquête. Et Emmaline n'avait toujours que des bribes de pistes.

— Alors, est-ce qu'on considère Andrews et Amaranga comme les suspects principaux ? demanda Rispoli. On sait qu'ils étaient à Kallayee. Dans le cas d'Andrews, on en est sûrs. Est-ce qu'on ajoute Ian Kinch à cette liste ?

— On doit trouver où ils sont, répondit Emmaline. On sait qu'ils sont partis dans la précipitation. Le matériel qu'ils ont laissé derrière eux a dû leur coûter cher.

— On surveille les relevés de téléphones, de cartes de crédit et toutes les transactions les plus importantes sur le marché de l'or, dit Zhao. Mais on craint qu'ils soient assez malins pour utiliser des téléphones jetables, payer en liquide et ne pas vendre leur or à des négociants officiels.

— Alors qu'est-ce qu'on dit à la presse ? demanda Barker, qui mangeait un friand à la saucisse.

Emmaline prit sa décision.

— On dit que Mike Andrews et Stevie Amaranga sont recherchés et qu'ils doivent se manifester. On n'implique pas Ian Kinch pour l'instant, pour voir comment il réagira et s'il se trahira. On laisse croire qu'on ne sait pas qu'il est impliqué.

— Et les autres pistes ? demanda Rispoli.

— On a la preuve que Nikos Iannis était dans la région le 30 décembre. Je le soupçonne d'être allé rendre visite à Lorcan Maguire.

— À Kallayee ? demanda Anand.

— Quelque part au nord de Kalgoorlie, en tout cas. S'il est allé jusqu'à Kallayee, on ne peut pas l'affirmer pour l'instant. Wisbech est un lieu de rendez-vous plus probable. Et ce qu'on sait, c'est que Nikos n'est pas satisfait de cette rencontre.

— Pas satisfait au point de passer à l'acte ? demanda Rispoli.

— Vu son casier, on doit partir du principe que c'est tout à fait possible, répondit Oily.

— Mais on ne peut rien lui mettre sur le dos pour l'instant, tempéra Emmaline. Le message vocal que Lorcan a enregistré le 30 prouve qu'il n'a pas été tué pendant son entrevue avec Nikos. Mais ça ne veut pas dire que Nikos l'a laissé s'en tirer comme ça.

— Où voulez-vous en venir ? demanda Rispoli.

— Peut-être qu'il a fait suivre Lorcan. À partir de leur lieu de rendez-vous.

— On peut difficilement se faire filer le train sans s'en apercevoir, dans ce coin, remarqua Barker.

— Peut-être que la personne n'a pas suivi Lorcan tout de suite. Peut-être que Nikos l'a vu partir en direction du nord et a ensuite envoyé des gens inspecter la région. Il n'y a pas tant de villes que ça, là-bas.

— Mais c'est une zone très vaste, objecta Barker.

— Il faudrait qu'on ait un témoin qui ait vu Nikos à Kallayee, fit Oily. Et on n'a personne.

— Mais des inconnus ont été vus à Hurton, dit Emmaline. Rispoli, on a du nouveau là-dessus ?

— Non. Bill, le propriétaire du Rack, le bar de Hurton, nous a confirmé ses déclarations antérieures. Un ou deux touristes, un démarcheur à domicile, un type qui avait confondu Kalgoorlie et Kallayee. Deux clients à lui ont appuyé ses dires. L'un d'eux a dit vous connaître. Un certain Matty Reicheld.

Emmaline se sentit pâlir un peu en entendant ce nom. C'était une réaction involontaire, qu'elle se reprocha aussitôt. Elle n'avait rien fait de honteux, sauf si Matty avait quelque chose à voir avec le meurtre. Et rien n'indiquait qu'il était impliqué dans cette affaire. Pour l'instant.

— Le démarcheur avait la langue bien pendue, apparemment, poursuivit Rispoli. C'était un vendeur d'assurances dans la dèche.

— Et le type venu pour son entretien d'embauche ?

— Ni Bill ni les autres n'ont pu nous décrire son visage.

— Mais est-ce qu'on croit son histoire ?

— Moi, j'embaucherais certainement pas un type même pas fichu de trouver la bonne ville, remarqua Barker avec un petit grognement.

— Une possibilité que ce soit Nikos Iannis ? demanda Emmaline.

— Les témoins ont noté que ce gars était mince et pâle, dit Rispoli.

Le silence retomba un instant.

— Il nous reste Chester Grant, dit Anand.

Emmaline opina du chef.

— La situation est un peu la même avec lui. Il a reconnu avoir brièvement rencontré Naiyana Maguire à Wisbech le 30. Selon lui, l'entretien a été bref et improductif. De plus, il a un alibi confirmé pour la fin de cet après-midi-là.

— Et il ne pourrait pas l'avoir tuée, puis s'être enfui tout de suite après ? suggéra Oily.

Depuis le début, Emmaline partait du principe que Chester ne pouvait représenter un réel danger qu'en maniant le stylo et non l'épée. Mais il était peut-être capable de le faire. Surtout si sa carrière était en jeu.

— On peut vérifier. Appelez des agents de Kalgoorlie pour qu'ils vous aident, ordonna-t-elle à Zhao. On a aussi des témoins qui ont vu Naiyana retrouver un homme barbu près de Hurton. Une description qui pourrait correspondre à Grant.

— Et à Kinch, ajouta Rispoli.

— Et à environ la moitié des hommes du coin, renchérit Anand.

Ce qui était vrai. Plutôt que de réduire le champ des possibles, ils ne cessaient de l'élargir.

— Limitons-nous à Mike Andrews et Stevie Amaranga pour l'instant, dit Emmaline. Ne mentionnons pas les autres publiquement.

— Ça va nous donner l'air de patauger, maugréa Oily.

— L'inspectrice principale Moore va devoir nous défendre sur ce coup-là.

— Et qui va aller le lui demander la bouche en cœur ?

Le silence autour de la table fit comprendre à Emmaline que c'était à elle de s'y coller.

78

Emmaline

Le lendemain matin, Emmaline regarda l'inspectrice principale Angela Moore animer la conférence de presse, renvoyant sèchement à ses interlocuteurs la plupart de leurs questions. Les journalistes essayaient de la désarçonner, chacun y allant de son aiguillon pour lui arracher une information, demandant souvent la même chose pour voir si ses réponses variaient. On aurait dit un interrogatoire de police, sauf qu'elle était traînée devant le tribunal de l'opinion publique. Emmaline se demanda si elle monterait un jour dans la hiérarchie à la MCS. Tous les postes placés au-dessus du sien s'accompagnaient de l'obligation de se plier à certaines règles. Celles de ces saletés de relations publiques. Il fallait parler juste, agir en conséquence. Suivre la ligne de la maison. Emmaline aimait mener sa vie avec un certain abandon. Elle imaginait déjà avec quelle délectation la presse s'emparerait de ses histoires de cœur.

La conférence n'était pas encore terminée lorsqu'elle reçut un appel de Rispoli. Une épave de voiture avait été découverte suite à un accident sur une petite route à l'extérieur de Hurton, Dredger's Gully. Il s'agissait apparemment d'un pick-up.

L'avion et la voiture n'allaient pas assez vite à son goût. Arrivés à Hurton, Oily et elle traversèrent la petite ville à toute allure en suivant les indications qu'Anand leur donnait en direct par téléphone – jusqu'à ce qu'il n'y ait plus de réseau.

En chemin, ils tombèrent sur Rispoli qui les attendait à un croisement. Ils le suivirent en zigzag sur une piste de brousse cahoteuse, jusqu'à un virage serré. Là, Barker et Anand étaient en train de dérouler du ruban autour des arbres pour boucler un large périmètre. Derrière le ruban s'étirait une étendue de terre qui s'arrêtait abruptement.

Emmaline et Oily sortirent de la voiture, rejoints par Rispoli au moment où ils passaient sous le ruban.

— Ils l'ont repéré depuis le ciel, précisa Rispoli en montrant du doigt deux personnes qui observaient le spectacle, bouche bée, derrière le ruban étiré à la hâte. Ils étaient dans un petit avion, ils volaient bas au-dessus de la gorge. C'est eux qui ont appelé les secours.

— On connaît la marque ou le modèle du véhicule ? demanda Emmaline.

— Venez voir vous-même.

Rispoli les conduisit au bord du précipice. La gorge se découpait dans la terre rouge et s'enfonçait sur une profondeur d'une trentaine de mètres dans les broussailles. À l'abri du soleil, à l'abri du reste du monde. Près du fond, on apercevait un tas de ferraille niché parmi les buissons desséchés.

— La marque et le modèle ne sont pas ce qu'il y a de plus évident à déterminer, constata Rispoli. On a de la chance que l'accident n'ait pas provoqué un incendie plus grave encore.

La camionnette avait presque entièrement brûlé, embrasant les arbres situés à proximité, mais le reste de la végétation environnante était resté en grande partie intact. La carcasse noire du véhicule contrastait avec le paysage rouge et vert, tel un morceau de basalte sur du grès rouge.

— Au début, on a cru qu'il avait été balancé là il y a des années, mais les branches cassées sont encore vertes. On l'a laissé ici, et on vous a appelés, vous et la scientifique.

— Bien, dit Emmaline. Qui veut descendre avec moi ?

Ils étaient tous volontaires, mais elle choisit Oily, le plus expérimenté. Après avoir enfilé des gants en latex et des protections de chaussures, ils descendirent dans la gorge en empruntant un chemin tortueux, où ils durent contourner les broussailles de mulga et enjamber les buissons de spinifex qui poussaient le long des parois rocheuses, à la faveur de l'ombre et de la relative fraîcheur qu'elles procuraient.

La première chose qu'Emmaline remarqua fut que les plaques d'immatriculation avaient disparu. À l'avant comme à l'arrière. Peut-être un acte malveillant, ou peut-être avaient-elles tout simplement été ôtées puis revissées sur un véhicule similaire, afin que son propriétaire puisse profiter du paiement déjà effectué de la taxe sur les automobiles. Le deuxième détail qui l'interpella, c'était que le pick-up avait bien brûlé, mais que l'incendie semblait avoir été contenu. Ce qui pouvait évoquer une piste criminelle. Il faudrait attendre une confirmation ultérieure.

S'approchant du véhicule, elle jeta un œil à l'intérieur. Une odeur écœurante de chair brûlée flottait dans les airs. Légère, mais présente. Assez pour lui retourner l'estomac. Il y avait deux corps. Deux adultes. L'âge et le sexe étaient impossibles à déterminer dans l'immédiat, puisque les deux individus n'étaient plus que des tas d'ossements et de chair carbonisée.

Oily la rejoignit devant la fenêtre.

— Qu'est-ce que tu vois ? lui demanda Emmaline.

Il jeta un coup d'œil dans l'habitacle.

— Aucun des deux n'a sa ceinture de sécurité bouclée.

— Tu crois qu'ils ont essayé de se détacher quand le feu a pris ?

Oily haussa les épaules.

L'un des squelettes semblait assez petit pour être celui d'une femme, mais tout ce dont Emmaline était sûre à cet instant, c'était qu'elle avait deux nouveaux cadavres sur les bras. Ce qui faisait trois au total.

Ils remontèrent la pente avec quelques difficultés. Là, elle rassembla Oily, Rispoli et Barker. Anand était toujours en train de sécuriser les lieux.

— Qu'est-ce qu'ils pouvaient bien fabriquer dans un endroit aussi isolé ?

— Ils ont pu faire fausse route, dit Barker. Peut-être que c'étaient des gens de Hurton venus passer un peu de bon de temps, et puis boum, ils tombent par-dessus le rebord, au fond du ravin. Si ça se trouve, ils avaient fumé de l'herbe.

— Ça fait long, comme route, pour venir passer du bon temps, fit remarquer Rispoli.

— Quelqu'un a été porté disparu dans le coin ? demanda Emmaline.

— Il y a eu une disparition en 2004, qui a été résolue, et une affaire non élucidée en 2006, mais rien de récent, dit Barker.

— Ça pourrait être Naiyana, fit Oily.

— Peut-être que quelqu'un l'a kidnappée et qu'ils ont plongé dans le vide ? suggéra Rispoli.

— Façon Thelma et Louise ? demanda Barker avec un sourire.

Emmaline se tourna vers le ravin.

— Et si c'était Andrews et Amaranga ? Peut-être qu'ils ont été mêlés malgré eux à ce qui est arrivé aux Maguire. Ils ont pu voir quelque chose et le payer de leur vie.

— Ou bien ils ont pris un virage fatal sur une route qu'ils connaissaient mal, dit Oily.

79

Lorcan

L'argent de son père lui avait rapidement filé entre les doigts. Son rêve était en train de redevenir poussière – ou plutôt de se recouvrir de poussière, pour être plus précis. L'idée d'écrire un livre aussi partait en fumée, à moins d'un retournement de situation drastique. Il n'avait pas encore écrit un seul mot. En plus, personne n'achèterait un livre de développement personnel avec un personnage principal aussi nul, incapable de surmonter l'adversité. Même Naiyana avait abandonné ses vlogs. Quand il lui avait demandé pourquoi, elle avait répondu qu'elle n'avait pas assez d'abonnés pour que ça vaille la peine de continuer. Lorcan se disait que ses vidéos étaient sans doute lassantes ; toujours les mêmes plans, les mêmes personnes. Ils étaient pris au piège d'un tourbillon et tournaient lentement en rond, se rapprochant inéluctablement du trou de vidange. Comme si le malaise provoqué par la situation s'insinuait dans le tréfonds de leur psychisme. Lorcan savait que, s'ils en discutaient avec franchise, ils reconnaîtraient tous deux avoir sous-estimé les difficultés qu'ils allaient rencontrer.

Or ils ne discutaient pas. Naiyana faisait d'incessants aller-retours en ville, sous prétexte de faire des courses. Mais il connaissait la vérité. Elle essayait juste de s'éloigner de lui. Il l'avait déçue. Leur emménagement à Kallayee était un échec.

Même Dylan avait remarqué qu'ils ne se parlaient plus. Il leur avait expliqué, avec une candeur bouleversante, qu'il avait l'impression d'avoir deux parents séparés. Ce dont il se plaignait, mais qu'il avait appris à tourner à son avantage : ses opérations d'extraction minière s'étendaient, de mieux en mieux équipées ; les mines étaient reliées par des routes, et il avait même installé une base au bas du talus, où il tamisait la terre à l'aide d'une passoire tordue récupérée dans la cuisine.

Lorcan essayait de trouver la motivation pour se relancer dans les travaux. Mais, au lieu de cela, il restait assis à l'ombre et regardait Dylan s'activer. Il avait l'impression qu'ils étaient en train de dépérir dans ce désert, érodés par le sable et la poussière, et que leur vie était devenue fade et inintéressante. Un quotidien pénible, aussi monotone que le ciel au-dessus de leur tête. Même le bleu le plus parfait vire à l'ennui au bout d'un moment. La beauté irrégulière des nuages lui manquait, avec leurs contours et leurs couleurs changeants qui offraient à l'œil quelque chose à quoi se raccrocher, quelque chose de nouveau à apprécier. Ils végétaient dans un état de stase, attendant qu'un événement se produise et les éveille à nouveau à la vie, à l'action ; ils avaient beau vivre sous le même toit – effondré –, ils menaient des existences séparées.

Jetant un coup d'œil en direction du carrefour, il se demanda ce qui était en train de se passer dans la mine. Il avait au moins une certitude : ces types s'en mettaient plein les poches.

La veille au soir, Nee lui avait dit de les laisser tranquilles. De but en blanc. Comme si elle avait lu dans ses pensées les plus intimes, comme s'il restait encore entre eux un semblant de lien. Elle lui avait avoué que ces hommes la rendaient nerveuse.

Et qu'il ferait bien de s'inquiéter, lui aussi. Mais il en avait assez d'avoir peur. Il avait merdé tant de fois, il fallait bien qu'un projet finisse par aboutir. C'était la loi des probabilités.

— Attends-moi ici, dit-il à Dylan.

Son fils leva les yeux vers lui.

— Tu vas où, papa ?

— Je vais faire des affaires.

Lorcan attendit devant la maison en bois. Il avait plein de temps devant lui, ce jour-là. Rien à construire. Un jour à placer sous le signe du repos. Des congés de Noël, en quelque sorte.

Il les entendit avant de les voir apparaître.

— Ces nanas, hier soir… *Dios mío*…, commença Mike en émettant un long sifflement. Mais cette Naiyana…

— Je préfère les femmes plus enrobées, répondit Stevie.

— Ça, je sais ! répliqua Mike avec un rire gras.

Ils sortirent au grand jour et interrompirent brusquement leur bavardage en apercevant Lorcan.

— Qu'est-ce qu'elle a, Naiyana ? demanda-t-il.

Mike ne desserra pas les lèvres. Stevie évita son regard. Sans savoir pourquoi, Lorcan avait l'impression que leur conversation salace faisait de lui un cocu.

— Je parle d'une fille qu'on a rencontrée hier, répondit finalement Stevie en regardant Mike. Une stripteaseuse du bar où on est allés.

— Et, après, un buffet à volonté et un motel avec des draps propres, ajouta Mike en réprimant un rot. Le pied.

— Mais vous êtes toujours coincés dans ce trou au beau milieu de l'été, dit Lorcan en affectant de se prélasser au soleil.

— On est peut-être sales, mais on se fait du pognon, répliqua Mike.

— Moi aussi, je peux me salir les mains, dit Lorcan.

— Et vous devriez le faire...

Lorcan vit ses espoirs ravivés. La glace était peut-être en train de fondre.

— En réparant ce toit, poursuivit Mike en éclatant de rire.

— Je voulais dire là-dedans, précisa Lorcan en penchant la tête en direction du tunnel.

— Y a plus de place, répliqua Mike en mâchant son chewing-gum.

80

Emmaline

Un virage fatal, sur une route qu'ils connaissaient mal ?

Les paroles d'Oily lui trottaient dans la tête.

Elle retourna vers la route de terre et les traces de pneus. Le reste de l'équipe la suivit.

— Est-ce qu'on prévient la presse ? demanda Barker.

Non loin de là, Anand faisait du baby-sitting auprès des deux pilotes amateurs.

— Il n'y a que ces deux-là ? demanda Emmaline.

— Ils sont venus directement nous voir. Mme Ullathorne a été flic à Kalgoorlie pendant dix ans, dit Barker en désignant la femme. Elle est avec son fils.

— Vous pensez qu'ils peuvent garder ça pour eux ?

— Si on leur demande gentiment.

— C'est dans vos cordes ?

Barker plissa les yeux, offensé, et alla trouver les témoins pour leur demander d'être discrets. C'était tout ce qu'ils pouvaient faire. Ils n'allaient pas les mettre derrière les barreaux ni les bâillonner. L'isolement des lieux leur accorderait quelques heures avant que la rumeur se répande.

Emmaline observa attentivement la route et le sol à l'endroit où la voiture l'avait quittée.

— On cherche quoi ? demanda Rispoli.

— Qu'est-ce que vous remarquez au sujet de ces traces ?

Rispoli haussa les épaules, et ses yeux se braquèrent sur la route et les sillons parallèles qui déviaient en direction du précipice.

Elle ne fit pas durer le suspense.

— Elles ne sortent pas brutalement de la route, n'est-ce pas ? C'est pourtant ce qu'on s'attendrait à voir, si le véhicule avait été pourchassé. Ici, on a plutôt un arc léger. En plus, on ne voit pas de trace de sous-virage. Les pneus avant n'ont pas patiné. Donc la voiture a pris le virage lentement. Et, dans ce cas, je pense qu'on peut éliminer la piste d'une panne ou d'une défaillance technique. Cette chute est le résultat d'une décision plutôt que d'un accident.

Elle le regarda.

— Combien de personnes ont marché sur notre périmètre ?

— Moi, vous, Oily, Barker et Anand, répondit Rispoli.

— Vous voyez ces empreintes ?

Emmaline montrait du doigt ce qui ressemblait au talon d'une botte, et plus loin, en direction du rebord, l'avant d'une autre trace de pas.

— Elles avancent pile entre les traces de pneus, ce qui pourrait indiquer que quelqu'un a poussé le pick-up. Puis essayé d'effacer ses empreintes à l'aide d'une branche, mais le travail a été bâclé. La personne devait être trop pressée de s'enfuir, sans doute. Voilà ce que je pense : celui qui a fait ça a conduit le pick-up jusqu'ici alors que les occupants étaient déjà morts, ou du moins inconscients. Il est sorti, a placé les victimes sur les sièges avant, a mis le feu au véhicule et l'a poussé dans le vide. Avant de s'en aller en voiture.

Elle fit une pause avant de reprendre.

— Et c'est un coup fait à deux, ajouta-t-elle. Un gars au volant du pick-up, l'autre qui conduisait le véhicule de fuite. Du boulot de professionnel.

81

Lorcan

Ni Mallon ni son fils n'aimaient faire crédit. Chez eux, on payait comptant. De toute façon, Lorcan était endetté à vie. Jamais il ne pourrait rembourser tout ce qu'il devait. Il avait les briques, la tôle et la poutre, mais, comme un idiot, il avait laissé le sac de ciment à moitié ouvert, et le vent tourbillonnant en avait emporté une bonne partie.

Ian et les deux autres ne changeaient pas d'avis. Ce qui ne lui laissait plus qu'une option. Un dernier recours. Il avait peur, mais il se dit que Nikos était peut-être désespéré. Il avait une chance d'obtenir quelque chose sans rien donner en échange. Et Nikos ne l'aurait pas volé.

Ayant trouvé l'unique cabine téléphonique de Hurton, il appela Phil.

— Je veux bien qu'on se voie.

— Quand ?

— Demain, au parc Durston, à Wisbech. Apporte de l'argent.

— Combien ?

— Dis-lui que si ce n'est pas assez, il n'aura rien.

— OK.

— Et tu viens seul.

— Compris.

Lorcan raccrocha. Son corps entier était secoué de tremblements, miné par le combat que se livraient en lui l'armée de ses regrets, usée par le combat, et celle de ses besoins, galvanisée par la peur. Il posa la main sur la boîte aux lettres installée devant l'épicerie pour ne pas perdre l'équilibre.

— Monsieur Maguire ?

Lorcan ne reconnut pas la voix qui s'adressait à lui.

L'homme s'approcha, souriant dans sa barbe. Du moins, Lorcan pensa qu'il devait s'agir d'un sourire. Mais ça aurait pu être un rictus haineux. L'inconnu portait un costume gris clair – un véritable supplice par une chaude journée d'été comme celle-ci. Nikos avait-il découvert où ils se cachaient ? Leur avait-il envoyé quelqu'un ?

L'homme tendit la main vers lui. Lorcan ne la saisit pas.

— Je connais votre femme, dit le barbu.

Cela ne rendit pas la situation plus claire – ni moins inquiétante – pour Lorcan.

— Enfin, je l'ai rencontrée, ajouta l'homme.

Une nouvelle bouffée de peur submergea Lorcan. Il était tiraillé entre l'envie de cogner et celle de fuir.

— Comment est-ce que… ?

— Je m'appelle Greg Williams. Je suis enseignant à l'école primaire.

L'école. Dylan. Naiyana s'était renseignée pour la rentrée. Les muscles de Lorcan se détendirent d'un coup, le laissant un peu vaseux. Et mal à l'aise.

— Quand est-ce que l'un de vous viendra finalement visiter l'école ? demanda M. Williams. Il va nous falloir un peu de temps pour inscrire Dylan, remplir les papiers administratifs, etc.

Nous avons hâte de le compter parmi nos élèves. Il a de la chance : nous avons deux ordinateurs tout neufs ce trimestre. Merci aux subventions spéciales pour les régions où les conditions de vie sont considérées comme difficiles !

Lorcan leva une main en l'air pour l'interrompre.

— Attendez, dit-il, ma femme n'est pas déjà venue visiter ? La semaine dernière ?

Greg Williams secoua la tête.

— Non. Elle a dit qu'elle viendrait avant Noël, mais elle ne l'a pas fait. Nous étions en train d'installer le nouveau matériel juste avant le réveillon. Il arrive à point nommé, juste après les nouveaux préfabriqués.

— L'école ne tombe pas en ruine, alors ?

À ces mots, M. Williams eut l'air un peu vexé.

— C'est vrai que quelques travaux supplémentaires ne lui feraient pas de mal, bien sûr, mais enfin, comparée à la plupart des bâtiments ici…, dit-il en jetant un regard autour d'eux.

De toute façon, Lorcan était perdu dans ses pensées. Nee lui avait raconté que l'école était correcte mais vieillotte, poussiéreuse, et absolument pas moderne. Le contraire de ce que ce type était en train de lui dire. Ne l'avait-elle vue que de l'extérieur ? Mais ces nouveaux bâtiments préfabriqués ne devaient pas passer inaperçus. Sa description des lieux coïncidait avec le moment où elle voulait rentrer à Perth ; était-ce juste une ruse pour le convaincre de partir ?

Ou une ruse pour retrouver quelqu'un d'autre ? Quelqu'un de l'association ? Le député ? Une personne de chez BS Foods ? Il ne savait que trop combien il était facile d'organiser des rendez-vous clandestins. S'installer à Kallayee n'avait pas amélioré leur vie intime, comparé à leur routine boulot-enfant-boulot-dodo. En fait, il lui semblait même qu'ils avaient davantage de secrets l'un pour l'autre.

82

Lorcan

Lorcan glissa un œil à travers les volets. Naiyana était avec Dylan, elle lui lisait une histoire sur la chaise longue en plastique. Il décida de ne pas la mettre au pied du mur sur la question de l'école. Pas pour l'instant, en tout cas. Il allait sans doute avoir besoin de souffler un peu avant ce qu'il était sur le point d'entreprendre. Une ultime tentative d'arracher aux voisins la part des gains qui lui revenait de droit. Il visait Ian, cette fois. Il ne pouvait pas se permettre de compter uniquement sur le rendez-vous avec Phil pour se remettre à flots.

Les trois hommes finirent par remonter à la surface en plaisantant. Ils avaient terminé leur journée.

— Encore vous ? soupira Mike. Vous avez rien de mieux à faire ?

— On dirait que non, rétorqua Lorcan d'un ton sec, avant de porter son attention sur Ian, qui était en train d'essuyer son visage crasseux avec une serviette. Bonne journée ? demanda-t-il.

— Bonne journée à vous ! rétorqua Ian en souriant.

Lorcan s'efforça de sourire à son tour.

— Non, le corrigea-t-il. Je voulais dire : avez-vous passé une bonne journée, en bas ?

Le sourire de Ian s'évanouit, et il se mit à secouer la tête d'un air dépité.

— Rien ?

— Pas grand-chose.

— Vous mentez.

Ian fronça les sourcils.

— Vous m'avez l'air de très bonne humeur, pour des types bredouille, poursuivit Lorcan. Et maintenant vous allez passer la nuit dans un motel ? C'est ça, le programme ?

Le visage de Ian restait de marbre. Ses yeux perçants demeuraient indéchiffrables. Mais, derrière lui, Mike ne put s'empêcher de hocher la tête d'un air satisfait.

— Rentrez à Perth, dit Stevie sans animosité. Il n'y a rien pour vous ici.

C'était un résumé des choses assez brutal mais honnête, et Lorcan crut déceler une sorte de supplique dans cette requête. Comme un avertissement déguisé. Mais il refusait de l'entendre de cette oreille.

— Si, il y a quelque chose, insista-t-il. Ici, sous terre.

— Quelque chose qu'on sait mieux extraire que vous, rétorqua Mike. A contrario, je suis sûr qu'il y a plein de trucs que vous maîtrisez et pas nous – à part construire des maisons, bien sûr. Alors allez-y, et fichez-nous la paix.

Lorcan ignora cette pique. Il avança vers Ian.

— De toute évidence, c'est vous le chef, dit Lorcan.

Il vit Mike froncer les sourcils.

— On a besoin d'aide, ajouta-t-il.

83

Emmaline

Il avait été difficile de faire venir jusqu'ici, dans ce coin reculé, l'équipe de la police scientifique et celle de l'enlèvement des épaves. Rispoli, Anand et Oily les avaient guidés le long de la route – on aurait dit une version policière du train routier qu'elle avait croisé à Leonora la veille.

Tandis que l'équipe se mettait à l'écart pour laisser les spécialistes faire leur travail, Barker découvrit un amoncellement de canettes vides dans un buisson. Étant donné l'aspect brillant du métal, elles avaient dû être jetées là récemment. Emmaline lui demanda de les emballer et de les remettre aux membres de la scientifique.

Ensuite, elle rejoignit les équipes au fond de la gorge et les observa prélever des échantillons sur les lieux de l'accident et dans les environs. Les spécialistes récoltaient des indices, prenaient des photos et des vidéos de tous les points de vue possibles – y compris aérien, grâce à un hélicoptère qui s'assurait de rester suffisamment en hauteur pour éviter de soulever des tourbillons de sable et de poussière.

Malheureusement, toute cette agitation avait attiré les badauds depuis Hurton. Les journalistes leur avaient emboîté le pas, embouteillant les routes malgré la terre qui obstruait les moteurs pour être les premiers arrivés sur les lieux. Les camions venus pour enlever l'épave ne firent qu'ajouter au chaos.

Une fois que toutes les pièces à conviction trouvées à l'extérieur du véhicule furent enregistrées, le toit calciné de l'habitacle fut découpé à l'aide d'une machine, et les deux corps furent photographiés *in situ* avant d'être dégagés de l'épave et sortis de la gorge.

— Des traces de coups de feu ? demanda Emmaline à Rebecca Patel, qui s'efforçait de ne pas glisser dans la pente.

— Oui. Ils ont été abattus tous les deux.

— Et quelles sont vos premières suppositions ?

Le Dr Patel ne fit même pas mine de protester.

— Une blessure par balle chacun. Le CA a été atteint à la poitrine.

— Le CA ?

— Le conducteur anonyme. Étant donné le point d'entrée de la balle, celle-ci a dû causer des dégâts considérables au cœur et aux poumons. Le passager a reçu une balle dans le crâne. Le point d'entrée est juste au-dessus de l'œil gauche. La balle n'est pas ressortie. La mort a dû être instantanée.

— Ce sont deux hommes ? demanda Emmaline.

— On dirait. Je vous le confirmerai après les avoir examinés. Ils ont été gravement brûlés, mais l'incendie n'a pas été aussi catastrophique que cela.

— Donc ils ont été tués, puis placés à bord du véhicule. Ensuite, le pick-up a été incendié et poussé dans le ravin pour faire croire à un accident.

— C'est dur de faire croire à un accident quand les deux victimes présentent des blessures par balle potentiellement fatales, fit remarquer le Dr Patel.

— On sait laquelle des deux victimes a été tuée la première ?

— Impossible de le déterminer à l'heure actuelle. Pour l'instant, notre priorité est de les identifier.

Le Dr Patel retourna vers le pick-up calciné, et Emmaline regarda son équipe inspecter le véhicule une dernière fois avant que l'équipe d'enlèvement des épaves prenne le relais. L'hélicoptère perdit un peu d'altitude, soulevant de la poussière et du sable, et les deux corps, emmaillotés comme des momies, furent hissés à bord pour être expédiés en direction de Leonora. L'équipe allait devoir se frayer un chemin à travers la marée de véhicules garés n'importe comment et la horde de journalistes. Mais ici, au fond de la gorge, le calme régnait encore. Tandis que l'équipe essayait de trouver la meilleure façon de dégager le véhicule, Emmaline resta à l'écart, se livrant à ses propres calculs.

Les mineurs – si c'étaient eux - avaient-ils été tués par Lorcan Maguire ? Que Ian Kinch avait ensuite assassiné en représailles ? Mais pourquoi Maguire aurait-il agi de façon aussi désespérée ? Peut-être que Mike Andrews et Stevie Amaranga avaient agressé Naiyana. Qu'ils l'avaient tuée. Lorcan l'aurait découvert, et décidé de se venger.

Et si les événements s'étaient déroulés dans l'autre sens ? Lorcan Maguire aurait été tué d'abord, pour une raison qu'elle ignorait. Sans doute par Andrews et Amaranga. Ensuite, pour se débarrasser de témoins gênants, Ian Kinch aurait assassiné ses acolytes. Mais ce scénario laissait Naiyana et Dylan Maguire en dehors du tableau.

Et si l'un des deux corps était celui de Ian Kinch ? Tué lors d'une dispute qui aurait dégénéré ? Si c'était Ian qui s'occupait de vendre l'or, il avait facilement pu se mettre de l'argent dans la poche. De même qu'il était a priori facile pour Mike et Stevie de garder pour eux de l'or trouvé dans la mine. N'importe lequel de ces cas de figure pouvait avoir mené à une issue fatale.

Enfin, un élément extérieur s'était-il retrouvé impliqué dans cette histoire ? Après tout, ces hommes n'avaient pas le profil de criminels endurcis. Même Ian Kinch ne pouvait être classé dans cette catégorie. C'était un magouilleur, tout au plus. Mais, avec de l'or en jeu, les magouilles peuvent rapidement dégénérer.

84

Naiyana

Après huit ans de mariage, quand Lorcan mijotait un mauvais coup, elle le savait. Quelque chose suintait de tout son être et le trahissait. Surtout à l'époque où tout marchait bien pour lui. Naiyana avait accepté de jouer le rôle de la femme au foyer pendant qu'il gagnait beaucoup d'argent. Grâce à de juteux contrats commerciaux et de généreuses primes qui lui avaient permis d'acheter la maison gigantesque dans laquelle ils vivaient. Mais cette existence avait pris fin quand INK Tech l'avait licencié et que la banque avait saisi leur maison. Il s'était attaqué à un trop gros poisson. Maintenant, il était à genoux et trimait comme jamais elle ne l'avait vu le faire auparavant. Son désespoir était inquiétant. De quoi était-il capable ?

Il avait attendu que Naiyana s'endorme – ou du moins la croyait-il endormie – pour sortir de la maison. Il n'y avait qu'un seul endroit où il pouvait se rendre à cette heure-là.

Ian, Mike et Stevie s'étaient mis à travailler le jour plutôt que la nuit, car, d'après Mike, cela malmenait moins leur horloge biologique. Ce dernier s'était avancé au milieu de la route pour lui parler lorsqu'elle était passée près d'eux dans son pick-up ; ses yeux avides et son gros ventre la dégoûtaient.

Lorcan venait d'entrer dans le tunnel quand elle le rattrapa.

— Lorcan ! l'appela-t-elle.

— Bordel de...

Elle lui avait fait peur. Le faisceau de la lampe torche balaya les parois du trou avant de se braquer sur elle. Aveuglée, elle plissa les yeux.

— Qu'est-ce que tu fais ici, Nee ?

— Et toi ?

— Si ces types sont capables d'utiliser ce matériel, moi aussi.

À ces mots, il se retourna et continua sa progression dans le tunnel.

— Ne fais pas ça, Lorc.

— Je dois essayer. C'est mieux que l'autre solution.

— L'autre solution ? De quoi tu parles ?

— Il vaut mieux que tu ne le saches pas.

— Mais tu sais faire fonctionner ces machines ? demanda-t-elle, se baissant pour ne pas se cogner la tête sur la roche ou les poutres au-dessus d'elle.

— Non, mais ça ne doit pas être sorcier. C'est l'affaire d'une nuit ou deux. Une semaine, tout au plus. Pour nous débarrasser de nos dettes. Alors je pourrai investir, récupérer notre fric. Et ensuite on s'en ira. On déménagera dans une maison avec l'eau courante, l'électricité et des toilettes à l'intérieur. Va te recoucher. C'est ce que tu veux, toi aussi. N'essaye pas de me dire le contraire.

Voilà qu'il recommençait à parler à sa place. Elle aurait voulu lui crier qu'elle avait changé. Et pourtant elle était encore là, à le suivre aveuglément dans ce tunnel obscur et sinistre.

Dix minutes plus tard, ils en atteignirent le bout. Le faisceau de la lampe torche se posa sur deux machines étranges.

Lorcan poussa un petit cri de jubilation, comme s'il venait de toucher le jackpot.

Elle le regarda se mettre au travail, laissant son intuition le guider tandis qu'il palpait les machines.

— Tu ne sais pas du tout ce que tu es en train de faire, admets-le, dit-elle, la gorge nouée.

Elle cherchait désespérément à partir, mais avait besoin de la lampe torche.

Lorcan appuya sur un énième bouton et le groupe électrogène s'éveilla, emplissant le tunnel d'un grondement qui fit vibrer le sternum de Naiyana. Il enclencha un autre bouton, et la machine au bac rouge se mit à ronronner. On aurait dit qu'une symphonie se mettait en place. Une minute plus tard, les bras de ce qui devait être une espèce de broyeur se mirent en mouvement, apportant à l'œuvre leur voix de fausset – le crissement brutal de la roche. Les supplications de Naiyana se perdirent dans le vacarme. Le sang se mit à battre dans ses tempes quand elle vit son mari inspecter le convoyeur à courroie au bout du bac rouge, puis y enfourner des pelletées de roche en miettes que le jet d'eau lavait et tamisait, avant que l'eau soit recyclée.

Lorcan se baissa et inspecta à nouveau le convoyeur. La lumière de sa lampe torche fit briller un objet, dont il se saisit pour l'élever dans les airs. C'était une petite pépite d'or. Dans l'éclat de la lampe, Naiyana vit Lorcan sourire jusqu'aux oreilles. Elle ne l'avait pas vu aussi heureux depuis longtemps ; une partie d'elle ne voulait pas gâcher ce moment, mais ce qu'il était en train de faire était de la folie furieuse.

Ce fut elle qui sentit la fumée la première. On n'y voyait rien, la lampe de Lorcan était braquée sur la courroie et le broyeur. Elle crut d'abord qu'il s'agissait de l'odeur de la roche pulvérisée, mais il y avait aussi un relent caractéristique d'huile ou de pétrole. C'est à cet instant qu'une seconde source de lumière apparut dans le tunnel. Une flamme s'élevait en dessous du broyeur.

— Lorcan ! s'écria-t-elle.

Mais il était impossible d'entendre quoi que ce soit par-dessus le vacarme des machines. Lorcan, penché sur le convoyeur, tenait dans sa main une autre pépite, une expression de triomphe sur le visage. Puis il vit les flammes. Il se redressa, dépassant Naiyana d'une bonne tête, le visage tout à coup dissimulé par la fumée.

D'un bond, il éteignit le groupe électrogène et lui hurla de se mettre à courir. Pendant un instant, elle fut prise d'une peur enfantine à l'idée qu'un monstre la poursuivait. Elle se retrouva face aux ténèbres, aussitôt dispersées par l'éclat de la lampe torche. Ils s'enfuirent dans le tunnel, poursuivis par les volutes de fumée.

85

Naiyana

Ils se retrouvèrent à l'air libre, crachant leurs poumons. La ville était entièrement silencieuse.

— Ça va ? demanda Lorcan d'une voix sourde.

Naiyana eut l'impression que la voix de son mari lui parvenait du pied d'une montagne en haut de laquelle elle aurait été perchée.

Ça n'allait pas du tout, mais au moins elle était en vie.

— Je te l'avais dit ! cria-t-elle d'une voix désespérée, ce qui lui arracha une nouvelle quinte de toux.

Il ne répondit pas. Peut-être ne l'entendait-il pas.

— Encore un échec ! hurla-t-elle, plus fort.

Il sortit les pépites de sa poche, mais Naiyana n'avait pas terminé, loin de là.

— D'abord, tu construis un mur qui nous tombe sur la figure. Ensuite, tu manques de nous asphyxier ! Qu'est-ce que tu vas faire, maintenant ? Nous tirer dessus avec ton fusil ?

Lorcan rangea l'or dans sa poche et se tourna vers elle.

— Au moins, j'essaye, dit-il sombrement.

— Moi aussi.

— Pourquoi tu m'as menti au sujet de l'école ?

Naiyana sentit sa respiration se bloquer dans sa poitrine. Comment était-il au courant ?

— Où étais-tu, Nee ?

— Peut-être au même endroit que toi quand tu es censé acheter des matériaux. Avec un pack de bière.

— Juste une ou deux. Ce n'est pas comme si on s'amusait beaucoup à la maison.

— Qu'est-ce que tu veux ? Une foutue boîte de nuit ? On a tiré un trait sur tout ça.

— Mais on pourrait revenir en arrière, dit-il, d'une voix où la colère se muait en supplication.

— Ah oui ? s'exclama-t-elle. Et Nikos Iannis, il va disparaître comme par enchantement ? Et Chester Grant ? Et BS Foods ?

Ils se livraient à un concours de cris, au milieu d'une rue vide, dans une ville vide. Un concours où il n'y avait pas de gagnant. Juste des perdants.

86

Mike Andrews

Mike essaya en vain de chasser la fumée qui lui arrivait dans la figure. Le broyeur avait pris feu dans la nuit. Lorsqu'il l'avait allumé, rien ne s'était passé.

— Comment c'est arrivé ? demanda Stevie.

— Devine, répondit Mike.

— On n'en sait rien, répliqua Ian. Ça pourrait être un court-circuit. Combien est-ce que ça va…

— Bien sûr que si, on sait, le coupa Mike. Qui d'autre que nous est au courant de notre installation ?

— Ça va nous coûter cher, dit Stevie, qui répondait à la question que Ian était sur le point de poser. Des circuits ont fondu, et tout le mécanisme est endommagé, alors on va devoir remplacer pas mal de choses.

— Heureusement que tu as les moyens, dit Mike à l'intention de Ian.

— Comment ça ? demanda Ian avec un regard soudain glacial.

Mais Mike n'allait certainement pas se coucher, cette fois-ci.

— Tu n'as pas protégé le matériel. Alors que c'est ton job.

— Tu voudrais que je reste ici toute la nuit, peut-être ?

— Non, juste que tu installes un piège à loups, rétorqua Mike. Celui qui reste coincé dedans n'aura qu'à se couper la jambe avec les dents pour se libérer.

— Tu en as un à portée de main, toi ?

— C'est toi qui es censé avoir les contacts.

Ian choisit de ne pas relever.

— Pour être franc, Ian, Mike a raison, intervint Stevie. La situation commence à être hors de contrôle. Si on était un peu plus fermes, ils quitteraient la ville.

— Depuis quand vous jouez les gros bras, tous les deux ? demanda Ian.

— Depuis que tu as arrêté de le faire, répondit Mike.

Il sentait le pouvoir lui monter à la tête. C'étaient Stevie et lui qui commandaient, maintenant, et cette inversion des rôles était grisante.

— On n'avait que deux raisons pour te prendre avec nous, Ian, ajouta Mike.

— Ah oui, lesquelles ?

— Les négos et la sécurité. Et maintenant on a suffisamment d'expérience pour se charger nous-mêmes des ventes. On a la marchandise, les gens viendront à nous.

— Par contre, la sécurité, ce n'est pas votre fort, rétorqua Ian en faisant un pas en avant.

Mike jeta un regard vers Stevie pour chercher son soutien, mais Stevie baissa les yeux. Il chercha des yeux un objet avec lequel se défendre. Leur fusil était hors de portée.

— Tu as besoin de nous, lança Mike, d'une voix nettement affaiblie.

— Oh ! c'est moi qui ai besoin de vous, maintenant ? demanda Ian, qui le surplombait de toute sa hauteur. L'or est là, les machines sont là. Je pourrais faire venir deux travailleurs clandestins ici, dès demain. Ils travailleraient plus que vous, sans chercher à m'escroquer.

— Écoute, tout ce que Mike essaye de dire, c'est qu'il faut qu'on arrive à gérer ces gens, dit Stevie, qui gardait ses distances.

— Et si on les chasse, qu'est-ce qui se passera ?

Mike ne trouvait plus ses mots. Cette fois, Stevie ne vint pas à sa rescousse.

— Je vais vous le dire, moi, ce qui va se passer, poursuivit Ian. S'ils s'en vont, il y a de fortes chances qu'ils se mettent à causer. Et comment est-ce qu'on les contrôlera à ce moment-là ? Souvenez-vous qu'il faut être proche de ses amis, et encore plus de ses ennemis.

— À moins de s'en débarrasser totalement.

Ian et Mike regardèrent Stevie. Il venait de prononcer l'indicible, et cela leur laissait à tous les trois un goût amer. C'était répugnant. C'était horrible. Et maintenant que c'était formulé, c'était une possibilité.

87

Lorcan

Lorcan était heureux de quitter Kallayee. L'idée de retrouver Phil ne l'enchantait guère, mais il avait hâte de connaître la réponse de Nikos. Un oui franc leur permettrait de déménager dans le Victoria ou la Nouvelle-Galles du Sud, et d'y rester un moment. Peut-être qu'ils pourraient même partir pour l'étranger. Laisser derrière eux Nikos, tout ce merdier, et recommencer à zéro. Dans une zone plus peuplée.

Si Nikos disait non, en revanche, le champ des possibles se rétrécissait. Ian, Mike et Stevie avaient probablement décidé de surveiller leur matériel de près pour le dissuader de renouveler ses exploits. Ils se retrouveraient coincés à Kallayee. À moins qu'on ne les chasse. C'était une autre possibilité : faire en sorte que Ian les jette dehors. Là, Naiyana serait bien obligée de partir. Où, on verrait cela plus tard.

Wisbech était assez loin de Kallayee pour que Lorcan s'y sente en sécurité, mais suffisamment près pour qu'il puisse s'y rendre en deux heures. Il se pourrait même qu'il aille passer un petit moment au pub après son rendez-vous. Pour vider son portefeuille et sa tête en buvant quelques bières bien fraîches.

Il était midi dix, et Phil était en retard. Mais Lorcan avait du temps devant lui. Beaucoup de temps. Tout bien considéré, cela lui ferait sans doute du bien de voir un visage familier. Ils pourraient se rappeler ensemble la partie de pêche sur le fleuve Murray, au cours de laquelle ils s'étaient tous retrouvés à la flotte, en train d'essayer de récupérer les canettes emportées par le courant. C'était un bon moment. Avant que Phil quitte INK Tech pour se lancer dans une autre entreprise, téléguidé par Nikos.

— Lorcan Maguire.

Il reconnut cette voix. Bravache, confiante. L'imposant personnage se laissa tomber sur le banc. Son polo au col déboutonné laissait apparaître un torse soigneusement rasé. Ses sourcils noirs convergeaient vers l'arête de son nez. Nikos Iannis en personne.

Phil l'avait poignardé dans le dos. Pour de l'argent, sans doute. Il avait un emprunt immobilier à rembourser et une épouse – qu'il s'était dégottée à l'étranger, par correspondance – à entretenir.

Lorcan parcourut les environs du regard, même s'il ne savait pas exactement qui il cherchait. Il lui restait la fuite en courant, en cas de besoin.

— Réglons tout ça en vitesse, dit Nikos. Vous les avez ?

Lorcan était pris de court. Il avait appris par cœur les bobards qu'il comptait raconter à Phil. Mais mentir à Nikos serait plus difficile.

— Et vous ? demanda-t-il en retour. Vous avez l'argent ?

— Vous en demandez beaucoup, Lorcan.

— Ce sont des données précieuses.

— C'est ça, l'argument que vous avez sorti aux autres entreprises ?

Lorcan ne répondit pas. Il essayait de réfléchir à la meilleure façon de jouer la partie. Le scénario devenait confus.

— Vous avez l'argent ? répéta-t-il.

— Pas ici, répondit Nikos avec un rictus. Je ne me promène jamais avec autant de cash. Mais j'imagine que vous n'avez pas les données non plus.

Un frisson parcourut l'échine de Lorcan. Il se sentait à nu, comme si Nikos avait soudain pris le dessus. Comme s'il savait quelque chose que lui ignorait. D'ailleurs, il avait raison. Il ne les avait pas apportées. Par précaution.

— Si vous divisez votre prix par deux, je vous donne l'argent tout de suite, dit calmement Nikos.

— Quatre-vingts pour cent.

— La moitié.

— Soixante-dix.

Nikos leva les sourcils et lui lança un regard mauvais.

— OK, la moitié, dit finalement Lorcan.

Une fois cet accord sur le prix trouvé, il était sûr de lui pour le reste du plan. D'une voix maîtrisée et confiante, il dit :

— On se retrouve ici, dans deux jours. À 11 heures du matin.

— Pas ici, dit Nikos. Un endroit plus calme.

Lorcan secoua la tête. Il n'en était pas question.

88

Emmaline

Une fois le véhicule et les corps récupérés, Emmaline remonta jusqu'en haut du ravin. Le ruban de police était toujours en place, tout comme le groupe de journalistes. Oily était en train de leur parler et de leur proposer son aide, tout en se montrant fort peu utile. Un pick-up qui avait eu un accident. Deux passagers. Identité inconnue. Trop tôt pour savoir s'ils étaient liés au meurtre de Lorcan Maguire ou s'il ne s'agissait que d'un tragique accident de la route.

Emmaline rassembla Rispoli, Barker et Anand.

— Où est l'habitation la plus proche ?

Anand consulta sa tablette.

— C'est celle d'Ulysses Hitchens. À environ six kilomètres dans cette direction, dit-il en indiquant un point au-delà de la gorge.

— Allons-y.

En chemin, Anand informa Emmaline et Rispoli – Barker était resté en arrière, pour aider Oily à finir – qu'Ulysses était un peu fou.

— D'après qui ?

— D'après tout le monde. Ça fait un bon moment qu'il est siphonné. Il était prof, dans le temps, mais son cerveau a dû fondre à cause de la chaleur.

— Prof de quoi ?

— D'astronomie. C'est tout ce qu'il fait, aujourd'hui. Il observe le ciel, à la recherche de supernovas.

— C'est un boulot, ça ?

— Il est à la retraite, répondit Anand. Et méfiez-vous de ses ovni.

— Ses quoi ?

— Ses observations de vieux neuneu incohérent. Ces soi-disant lumières dans le ciel, à cause desquelles il n'arrête pas d'appeler le poste.

— Des lumières récentes ?

— Non. Ça fait des années qu'il les voit.

La maison d'Ulysses Hitchens était une sorte d'énorme véranda vitrée, à laquelle était accrochée une petite bicoque en bois. L'endroit semblait à moitié à l'abandon, mais la vue sur la gorge était magnifique.

Ulysses leur ouvrit la porte, en short et en T-shirt. Il avait soixante-dix ans environ et arborait une superbe chevelure blanche et une longue barbe qui le faisaient ressembler à une version décontractée du Dieu de l'Ancien Testament. En vacances, peut-être.

— Ouiii ? fit-il.

— Je suis l'inspectrice Taylor, de la MCS, et voici les agents Rispoli et Anand, de la police de Leonora.

Ulysses la regarda, puis jeta un coup d'œil aux autres.

— Oui, je crois avoir déjà parlé à ces petits jeunes.

Emmaline hocha la tête.

— Nous avons découvert un véhicule accidenté à six kilomètres d'ici, dans la gorge. Nous essayons d'estimer la date de l'accident. Vous souvenez-vous d'un événement suspect qui se serait produit dans la région au cours des dernières semaines ?

— Suspect, dans quel sens ?

— Des déplacements. Des personnes que vous n'auriez jamais vues ici. Ou des personnes que vous connaissez. Des bruits...

— Un incendie, ajouta Rispoli. Vous avez peut-être pu le voir depuis votre véranda.

— Quand je suis dans ma véranda, je regarde le ciel, pas les environs, mon cher. Je n'ai pas le temps d'admirer le paysage.

— L'accident a dû provoquer un brasier assez considérable, fit remarquer Emmaline. Vous en avez peut-être vu l'éclat de loin.

— Il y a beaucoup de feux de broussailles par ici, figurez-vous. À moins que la radio me dise de me tirer en vitesse, je les ignore, répondit-il en faisant un moulinet avec ses mains.

— Donc vous n'avez rien vu ni rien entendu, ces derniers jours ?

— Oh ! ce n'est pas ce que j'ai dit, rétorqua Ulysses. J'ai vu des lumières.

Derrière eux, Anand toussota.

— Où ça ? demanda prudemment Emmaline.

— Pas loin de la piste de Keenan. C'est un des vieux chemins qui traversent mes terres.

— De quel soir s'agissait-il ?

— Ça a duré pendant quelques nuits. En journée aussi. J'entendais les moteurs. Ils essayaient de voler des piquets de clôture ou des câbles, pour le cuivre, je suppose. J'y serais bien allé, mais j'ai un peu de mal à me déplacer, ces temps-ci. Je mets des siècles à entrer et sortir de ma voiture.

— Où se situe ce sentier ? l'interrompit Emmaline.

Ulysses pointa le doigt en direction de la gorge où le pick-up avait été retrouvé.

— Les lumières venaient de là-bas. Et le bruit des moteurs, de là, ajouta-t-il en désignant la direction opposée.

— Vous êtes sûr ?

— Ma vue et mon ouïe sont tout ce qu'il me reste, mademoiselle. J'ai une confiance absolue en elles.

— Merci. Si nous avons d'autres…

Elle s'arrêta.

— Vous n'auriez pas un quad, par hasard ? demanda-t-elle en repensant à celui, à Kallayee, dont les pneus avaient été lacérés.

Ulysses secoua la tête.

— Non. Mais je devrais. Comme ça, je pourrais peut-être aller choper ces enfoirés de voleurs de cuivre.

89

Mike Andrews

Mike était en colère. Il avait bien envie de dire le fond de sa pensée à Lorcan Maguire. Et de lui mettre son poing dans la figure. Mais Ian s'était montré plus malin qu'eux.

— Vous m'avez fait venir pour votre sécurité. Alors laissez-moi faire mon boulot.

Mike ne trouva rien à riposter. Ian avait su retourner ses propres paroles contre lui.

— Qu'est-ce qu'on est censés faire, alors ? demanda Stevie. Le broyeur est foutu. J'imagine qu'on pourrait casser les roches à la main…

Mike lui lança un regard furieux. Il ne tenait pas à se retrouver au fond d'un tunnel, à briser des cailloux toute la journée.

— Nettoyez l'équipement, dans ce cas, dit Ian.

— Tu rêves, répliqua Mike.

Ian resta impassible.

— Je me fous de ce que vous faites. Mais restez en dehors de ça, dit-il en sortant de la maison à grandes enjambées.

90

Lorcan

Il était plongé dans ses pensées, préoccupé par le rendez-vous qu'il avait eu avec Nikos. Et par la perspective de la confrontation qui aurait lieu dans deux jours.

Deux coups frappés à la porte le tirèrent soudain de sa torpeur.

Il se leva de sa chaise longue et partit vers l'arrière de la maison, emmenant Dylan avec lui. Il tendit l'oreille. Naiyana alla ouvrir.

— Je veux seulement discuter, dit la voix de Ian.

Il n'avait pas l'air en colère, même si dans son ton transparaissait une pointe d'agacement dont Lorcan se méfiait. Il attrapa le fusil dans sa niche sous le toit ; sentir l'arme entre ses mains le rassura.

— OK, discutons, répondit Naiyana.

— Juste avec vous. De vous deux, vous avez l'air d'être la seule personne raisonnable.

Lorcan eut envie de laver son honneur, mais il n'arriva pas à trouver les mots, ni à rassembler assez de courage pour agir.

— Et pas ici, ajouta Ian. Allons dans un endroit tranquille.

— Qu'est-ce que vous voulez dire par tranquille ? demanda Naiyana.

— J'ai des choses à vous dire au sujet de votre mari. Et de mon équipe. Des choses que votre enfant ne doit pas entendre. Il vaut mieux faire ça en privé.

Un silence de mort retomba. Lorcan n'aimait pas ça – l'idée que sa femme s'en aille avec un étranger. Mais il vaut mieux que ce soit elle plutôt que moi, pensa-t-il.

— Lorcan ? appela Naiyana.

Il resta silencieux et serra Dylan plus fort contre lui.

— OK, dit Naiyana. Je prends notre pick-up et je vous suis.

— Non, on prend le mien, répondit Ian. Comme ça, votre mari garde un véhicule pour le cas où il arriverait quelque chose à Dylan.

Sa phrase était lourde de menaces. Quelque chose leur arriverait-il lorsque Ian et Nee seraient partis ? Les deux autres allaient-ils venir et les emmener, Dylan et lui ? Devaient-ils s'enfuir ? Prendre de l'avance ? Ou bien les suivre ?

Tapi dans la chambre, il entendit le bruit de ferraille que fit le vieux pick-up de Ian en s'éloignant. Il se demanda ce qu'il devait faire, suppliant en silence le fusil de l'aider.

91

Emmaline

Ils suivirent la direction dans laquelle Ulysses leur avait dit avoir entendu des moteurs. La piste de Keenan était difficilement praticable ; partant de l'arrière de la maison d'Ulysses, elle ne pouvait être empruntée, en voiture, qu'à une allure à peine plus soutenue que la marche. Elle descendait le long d'une petite pente avant de remonter de l'autre côté. Ensuite, la route devenait sinueuse et se tordait, comme pour essayer de se débarrasser des intrus. Le tracé se perdait par endroits, recouvert de végétation, et le 4×4 eut bien du mal à s'y frayer un chemin.

— Est-ce que quelqu'un a vraiment pu venir par cette piste ? demanda Rispoli, tandis que le véhicule tressautait sur une nouvelle série de creux et de bosses.

— Pas depuis ce versant, répondit Emmaline, accrochée à la poignée. Cette route n'a pas été empruntée depuis un moment.

La piste ne faisait que cinq kilomètres, mais il leur fallut près de trente minutes pour la parcourir.

Finalement, elle s'aplanit et s'élargit au niveau d'une parcelle de terre nichée à côté d'une petite colline broussailleuse et entourée d'arbres. Il y avait des traces distinctes de pneus dans la poussière, côte à côte, comme si deux véhicules s'étaient récemment garés là.

Emmaline sortit du 4×4 et observa les alentours. Rien ici n'expliquait pourquoi quelqu'un serait venu dans les parages. Pas de poteaux, pas de câbles, pas de point d'eau, rien. Il y avait à peine la place de faire demi-tour.

— À quoi pensez-vous ? demanda Rispoli en faisant lentement le tour du site.

— Je pense que l'une de ces traces correspondra sûrement au pick-up qu'on a retrouvé dans la gorge.

— En supposant qu'on obtienne quelque chose de la police scientifique.

— Et les autres traces de pneus ? demanda Anand.

— Kallayee est à quelle distance d'ici ? demanda Emmaline.

Une rapide vérification sur sa tablette donna la réponse à Anand.

— Sept kilomètres au sud-ouest, répondit-il.

— Et est-ce qu'il faut passer par Hurton ?

— Ça ne le dit pas.

— Essayons.

Rispoli et Emmaline laissèrent Anand sur place, lui promettant de contacter Barker aussi vite que possible pour qu'il vienne le récupérer et faire un moulage des traces de pneus, et ils poursuivirent leur chemin sur la piste de Keenan. De l'autre côté de la colline, le paysage s'ouvrait, et au bout d'un kilomètre ils retrouvèrent enfin du goudron solide et lisse sous leurs roues. De là, ils mirent le cap à l'ouest, en direction de Hurton.

— Je continue ? demanda Rispoli.

C'est alors qu'Emmaline la vit. La route de terre qui partait sur la droite.

— Non. Tournez ici, répondit-elle.

Rispoli bifurqua vers la route en question, qui, après avoir mené un moment vers Hurton, rejoignait finalement le bitume fissuré de la route, autrefois bien entretenue, de Kallayee. De là, il n'y avait que deux kilomètres pour arriver à la bourgade fantôme, derrière les camions de télé.

— Qu'est-ce que vous en déduisez ? demanda Rispoli.

— L'une des traces de pneus est sans doute celle de la voiture des mineurs. Et l'autre, celle du pick-up des Maguire. Si jamais on le retrouve.

— Mais pourquoi se donner rendez-vous ici, aussi loin de tout ?

— Pour négocier.

— Négocier quoi ?

Cela, elle n'en était pas sûre.

— Peut-être une façon d'arriver à cohabiter. Ils avaient sans doute besoin d'un endroit neutre. Il leur fallait trouver un terrain d'entente pour garder leurs secrets et maintenir la paix.

Au vu des trois cadavres retrouvés, il semblait que les négociations avaient échoué.

92

Lorcan

Il n'y avait plus un bruit. Même Dylan ne disait rien. Il se contentait de le regarder fixement. Il jugeait son père, sans mot dire, pour avoir laissé sa mère partir. Avec Ian.

— On peut y aller ? supplia Dylan.

— Ils sont partis, répondit Lorcan, sans parvenir à dissimuler son abattement devant la situation.

Et devant ses propres insuffisances.

Il était écrasé par la honte.

— Je veux juste aller jouer dehors.

Dylan n'avait finalement pas l'air inquiet du tout. Sa mère s'était absentée et elle allait revenir. Il vivait dans un monde parfait où régnaient l'innocence et l'ignorance. Mais il était hors de question de le laisser sortir de la maison.

— On va rester à l'intérieur jusqu'à ce que maman revienne, déclara Lorcan en posant le fusil par terre, à côté de lui.

— Et elle rentre quand ?

Lorcan ferma les yeux en serrant fort les paupières pour ne pas affronter cette question.

93

Mike Andrews

Ils nettoyaient les machines sans réfléchir. Si Ian leur avait dit « Sautez ! », ils auraient répondu « À quelle hauteur ? ». La sueur qui dégoulinait sur leur front n'était pas uniquement due à la chaleur accablante. Elle venait aussi de leur colère.

— Alors c'est lui qui merde et c'est nous qui sommes coincés ici, à faire le sale boulot ? marmonnait Mike.

Sans le bruit assourdissant des machines, il savait que Stevie entendait ses récriminations. Mais il n'attendait pas d'autre réaction que ses habituelles platitudes l'exhortant à « ne pas faire de vagues ».

— Est-ce que ça vaut la peine de se donner tout ce mal ? demanda Stevie, dont les doigts étaient couverts de graisse. On pourrait rentrer chez nous et trouver un nouveau boulot. Ça ne serait peut-être pas terrible, mais ici ça commence à craindre, pas vrai ?

Il affichait le même air de chien battu que Mike lui avait vu lorsque Skyline les avait virés. Stevie était un bon employé. Pas un agitateur comme lui. C'était aussi un bon ami.

— On ne devrait pas se faire virer de cette mine d'or juste à cause de ce mec, Stevie. Si on était seuls dans cette ville…

Stevie secoua la tête.

— Ian n'est pas là pour nous en empêcher, continua Mike. Naiyana non plus. Tu pourrais t'occuper du gamin pendant que je parle à son enfoiré de père.

94

Emmaline

L'atmosphère dans la caravane était aussi lourde que l'odeur de cigarette qui y régnait. Emmaline n'osait pas laisser les fenêtres ouvertes pendant la journée, de peur d'y voir entrer des intrus à écailles, ou que tout soit recouvert de sable à son retour. Par la fenêtre, elle voyait toujours briller quelques projecteurs de télé. Les journalistes aboyaient dans leurs micros, comme des chiens, la périphérie de Kallayee demeurant de facto la base de repli des médias. La ville fantôme était toujours interdite d'accès ; les quelques contrevenants avaient été emmenés de force et passaient la nuit en cellule. Elle se sentit tout à coup très seule.

Les autres étaient partis vingt minutes plus tôt. Ils devaient à peine avoir atteint la route principale. L'amplificateur provisoire permettait une meilleure couverture mobile, elle pouvait appeler Rispoli et le faire revenir. Il était flic. Ça ne nuirait pas à l'intégrité des lieux du crime.

Rispoli ne se fit pas prier.

En entendant sa voiture approcher, elle se plaça dans l'embrasure de la porte de la caravane et l'attendit ; elle avait l'impression d'être une actrice de film en noir et blanc qui attirait son partenaire dans sa caravane de tournage.

Mais ce qui se passa entre eux, ce ne fut pas de la comédie.

La matinée débuta par la recherche de vêtements propres dans l'atmosphère fétide de la caravane. Puis Emmaline et Rispoli partirent à Hurton pour petit déjeuner et passer en revue les nouvelles apportées par la police scientifique.

Le labo avait travaillé toute la nuit. D'après les analyses, les empreintes digitales et l'ADN retrouvés sur les canettes de bière ramassées sur les lieux de l'accident appartenaient à Lorcan Maguire. Ce qui le situait à proximité de deux meurtres. Ou au moins de l'élimination des corps.

— Alors Lorcan les a tués, avant de se faire tuer lui-même ? demanda Rispoli en finissant son petit déjeuner.

Emmaline s'était attendue à ce qu'on retrouve l'ADN de Ian Kinch sur les canettes. Ou même celui de Mike Andrews, ou de Stevie Amaranga. Voire de Nikos Iannis.

Elle réajusta la chronologie des événements.

— Dans ce cas, ça veut dire que c'est lui qui a aussi transporté les corps, poussé et incendié le véhicule pour détruire les preuves.

— Ce qu'on attendrait normalement d'un professionnel. Comme Kinch, fit remarquer Rispoli.

— Ou Iannis. Mais des pros n'auraient pas laissé leur ADN à proximité du site. En outre, quelqu'un a dû aider Maguire. Il n'aurait pas pu agir seul.

— La personne qui l'a ensuite tué et a enlevé son fils, suggéra Rispoli.

— Ça pourrait être lié.

— Mais pourquoi ?

— Je pense que quelque chose s'est très mal passé entre les Maguire et la petite bande de Kinch. Je crois aussi que Nikos Iannis et même Chester Grant ont découvert où habitait la famille. Et le désert, ça pousse parfois les gens à faire des choses folles.

95

Naiyana

Elle l'observa depuis le siège passager tandis qu'il sortait de la route à l'extérieur de Kallayee et empruntait l'autoroute pour un bref instant avant de dévier à nouveau, longtemps avant Hurton. Il roula un bon kilomètre jusqu'à un endroit derrière une colline, à l'abri des regards, hormis ceux des satellites et des bêtes sauvages.

Son expression roublarde et détendue avait disparu. Il n'y avait plus aucun entrain dans sa voix, la maîtrise de la situation semblait lui avoir échappé. Lorcan avait sans doute eu raison de ne pas se porter volontaire pour venir. Quel lâche.

— Il faut faire quelque chose, dit Ian, le regard perdu dans les arbres autour d'eux.

— Je vais essayer de le raisonner.

— Sois plus convaincante. En l'état actuel des choses, tout ça est avantageux pour nous deux. Il faut que ça le reste.

Naiyana hocha la tête. C'était plus facile à dire qu'à faire. Elle avait non pas un mais deux gamins à discipliner. Et des voisins à mater.

96

Mike Andrews

La chaleur et la pression étaient devenues insupportables. Il fallait qu'il sorte de cette prison obscure. Mais, en marchant dans l'air torride, il n'avait qu'une seule idée à l'esprit. Retrouver Lorcan.

Comme s'il avait deviné ses pensées, Stevie l'interpella.

— Ne fais pas le con, Mike.

— Tu préfères les laisser continuer à traîner dans les parages ?

— Laisse Ian jouer son rôle.

— En parlant à cette nana ? On sait qu'elle n'arrive pas à contrôler son mari.

— Qu'est-ce que tu vas faire ?

— Je ne sais pas.

— Hors de question que j'attrape ce môme, le prévint Stevie.

— On n'en aura peut-être pas besoin, répondit Mike tandis qu'ils approchaient de la maison des Maguire.

Il ne savait pas exactement ce qu'il allait faire. Quelque chose, en tout cas. N'importe quoi. Lorcan était devenu le point sur lequel se cristallisaient toute sa colère et sa frustration. Contre toute attente, la porte d'entrée s'ouvrit. Lorcan se tenait sur le seuil, le gamin n'était pas en vue. Il avait l'air tendu, éprouvé, inquiet. Mike était bien décidé à l'inquiéter davantage encore. Uniquement avec des mots, bien sûr. Malgré cette résolution, il sentit ses poings se serrer.

Le bruit d'un moteur se fit entendre depuis le carrefour. Ian et Naiyana étaient de retour. Le pick-up s'arrêta brusquement devant la maison.

— Qu'est-ce qui se passe, ici ? demanda Ian.

Mike le fixa sans répondre, puis dévisagea Lorcan avant de faire volte-face et de tourner les talons.

Lorcan avait gagné un sursis. Pour combien de temps, là était la question.

97

Emmaline

La confirmation arriva en début d'après-midi. Les heures supplémentaires de travail et la diffusion de la nouvelle au niveau national avaient porté leurs fruits ; tout le monde était mis sous pression pour obtenir des résultats. Les cadavres avaient été identifiés.

Mike Andrews et Stevie Amaranga.

Emmaline rappela son équipe à Kallayee. Ils se rassemblèrent devant la caravane après avoir interrompu leur déjeuner.

— Pas très agréable, comme façon de mourir, commenta Barker en buvant le café que Rispoli avait rapporté.

Il avait échappé à la corvée de se mettre en faction devant la scène de crime pour repousser les journalistes. Anand n'avait pas été aussi chanceux. L'inconvénient d'être le plus jeune de l'équipe.

— En effet, dit Emmaline. Même si on ne sait pas encore avec certitude comment ils sont morts.

— Ni pourquoi, ajouta Rispoli.

— Ce qu'on sait, en revanche, c'est que, des six personnes qui étaient en ville, il en manque encore trois ; Naiyana Maguire, Dylan Maguire et Ian Kinch.

— Nous avons la confirmation que Kinch a quitté le Queensland au même moment qu'Andrews et Amaranga, intervint Oily.

Il sortait tout juste de l'énorme camion de l'équipe de communication qui avait roulé depuis Perth pour venir s'échouer dans le désert et rejoindre leurs effectifs.

— On a des photos d'eux ensemble, sur le site web du Deluxe, une boîte de nuit à Brisbane.

Sur les photos, on voyait Mike et Stevie, l'air ivre et réjoui. Une fille s'accrochait à la taille svelte de Stevie. Le seul qui semblait renfrogné, c'était Ian, qui essayait, en vain, de cacher son visage devant l'objectif.

— Il fait la tronche, fit remarquer Barker.

— Clairement, dit Oily. On n'a trouvé aucune photo d'eux trois ensemble sur les pages des réseaux sociaux de Mike et de Stevie, il semble que celle-ci ait échappé à son radar.

Emmaline observa le cliché de plus près.

— Ça date du 1er novembre. On n'a rien de plus récent ?

Oily secoua la tête.

— Soit il est mort, soit il se planque, dit Emmaline. Et la seule raison pour laquelle il irait se cacher, c'est…

— Qu'il a commis un crime, compléta Rispoli.

— Et c'est le cas, ajouta Barker. Il a exploité une mine sans permis.

— Certes, répondit Emmaline. Mais si on retrouvait les cadavres de vos collègues et de votre seul voisin dans la ville abandonnée où vous vivez, et que vous étiez innocent, je crois bien que vous iriez vous rendre à la police pour vous disculper.

— Donc on suppose que Ian Kinch a tué ces trois personnes et qu'il a ensuite enlevé Naiyana et Dylan Maguire ? demanda Rispoli.

— Ou bien il les a pris en otage, avant de les assassiner, suggéra Barker.

Emmaline ajouta une variante à cette hypothèse :

— Ou, dans le meilleur des cas, il les a pris en otage et il les garde prisonniers, mais bien vivants, quelque part.

L'idée qu'il puisse s'agir là du meilleur des cas les frappa de stupeur. Ils doutaient fort qu'un meurtrier capable de tuer à trois reprises ait encore deux otages en vie après une cavale de onze jours.

Emmaline choisit de s'accrocher à un certain optimisme.

— Rien dans le casier judiciaire de Ian Kinch n'indique qu'il ait la volonté ou qu'il soit capable de tuer quelqu'un. Encore moins quatre ou cinq personnes.

— À moins que les choses aient mal tourné, répliqua Oily. Leur plan d'origine, quel qu'il soit, a complètement déraillé une fois que les Maguire sont arrivés.

— Peut-être qu'il l'a enlevée uniquement parce qu'elle lui plaisait, dit Barker en arquant un sourcil. C'est une jolie femme.

À nouveau, un silence de plomb retomba. Personne n'avait envie d'envisager ce scénario. Mais cela donna à Emmaline le temps de réfléchir.

— On part du principe que Ian Kinch se rendrait aux autorités s'il était innocent, dit-elle. Mais qu'en serait-il s'il avait lui-même été menacé, disons par un associé au passé criminel, comme Nikos Iannis ? Ou par quelqu'un qui est en position de pouvoir, comme Chester Grant ?

— Le député ? demanda Rispoli.

Emmaline opina du chef.

— Qu'est-ce qu'il vient faire là-dedans ?

Emmaline leur raconta tout.

98

Mike Andrews

L'idée d'être renvoyé au travail comme un mouton sans cervelle le rendait fou. Il entreprit de se curer les ongles à l'aide de son canif pour apaiser sa colère. Il y avait une femme et un enfant dans le tableau, il ne devait pas l'oublier. Avant d'aller plus loin, il verrait ce que Ian avait réussi à obtenir – même s'il ne savait pas ce qui pourrait calmer Lorcan Maguire, à moins de le menotter et de le bâillonner.

— Alors ? demanda-t-il.

Ian avança jusqu'à l'autre bout de la pièce. Mike lança un regard à Stevie pour avoir son soutien.

— Elle a promis… commença Ian.

— Promis ! Elle est incapable capable de tenir une promesse. Il n'y a que des menottes, un bâillon et un trou profond qui peuvent arrêter ce crevard !

— Ça va marcher, dit Ian. Je le sais.

Mike appréciait de voir Ian sur la défensive. Ça faisait du bien d'aboyer les ordres, plutôt que de les recevoir, pour une fois. Chez Skyline, ils faisaient ce qu'on leur disait de faire. Point barre. Et, malgré ça, on les avait mis à la porte.

— On a un accord, poursuivit Ian. On leur file un peu de blé, et ils nous fournissent une couverture si jamais quelqu'un vient fouiner dans les parages.

— Je crois qu'on ferait mieux de partir, dit Stevie.

— Personne ne s'en va, répliqua Ian en haussant le ton. Je n'ai pas besoin que l'un de vous aille crier sur tous les toits ce qui se passe ici.

— Je ne ferai jamais ça. On a suffisamment d'or pour tenir six ou neuf mois, non ? Et, si on étudie les données de Murchison, je suis sûr qu'on trouvera un autre endroit idéal. À des kilomètres de ce bled.

— Mais si on reste, on est sûrs de faire plus de profits, dit Ian. Notre filon est ici. Les Maguire, je les ai sous contrôle. Nous, on reste unis. On chope tout ce qu'on peut, et ensuite on largue les parasites.

— Et si jamais ils en ont marre et décident de s'en aller ?

— Dans ce cas, je m'occuperai d'eux.

Mike voyait bien que Stevie était pressé de prendre le large. Mais Ian avait raison sur un point. L'argent, c'était tout ce qui comptait. Il avait besoin de se renflouer. Pour lancer sa boîte. Pour vivre. Et pour aider ses parents, qui se faisaient vieux. En plus, il pourrait humilier Lorcan Maguire, à qui ils feraient littéralement l'aumône. Il jouerait le jeu. Pour l'instant. Stevie les regarda tous les deux en secouant la tête.

99

Naiyana

— Qu'est-ce que c'était que ça ?

— Quoi ?

— Pourquoi ces deux-là étaient à la maison ? Qu'est-ce que tu as fait ?

— Qu'est-ce qui te fait croire que j'ai fait quelque chose ? demanda Lorcan.

Dylan se tenait entre eux, dans le couloir.

— Tu n'es pas retourné les voir, au moins ?

— Je n'ai pas quitté la maison. Pas vrai, Dyl ?

Dylan confirma en secouant la tête. Naiyana sut qu'il ne mentait pas, car il n'avait pas regardé son père pour s'assurer qu'il donnait la bonne réponse.

— Qu'est-ce que Ian avait à te dire ?

— Pas grand-chose. Juste de continuer à faire profil bas. Enfin, surtout toi.

— Il faut bien que je mange. Nous avons tous besoin de manger.

— Tiens, dit-elle en lui tendant une petite liasse de billets. Il y a trois cents dollars. Pour nous aider pour la maison.

Mais Lorcan laissa tomber le paquet, qui atterrit par terre.

— Pourquoi est-ce qu'il t'a donné ça ?

— Pour nous dépanner.

— Par charité ? cracha Lorcan, tandis que Dylan allait récupérer l'argent et agitait le tas de billets en l'air comme un éventail coloré.

— C'est ce que tu leur demandais, de toute façon, répliqua Naiyana, agacée. Est-ce qu'il ne vaut pas mieux que ce soit à moi qu'ils l'aient donné ?

— Je leur ai proposé de travailler avec eux, pas de me faire l'aumône.

— Eh bien, je suis désolée de te dire ça, répondit-elle sans avoir l'air désolée du tout, mais ils ne veulent pas. Je suis même surprise qu'ils s'occupent de nous après ce que tu as fait à leur machine.

Naiyana regarda Lorcan. Toute son attention était concentrée sur Dylan et la liasse de billets. Même au beau milieu du désert, il était mû par l'appât du gain. Ils s'étaient tellement éloignés tous les deux. Tout ce qu'il voulait, c'était sauver sa peau.

100

Emmaline

Il y eut un grand silence ; autour de la table, tous affichaient une mine stupéfaite. Sauf Barker, qui se contentait de hocher la tête, comme si ses soupçons venaient de se vérifier. Il n'avait jamais compris les raisons qui pouvaient pousser quelqu'un à vouloir défendre les droits des autres au détriment des siens propres. Quand Rispoli lui fit remarquer qu'il était censé en faire autant dans son métier de flic, Barker secoua la tête avec dédain, comme si son jeune collègue était un idiot.

Emmaline reçut un message de Zhao. Ils avaient obtenu l'autorisation de placer Chester Grant et Nikos Iannis sous surveillance. Le moindre déplacement, la moindre action suspecte seraient relevés par l'équipe de Zhao, même s'ils ne pouvaient pas les interpeller. Pas en l'absence de preuves solides les reliant aux morts.

Elle se concentra à nouveau sur ce qu'ils avaient.

— Bon, on sait que deux camionnettes se sont rejointes sur la piste de Keenan. Et, vu le nombre de traces de pneus, ça ne s'est pas produit qu'à une seule occasion.

C'est alors que le déclic se fit. Elle se souvint du témoignage de Bobby Marley.

— Il y a un gamin, en ville, qui affirme avoir vu Naiyana à l'ouest de Hurton, avec un homme barbu. On peut supposer que ce n'était pas quelqu'un du coin. L'enfant dit qu'il les a vus un peu à l'écart de la route. Soit juste à côté de la piste de Keenan. Et s'ils l'avaient prise pour se rendre dans le coin tranquille qu'ils avaient découvert ? Derrière la colline ?

— Ils voulaient être discrets, déclara Barker.

— C'est évident. Mais pourquoi faire tout ce trajet et prendre le risque d'être vus ?

— Parce qu'ils essayaient de cacher quelque chose à ceux de Kallayee, pas aux habitants de Hurton, répondit Rispoli.

— Exactement. Naiyana Maguire et Ian Kinch se retrouvaient là-bas. Régulièrement.

— Ils étaient amants ? demanda Oily.

— Ça me semble plausible.

— Mais comment le prouver ?

— En obtenant des aveux, répondit Emmaline. S'ils sont toujours en vie.

101

Lorcan

Il avait fini par arracher l'argent des mains de Dylan. Il ne pouvait pas se permettre de voir ces billets se perdre au fond d'un trou creusé dans le jardin.

Le lendemain, il se réveilla tôt et partit pour Hurton. Il en rapporta des briques et du ciment, davantage pour le plaisir d'agiter des billets sous le nez de Mallon que pour mener à bien d'éventuels projets de construction. Pour leur montrer, à lui et son fils méprisant, qu'il n'avait pas besoin qu'on lui fasse crédit. Malgré ses tentatives pour les provoquer, Mallon et son fils conservèrent leur bonne humeur exaspérante. L'argent était roi, après tout.

Quand il avait quitté Kallayee, un peu plus tôt, il n'avait pas les idées très claires. Mais c'était limpide, à présent : il savait qu'il voulait être celui à qui on mettait des liasses dans la main. Et pas juste une minable poignée de dollars.

Une fois les matériaux chargés à l'arrière de son pick-up, il partit en direction de Wisbech, roulant à cent quarante ; il se sentait l'étoffe d'un hors-la-loi, d'un homme qu'il ne fallait pas chercher. Il avait besoin de ces fanfaronnades, de cette force qu'elles lui donnaient.

Le rendez-vous avec Nikos était prévu au même endroit que la dernière fois. Une fois arrivé près du parc, il se gara et observa les environs depuis l'autre côté de la rue. Il ne voulait pas être le premier. Ça donnerait l'impression qu'il était désespéré – même si, de toute façon, l'état de saleté de ses vêtements renvoyait sans doute déjà cette image. Il regarda les gens qui entraient et sortaient du parc, scrutant chaque individu. Aucun d'eux ne ressemblait à Nikos. Lorcan était certain qu'il viendrait en personne. Pour mettre ses grosses pattes sur les données lui-même.

Il était 11 heures. Le moment de vérité. Soit il s'en tenait à l'aumône que lui avait faite Ian, soit il passait un marché avec Nikos et devenait riche, mais se faisait un ennemi à vie.

Il frissonna malgré la chaleur étouffante.

Il comprit que c'était la peur.

102

Lorcan

En revenant à Kallayee, il s'arrêta sur une aire de repos pour boire un coup, histoire de se calmer les nerfs. Il avait changé d'avis au dernier moment. Le coup était trop risqué. Nikos serait furieux de s'être fait poser un lapin. Lorcan lui ferait savoir, par l'intermédiaire de Phil, qu'il avait détruit les données et ne cherchait pas à les vendre. Sans rancune. Il doutait que cela fonctionne, et cela lui donnait des sueurs froides.

Il était sur le point de repartir lorsqu'un autre automobiliste s'arrêta sur l'aire. À l'arrière de sa berline, il traînait une remorque et un quad avec une pancarte « À vendre » accrochée sur le guidon.

Lorcan regarda fixement l'engin. Il lui rappelait un vieux quad que son oncle et sa tante lui avaient acheté quand il était petit. Ses parents l'avaient détesté d'emblée : trop rapide et trop dangereux à leur goût. Il s'approcha.

— Il est en bon état ? demanda-t-il.

Le propriétaire, qui tenait l'embout de la pompe enfoncé dans le réservoir de la berline, leva les yeux vers Lorcan. Son regard alla se poser sur le quad, puis revint vers son interlocuteur.

— Il n'est plus tout jeune, mais il roule, répondit-il. J'en ai acheté un neuf, je n'ai plus besoin de celui-ci.

Lorcan n'en avait pas besoin non plus. Mais il en avait assez de se refuser ce genre de plaisirs.

— Combien ? demanda-t-il.

— Je peux vous le faire à deux cents dollars. Ça m'évitera de devoir le traîner jusqu'à Leonora.

Il déchargea l'engin de l'arrière du pick-up sous le regard noir de Nee. Dylan sautait partout comme un cabri, surexcité. Lorcan ne l'avait pas vu aussi heureux depuis la période avant Noël.

— Ça m'a coûté cent cinquante dollars, mentit Lorcan.

— Et le matériel pour la maison ?

— Je l'ai acheté aussi. Du ciment et des briques. Je peux réparer la toiture moi-même.

Il vit qu'elle n'était pas impressionnée.

— Et à quoi ça va nous servir ? demanda-t-elle.

— Je peux tracter des trucs. Déplacer des choses. Je peux aller en ville avec, et comme ça je te laisse le pick-up.

— Vraiment ? fit-elle, visiblement ragaillardie à l'idée de se voir offrir l'usage exclusif du véhicule familial. Mais tu es sûr qu'il marche, ce quad ?

Il avait parfaitement roulé sur l'aire de repos, mais Lorcan décida de mentir.

— Voyons voir, dit-il.

Enfourchant le quad, il mit le contact. Il avait des kilomètres au compteur, et la chaîne de transmission faisait trop de bruit, mais Lorcan s'en fichait. Ce serait amusant. En particulier dans une ville qu'il avait pour lui tout seul.

Faisant vrombir le moteur, il partit à fond de train en direction du carrefour et prit à gauche. Sur le chemin du retour, il vit Stevie, Mike et Ian sortir de la maison pour le regarder passer d'un air assassin.

Il fonça vers la maison ; la vitesse et le vent chaud qui soulevait ses cheveux lui collaient un grand sourire sur le visage. Il se sentait en vie et libre. Redevenu gosse. Debout, les mains sur les hanches, Naiyana le regardait avec dédain. Si consternée par ce spectacle qu'elle ne vit pas Dylan se précipiter au milieu de la route, passant devant elle sans qu'elle ait le temps de le rattraper.

Mais Lorcan, lui, le vit, en plein sur son chemin. Il bascula son poids sur le côté pour essayer de dévier la trajectoire de sa course. Mais la direction était vieille, paresseuse, et le quad refusa de changer de direction en catastrophe.

Au dernier moment, sentant sans doute l'imminence du danger, Dylan s'arrêta. Nee le tira en arrière à l'instant où Lorcan allait le faucher.

Inconscient du danger, son fils bondissait dans tous les sens, en admiration devant son père. Nee le tenait fermement près d'elle. Elle cria quelque chose que Lorcan n'écouta pas, continuant sa chevauchée.

Comme il accélérait à nouveau, il aperçut Ian qui se tenait au beau milieu de la route. Lorcan se mit debout sur les freins, réalisant un dérapage contrôlé qui fit monter en lui une nouvelle explosion d'endorphines. Cette journée avait été une bonne journée.

— Qu'est-ce que vous faites ? cria Ian par-dessus le ronflement du moteur.

Pour toute réponse, Lorcan fit vrombir son quad. Il n'avait pas envie d'arrêter. Si l'autre se mettait à nouveau en travers de son chemin, il l'écraserait.

— Cet argent était pour la maison !

Sur le côté de la route, Stevie et Mike le regardaient, atterrés.

— J'ai acheté ce dont j'avais besoin, répondit Lorcan. Et ce quad va nous aider à déplacer du matériel.

— Alors mettez-vous au travail et arrêtez ces conneries.

— On a tous besoin d'une petite pause. Vous savez, personne ne se dira qu'il y a un problème si on est heureux et qu'on profite de la vie, Nee, Dylan et moi. C'est nous, votre meilleure couverture. Faites en sorte qu'on ne manque de rien, et tout ira bien.

— Et si on refuse ?

Lorcan fit rugir son moteur et s'éloigna, faisant une embardée pour contourner Ian. Il partit vers l'autre bout de la ville, poussant des cris de joie tout au long du chemin.

103

Mike Andrews

Tandis que Ian et Stevie regardaient le nuage de poussière qui suivait Lorcan, Mike avait les yeux rivés sur Ian. Ce dernier finit par se retourner et croiser son regard.

— Je dois y aller, dit Ian en jetant sur son épaule un sac en toile.

— Tu nous laisses avec lui ? demanda Mike.

— N'entre pas dans son jeu.

— Il n'a rien écouté de ce que tu as dit, protesta Stevie.

— J'insisterai à nouveau ce soir, mais je prépare un nouvel arrangement avec eux.

— C'est-à-dire ? demanda Mike.

— Tu ne le reverras pas sur son quad de sitôt, répondit Ian, énigmatique.

Il avait dans la voix un ton malveillant qui invita Mike à ne pas poser de questions. C'était aussi bien comme ça. La seule chose à laquelle il tenait, c'était que Ian lui raconte tout après coup. Tout dans les moindres détails, jusqu'au plus petit os brisé.

— Tu ne vas pas t'enfuir, n'est-ce pas ? demanda tout à coup Stevie.

Obnubilé par le sort qu'ils allaient réserver à Lorcan, Mike n'avait pas envisagé cette possibilité. La rigueur et la minutie, c'était l'apport de Stevie à l'entreprise.

— Non, répondit Ian.

— Si tu essayes de nous prendre pour des caves…, commença Mike.

— La seule cave dont vous devez vous occuper, c'est celle-là, le coupa Ian en indiquant le tunnel. Vous avez vu l'or, vous deux. On se partage les gains équitablement. Et, comme d'habitude, je vais vendre la moitié en ville et je garde l'autre moitié ici.

C'était ce qu'ils faisaient depuis le début. Ils laissaient toujours la moitié de leur butin à Kallayee. Pour le cas où Ian se ferait arrêter, mais aussi pour pouvoir compter dessus si jamais ils devaient partir dans l'urgence. Chacun d'eux avait également un téléphone jetable en cas de besoin.

— Allons vérifier, fit Mike en crachant son vieux chewing-gum dans un papier.

— Tu ne me fais pas confiance ? Très bien. Allons-y.

Mike pencha la tête de côté, puis suivit Ian et Stevie jusqu'à la remise à charbon hors d'usage attenante à la maison, dont le toit en pente avait disparu. Ian souleva la planche et éclaira le sac de toile à l'intérieur avec le faisceau de sa lampe torche.

— Alors, satisfait ? demanda Ian, qui se hâta de laisser retomber la planche car Lorcan passait à nouveau près d'eux à toute vitesse.

Il était évident qu'aucun d'eux ne trouvait son compte dans cette situation, mais c'était tout de même bon de savoir que leur filet de sécurité était à portée de main.

Ian se dirigea vers le pick-up et jeta son sac en toile à l'intérieur. De l'autre côté du carrefour, Mike vit que Naiyana s'apprêtait à partir au même instant, sans doute pour aller faire une course en ville. Stevie et lui allaient être seuls avec Lorcan et le gosse pendant un moment. Mike ne put réprimer un rictus.

104

Mike Andrews

Quand les deux véhicules furent hors de vue, Mike regarda Stevie.

Aucun d'eux n'avait envie de retourner dans le tunnel pour l'instant. Ils avaient une paroi à attaquer à la pioche, des gravats à dégager, ainsi qu'un filet à installer au-dessus de leur tête pour protéger l'équipement et se protéger eux-mêmes en cas de chute de pierres – une éventualité dont l'idée continuait de le terroriser autant que la première fois que ça s'était produit.

Lorcan passa à nouveau, tel un cow-boy fou dont la monture mécanique fendait la chaleur et la poussière.

— Viens, on va se payer la tête de ce loser, dit Mike en essuyant la sueur sur son front. Juste une fois, pour me donner du cœur à l'ouvrage.

Il avait envie de provoquer Lorcan à propos de l'argent qu'il avait accepté. Une petite satisfaction mesquine.

Stevie secoua la tête.

— Laisse tomber, fit-il. Ce type n'a rien d'autre qu'une maison et des rêves en ruines.

Deux heures plus tard, les gravats avaient été dégagés, deux nouveaux poteaux de soutènement avaient été installés, le filet était en place. Ils s'étaient également attaqués à la paroi à la main, faisant apparaître quelques fines veines d'or. Peut-être l'équivalent de deux cents dollars environ, quand ils remettraient les machines en marche. Deux heures laborieuses mais fructueuses.

Ils se dirigèrent vers la lumière. Dehors, le soleil disparaissait derrière l'horizon, la journée se terminait. Il était temps de retourner à Wisbech et de souffler un peu.

La première chose que Mike remarqua, ce fut le calme ambiant. Après avoir subi le vacarme assourdissant des machines, c'était tout simplement divin. Toutefois, il ne s'attendait pas à trouver le silence ce soir-là.

Stevie exprima ses pensées à haute voix.

— Il est peut-être à court d'essence ?

— Ou peut-être qu'il a eu un accident, dit Mike, que cette idée fit sourire.

Il s'étira avec nonchalance dans la lumière du soleil déclinant. Il inspira un grand coup, mais l'air resta bloqué dans sa poitrine : il venait d'apercevoir le quad. Garé près de la remise à charbon.

105

Mike Andrews

— La remise ! hurla Mike.

Stevie le regarda s'élancer sans comprendre avant de l'imiter. Ils atteignirent en même temps l'appentis. Lorcan était là, un sac en toile posé à ses pieds.

— Arrêtez ! hurla Stevie.

— Je vais te casser la gueule, bordel ! vociféra Mike.

Ils étaient à deux contre un. Même Ian ne trouverait rien à y redire quand Mike lui aurait raconté ce que Lorcan avait essayé de faire.

C'est alors qu'il vit le fusil.

Toutes les envies qu'il avait de s'en prendre physiquement à Lorcan se volatilisèrent en même temps que son courage. Le canif au fond de sa poche était bien dérisoire contre des balles. Il jeta un coup d'œil à Stevie. Lui aussi semblait terrorisé. Paralysé. Leur propre fusil était dans le tunnel, caché près de l'escalier. Trop loin pour leur être d'une quelconque utilité.

— Posez ce fusil, Lorcan, dit lentement Stevie.

Un sourire malveillant s'étira sur le visage de Lorcan.

— Alors comme ça, tu vas me casser la gueule, hein ? fit-il en balançant le sac sur son épaule, le fusil à la main.

Mike se rendit compte qu'il n'avait rien à répondre à cela. Malgré ses fanfaronnades, il était perdu face à la réalité du danger.

Stevie se rapprocha imperceptiblement de Lorcan.

— Vous ne pouvez pas prendre ça, dit-il, poliment mais fermement.

— Et pourtant je le fais. Et je m'en vais, avec ma famille.

— On peut trouver une solution, dit Stevie en levant la main en signe d'apaisement.

— On a essayé, et vous m'avez mis à l'écart.

Mike retrouva sa voix. Elle n'était pas aussi forte qu'il l'avait espéré.

— Tu ne peux pas nous voler, protesta-t-il d'un ton geignard qui déformait ses mots.

— Si, je peux, et je suis en train de le faire, rétorqua Lorcan d'une voix forte en se tournant vers lui.

Profitant de ce moment d'inattention, Stevie se jeta sur lui.

Mike lui cria d'arrêter, mais le fracas de la détonation couvrit sa voix. Stevie s'écroula. Du sang s'écoulait de la blessure à sa poitrine. Il n'y eut ni gémissements, ni halètements rauques, ni adieux. Il était mort, un point c'est tout.

Mike le regardait fixement. Il n'arrivait pas à bouger. Il leva les yeux vers Lorcan. Le fusil était toujours pointé en direction de Stevie, mais baissé vers le sol. S'il l'attaquait maintenant, il avait une chance de le désarmer. Mais ses pieds semblaient collés à terre.

Finalement, c'est Lorcan qui bougea le premier, laissant glisser de son épaule le sac d'or, qui tomba au sol. L'expression sur son visage trahissait son état de choc après ce qu'il venait de faire. Il se mit à courir en direction de chez lui.

Ce lâche s'enfuyait des lieux du crime. La peur qui jusque-là paralysait Mike disparut d'un coup. Le désir de vengeance prit le pas. Il se rua vers le tunnel, prit le fusil et, vérifiant qu'il était bien chargé, partit en direction de la maison de ce salopard.

Il arriva devant la porte d'entrée sans être encore tout à fait conscient de ce qu'il était en train de faire. Il n'avait jamais tiré au fusil, il n'en avait jamais eu besoin dans sa banlieue tranquille de Brisbane. Il n'y avait rien à viser là-bas, à part les meilleures notes possibles. Des notes qui vous donnaient une éducation. Des notes censées vous éviter de devoir brandir un fusil sous le coup de la colère.

Discrètement, il jeta un coup d'œil par la fenêtre du salon. La pièce était vide et calme. Même chose dans la cuisine. Il fit un petit calcul. Lorcan se planquait sans doute à l'arrière, avec le gamin et le fusil. Une pression ferme sur la porte d'entrée établit que celle-ci était fermée, peut-être même bloquée avec une cale. Il pouvait grimper par la fenêtre, mais cela ferait de lui une cible facile. Il n'était ni bâti ni formé pour traquer une proie. Encore moins une proie capable de répliquer à coups de fusil. Et, même s'il haïssait Lorcan Maguire, il n'avait pas envie de tuer accidentellement le gosse.

Se sentant trop à découvert, il battit en retraite et retourna à l'endroit où gisait Stevie. La rage mettait son sang en ébullition, il avait besoin de la laisser s'exprimer. Il avisa le quad, garé juste à côté. Il sortit son canif et lacéra furieusement les pneus, jusqu'à être hors d'haleine.

Que faire, à présent ? Il pouvait attendre l'occasion de tuer Lorcan ; il pouvait peut-être le piéger en menaçant de le dénoncer pour le meurtre de Stevie et de témoigner contre lui. Pour la première fois, il avait les cartes en mains. Mais le prix à payer avait été trop élevé. Son ami était mort. Il écrasa une larme qui coulait sur sa joue. Ce n'était pas le moment de pleurer. C'était le moment de prendre des décisions.

Il pouvait aussi attendre que Ian revienne. Attendre qu'ils aient l'avantage du nombre. Mais cette tactique avait déjà échoué. Tragiquement.

Au bout du compte, il n'y avait qu'une seule option : s'enfuir. Avec l'or.

Il jeta un regard au corps de Stevie, étendu sur la terre gorgée de sang, et dont le soleil faisait déjà cuire les chairs mortes. Un immense sentiment de culpabilité l'envahit. Mais il ressentait autre chose, également. Quelque chose qui fermentait en lui depuis le moment où il avait accepté ce projet : une détermination froide à en tirer le plus grand profit possible. Il était temps, pour les vivants, de rester bien vivants.

Le partage des gains en trois était devenu moitié-moitié, et il n'avait aucun scrupule à l'idée de tout garder pour lui. Tant pis pour Ian. Où était-il au moment où ils en avaient eu le plus besoin ? Il était censé arrêter les balles. Ou les prendre à leur place. Mais c'était Stevie qui les avait reçues.

Une fois le sac rempli, il y glissa le fusil et chargea le tout sur son dos. C'était gênant, surtout à cause des bretelles trop courtes qui lui sciaient les épaules, mais gérable. Il devait quitter ce trou à rats au plus vite. Ses yeux se posèrent sur le quad hors d'usage, et il se maudit. Un raté de plus dans cette ville de ratés.

106

Mike Andrews

Il ajouta quelques bouteilles d'eau à son butin. Et le reste des KitKat au beurre de cacahuètes. Deux barres par jour, c'était sa petite manie. Il garda la charge sur le dos un moment, attendant un peu pour s'habituer au poids, puis il enfourcha le quad et mit le contact. Le moteur s'alluma en crachotant et commença à vibrer sous lui. En roulant lentement, il réussirait peut-être à sortir de Kallayee. À aller suffisamment loin pour pouvoir changer de moyen de transport ensuite. Tout ce qui comptait, désormais, c'était de se faire la malle. Du pied, il embraya, puis il tourna la poignée d'accélérateur. Le moteur rugit et essaya de traîner le quad comme on s'efforce de faire avancer un âne entêté, mais les pneus crevés refusaient de tourner. Il insista, sans résultat : le moteur ne fit que tousser sa frustration de ne pouvoir aller nulle part.

Lorsqu'il sentit s'élever une odeur d'huile brûlée, il coupa les gaz. Son coup de sang avait ruiné ses meilleures chances de s'enfuir. Il perdait du temps. Si le quad ne lui était d'aucune utilité, il lui fallait partir à pied. Il ne savait pas combien de temps il lui restait avant que…

— Qu'est-ce que c'est que ce bordel ?

La voix le fit sursauter, et le poids du sac dans son dos le déséquilibra ; il faillit tomber du quad. C'était Ian. Son pick-up et la Toyota des Maguire étaient garés sur la route. Ian le dévisageait, et Naiyana fixait le cadavre de Stevie, frappée de stupeur. Mike descendit du quad tant bien que mal et sortit le fusil du sac. Ian se mit aussitôt sur la défensive.

— Mike ? gronda-t-il.

— Ce n'est pas moi, c'est Lorcan, expliqua-t-il.

Ian plissa les yeux, jetant un regard au corps de Stevie.

— Lorcan ne ferait jamais une chose pareille, dit Naiyana en tremblant.

— Pourtant, il l'a fait, répliqua Mike d'une voix où lui-même ne décelait que de la peur et de la culpabilité.

Il sentait sa bouche s'assécher, sans son chewing-gum qui l'aidait d'habitude à calmer ses nerfs.

— Alors qu'est-ce qu'il y a dans le sac ? demanda Ian en jetant un coup d'œil vers la remise à charbon. Où est-ce que tu allais ?

Mike essaya de se redresser et de prendre un air menaçant, mais il se sentait toujours minuscule comparé à Ian.

— Va te faire foutre ! cria-t-il. Tu étais censé nous protéger. À cause de toi, Stevie s'est fait tuer !

— Pose ce fusil, Mike. On va discuter.

— Je ne crois pas, non.

— Cet or est à nous trois. Il ne t'appartient pas.

Mike éclata de rire. Un rire glacial, aussi pesant et mortel que l'air qui flottait autour d'eux.

— Il n'y a plus que nous deux, maintenant, dit-il. Tu devais en vendre la moitié, ce matin, pas vrai ? Garde cet argent, et moi je prends ça. Je me tire, ajouta-t-il en braquant le fusil vers Naiyana.

Il ne pensait pas appuyer sur la gâchette. Peut-être était-ce parce qu'il avait changé le fusil de position. Ou à cause de la pression. Ou encore parce que ses doigts avaient enflé. Quelle qu'en soit la raison, le coup partit.

Il entendit le cri, la détonation, et resta pétrifié, comme si toutes ses forces avaient été emportées par la balle. Puis il sentit qu'on lui arrachait le fusil des mains, et un premier coup de poing s'abattit sur sa mâchoire.

107

Naiyana

Elle entendit la balle siffler. Elle aurait même pu jurer qu'elle la voyait au ralenti, mais c'étaient ses yeux et son cerveau qui enjolivaient l'histoire, qui en comblaient les vides. La balle la frôla, et l'écho de la déflagration résonna à l'intérieur de son crâne un instant plus tard. Elle recula de deux pas en titubant et vit Ian bondir en avant et cogner Mike à la mâchoire. Ils tombèrent tous deux au sol.

Ce ne fut pas vraiment un combat. Mike n'avait pas la condition physique pour résister, et on aurait dit qu'il ne s'était jamais battu de sa vie. Il essuya un déluge de violents coups de poing de la part de Ian, qui essayait de lui arracher le fusil. Un coup dans l'estomac lui fit lâcher sa prise d'une main. Un second le fit l'abandonner complètement. Se remettant précipitamment debout, Ian pointa l'arme en direction de Mike, toujours à terre, qui toussait et cherchait son souffle.

Ian lança un regard à Naiyana.

— Ça va ? lui demanda-t-il.

Elle lui fit signe que oui. Son cœur tambourinait dans sa poitrine, mais elle allait bien. Elle ressentait même quelque chose de plus. Une sorte de chaleur, une lueur qui remontait du tréfonds de son être à l'idée que quelqu'un avait pris sa défense à un moment critique. Ces dernières semaines, c'était elle qui avait protégé Lorcan. Lui s'était servi de sa propre femme comme d'un bouclier humain. À présent, les décisions cruciales étaient entre les mains de Ian. Cela lui faisait du bien de ne pas avoir cette responsabilité. Du moins, pour l'instant. Elle espérait qu'il avait un plan. Ou qu'ils arriveraient à en échafauder un. À trouver une sortie de secours. Lorcan pourrait peut-être prendre la place de Stevie, ils se feraient tout l'argent qu'ils pourraient. Ensuite, elle partirait. Avec Ian. Son couple avec Lorcan avait fait son temps.

Ian observait le cadavre de Stevie, le fusil toujours braqué en direction de Mike. Elle le vit fermer les yeux en serrant les paupières, comme s'il venait de prendre une décision, puis il pressa la détente et tira une balle dans la tête de Mike.

Il se tourna ensuite vers elle. Ses pensées s'affolèrent aussitôt. Allait-il la tuer ? La supprimer de l'équation et se débarrasser ensuite de sa famille ? Avait-elle été stupide de croire qu'elle comptait pour lui ?

Ian fit un pas en avant. Il n'y avait nulle part où aller. Elle avait fait son choix. Le mauvais choix. Un choix fatal.

— S'il te plaît, Ian, je…

Il ouvrit les bras et la serra contre lui, ce qui lui fit oublier tout ce qui s'était passé au cours de ces dernières minutes, enveloppée qu'elle était dans l'ombre de sa poitrine. Il lui embrassa le sommet du crâne.

— Ça va aller, Nee, dit-il. Ça va aller.

108

Naiyana
Treize jours plus tôt

La curiosité l'avait emporté, mais à présent, dans le noir, sans la sécurité du clair de lune, elle se sentait tendue. La cabane était en mauvais état ; le bourdonnement faisait vibrer le toit de tôle, comme un orchestre qui n'aurait joué qu'une seule note. Elle se sermonna à nouveau : elle n'aurait pas dû s'aventurer là toute seule en pleine nuit. Cela pouvait attendre le lendemain. Elle tendit la main pour trouver, à tâtons, une cloison qui la guiderait vers la sortie, mais elle ne rencontra qu'un poteau en bois.

Qui céda aussitôt sous la pression.

Suivi d'un effroyable crissement.

La cabane s'effondrait.

Sur elle.

Elle tomba à genoux et enfouit sa tête et son cou dans ses bras – réaction instinctive et parfaitement inutile. Elle ferma les yeux, se préparant à l'impact. Des pensées décousues lui traversèrent l'esprit : Dylan seul dans son lit, Lorcan, sa famille, les derniers mots amers qu'ils avaient échangés. L'amour, la peine et la colère bouillonnaient dans sa tête comme pour lui façonner une coquille émotionnelle qui la protégerait de la douleur à venir. Mais c'était inutile. Elle mourrait seule, victime de son impulsivité.

Soudain, elle sentit qu'on la soulevait par le pull et qu'on la traînait hors du bâtiment. La prise se relâcha tout aussi brusquement et elle retomba face contre terre.

Refusant d'ouvrir les yeux, elle entendit le crissement de la tôle qui se tordait et se pliait contre la brique avant de s'effondrer dans un crescendo fracassant. Puis le silence retomba, presque surnaturel. Alors, seulement, elle osa relever la tête. La première chose qu'elle vit fut la poussière qui flottait dans le clair de lune. Puis ses yeux se posèrent sur la bâtisse. La façade s'était écroulée, le toit gisait, tordu, sur les poutres en bois pourri qui l'avaient si longtemps soutenu. Si elle était restée à l'intérieur, elle serait morte. Écrasée. Elle n'avait aucun doute là-dessus.

— Est-ce que ça va ? chuchota une voix derrière elle.

Elle sursauta. Son premier réflexe fut de s'éloigner à quatre pattes en direction de la baraque détruite. Une unique pensée lui vint à l'esprit : la maison avait peut-être failli la tuer, mais ce qui l'avait sauvée pouvait être pire. Parvenue à ce qu'elle espérait être une distance de sécurité suffisante, elle se retourna pour regarder derrière elle et s'assit, levant les bras par réflexe.

Dans le clair de lune apparut un homme grand et athlétique, barbu, aux mâchoires anguleuses et serrées. L'air tranquille. Comme si sauver des inconnues était sa routine, son job de nuit.

Toujours aux prises avec l'expérience de mort imminente qu'elle venait de vivre, elle peinait à rassembler ses idées. Qui était-il ? Que faisait-il ici, au milieu de nulle part ?

Était-il de Hurton ? Était-ce l'un des copains de Iannis ou de Grant venu les chercher, Lorcan et elle ? Un type dangereux en cavale ?

Il fallait qu'elle rentre à la maison. Pour s'y enfermer et attendre le retour de Lorcan. Elle se mit debout, mais se rendit compte qu'elle tenait à peine sur ses jambes.

— Est-ce que ça va ? lui demanda à nouveau l'homme d'une voix douce et inquiète.

Il s'avança précautionneusement vers elle, comme on s'approche d'un animal apeuré. Elle distingua enfin son visage en entier : il était beau, tout en angles, avec des yeux bleus qui paraissaient merveilleusement clairs dans les rayons de la lune. Il y avait quelque chose de puissant en eux – et en lui – qui l'attirait. Quelque chose d'assez puissant pour l'avoir tirée de sous la maison. Elle fut prise d'un frisson.

— Ça va, répondit-elle.

— Il faut faire attention, dans ces vieilles maisons.

Un réflexe de survie l'empêchait de l'interroger sur les raisons qui l'amenaient à cet endroit précis au beau milieu de la nuit. Une peur irréductible, qui l'avertissait que, si jamais elle posait des questions, elle apprendrait l'épouvantable vérité. Elle comprendrait qu'elle n'avait pas du tout échappé à l'écroulement de la maison. Et que cet homme était en fait la mort venue pour l'emmener.

— Est-ce que vous allez arriver à marcher ?

Elle regarda la main aux tendons saillants qu'il lui tendait à la lueur de la lune. Elle eut envie de refuser son aide, mais s'en sentit incapable.

Leurs doigts se touchèrent, et ce contact déclencha en elle une nouvelle vague de frayeur qui vint se nicher au fond de son ventre.

La main n'était pas froide. Elle était chaude et calleuse.

— Je crois qu'il faut qu'on vous ramène chez vous. Pour soigner cette coupure à l'épaule, dit l'homme en glissant un bras autour d'elle et en la soutenant presque complètement.

Naiyana ne fit rien pour l'en empêcher. La peur qui lui tenaillait le ventre jusque-là s'était transformée en chaleur. Elle se sentait en sécurité, tout à coup. Une impression qu'elle n'avait pas éprouvée depuis qu'ils étaient arrivés à Kallayee.

Et même, si elle était honnête, depuis bien plus longtemps que cela.

— Merci pour…

Elle ne parvint pas à finir sa phrase. La pensée de ce à quoi elle avait échappé venait de la frapper de plein fouet.

— Ce n'est rien, dit-il. Vous avez juste eu de la chance que j'aie été dans les parages.

— Mais comment êtes-vous arrivé là ?

La question lui avait échappé tandis qu'elle consacrait tous ses efforts à mettre un pied devant l'autre.

La nuit redevint silencieuse, comme si le monde entier attendait la réponse.

L'homme ne dit rien. Il détourna les yeux et fixa un instant le carrefour ; le clair de lune accentuait ses pommettes saillantes. Puis son regard retourna se poser sur Naiyana, l'emprisonnant à nouveau dans son faisceau. L'étranger la serrait contre elle, son corps entier semblait l'envelopper, réveillant au creux de son ventre cette chaleur dont elle se rendait compte maintenant qu'elle avait disparu depuis très longtemps. Son odeur, un mélange de sueur et d'amertume, était brute, imprégnée de danger, et enflammait en elle un désir qu'elle croyait perdu, tel un souvenir d'adolescence.

Elle se demanda si c'était réciproque. Elle se surprit à espérer qu'il ressentait le même élan, la même étincelle qu'elle.

Son esprit la mit en garde : ce n'était peut-être dû qu'à l'ivresse d'avoir trompé la mort. Mais elle se sentait inexorablement, totalement et indéniablement attirée par lui.

Elle vit son regard glisser de ses yeux à sa bouche, puis revenir se verrouiller sur le sien. Elle sut qu'il éprouvait la même chose qu'elle.

Aucun mot n'aurait pu exprimer ce sentiment.

Ils n'auraient jamais dû se rencontrer. Cela ne faisait pas partie de leurs plans.

Mais c'était arrivé. Voilà tout.

Ils passèrent un accord.

Ils allaient se revoir.

109

Emmaline

Une liaison amoureuse entre Naiyana Maguire et Ian Kinch était l'hypothèse qu'elle préférait. Mais Oily trouvait difficile à croire qu'une femme comme Naiyana se soit compromise avec un criminel de seconde zone.

Pendant la visioconférence, l'inspectrice principale Moore se montra catégorique ; le visage collé trop près de l'écran, dressée face à eux, elle refusait d'accuser publiquement Naiyana Maguire d'avoir eu une relation extra-conjugale et d'avoir ainsi, consciemment ou inconsciemment, partie liée avec la mort de son mari. En tout cas, elle ne le ferait pas sans preuves.

— Imaginez : vous avez été kidnappés, votre enfant et vous, vous vivez un enfer, votre mari a été assassiné, et vous apprenez que la police croit que vous êtes dans le coup. Comment est-ce que vous vous sentiriez ?

Emmaline comprenait son point de vue. Mais elle savait aussi ce qu'il y avait sous ce beau discours. Sans cadavre, sans la confirmation absolue qu'elle était morte, Naiyana pouvait tout à fait être encore en vie. Et les attaquer en diffamation. Rien n'inquiétait davantage la chef. Ce qui donnait encore une raison supplémentaire à Emmaline de ne pas courir après la promotion. Plus on grimpait dans la hiérarchie, plus on consacrait son temps à défendre une image bien nette et un budget plutôt qu'à combattre le crime.

Il leur fallait retrouver Naiyana. Et Ian Kinch.

Les habitants de Hurton furent à nouveau interrogés. On montra une photo de Kinch à Bobby, mais le gamin ne pouvait dire avec certitude si c'était bien l'homme qu'il avait vu avec Naiyana.

On élargit le filet pour inclure Leonora et Kalgoorlie, mais l'opération échoua. C'était comme si Ian, Naiyana et Dylan s'étaient évanouis dans les airs.

Pendant la nuit, une nouvelle était tombée dans les médias, précipitant les meurtres de Kallayee, comme on les appelait maintenant, à la une des journaux. Le lien entre la famille de Chester Grant et Brightside Foods avait été révélé et s'étalait dans tous les quotidiens ; les journalistes interrogeaient maintenant les positions qu'il avait tenues au Parlement, l'étendue de ses activités de lobbying, sa vie privée – certains esquissant même des liens avec l'affaire de la disparition de Naiyana et Dylan Maguire et la mort du mari de celle-ci.

Emmaline se dit qu'il était temps de retourner lui poser quelques questions.

Le bureau de Chester Grant était assiégé par les journalistes ; une équipe de sécurité avait été postée devant ses portes, comme si le Premier ministre lui-même s'était barricadé à l'intérieur. Emmaline brandit son badge. Oily la suivit dans le bâtiment.

La secrétaire de Chester Grant ne tenta même pas de l'empêcher d'entrer dans le bureau du député, trop affairée qu'elle était à calmer ses interlocuteurs au téléphone.

Grant était debout face à la fenêtre, comme s'il caressait l'idée de sauter, tandis que deux hommes et une femme parlaient à toute vitesse dans leur téléphone. Visiblement des avocats.

— Monsieur Grant ? lança Emmaline.

Le député se retourna avec une expression résignée, et sembla flancher encore davantage en les voyant.

— C'est à vous que je dois ça ? demanda-t-il.

— Je n'ai rien à voir là-dedans, répondit Emmaline.

— Il n'y a que deux personnes qui savaient. Vous et…

Il s'interrompit brusquement et regarda ses avocats, qui raccrochaient abruptement leur téléphone.

— Moi et qui, monsieur Grant ?

— Mon client préfère ne pas faire de commentaire à l'heure actuelle, déclara l'avocate, qui se releva en lissant les pans de sa robe.

— Je sais bien ce qu'il préférerait faire, mais il doit répondre à certaines questions, répliqua Emmaline. Qui était au courant, monsieur Grant ?

Chester quitta la fenêtre pour aller se retrancher derrière son bureau.

— Je n'ai rien à vous dire. En faisant fuiter cette information, vous avez…

— Je vous assure que ce n'est pas moi qui ai lâché le morceau, monsieur Grant. Et si ce n'est pas moi…

Emmaline laissa sa phrase en suspens.

— Elle est toujours en vie ? demanda Chester.

Un mélange d'espoir et de regret s'afficha sur son visage éprouvé.

— Je vous conseille fortement de ne rien dire pour l'instant, intervint à nouveau l'avocate.

— Naiyana Maguire n'a pas encore été retrouvée, si c'est ce que vous me demandez, répondit Emmaline. Nous savons tous les deux qu'elle détenait des informations potentiellement dévastatrices pour vous. Et nous savons que vous vous êtes rencontrés le 30. N'est-ce pas, monsieur Grant ?

— Vous n'êtes pas obligé de répondre à cette question.

C'était l'avocat le plus âgé qui avait parlé – celui-là avait l'air d'avoir dépassé depuis longtemps l'âge de la retraite. Sans doute un des associés du cabinet.

— Il n'y est pas obligé, mais ce serait pire si on découvrait plus tard qu'il a refusé de collaborer pour l'enquête. Vous êtes-vous retrouvés à l'extérieur de Hurton, monsieur Grant ? Y avait-il quelque chose d'autre entre vous ? Une liaison ?

Emmaline posait cette question à cause de la barbe et du SUV blanc. C'était un peu hasardeux, mais il valait mieux évacuer cette possibilité.

Chester Grant en resta bouche bée.

— Alors ?

— Non. J'aime énormément ma femme.

— Vous avez l'air tendu.

— J'ai beaucoup de préoccupations.

— Comme la disparition de Naiyana Maguire ?

— Comme tout ce qui se passe en ce moment, dit-il tandis que ses jambes cédaient sous lui et qu'il s'effondrait dans son fauteuil.

— Alors, que s'est-il vraiment passé lors de cette entrevue du 30, monsieur Grant ?

— Je vous rappelle que vous n'êtes pas..., commença son avocate.

— Je sais parfaitement ce que je fais, la coupa Grant d'un ton sec. Je ne suis pas coupable. Je vais juste leur répéter ce que j'ai déjà dit à l'inspectrice.

Il prit une profonde inspiration avant de poursuivre.

— Quand nous nous sommes vus à Wisbech, je lui ai demandé d'aider Brightside en acceptant cette séance photos, et elle m'a dit ce qu'elle savait. C'était une brève entrevue. Quelques minutes seulement. Elle n'arrêtait pas de regarder par la fenêtre, comme si elle était pressée.

L'histoire restait la même. Quelque chose, dans le désespoir de sa voix, poussait Emmaline à le croire. Comme s'il avait déjà trop de mensonges à dissimuler pour en ajouter un à sa liste.

Emmaline avait aussi une petite idée de la raison pour laquelle Naiyana voulait repartir au plus vite.

— Avez-vous vu quelqu'un d'autre dans les environs ?

Chester esquissa une grimace.

— Il y avait un type qui traînait dehors. Appuyé à son pick-up.

— Il l'attendait ?

— Non. Je me suis dit que c'était un fouineur, ou qu'il ne faisait que passer le temps.

Emmaline sortit son portable et afficha à l'écran une photo de Ian Kinch.

— Est-ce qu'il ressemblait à ça ? demanda-t-elle.

— Peut-être. Je ne faisais pas attention.

— Vous souvenez-vous du pick-up ? Ou du numéro d'immatriculation ? demanda Oily.

— C'était un vieux Ford Falcon tout rouillé. Je m'en souviens parce que mon grand-père en avait un. Il nous laissait conduire dans ses champs après la moisson. C'est comme ça que j'ai appris.

Mike Andrews et Stevie Amaranga avaient fait le grand saut avec ce même type de pick-up. Mais, au bout du compte, cela ne se résumait qu'à des présomptions fondées sur les déclarations d'un témoin qui se remémorait une rencontre datant de quelques semaines.

Après quelques questions supplémentaires, Emmaline laissa Chester Grant à ses occupations.

La présomption selon laquelle le pick-up de Kinch était à Wisbech le 30 conduisit Emmaline à envisager une nouvelle piste. Naiyana Maguire et Ian Kinch avaient été dans la même ville le même jour. Et s'ils s'étaient retrouvés dans un motel ? Elle mit sur le coup Rispoli, Barker, Anand et tous ceux que Oily parvint à joindre en vitesse, tandis qu'elle reprenait la route de l'Ouest.

110

Naiyana

Elle se libéra de son étreinte. L'air sec autour d'eux fit naître sur sa peau une sensation de picotements qui la rendit nerveuse – comme si des asticots avaient déjà commencé à infester le corps des deux hommes qui venaient de mourir, et qu'ils grouillaient à présent sur le sien. Prêts à parier qu'elle serait la suivante.

— Je dois aller voir comment va Dylan. Et Lorcan, dit-elle.

Ian la regarda fixement. Elle vit qu'il était en train de réfléchir. Il secoua la tête.

— On doit d'abord déplacer ces deux-là. Les éloigner d'ici.

— Mais… Et si jamais Lorcan et Dylan avaient entendu ?

— Si c'était le cas, ils seraient déjà ici.

— Sauf s'ils sont terrorisés.

— Ça vaudrait mieux comme ça. Il faut qu'ils restent à l'intérieur. Pendant qu'on se débarrasse de ces cadavres.

Naiyana lança un regard en direction de leur maison. Mike avait affirmé que Lorcan avait abattu Stevie. Était-il ensuite rentré pour s'en prendre à son fils ? Les asticots qui rampaient sur son visage se répandaient à présent sur tout son corps, et sa peau moite la démangeait.

— Nee ! lança Ian d'une voix insistante. Il faut qu'on s'en occupe.

Il positionna l'arrière de son pick-up au bord de la route, puis il souleva le corps de Mike, portant le torse tandis que Naiyana tenait ses jambes. Elle faisait face au cadavre mais essayait de regarder ailleurs, laissant échapper un gémissement lorsqu'elle aperçut l'orbite enfoncée à la place de l'œil. Une fois le corps chargé sur la plate-forme arrière, elle s'essuya les mains sur sa robe. Ce n'était pas tant le sang que la mort elle-même qui y restait accrochée.

Déplacer Stevie s'avéra plus facile. Il pesait une trentaine de kilos de moins. Le sang encore humide aida le corps à glisser à l'arrière du pick-up.

Elle s'essuya frénétiquement les mains. Un homme avait été exécuté sous ses yeux. Ian avait froidement et calmement abattu un homme sans défense. Mais, au milieu de ce dégoût qui lui retournait l'estomac, elle sentait poindre en elle une certaine résignation. À peine une heure plus tôt, ils étaient en train de faire l'amour dans l'habitacle de ce pick-up sale, elle à califourchon sur lui. Et maintenant voilà où elle en était.

— Il faut les brûler, dit Ian en rabattant le hayon de la plate-forme arrière.

Elle croisa les bras sur son ventre en l'entendant prononcer ces mots.

— Ils seront moins rapidement identifiables, et ça effacera toutes les traces d'ADN qu'on a pu laisser sur leur corps.

— Dans le tunnel ?

— Non. La fumée risquerait d'attirer l'attention. Il ne faut pas qu'ils soient découverts avant qu'on soit très loin d'ici.

— « On » ?

Ian hocha la tête.

— Oui, c'est un « on », à présent.

— Et mon mari ? Et mon fils ?

— Ton fils ne parlera pas, mais Lorcan ?

Elle scruta le visage de Ian. Qu'était-il en train d'insinuer ? Qu'il fallait aussi se débarrasser de lui ? Elle se demanda si elle pourrait aller aussi loin.

— Je veux m'assurer qu'il ne leur est rien arrivé, dit-elle.

— Il faut qu'on se débarrasse de ces corps, Nee.

— Et c'est ce qu'on va faire. Mais je veux d'abord vérifier que mon fils va bien.

III

Naiyana

Elle se dirigea vers la maison. Ian avait garé son pick-up un peu plus loin sur la route, hors de vue.

Elle comprenait sa nervosité. Il voulait se débarrasser des cadavres sans tarder. Mais elle devait voir son fils. Il était la seule chose qui comptait pour le moment.

Elle essaya d'ouvrir la porte, mais celle-ci était bloquée. Elle se mit à crier. Au bout d'un moment, Lorcan vint lui ouvrir, dégageant à coups de pied une grosse poulie en acier qu'il avait calée en travers de l'entrée.

Il avait l'air tendu, les traits de son visage étaient tirés. Il tremblait.

— Qu'est-ce que c'est que ça ? demanda-t-elle en indiquant la poulie.

— Je me suis dit que ça ferait un bon cale-porte. C'est une antiquité.

On risquait aussi de se prendre les pieds dedans, mais elle ne souleva pas cette question. Elle avait hâte de voir Dylan. Mais il n'était pas à la porte, à s'agiter autour d'elle ou à lui sauter dans les bras. Elle retint son souffle.

— Où est Dylan ?

— Il dort. Il a couru après le quad toute la matinée. Il est épuisé. Et moi aussi.

Elle eut envie d'aller le voir, mais, s'il dormait, c'était aussi bien. Mieux valait qu'il ne la voie pas dans cet état.

— Quand êtes-vous rentré ? demanda Ian, en arrière-fond.

Sa voix était pleine de méfiance.

Lorcan haussa les épaules.

— Il y a une heure, une heure et demie.

— Pourquoi les pneus du quad sont-ils lacérés ?

Lorcan eut l'air désemparé.

— Lacérés ? Je n'en sais rien. J'ai failli avoir un accident, tout à l'heure, au carrefour. Je l'ai abandonné là-bas, après ça. Ça m'a rendu un peu…

Il leva la main pour montrer qu'elle tremblait.

— Vous n'avez pas vu l'or ? Vous n'avez pas essayé de le prendre ? demanda Ian.

Lorcan recula comme s'il venait de se faire cogner par un poing invisible.

— L'or ? Je croyais que c'était vous qui l'aviez. Pour le vendre. C'est là que vous étiez, n'est-ce pas ?

Naiyana lança un regard paniqué à Ian. Celui-ci serra les lèvres et hocha posément la tête en réponse.

— Je retourne m'allonger, dit Lorcan en plissant les yeux comme s'il souffrait.

— Comme tu veux, répondit Naiyana. Je dois aller chercher quelque chose en ville.

Lorcan ne demanda pas de détails, laissant échapper un soupir fatigué et se détournant de la porte d'entrée tandis qu'ils s'en allaient. Désormais, c'était chacun pour soi. Et ils le savaient tous.

112

Naiyana

Elle suivit Ian sur les petites routes à l'ouest de Hurton et emprunta une piste de terre qu'elle ne connaissait pas et qui ne lui inspirait aucune confiance. Ian la distança rapidement, ne lui laissant comme boussole que le nuage de poussière qui s'éloignait devant elle.

Quand elle le rejoignit, il était garé à l'écart de la route. Face à ce qui ressemblait à une gorge. Il arrosait généreusement l'intérieur de la cabine avec un jerrican plein de ce qu'elle supposa être de l'essence. Elle distingua deux têtes qui dépassaient des sièges avant. Des passagers prêts pour leur dernier voyage.

— Qu'est-ce qui t'a pris si longtemps ? demanda-t-il.

L'effort physique faisait adhérer son T-shirt à son corps musclé.

— Je faisais juste attention à la route, répondit-elle en lui lançant un regard noir, sans bouger de son siège.

Elle le regarda essuyer les surfaces avec un bout de tissu avant de craquer une allumette. Il y eut un souffle, des flammes orangées se mirent à danser derrière le pare-brise, et de la fumée s'échappa par une fissure de la vitre, tandis que Mike et Stevie commençaient à brûler. Elle aurait voulu fuir très loin de là. Avant que l'odeur les atteigne.

Ian alla se poster à l'arrière du pick-up et poussa. La Ford se mit à avancer lentement vers le bord de la falaise tandis que les pieds de Ian s'enfonçaient dans le sable. Les pneus avant basculèrent dans le vide, et le véhicule disparut dans un grand craquement de buissons et d'arbustes arrachés.

Ian revint sur la pointe des pieds, effaçant ses traces de pas à l'aide d'une branche à mesure qu'il avançait, puis il la rejoignit dans la voiture.

— Je ne leur ai pas attaché leur ceinture, je me suis dit que ça ne serait pas très utile, dit-il avec un petit rire froid.

Elle n'était pas d'humeur à plaisanter. Tout ce qu'elle voulait, c'était partir. Après un abrupt demi-tour, elle prit la direction de la route.

Tandis qu'elle conduisait, un déluge d'émotions l'envahit. Elle était terrifiée par ce que Ian avait fait, elle avait peur de ce qu'il risquait de leur faire, à elle et sa famille, elle regrettait d'avoir quitté Perth, d'avoir été trop loin avec BS Foods et Chester Grant, et elle éprouvait du dégoût face à la situation dans laquelle elle se trouvait désormais. Seul son amour pour Dylan et, plus inquiétant, son amour particulier pour Ian, l'aidaient à résister à cet assaut. Elle savait pourquoi Ian l'attirait tant. Ils se ressemblaient, tous les deux. Elle en était venue à le comprendre. Il était peut-être capable d'actions plus radicales pour obtenir ce qu'il voulait, mais elle comprenait. L'envie de gagner.

— Il faut qu'on parte, dit Ian tandis que leur voiture quittait le chemin de terre dans un soubresaut et rejoignait la route menant à Kallayee. On ramasse tout l'or qu'on a et on se tire.

— Ça peut marcher. On va y arriver, dit-elle, effrayée par la rapidité avec laquelle les choses avançaient.

Ils étaient comme le pick-up de Ian, désormais. Les pneus avant avaient basculé dans le vide, et ils faisaient des tonneaux dans le précipice sans plus rien contrôler.

113

Emmaline

Quand Emmaline arriva à Wisbech, son équipe avait terminé les recherches.

Le motel Stay-Here était un bâtiment d'un étage au toit plat, entouré de piliers en béton qui gisaient au sol, dissimulés en partie par les buissons, prêts à arracher l'essieu d'un véhicule imprudent.

— Ian King est venu ici, déclara Rispoli en venant à la rencontre d'Emmaline. La propriétaire dit qu'il était seul.

— Elle en est sûre ?

Barker acquiesça d'un signe de tête.

— Elle a dit qu'elle gardait un œil sur les allées et venues des clients. Elle surveille bien son motel. Je cite : « Pas de racaille chez moi. »

— Même si elle ressemble elle-même à la reine de la racaille en personne, ajouta Anand en souriant.

Vu de l'extérieur, le bâtiment avait tout d'une prison, et l'intérieur n'était guère plus engageant : les murs jaune moutarde semblaient constellés de taches, les boiseries et revêtements beiges avaient l'air usés et ternes. Emmaline n'osait pas imaginer à quoi ressemblaient les chambres.

On la présenta à Phyllis Trent, la propriétaire et gérante des lieux. Avec ses tatouages dans le cou et ses yeux lourds, elle n'avait pas l'air novice en matière d'interrogatoires ; elle restait calme mais méfiante, attendant un os à ronger, grognant presque en leur présence.

— Vos registres sont-ils tenus strictement à jour ? demanda Emmaline.

Phyllis Trent lui jeta un regard hostile.

— J'faisais déjà ça à l'époque où vous étiez encore en train de salir vos couches, ma jolie, répondit-elle.

— Donc il était seul ?

— Si c'est c'que dit le registre.

Emmaline jeta un nouveau coup d'œil alentour.

— Ça vous arrive souvent, d'avoir des hommes qui demandent une chambre juste pour l'après-midi ?

— Comment vous savez qu'il... ?

— Dans le registre, il est indiqué qu'il est arrivé à 13 h 10, et l'homme que nous recherchons avait des rendez-vous. Alors, est-ce le genre d'endroits que les hommes fréquentent pour un après-midi ? Où on n'inscrit pas le nom de leur partenaire au registre, où on ne pose pas de questions indiscrètes ?

Phyllis garda le silence. La forme de défense la moins risquée.

— Qui d'autre travaillait ce jour-là ?

— Katie Yan, intervint Rispoli. Elle est là aujourd'hui, d'après le tableau de service.

Phyllis grimaça de se voir ainsi court-circuitée. Son rictus méprisant se durcit encore lorsque Emmaline réquisitionna son bureau pour s'entretenir avec Katie.

Katie Yan avait dix-sept ans et une peau qui semblait parfaite, même de près – son fond de teint épais et son fard à joues lui donnaient l'air quasi photoshopée. Emmaline apprit rapidement que la jeune fille venait faire des heures au motel à temps partiel, les après-midi où elle n'avait pas cours. Ce n'était pas son vrai métier – une précision qu'elle avait répétée à de nombreuses reprises, sans qu'on le lui ait demandé.

Après avoir obtenu confirmation que Katie avait effectivement travaillé le 30 décembre, Emmaline lui montra des photos de Ian Kinch et Naiyana Maguire.

— Ça me dit quelque chose, fit Katie.

— Quoi ?

— D'habitude, je reste dans mon coin. Je nettoie les chambres, je remplis la machine à glace. Je m'assieds à la réception et je me débrouille pour réviser un peu. Mais…

Katie s'interrompit. Sortant son portable de sa poche, elle se mit à faire défiler des messages sur l'écran. Au bout d'un moment, elle le tendit à Emmaline.

— Là, le 30, dit-elle en tapotant sur l'écran. J'ai écrit un texto à un ami pour lui dire qu'il y avait une bagarre dans le parking.

— Une bagarre ?

— J'exagère un peu. Une dispute.

Emmaline ne répondit pas et conserva un visage impassible. Elle laissa Katie poursuivre.

— Il y avait un type, un emmerdeur, qui se plaignait qu'il y avait un pick-up garé sur sa place, alors qu'il y avait plein d'autres places libres autour. Une femme est sortie de la 27 et a déplacé la voiture pour la mettre sur un autre emplacement. Elle ressemblait à ça, dit Katie en montrant du doigt la photo de Naiyana Maguire.

— Vous en êtes sûre ?

— Je suis prête à en témoigner devant un jury, déclara Katie, qui avait visiblement regardé trop de séries policières à la télé. Et le gars qui était avec elle ressemblait à ce type, ajouta-t-elle en désignant Ian Kinch.

— Pourquoi ne vous êtes-vous pas présentée plus tôt à la police ? Sa photo fait la une depuis des semaines.

— Je regarde pas les infos. C'est que des *fake*.

Emmaline ne releva pas. Un témoin oculaire venait de lui confirmer que Ian Kinch et Naiyana Maguire étaient allés au motel ensemble. Leur liaison amoureuse était réelle. Et elle avait eu de tragiques conséquences.

114

Lorcan

Le bourdonnement était forcément dû à ça. Mike était en train d'essayer de voler le quad.

Laissant Dylan en sécurité derrière le lit retourné, il prit le fusil et se dirigea le plus discrètement possible vers la remise à charbon.

Les deux pick-up étaient déjà là-bas, et, quand il se rapprocha sur la pointe des pieds, le moteur du quad avait été coupé. Seuls lui parvenaient des éclats de voix.

Il hésitait à rebrousser chemin, mais il craignait que Mike raconte à Nee et Ian qu'il avait tué Stevie.

La présence de Mike changeait ses plans. Il aurait parié qu'il allait déguerpir, ce qui lui aurait permis de l'accuser d'avoir tué Stevie. En filant avec l'or, Mike serait devenu le coupable idéal.

Avec cette tension qui montait et l'atmosphère qui devenait meurtrière, Nee serait sûrement d'accord pour qu'ils s'en aillent. Et si elle continuait de s'entêter ? Il partirait de son côté en emmenant Dylan avec lui. Cela semblait la meilleure chose à faire. Il irait chez sa famille à Adélaïde. Ian n'y verrait aucun inconvénient, s'il promettait de faire profil bas. Mais Nee le suivrait. Elle devrait le faire. Pour voir Dylan. Alors, loin de l'étrange attraction de cet endroit, ils pourraient recommencer à se parler.

Pourtant, il y avait un hic. Il avait été content de voir Nee, content que rien ne lui soit arrivé. Mais il se rendit compte qu'il n'était pas inquiet quand elle était loin de lui. Il se demanda si c'était un signe. Si on aime véritablement quelqu'un, on doit certainement s'inquiéter du bien-être de cette personne. Surtout si elle part en voiture pour un rendez-vous avec un étranger au milieu de nulle part. Mais il s'était davantage inquiété pour lui, et pour Dylan. Et encore, il venait de laisser Dylan seul. C'était comme s'il perdait une partie de sa vie, et redevenait inconsciemment célibataire, sans famille ni liens à assumer.

Il vit Mike descendre du quad et lever son fusil. Il leur racontait comment Stevie avait été tué. Le ton monta. Mike brandit son arme. Puis une détonation retentit.

La balle claqua avec un bruit métallique contre la tôle à côté de lui et ricocha dans une autre direction. Mike l'avait-il repéré ? Lorcan serra plus fort son fusil, prêt à bondir. Mais Ian était déjà sur Mike, à terre, et cherchait à lui arracher l'arme des mains.

Le combat était inégal. Ian se remit rapidement debout, le fusil à la main. Lorcan savait qu'il serait innocenté. Jamais ils ne croiraient Mike, à présent.

Il envisagea de sortir de sa cachette les mains en l'air. Pour bien montrer qu'il n'était pas la menace que Mike prétendait. Alors qu'il réfléchissait toujours à ce qu'il allait faire, il vit Ian se diriger vers Nee, et quelque chose dans la tendresse avec laquelle il s'adressa à elle éveilla ses soupçons.

Tout à coup, Ian abattit Mike d'une balle dans la tête. Lorcan en eut le souffle coupé. La mort de Stevie avait été un accident tragique, mais, ça, c'était une exécution. Ensuite, Ian se tourna vers Nee. Lorcan chercha à tâtons son fusil sans le lâcher des yeux, espérant parvenir à tirer au moins un coup de feu d'alerte avant que Ian ne tue sa femme.

Mais, au lieu de cela, Ian prit Nee dans ses bras. Il la serra contre lui et lui embrassa délicatement le sommet du crâne.

La vérité lui apparut alors. Ils étaient ensemble. Depuis combien de temps ? Quand cela avait-il commencé ? Pendant qu'il travaillait sur la maison, peut-être, ou quand elle était dehors, pour ses vlogs minables. Quand elle allait en ville pour faire des courses et soi-disant visiter l'école. Les occasions n'avaient pas dû manquer. Il avait été complètement aveugle. Trahi. Pris pour un imbécile. Il lui sembla que le fusil était chaud dans sa main. Il avait déjà tué un homme. Il pouvait tuer à nouveau. Un meurtre prémédité, cette fois. Planifié et exécuté. Il invoquerait la légitime défense. Dirait que Ian l'avait menacé de son fusil. Mais Nee le soutiendrait-elle ? Vers qui allait sa loyauté, maintenant ? Lui ou Ian ?

Tandis qu'il réfléchissait à la suite, il les entendit parler des corps. Les corps qu'il fallait déplacer. Mais Nee voulait aller vérifier que Dylan allait bien. Lorcan savait qu'elle gagnerait la bataille au final. C'était toujours comme ça. Il savait aussi qu'il ne pouvait pas se faire prendre. Il ne fallait pas qu'ils comprennent qu'il savait tout. Il devait retourner à la maison et organiser leur fuite, à Dylan et lui.

115

Lorcan

Il ne se souvenait pas avoir jamais couru aussi vite. Il fusa hors de sa cachette et regagna la maison en un temps record. Il devait reprendre son souffle. Faire semblant d'être calme. À tout prix. Pas facile, car son cœur tambourinait comme un fou dans sa poitrine.

Au départ, il voulait juste de l'or, pour recommencer ailleurs une nouvelle vie avec sa famille. Ils auraient plié bagage – mais il soupçonnait maintenant que Nee aurait peut-être voulu rester – et filé vers Adélaïde. Mais tout était parti de travers.

Il était temps de s'en aller.

Il traîna la poulie derrière la porte pour la bloquer et se dirigea vers la chambre en criant à Dylan de se préparer à partir en voyage. Il entra dans la pièce et regarda derrière le lit.

Dylan n'était pas là.

Il n'était pas non plus dans la cuisine. Ni dans le salon. Ni même dehors, en train de jouer avec ses camions-bennes.

Il avait disparu.

Ses pensées furent interrompues par un bruit : quelqu'un poussait de façon insistante contre la porte d'entrée. Lorcan sentit le soulagement l'envahir. Son fils avait dû partir à sa recherche, puis il avait renoncé. Ils avaient encore le temps de s'enfuir.

Mais la voix qu'il entendit alors n'était pas celle de Dylan. C'était celle de Naiyana.

Jetant un œil au-dehors, il l'aperçut, ainsi que Ian, qui se tenait un peu en retrait. Lorcan prit plusieurs inspirations et réfléchit. S'il restait silencieux, Naiyana entrerait de force dans la maison et se demanderait aussitôt où était Dylan. Parler avec elle pourrait lui faire gagner du temps. S'il arrivait à tenir le coup.

Après avoir dégagé la porte, il mit ses mains dans ses poches pour en dissimuler le tremblement persistant. Naiyana l'interrogea au sujet de la poulie, puis de Dylan. Il lui expliqua que leur fils dormait, épuisé d'avoir couru après le quad toute la matinée, essayant de lui faire avaler ce mensonge, de se contrôler.

Elle fit un pas à l'intérieur, comme pour vérifier. Si tel était le cas, il allait devoir dire la vérité. Avouer que Dylan avait disparu. Mais elle s'arrêta et le fixa, semblant accepter ses explications. Alors Ian prit la parole. Il voulait savoir quand Lorcan était rentré à la maison et pourquoi les pneus du quad étaient crevés. De chacun de ses mots suintait la méfiance.

Lorcan lui-même était pris au dépourvu, ne sachant pas comment les pneus de son quad s'étaient retrouvés lacérés. Il prit le parti d'en jouer. Sortant ses mains tremblantes de ses poches, il les leva et leur raconta qu'il avait failli avoir un accident plus tôt et qu'il avait abandonné le quad. Il sentait bien que ses dernières chances lui échappaient. Il ne savait pas combien de temps il pourrait continuer à inventer des histoires à dormir debout. Sa bouche était aussi sèche que le désert qui les entourait.

Alors Ian l'accusa d'avoir tenté de prendre l'or. Avait-il compris que Mike disait la vérité sur le coup de feu qui avait tué Stevie ? Lorcan abattit sa dernière carte : il inversa l'accusation et interrogea à son tour Ian sur ses déplacements.

Cette contre-attaque lui assura un moment de silence. Nee, troublée, lança un regard inquiet à son amant. Lorcan eut envie de vomir.

Puis Naiyana et Ian repartirent, séparément mais au même moment, et Lorcan attendit que les véhicules disparaissent de son champ de vision pour se laisser glisser le long du mur, seul moyen qu'il trouva pour ne pas s'effondrer. Mais il n'avait pas le temps de rester assis là. Il devait retrouver son fils.

116

Emmaline

En début d'après-midi, ils apprirent que la Toyota blanche de la famille Maguire avait été retrouvée. Avec une quantité inquiétante de sang séché sur le tableau de bord et le plancher.

Le véhicule avait été découvert par la police dans le Territoire du Nord, à l'écart de la route et à moitié brûlé. Emmaline voulait se rendre sur les lieux avec Oily. Ils avaient le choix entre un long trajet en voiture sur la Great Central Road et un vol mouvementé depuis Leonora à bord d'un petit bimoteur privé. Ils optèrent pour cette dernière solution, préférant deux heures d'inconfort à quinze.

Bien que les lieux de la découverte se trouvent techniquement en dehors de l'État, leur équipe bénéficiait de l'autorisation automatique du système de coopération judiciaire transfrontalière, un partenariat entre les territoires d'Australie de l'Ouest, du Nord et du Sud. Cet accord avait été conçu pour ce genre d'affaires : il supprimait les frontières pour améliorer l'application de la loi, afin que les délinquants ne puissent pas échapper à la justice en passant d'un État à l'autre. La région concernée par ce système était connue sous le nom de Ngaanyatjarra

Pitjantjatjara Yankunytjatjara ou NPY. Naiyana était heureuse de ne pas avoir à l'écrire en entier sur les formulaires.

Pendant le vol, elle étudia le rapport en détail. Les agents qui avaient trouvé la Toyota notaient que l'incendie semblait avoir été allumé délibérément. Mais les personnes qui avaient fait ça avaient vraisemblablement quitté les lieux avant que le véhicule s'enflamme réellement, sans savoir qu'il n'avait pas été détruit. Quelque chose les avait peut-être effrayées et poussées à agir vite. Sans doute la crainte qu'une recherche du véhicule soit lancée à l'échelle nationale.

Une infime quantité d'or avait également été trouvée dans la Toyota. Ce qui laissait supposer qu'ils en avaient encore à vendre.

Une battue était déjà en cours dans les alentours. À la recherche d'un ou deux corps. Probablement ceux de Naiyana et de Dylan.

Emmaline et Oily mirent trois heures à parvenir sur les lieux. Le pick-up se trouvait effectivement à l'écart de la route, caché et à demi calciné, de sorte que la peinture blanche était devenue noire et argentée. Emmaline jeta un coup d'œil par la vitre du côté passager. On voyait bien une quantité considérable de sang séché sur le tableau de bord, alors même que l'intérieur de l'habitacle était brûlé.

— Donc il les a tués ? demanda Oily en regardant le reste du véhicule.

— Au bout d'un voyage de deux mille kilomètres ? dit Emmaline. Il lui aurait été plus facile de le faire à Kallayee.

— Qu'est-ce qui te fait croire qu'il ne l'a pas fait ?

— L'absence de corps. Si une dispute avait éclaté entre eux, il y aurait un ou plusieurs cadavres à proximité. On doit partir du postulat qu'ils sont tous vivants. Mais il y a au moins un blessé.

— Rien ne garantit qu'il s'agisse du sang de Naiyana ou de Dylan. Ça pourrait être celui de Ian.

C'était vrai, également. Elle regarda les policiers qui surveillaient les lieux. Maintenant qu'elle se trouvait hors des frontières d'Australie-Occidentale et malgré la présence d'Oily, elle se sentait un peu perdue sans l'intelligence de Rispoli, l'humour d'Anand et même la balourdise de Barker. Mais tel était le quotidien à la MCS : un vol aller, de nouveaux collègues, une enquête, un vol retour.

Elle laissa au sergent local, assisté par l'inspecteur d'Alice Springs, le soin de ratisser la zone.

À partir de là, il fut supposé que Ian, Naiyana et Dylan avaient au moins une semaine d'avance. Des communiqués d'alerte traversèrent tout l'État pour demander aux gens de se manifester s'ils les voyaient. Ou s'ils les avaient vus dans la région.

Emmaline était prête à tout pour les retrouver. Ils étaient très probablement les seuls à pouvoir lui dire ce qui s'était passé à Kallayee. Mais, à chaque heure qui s'écoulait, la piste se refroidissait davantage.

117

Lorcan

Affalé contre le mur, il fut pris du besoin irrépressible de partir à la recherche de Dylan ; tout son corps fourmillait, et la sueur le piquait comme sous l'effet d'une intense chaleur. Il avait l'impression de bouillir de l'intérieur. Il patienta encore cinq minutes, pour s'assurer que Naiyana ou Ian ne revenaient pas, avant de sortir de la maison. Sur la route qui quittait Kallayee s'élevait un grand nuage de poussière ; les deux véhicules étaient loin, maintenant.

Il s'élança à petites foulées, qui se transformèrent rapidement en course. Regardant à l'intérieur des maisons et à l'arrière des cabanes, il appelait son fils, mais seul l'écho lui répondait. Il passa devant l'endroit où il avait tiré sur Stevie. Et où Mike avait été exécuté. Les corps avaient disparu – de même que toute trace de ces derniers, à part le sang dans le sable. Ian était en train de se débarrasser des cadavres. Aidé par sa propre femme. Il se demanda s'il serait le suivant.

Une autre idée lui traversa l'esprit. Elle lui glaça le sang. Et si Dylan l'avait vu tuer Stevie, comme il avait lui-même vu Ian exécuter Mike ?

Que ferait un enfant de six ans après une chose pareille ? Il serait terrifié. Il prendrait la fuite.

Lorcan reprit sa course. Dylan était forcément là, quelque part.

118

Naiyana

La cabine du pick-up était aussi silencieuse que possible, étant donné l'état de la route et les cailloux qui percutaient le dessous du véhicule.

L'énormité de ce qu'elle avait fait emplissait l'espace. Elle n'avait peut-être pas tiré sur Mike et Stevie, mais elle avait aidé à se débarrasser de leur corps. Elle était complice, à présent. Il n'était plus question ne serait-ce que de songer à retourner à Perth. Mais ça n'avait plus d'importance. Ce qui comptait, c'était ce qu'elle allait devoir faire à présent. De son plein gré ou non.

Elle repensa à la camionnette rouillée, à la façon dont Ian avait jeté l'allumette, aux flammes qui s'étaient mises à danser, au cynisme dont il avait fait preuve. Elle trouvait son attitude à la fois perturbante et rassurante. Cette détermination infaillible et absolue qui le poussait à l'action. À aller jusqu'au bout de ce qu'il avait commencé. Ils se ressemblaient. En particulier lorsqu'il y avait un objectif à la clé. Elle avait poursuivi Brightside Foods jusqu'à les faire tomber. Et elle continuerait de poursuivre Chester Grant.

Mais pouvait-elle contrôler Ian ? Était-ce vraiment de l'amour, ou seulement une liaison, une tempête fulgurante qui avait causé de terribles ravages et en causerait peut-être encore davantage ? Après tout, il avait menti, triché, volé et tué. D'un autre côté, valait-elle mieux que lui ?

Elle rompit le silence lorsqu'ils approchèrent de Kallayee, contournant des ornières à présent cartographiées dans son inconscient.

— Et maintenant, qu'est-ce qu'on fait ?

Elle lança cette question même si, comme la nuit où ils s'étaient rencontrés, elle craignait de ne pas être capable de comprendre ce qui l'attendait ensuite. L'ignorance ne faisait pas seulement le bonheur. C'était plus que cela. L'ignorance était synonyme de sécurité – à moins que Ian soit en train de la mener à l'abattoir. Comme du bétail.

Il lui répondit sans la regarder, les yeux sur la route, droit devant lui. Il maîtrisait la situation, ou voulait en tout cas donner cette impression.

— Je veux qu'on soit ensemble, déclara-t-il.

Naiyana ne répondit pas.

— Depuis que je t'ai sauvée, je n'ai pas... Je n'arrête pas de penser à toi, Naiyana. Chaque jour, chaque nuit.

Il venait de lui faire une déclaration d'amour sincère. Elle aussi avait brûlé de cette passion, mais elle la voyait sous son vrai jour, à présent : une folie qui leur avait fait perdre la tête beaucoup trop longtemps.

Elle répéta sa question.

— On quitte la ville, dit Ian.

Elle ne répondit pas tout de suite. Elle avait besoin de découvrir ce qu'il comptait faire de Dylan. Et de Lorcan.

Quand elle tourna la tête vers lui, elle vit qu'il la fixait. Ses yeux d'acier la transperçaient. Ils attendaient une réponse. Elle lui dit la vérité. Simplement.

— Pas sans Dylan.

Ian eut soudain les yeux dans le vague. Naiyana sentit qu'il était sur le point d'annoncer de mauvaises nouvelles.

— Tu vas devoir le laisser ici, déclara-t-il froidement.

— Hors de question.

— Pour l'instant.

— Non, même pas pour l'instant.

— Il faut qu'on fasse une coupure nette. On reviendra le chercher plus tard.

Elle comprit qu'il n'en démordrait pas.

— Dylan n'est pas un foutu sac de linge sale, Ian. Ni un complice que tu peux larguer ou bazarder une fois sa mission remplie.

Ils se regardèrent à nouveau dans les yeux. Elle tenta de déchiffrer son expression.

— Et Lorcan ? demanda-t-il.

— Quoi, Lorcan ?

— Si on lui prend son fils, la seule chose qui lui reste, qu'est-ce que tu crois qu'il fera ? Mike a dit qu'il avait tué Stevie. Il pourrait recommencer.

— Je ne crois pas à cette histoire, répliqua-t-elle en dépit des doutes qui lui rongeaient l'esprit, toute certitude l'ayant désormais désertée.

— Il avait l'air drôlement nerveux, quand on l'a vu, fit remarquer Ian.

— Il a failli avoir un accident de quad.

— Un quad qu'on a retrouvé près de l'endroit où Stevie s'est fait tuer, je te signale. Avec les pneus lacérés. Comment ça se fait ?

Même si Lorcan était avant tout un lâche, le fait qu'il ait le fusil le rendait capable de commettre un acte inhumain. Mais quand même… c'était Lorcan.

— Non, dit-elle. Je connais mon mari. Il n'aurait pas eu le cran de tuer Stevie. Il m'a envoyée te voir, alors qu'il te savait, toi, capable de tout.

Elle jeta un regard en coin à Ian, se demandant précisément jusqu'où il pouvait aller en réalité.

— Alors ? demanda-t-il.

— On doit s'assurer de son silence. Mais il faut que tu saches qu'il a un fusil, lui aussi.

— Et tu ne me l'as pas dit ?

— On a tous des secrets, répondit-elle au moment où ils entraient dans les rues désertes de Kallayee.

Au loin, une petite tempête de poussière semblait se former. C'était bien la dernière chose dont ils avaient besoin.

Naiyana arriva devant la maison, Ian à ses côtés, le fusil à la main. Ils échangèrent un regard et il la suivit à l'intérieur. La maison était silencieuse, on n'entendait que les grincements du plancher sous leurs pas. Elle appela son mari. Puis son fils. Comme personne ne répondait, ils entreprirent de fouiller la maison.

— Le sac à dos de Dylan n'est plus là, remarqua-t-elle.

Elle courut à la cuisine et ouvrit un placard. Il était presque vide.

— Et il manque de la nourriture.

Ian hocha la tête.

— OK, dit-il, ils se sont tirés. Il est temps qu'on s'en aille, nous aussi.

Elle ignora le ton insensible de sa voix. C'était ce qu'il voulait, après tout. S'enfuir. Les hommes étaient tous pareils, au final. Ils ne cherchaient qu'à fuir les problèmes. À tout abandonner pour sauver leur peau. Mais elle ne se laisserait pas faire.

— Je veux retrouver Dylan.

— Plus tard.

— Je n'irai nulle part sans lui, déclara-t-elle tandis que ses yeux allaient se poser sur le fusil de Ian.

119

Emmaline

Le sang sur le tableau de bord appartenait au groupe AB. Ce qui correspondait à celui de Naiyana Maguire. L'échantillon allait être soumis à une analyse ADN plus tard, mais cela semblait confirmer qu'elle avait bien été à bord de ce véhicule. Les questions, maintenant, étaient les suivantes : quelle quantité de sang avait-elle perdue ? Et comment cela s'était-il produit ?

La fouille dans la zone qui environnait le véhicule n'avait pas permis de découvrir de cadavre ni de traînées de sang.

— Des nouvelles des hôpitaux ? demanda Emmaline.

Elle adressa sa question à la policière du coin, Cooper, qui leur avait été adjointe, comme une stagiaire suivant une formation professionnelle. Elle était très enthousiaste mais intimidée, courant dans tous les sens pour relayer les dernières informations.

— Il n'y a eu aucun rapport faisant état d'une femme blessée correspondant à la description de Naiyana Maguire, dit-elle. Ni d'un homme ressemblant à Ian Kinch. Ni d'un enfant...

— Continuez de chercher.

— Je m'en occupe, inspectrice Taylor.

Cette réponse qu'elle lui faisait invariablement sur un ton déférent agaçait Emmaline, mais elle avait d'autres chats à fouetter.

— Ils ont dû trouver un autre moyen de transport, reprit-elle. Pas les transports publics, évidemment. Trop risqué avec une voyageuse blessée. Et, étant donné les traces d'or dans la cabine du pick-up, ils doivent en transporter avec eux.

— De vrais Bonnie et Clyde, fit Oily.

Emmaline n'aurait su dire si leurs actions étaient romantiques ou désespérées. Il était facile de confondre les deux. Dans les situations de grande détresse surgissaient des moments d'émotions débridées que l'on pouvait prendre pour de l'amour. Elle était déjà passée par là. Et dans dix ans elle en serait peut-être à nouveau au même point. En ce cas, elle resterait célibataire. Inutile de suivre les conventions si on les juge insupportables.

— Notre meilleure chance est de suivre l'or, dit-elle. Demande à Cooper de nous faire un rapport sur tous les négociants de la région. On ira les voir en premier.

Elle arrêta Oily avant qu'il se lance à la suite de leur stagiaire, qui était elle-même en train de courir vers une voiture de patrouille.

— Et on cible les endroits qui accepteraient de l'or en échange de marchandises. Là aussi, peu importe que ce soit plus ou moins officiel.

120

Naiyana

Elle ne lâchait pas le fusil des yeux. Elle s'était rendu compte que les armes avaient cette capacité particulièrement grotesque à devenir le centre d'intérêt dans une pièce, à voler la vedette à tout le reste. Elle attendit que le canon se lève vers elle et lui confirme qu'elle avait fait une terrible erreur, qu'elle allait tout perdre, y compris la vie. À cet endroit. Dans une ville qu'elle détestait.

Mais le fusil resta là où il était.

— Où irait-il, pour s'enfuir ? demanda Ian.

Elle n'en savait rien. Et cela lui fit comprendre une chose. Cela ne ressemblait pas du tout à Lorcan de fuir. Surtout avec Dylan, et sans moyen de transport. Il ne mettrait pas son fils en danger. À moins que…

— Tu crois que Lorcan t'a vu tuer Mike ? demanda-t-elle, sentant une vague de panique monter en elle.

La déferlante frappa Ian à son tour, qui comprit brusquement qu'ils avaient peut-être un témoin dans la nature.

— Il était nerveux quand il nous a vus, dit-il. Il a pu rentrer en courant très vite, pendant qu'on portait les corps jusqu'au pick-up.

Elle acquiesça d'un hochement de tête.

— Je pense que toute son histoire d'accident de quad était un tissu de conneries. Il était à cran parce qu'il t'a vu.

Le poids de cette prise de conscience retomba sur eux comme la poussière qui s'infiltrait par la brèche du mur pignon.

— Merde ! J'aurais dû aller voir Dylan, s'écria-t-elle en tapant du poing contre le mur, folle de rage contre elle-même.

Dans son geste, elle heurta le bord du miroir de sa mère, qui tomba et se brisa au sol. Mais peu lui importait la destruction de son héritage, tout comme le fait qu'elle s'était entaillé le côté du pied sur un morceau de verre.

— Il m'aurait dit ce qui se passait, continua-t-elle en reportant son animosité sur Ian. Mais tu as insisté pour qu'on se débarrasse des corps.

— C'était plus malin de se concentrer sur eux. Il fallait s'en débarrasser.

— Ce qui aurait été malin, c'est de se concentrer sur les vivants. Les morts ne risquaient pas de s'en aller. La seule raison pour laquelle il fallait s'en débarrasser, c'est que tu as tué Mike ! cria-t-elle, éperdue. Oh ! s'il vous plaît, je veux retrouver mon fils !

Elle détourna le regard et jeta un œil à la cuisine. La cuisine détruite, dans cette maison détruite. Elle ne pouvait plus rester ici, la tension et la haine devenaient insupportables. Elle se dirigea vers la porte d'entrée, suivie de Ian.

— Ils ne peuvent pas être allés bien loin, déclara-t-il.

Il la gagna de vitesse et prit place en voiture, derrière le volant, cette fois. Lorsqu'elle essaya de l'en empêcher, il lui dit qu'il avait besoin qu'elle soit ses yeux. Elle savait que c'était un mensonge. Mais concentrer toute son attention sur la recherche de son fils et de son mari disparus lui sembla finalement une bonne idée.

— Est-ce qu'ils iraient dans le tunnel ? demanda Ian en démarrant le pick-up.

— Non, répondit-elle, Dylan en a peur. Non, Lorcan irait vers la ville.

— On ne les a pas croisés en venant ici.

— Sans voiture, ils ont dû prendre le chemin le plus court, à travers la brousse. Il y a plein d'endroits où se cacher en cas de besoin.

Suivant ses indications, il tourna à gauche au carrefour et sortit de la route, roulant tout droit en direction de Hurton.

Ils atteignirent rapidement le sable et les broussailles. Elle regardait dans toutes les directions, la boule au ventre, tenaillée par l'idée de ne pas savoir où se trouvait son fils.

— Tu crois qu'ils pourraient aller jusqu'à Hurton ? demanda Ian. Ou prévenir les flics ?

— Ça n'a pas d'importance pour le moment.

L'espace d'un instant, elle espéra que la tache qu'elle voyait au loin était Dylan, mais il ne s'agissait que d'un arbuste.

— Bien sûr que si, ça en a. Ça attirerait l'attention sur nous.

Les flics pouvaient se lancer à sa poursuite tant qu'ils voulaient. Du moment qu'elle avait Dylan avec elle.

— Tirons-nous d'ici, dit Ian. S'il a la garde de Dylan, il ne racontera rien à personne. Pour son bien et celui de Dylan.

Pendant un bref instant, elle arrêta de scruter les broussailles de l'*outback* pour le regarder droit dans les yeux. Décidément, elle collectionnait les lâches.

— Je veux retrouver Dylan, dit-elle.

121

Lorcan

Il trouva Dylan à l'entrée du tunnel, les yeux plongés dans la bouche obscure du souterrain. Même lorsqu'il le saisit par les épaules, le petit garçon ne réagit pas.

— Tu vas bien, fiston ? demanda Lorcan. Pourquoi est-ce que tu es parti de la maison ? Qu'est-ce que tu fais là ?

— Le tunnel, il ne fait pas de bruit, papa. Y a pas de dispute.

— Est-ce que tu as vu une dispute ? demanda Lorcan, nerveux à l'idée de ce que son fils allait lui répondre.

S'il avait vu son père assassiner quelqu'un, que se passerait-il ? Comment fait-on garder le silence à son propre fils ?

— J'ai entendu la dispute. Et j'ai entendu des coups de feu.

— Et qu'est-ce que tu as vu ?

— J'ai vu maman qui s'en allait avec Ian.

— Et rien d'autre ?

Dylan secoua la tête.

— Bien. Il faut qu'on parte, fiston.

— Où ça ?

— Loin d'ici. Pour un petit moment, répondit-il en conduisant Dylan dehors.

Ils sortirent dans la lumière du soleil couchant. Lorcan observa les alentours. Tout était calme. Il n'avait aucune idée du temps qu'ils avaient devant eux. Ni du temps qu'il avait perdu à chercher Dylan. Naiyana et Ian pouvaient revenir à tout instant.

Il se mit à marcher très vite, traînant Dylan par la main, le souffle court à cause de la chaleur et de la panique qui s'était emparée de lui.

— Pourquoi on s'en va, papa ?

— Il faut qu'on parte, Dylan. Avant qu'ils reviennent. On va aller en ville. Vite !

Il accéléra la cadence. Plus vite ils sortiraient de Kallayee, mieux ce serait. Dylan se mit à pleurer.

— Elle est où, maman ? demanda-t-il d'une voix apeurée.

— Elle est partie, répondit-il en jetant un regard à son fils derrière lui.

Il trébucha sur la barrière effondrée près de la remise à charbon, comme hypnotisé par la mare de sang qui s'étalait sur le sable.

En cinq minutes, ils furent à la lisière de la ville. Lorcan contempla le bush et, au loin, les collines de sable qui ondoyaient comme des vagues. Rejoindre Hurton à pied était faisable, mais c'était plus lent et plus dangereux avec un enfant. D'autant plus que Dylan était réticent. Lorcan lui avait pris son sac à dos préféré, sur lequel apparaissait un dragon tiré d'un dessin animé que Dylan avait regardé en boucle. Un certain Dak, ou Zak, ou quelque chose comme ça.

— On va partir à l'aventure. On va peut-être même camper, ajouta-t-il, même s'il espérait atteindre Hurton avant la tombée de la nuit.

Nee se lancerait sur leurs traces, accompagnée de Ian, dès qu'elle se rendrait compte qu'ils avaient disparu.

Main dans la main, père et fils firent leurs premiers pas dans l'inconnu.

Tout en aidant Dylan, Lorcan ne cessait de regarder derrière eux, vers Kallayee. Très lentement, la bourgade commença à disparaître au loin, et Lorcan eut l'impression d'échapper à un monstre, comme dans une sorte de rêve fiévreux et angoissant. Kallayee était censé être leur rêve. Comme ils s'étaient trompés.

122

Emmaline

Le besoin urgent d'informations avait mis tout le monde sur le pont. Y compris Emmaline. Elle n'était jamais allée à Alice Springs et fut étonnée de trouver la ville si verte, telle une oasis dans le désert, surplombée par la colline d'Anzac. Les bâtiments brillaient d'un blanc éclatant sous le soleil brûlant. Au loin s'étirait la chaîne des monts MacDonnell, rouge, aplatie au sommet, qui formait une clôture géante autour du sud de la ville, et dont la ligne n'était interrompue que par le Heavitree Gap, par où passaient toutes les routes et voies ferrées du Sud.

Pendant que Cooper dressait la liste officieuse des marchands d'or, Oily et Emmaline rendaient visite à l'un des négociants dûment enregistrés, dont les services s'affichaient en couleurs criardes sur le panneau planté dans son jardin bien entretenu. Il se montra accueillant, avec toutefois une petite étincelle égrillarde dans le regard. Peut-être parce qu'il s'attendait à ce qu'il n'y ait pas beaucoup de cervelle derrière le physique d'Emmaline. Une réaction malheureusement typique, qu'elle se faisait toujours un plaisir de tailler en pièces.

Elle lui montra les photos de Ian et Naiyana.

— Vous les avez vus ?

L'homme avait la cinquantaine, et une raie bien nette tracée au milieu du crâne – coiffure qu'il espérait sans doute raffinée, mais objectivement ringarde. S'arrachant à la contemplation du visage d'Emmaline, il regarda les photos par-dessus ses lunettes.

— Je le reconnais. Il avait beaucoup d'or entre les mains. Des pépites, des rognures, de la poussière. Il a refusé de me donner un nom ou une pièce d'identité. Je n'ai pas donné suite. Je ne suis pas idiot, mademoiselle.

— Inspectrice, précisa Emmaline. Et elle ?

Il secoua la tête.

— Je me souviendrais d'elle. Ça ne m'arrive pas souvent de voir passer deux jolies femmes à un intervalle aussi rapproché dans mon humble boutique.

— Oui, d'habitude, vous devez les payer, ne put-elle s'empêcher de répliquer.

Les yeux de l'homme cherchèrent ceux d'Oily, qui se tenait en retrait.

— N'attendez pas de moi que je vous aide, dit Oily. Vous avez creusé votre propre tombe.

— Quelle quantité essayait-il de vendre ? demanda Emmaline.

— Un peu moins d'une once.

— Et combien est-ce qu'il en aurait tiré ?

— Il me semble lui avoir dit mille quatre cents, répondit le marchand en bégayant un peu.

— Et vous êtes sûr de ne rien lui avoir acheté ?

— Rien du tout. Je n'ai pas voulu.

— Mais je parie que vous l'avez renvoyé vers quelqu'un qui était prêt à le faire. Je parie que je pourrais retrouver cette personne dans votre ordinateur, là, maintenant, ajouta Emmaline avec un signe de tête.

— C'est une propriété privée.

— Et cet homme est peut-être impliqué dans plusieurs meurtres violents. Alors donnez-moi un nom.

Le nom qu'ils obtinrent était celui d'un type qui officiait dans un pub, sur Feldman Street. Cooper les prévint que l'endroit n'était pas très sûr, fréquenté par des motards, des petites frappes et globalement tous ceux qui cherchaient de l'action ou des ennuis.

En cette fin d'après-midi, l'endroit avait l'air calme, seules quelques motos et voitures étaient garées devant l'établissement.

Tous les regards se tournèrent vers eux lorsqu'ils entrèrent. Emmaline demanda au barman, un homme au visage lourd et rubicond, de lui indiquer où était Jeremiah Tung. Le barman secoua la tête. Alors qu'Emmaline cherchait à comprendre s'il refusait de l'aider ou si Jeremiah Tung n'était pas là, Oily lui tapota sur l'épaule et lui montra un homme costaud vêtu d'une veste en jean au dos de laquelle étaient brodées les initiales JT.

Elle s'approcha, flanquée d'Oily et d'une Cooper légèrement intimidée.

— Jeremiah Tung ? demanda-t-elle.

L'homme à la veste en jean se retourna, les sourcils levés. Son visage bouffi et adipeux était dépourvu des rides qui auraient pu révéler son âge. Il pouvait avoir trente ans aussi bien que quarante.

— Je dois vous poser des questions au sujet d'une vente d'or.

L'homme gardait les sourcils levés.

— Je crois que vous me prenez pour Fort Knox, répondit-il avec une légère trace d'accent néo-zélandais dans la voix.

— Je me fiche de savoir que vous l'avez acheté ou ce que vous en avez fait. Vous voyez quelque chose passer à bon prix, je ne vois pas pourquoi je vous en empêcherais. Ça, c'est du ressort des flics du coin, ajouta Emmaline en lançant un regard vers Cooper, retranchée quelques pas derrière elle.

Jeremiah Tung ne répondit rien. Mais il ne lui tourna pas le dos non plus. Elle lui montra la photo de Ian.

— Je veux seulement savoir combien il en a vendu.

La bouche de Jeremiah Tung se tordit sous l'effet de la réflexion, et ses narines se dilatèrent.

— Je vais vous répondre. Seul à seule, dit-il.

D'un signe de tête, Emmaline indiqua à Oily et Cooper de rester où ils étaient, et elle suivit Tung dans un coin au fond, où flottait l'odeur des toilettes voisines – une puanteur à faire monter les larmes aux yeux. C'était peut-être l'endroit où il tenait son commerce d'habitude, les relents fétides incitant sans doute à hâter la conclusion des affaires.

— Cet or, qu'est-ce qu'il représente pour vous ? demanda-t-il.

— Le type qui essaye de le refourguer a peut-être enlevé une mère et son fils. Comme je l'ai dit, je me fiche de la vente, je veux juste savoir combien d'or il a entre les mains.

— Et les flics du coin ?

— S'ils ne sont pas intervenus jusque-là, c'est que vous ne devez être que du menu fretin pour eux.

Jeremiah Tung eut l'air brièvement offusqué. Puis il lui adressa un grand sourire.

— J'ai acheté environ une once. Il en voulait mille cinq cents dollars. Je lui en ai donné neuf cents.

Neuf cents. Suffisamment pour tenir une semaine, peut-être dix jours. Il y avait une chance que Ian se soit adressé à d'autres négociants, mais elle se dit qu'il n'avait pas dû vouloir traîner dans le coin.

Elle était sur le point de partir quand Tung la rappela.

— Il m'a aussi demandé où il pouvait acheter une bagnole d'occasion, lui dit-il. Je lui ai dit d'aller voir mon frère. À Trieste.

Leur tour express dans les bas-fonds d'Alice Springs se poursuivit. Le frère de Jeremiah Tung – costaud lui aussi et habillé en jean de la tête aux pieds – lui confirma qu'un homme correspondant à la description de Ian Kinch lui avait acheté une voiture. Une vieille Holden Commodore, avec deux cent mille kilomètres au compteur et pas de clim. Il la lui avait laissée pour cinq cents dollars. Ce qui signifiait qu'il en restait quatre cents à Ian. Cela suffisait pour une semaine, s'il dormait dans la voiture. Il l'avait achetée sous un faux nom, Ted Grant. Son numéro de plaque d'immatriculation fut aussitôt transmis à Cooper pour qu'elle lance une recherche automatique des plaques minéralogiques, même si dans ce coin-là ils auraient beaucoup de chance s'ils arrivaient à le retrouver.

En partant, Emmaline posa une dernière question :

— Est-ce qu'il y avait quelqu'un avec lui ?

Le frère de Jeremiah Tung secoua la tête.

— Je n'ai vu personne, répondit-il.

123

Naiyana

Le chemin était cahoteux. Très vite, Naiyana reconsidéra ses plaintes au sujet de la route défoncée qui sortait de Kallayee et de la terre battue de la piste de Keenan. Elles avaient l'air fraîchement goudronnées à côté de celle-ci : le pick-up se retrouvait propulsé dans les airs puis retombait abruptement dans la terre et le sable, où l'avant du véhicule s'enfouissait presque.

Ces à-coups ne laissaient pas à Naiyana l'occasion de regarder par la fenêtre, car le paysage ne cessait de monter et redescendre comme si elle était sur une coque de noix au milieu d'une mer démontée.

— Ralentis ! s'écria-t-elle alors que la ceinture de sécurité lui sciait l'épaule.

— Tu veux les retrouver, non ?

— Si je n'y vois rien, ça va être compliqué, répliqua-t-elle tandis que le pick-up passait sur un buisson isolé de mulga.

— Je veux les retrouver, moi aussi. Je n'ai pas envie de retourner en prison. Et de te perdre.

Elle le regarda. Ian serrait les dents, aux prises avec le volant. Pour la première fois, elle se demanda si la meilleure solution ne serait pas de laisser Lorcan et Dylan s'en aller. Au moins, ils seraient en sécurité. Si Ian les trouvait, elle ne pouvait pas être sûre de ce qu'il ferait. Une vague de remords s'empara d'elle. Sa passion éphémère s'était évaporée comme une flaque au soleil. Elle avait essayé de se convaincre qu'ils avaient les mêmes désirs, mais ce n'était pas le cas.

Elle jeta un regard en direction du fusil calé entre leurs sièges et la console centrale. S'ils retrouvaient Lorcan et son fils, elle s'en saisirait. Et, si jamais Ian ou Lorcan menaçaient son enfant, elle n'hésiterait pas à s'en servir.

Plus elle y réfléchissait, plus elle était tentée d'attraper l'arme tout de suite. Ian avait les deux mains posées sur le volant, il était vulnérable.

Elle se cramponna au tableau de bord lorsque le moteur rugit brièvement avant que le vrombissement soit étouffé par le sable.

Une idée germa dans sa tête. Une rencontre dans un lieu public.

— On pourrait les retrouver à Hurton, dit-elle.

Ian secoua la tête.

— Trop risqué. Un seul appel à l'aide et on se retrouverait encerclés. On n'a pas besoin d'interférences extérieures. On n'a pas besoin de témoins.

— Qu'est-ce que tu veux dire ? demanda-t-elle, tandis que ses mains s'approchaient du fusil peu à peu.

— Il ne faut pas que qui que ce soit, en dehors de nous quatre, soit au courant, répondit-il, détournant un instant le regard de la route. J'ai un casier judiciaire. Ce serait moi le principal suspect.

— Tu as tué Mike.

— Mais pas Stevie, rétorqua Ian. Lui, c'est ton mari qui l'a tué.

— On n'en est pas sûrs.

— Pourquoi est-ce que tu le défends ?

C'était une bonne question. Elle ne sut que répondre. Peut-être qu'elle voulait juste que Ian ait les idées claires à ce sujet : il avait tué quelqu'un.

— Garde les yeux sur la route, le supplia-t-elle en pensant à quel point ce serait ironique qu'ils tombent dans un précipice, comme Mike et Stevie.

— Mike ne l'a pas volé, de toute façon, dit Ian. Stevie non plus. Ils savaient dans quoi ils s'engageaient. Je leur ai dit que ce ne serait pas facile, mais Mike n'arrêtait pas de jouer au con. Il ne comprenait pas que ce genre d'opérations nécessite de la flexibilité.

Il s'interrompit un instant.

— Bien sûr, il y a des limites, reprit-il. Parfois, il faut se montrer intraitable.

Naiyana le regarda fixement. Elle comprit où il voulait en venir. S'ils retrouvaient Lorcan et Dylan, ce serait Ian qui déciderait s'il devait y avoir un autre cadavre. Ou deux. Ou trois.

124

Lorcan

Il ne lui avait pas fallu longtemps pour perdre patience. Toutes les deux minutes, Dylan réclamait une pause, demandait où était sa mère, ou déviait du chemin pour partir dans une direction peu susceptible de les faire parvenir jusqu'à Hurton. Et encore moins à Perth. Lorcan avait décidé que c'était là qu'ils se rendraient, et non à Adélaïde. Malgré la menace que représentait Nikos.

Il avait exclu l'idée de se rendre à un poste de police. Il n'y en avait pas à Hurton, de toute façon, et les flics ne feraient que lui poser des questions. Il n'était pas sûr d'avoir les réponses. Ni de retrouver la capacité de répondre à quoi que ce soit, étant donné la confusion qui régnait dans son cerveau. Il n'avait qu'une seule certitude : il avait tué quelqu'un et il se ferait tuer s'il restait à Kallayee. Chaque pas qui l'éloignait de la petite ville le lui confirmait un peu plus. Il avait une deuxième raison pour ne pas aller voir la police. Ils essayeraient de contacter Nee. Et alors ce serait sa parole à lui contre celle des deux autres. Il avait laissé ses empreintes sur l'or. Et sur le fusil qu'il tenait à la main. L'arme qui avait servi à tuer Stevie. Il aurait mieux fait de s'en débarrasser, mais il n'arrivait pas à s'en séparer. C'était sa seule protection.

Naiyana avait la main, à présent. Elle avait peut-être commis l'adultère, mais ce n'était pas un crime. D'un point de vue juridique, elle n'était que spectatrice des événements, un témoin, présent au moment où Ian avait abattu Mike. Elle pouvait affirmer qu'il l'avait forcée à l'aider à se débarrasser des corps, qu'elle était une femme amoureuse d'un criminel, sous sa coupe, et qu'elle craignait pour sa vie. Rien que des conneries, bien sûr. Mais des conneries qui plairaient à un jury. Lui irait en prison. Et elle obtiendrait la garde de Dylan.

D'où la nécessité de retourner à Perth et d'attendre. Si elle venait chercher Dylan, il serait entouré par sa famille. Il l'attaquerait avec la même violence que celle dont elle ferait preuve à son égard.

Mais, vu le rythme auquel ils avançaient, Dylan et lui allaient devoir camper dans la nature cette nuit, à même la terre et au milieu des dingos. Il pouvait essayer de convaincre son fils de voir ça comme un petit supplément d'aventure, mais Dylan était épuisé et à fleur de peau. Il voulait retourner à Kallayee chercher ses camions, jouer avec sa mine. La seule encore en activité dans la ville. Ses plaintes virèrent rapidement aux larmes, et Lorcan craignit que ses sanglots n'attirent l'attention des hommes ou des animaux. Pire encore, ses cris annihilaient toute possibilité d'entendre quelqu'un approcher.

Ils parvinrent à franchir la dune malgré le sable meuble et brûlant, puis il aida Dylan à redescendre de l'autre côté, faisant office à la fois d'yeux et d'oreilles pour son fils, aveuglé par sa crise de larmes.

Arrivé en bas, il s'arrêta. Maintenant qu'ils se rapprochaient de Hurton, ses chances de capter un signal augmentaient.

C'était un faible espoir, mais le réseau téléphonique relevait parfois de la magie. L'univers allait peut-être lui donner un coup de main. Il tâta ses poches et les fouilla. Le téléphone n'était plus là. Il essaya de se rappeler la dernière fois qu'il l'avait eu en main, mais…

Porté par le vent, le bruit d'un moteur se fit entendre. Faible, lointain, d'origine inconnue. La rumeur sembla s'estomper, et il se demanda s'il ne l'avait pas imaginée. Il regarda devant lui. Ils avaient passé l'énorme dune, et, s'il n'y avait pas eu les arbres et les broussailles pour leur bloquer la vue, ils auraient pu apercevoir Hurton au loin. Il leur restait un peu plus de la moitié du chemin à parcourir, ce qui n'était pas impossible à réaliser avant la tombée de la nuit. S'ils arrivaient à accélérer le rythme.

Le grondement de moteur revint tout à coup, noyant tout le reste. Lorcan regarda derrière lui et vit soudain la Toyota blanche bondir au-dessus de la crête, s'élançant comme une bête à l'attaque, les roues avant en l'air, révélant la mécanique pleine de sable en dessous du véhicule.

Elle fonçait droit sur eux.

125

Emmaline

Forts du numéro de plaque d'immatriculation, de la description de la Commodore 1990 envoyée à tous les États, de la photo de Ian Kinch et de la connaissance de son pseudonyme, Emmaline et son équipe tentèrent de déterminer le dernier endroit où il avait pu aller.

Oily avait avancé l'hypothèse qu'il avait pu rejoindre une grande ville : Darwin, au nord, Brisbane, à l'est, ou Sydney, au sud. Mais, comme leur nom et leur photo tournaient à présent en boucle, tous les jours, aux informations, c'était risqué.

Une nouvelle leur parvint. Depuis une station-service au nord d'Alice Springs, à environ une heure de l'autoroute Stuart. Le propriétaire affirmait avoir servi quelqu'un qui ressemblait beaucoup à Ian Kinch. Cela faisait plus d'une semaine.

Emmaline, Oily et Cooper s'y rendirent en une demi-heure. La station semblait tenir à peine debout. Ses deux pompes ressemblaient aux reliques d'un vieux film ; au sol, les lignes blanches avaient été lentement effacées par le vent comme par du papier de verre, mais le bâtiment principal avait l'air fonctionnel malgré tout.

Le propriétaire leur fit signe d'entrer. La clim ronronnait, et les frigos étaient pleins de tout ce dont un voyageur pouvait avoir besoin.

L'homme, de taille impressionnante, tendit une main gigantesque vers eux. Il avait un visage ouvert et amical, et un grand sourire radieux se dessinait sur ses lèvres. Devant ce sourire, Emmaline pensa aussitôt à son père, charmeur et aimant. L'homme lui plut immédiatement.

— Monsieur Atijabawal ? demanda Emmaline.

— Appelez-moi Orad, répondit-il tandis qu'ils se regroupaient devant son comptoir. Vous voulez quelque chose à boire ? Un Coca ? Un jus d'orange ? Un grog ?

Emmaline avait la gorge tellement sèche que l'offre la tenta, mais elle déclina d'un geste. Les autres en firent autant.

— Vous avez déclaré que vous pensiez que M. Kinch était venu ici, dit Emmaline.

— Ou un gars qui lui ressemblait beaucoup, en tout cas, dit Orad d'un ton guilleret.

— Il y a plus d'une semaine, précisa Cooper.

— Le 2 janvier, affirma Orad.

— Vous êtes sûr ?

Orad pointa le doigt en direction du petit écran derrière le comptoir.

— Caméra de surveillance, dit-il. Je viens de la faire poser. Il y a eu beaucoup de vols d'essence, dans le coin. Des gens qui entraient dans la boutique pour détourner mon attention pendant que d'autres remplissaient le réservoir de leur pick-up et partaient sans payer. Ensuite, ils faisaient demi-tour sur la route et revenaient chercher leurs complices. Les flics ne faisaient rien, alors j'ai agi.

Emmaline hocha la tête.

— Et ça vous aide ? demanda-t-elle.

— Y a eu qu'une seule tentative la semaine dernière.

— Ian Kinch ? demanda Oily avec un regard interrogateur.

Orad secoua la tête.

— Non, lui, il a payé. C'était un autre type. Il a envoyé sa nana, mais quand elle a repéré la caméra elle est partie.

Il fit démarrer la séquence vidéo du 2 janvier. Sur l'écran apparut une silhouette floue ressemblant à celle de Kinch, debout à la pompe, en train de faire le plein d'une Commodore au design anguleux.

— Vous voyez quelqu'un dans la voiture ? demanda Emmaline devant l'image sombre.

— Non, répondirent Cooper et Oily.

— Si ça peut vous aider, je n'ai vu personne non plus, dit Orad. Mais il est possible qu'il y ait eu quelqu'un, allongé sur la banquette arrière.

Un blessé, pensa Emmaline. Ou un mort.

Après avoir rempli le réservoir, Ian pénétrait dans la boutique et s'approchait du comptoir. Même en noir et blanc, la tache sombre sur son T-shirt était visible.

— Il y avait du sang sur son T-shirt ?

Orad regarda l'écran et acquiesça d'un hochement de tête.

— Un peu.

— Vous ne lui avez pas posé de questions à ce sujet ?

— Mieux vaut éviter d'être trop curieux dans ce job. Il pouvait avoir heurté un kangourou, un chameau, n'importe quoi.

— Avez-vous vu quelle direction il a prise, ensuite ?

— Pas d'ici, répondit Orad en secouant la tête. Je vois pas grand-chose à travers ça, ajouta-t-il en montrant les fenêtres poussiéreuses.

C'était comme regarder à travers une lentille couleur sépia. Emmaline observa Ian Kinch payer à la caisse. Et prendre quelque chose sur l'étal à côté. Elle regarda à sa gauche.

— Il a acheté une bombe antimoustiques ? demanda-t-elle.

— Oui, il m'a demandé si c'était efficace. Il en a pris cinq ou six.

— Merci, dit Emmaline. Vous nous avez été d'une grande aide, Orad.

Ce n'est que lorsqu'ils furent de retour dans la voiture qu'elle leur révéla l'importance du répulsif. Elle demanda à Cooper d'afficher sur sa tablette une carte de la région.

— Nous sommes ici, dit-elle en indiquant le point sur la carte.

L'endroit était entouré d'une zone grise, au milieu de laquelle filait une ligne jaune solitaire.

— Devant nous, il y a les embranchements qui mènent au Queensland. Bien. Nous savons que Naiyana et Dylan Maguire sont nés et ont grandi à Perth, n'est-ce pas ? Et qu'est-ce qu'il n'y a pas à Perth ? Pas beaucoup, en tout cas ?

Il y eut un silence.

— Des moustiques, dit Oily.

— Ian Kinch, en revanche, vient de Cairns, et il sait à quel point ils peuvent être féroces, là-bas. C'est là qu'ils allaient.

— Vous en êtes sûre ? demanda Cooper.

— Il a de la famille là-bas. C'est un endroit qu'il connaît.

— C'est aussi là qu'il s'attendrait à ce qu'on le cherche, répliqua Oily.

— Alors allons-y avant qu'il nous file entre les doigts.

— Mais on l'a déjà fait, dit Cooper. On a essayé d'interroger sa famille et ses amis. Ils ne parlent pas.

— Peut-être qu'ils ne savent rien, dit Emmaline. Il est devenu très bon dans l'art d'échapper aux radars.

126

Emmaline

Emmaline avait quitté le champ d'action du système de coopération judiciaire transfrontalière. C'était déjà le cas avant qu'elle atteigne Alice Springs ; elle avait tiré sur la corde en espérant qu'elle n'aurait pas à aller plus loin. Mais le sort en avait décidé autrement. Elle allait donc devoir obtenir l'aval des autorités du Queensland et de sa hiérarchie au QG pour continuer.

Elle attendit à l'aéroport d'Alice Springs qu'on lui donne le feu vert pour prendre l'avion pour Cairns. Étant donné qu'elle soupçonnait Ian d'être rentré chez lui, elle avait suggéré qu'on garde les réseaux sociaux à l'œil. Juste au cas où un ami mentionnerait quelque chose en passant. Une gaffe, en quelque sorte. Mais la police de Cairns était déjà sur le coup. Elle avait passé les réseaux sociaux au peigne fin, et cela n'avait rien donné.

Emmaline fixait les guichets vides. Elle se tourna vers Oily.

— Est-ce que Ian chercherait à quitter le pays ?

— À partir de Cairns ?

— Il a pu trouver le temps de s'organiser. Vu qu'on ne le recherche que depuis quelques jours.

— Mais les photos de Naiyana et Dylan Maguire étaient affichées partout, répondit Oily avec une moue.

— Partout, c'est très vaste, Oily.

Une heure plus tard, ils obtinrent l'autorisation d'aller à Cairns. Ils arrivèrent en deux heures. La température n'avait pas changé, mais l'humidité était très désagréable : leurs vêtements leur collaient au corps comme une seconde peau. L'appartement de Kinch avait déjà été fouillé, et les policiers postés devant chez lui confirmèrent que personne ne s'était montré. La boîte aux lettres pleine à craquer, au nom de Ian King, laissait penser qu'il n'était pas rentré depuis plusieurs mois. Les propriétaires des bars du coin avaient été interrogés et réinterrogés, sans succès. Ian Kinch était devenu un fantôme.

Ils se rendirent également dans les hôpitaux du secteur. Une équipe du QG du Queensland avait même appelé tous les cabinets et centres médicaux de l'État au cas où l'un d'eux aurait accueilli et soigné Naiyana, Dylan ou toute autre personne correspondant à leur description. Ils interrogèrent aussi les négociants en or du coin. Mais toutes ces tentatives restèrent vaines. Peut-être que Ian était arrivé à court de marchandise.

Après mardi vint mercredi. Et après mercredi, jeudi.

Ils ne se limitèrent plus au Queensland et décidèrent d'élargir le champ des recherches. Les budgets furent augmentés, on jura que c'était la dernière fois.

On appela Darwin pour que la police du Nord lance une enquête. Brisbane et la Gold Coast furent également mises en alerte. Même les Sydnéens furent mis dans la boucle. Le filet était grand mais criblé de trous. C'était comme chercher une aiguille dans une botte de foin.

Emmaline se sentait de plus en plus frustrée. Ils avaient flairé une piste, mais ils s'étaient fait semer. L'humidité étouffante la rendait irascible, et elle passa ses nerfs sur l'équipe du motel, où sa chambre puait encore plus que la caravane à Kallayee.

Elle s'en prit également à des policiers qui n'étaient pas sous ses ordres. Cela lui manquait, d'avoir des hommes sous son commandement. Cela lui manquait, de ne pas pouvoir mener l'enquête comme bon lui semblait, et de ne pas avoir la même liberté qu'elle avait chez elle, en travaillant pour la MCS. Ici, elle ne pouvait rien faire d'autre que regarder l'inspecteur Liang, des services de police du Queensland, prendre la relève. Elle n'avait plus aucune autorité. Et, après avoir transporté l'affaire jusqu'ici, cela ne lui plaisait pas. Elle n'aimait pas devoir rester sur la banquette arrière. Elle ne voyait rien du paysage, elle ne pouvait pas conduire, et le voyage ne faisait que l'agacer et l'ennuyer.

Chaque minute qui s'écoulait ne faisait qu'amplifier ses doutes. Elle avait commis une erreur. Elle s'était précipitée sur l'hypothèse de Ian rentrant chez lui pour se rassurer, mais il n'y avait pas la moindre trace de sa présence ici.

On était le 13 janvier. Deux semaines s'étaient écoulées depuis la dernière fois que Naiyana avait été vue en vie. Deux semaines depuis qu'on avait entendu parler de Dylan pour la dernière fois. Un mois depuis leur arrivée à Kallayee. Le temps jouait contre eux, et Emmaline n'y pouvait rien.

Cet après-midi-là, les enquêteurs rendirent à nouveau visite à la famille de Ian, et elle les accompagna. Elle n'était qu'un badge parmi les autres. Les policiers tentèrent d'amadouer les proches de Ian. Ils étaient de toute évidence fiers de lui.

La petite criminalité était une spécialité dans la famille, mais Ian était le premier ennemi public du clan à se faire connaître dans tout le pays, les autres n'étant que des célébrités locales. Les voisins furent interrogés, et encore une fois tous affirmèrent ne pas avoir entendu parler de Ian King, ou Kinch, même si sa photo avait été montrée dans les journaux et aux infos. Le mur du silence était haut et épais.

Après avoir pris congé de la famille, Emmaline prit l'inspecteur Liang à part. Pendant ces interrogatoires intensifs, une autre piste lui était venue à l'esprit. Ils avaient essayé les membres de la famille de Ian, ses voisins et ses amis. Mais pas ses ennemis. L'inspecteur Liang l'observa attentivement en reniflant de façon insistante, ce qui était apparemment son habitude quand il réfléchissait. Emmaline avait beau être une pièce rapportée, il n'avait jamais cherché à la décourager, ni suggéré qu'elle devait laisser la police du Queensland s'occuper de cette enquête.

Au QG, on dressa rapidement la liste de toutes les personnes à contacter, et les démarches portèrent rapidement leurs fruits. Toby « Tubs » Wilkinson, un petit dealer local, fut ravi de vider son sac en échange de l'annulation des charges qui pesaient sur lui pour un menu larcin qu'il avait commis.

Après avoir répété à plusieurs reprises que Ian Kinch n'était pas en ville et que ce n'était rien d'autre qu'une pauvre merde comme tous les autres membres de sa famille, Tubs leur apprit enfin que Ian avait un box à Manoora, une banlieue située au sud de Cairns.

Une rapide vérification révéla que le box en question n'était pas loué au nom de Ian, ni sous aucun de ses pseudonymes, et que le loyer était payé en argent liquide. Le propriétaire ne savait pas ce qui y était entreposé et ça lui était égal, tant qu'il ne s'agissait de rien d'illégal ou d'inflammable. Emmaline vit l'expression blasée du bonhomme virer à la contrariété quand la police s'avéra incapable de le rassurer sur l'un ou l'autre de ces points.

L'inspecteur Liang donna l'ordre à la brigade spéciale d'intervention d'urgence d'aller prendre le box d'assaut. Emmaline et Oily montèrent dans la fourgonnette des renforts à la demande de Liang, qui ne voulait pas qu'ils se retrouvent au milieu d'une fusillade. Emmaline avait accepté. Elle souhaitait juste être présente quand ils attraperaient Ian. Pour ressentir la satisfaction et l'excitation de voir cette traque prendre fin.

L'équipe d'intervention se prépara, armes prêtes à servir, masques et gants ajustés. Les hommes retenaient leur souffle. Ils attendaient. Après ce qui parut une éternité, l'ordre fut donné de lancer l'assaut. Les trois fourgonnettes foncèrent dans la zone industrielle, longèrent une double rangée de petits garages et freinèrent devant l'un d'eux, fermé par une porte rouge sur laquelle le numéro 41 avait été tagué.

La première équipe s'avança jusqu'à la porte de fer, puis se mit en position défensive. Deux membres de la seconde équipe se précipitèrent sur le cadenas, armés d'une perceuse, et parvinrent à l'ouvrir en quelques secondes. Puis ils se retirèrent, et les agents postés de part et d'autre de la porte firent basculer le battant dans un horrible grincement.

Ils hurlèrent à ceux qui étaient peut-être cachés dans le box de sortir les mains en l'air.

Emmaline scruta les ténèbres, à l'affût du moindre mouvement, s'attendant à voir apparaître le canon d'un fusil. Peut-être aurait-elle même pu apercevoir le corps de Naiyana étendu par terre.

Mais rien ne bougea, à part quelques moutons de poussière déplacés par cette intrusion. À mesure que son regard s'habituait à l'obscurité du garage, Emmaline s'aperçut qu'il était rempli de ferraille, de vieux vélos, de mobilier, de pots de peinture, et de tout un bric-à-brac d'objets divers. Elle regarda les policiers armés fouiller le box, mais il était évident que personne ne s'y cachait.

Vingt secondes plus tard, le cri « RAS » retentit. Emmaline et Oily rejoignirent Liang, qui s'apprêtait à entrer dans le box à son tour. L'air sentait le renfermé, et l'on ne voyait nulle trace de nourriture, ni aucune installation provisoire qui aurait pu laisser penser qu'on y avait dormi. Des débris de ferraille jonchaient le sol et s'amoncelaient sur les étagères. Les seuls objets qui valaient quelque chose étaient soigneusement empilés dans un coin : il s'agissait de deux kayaks. Emmaline laissa sa main courir sur la fibre de verre. Elle était recouverte d'une fine pellicule de poussière mais exempte de rayures, ce qui laissait penser que Ian tenait aux kayaks. Il y avait aussi des pagaies et du matériel, dont deux casques recouverts d'autocollants. Des publicités pour une agence de loisirs et d'aventures, à Cap Tribulation. C'était à deux heures de route d'ici, en remontant la côte vers le nord. Elle n'avait vu ce lieu qu'à la télévision. Une forêt tropicale débouchant sur des plages dominées par une montagne qui portait le nom merveilleux de Mount Sorrow – le mont Chagrin. Le lieu idéal pour un fugitif aux abois.

127

Emmaline

Cap Tribulation ressemblait beaucoup à ce qu'Emmaline en avait vu à la télé. Mais en plus joli. Et en plus chaud. Le bleu du ciel n'y était obscurci que par les nuages noirs des moustiques. Elle comprenait maintenant pourquoi Ian Kinch avait acheté ce répulsif. Elle aurait vendu un rein pour en avoir sous la main.

Elle avait réquisitionné un ordinateur au QG du district et cherché des renseignements sur l'agence de loisirs et d'aventure dont les autocollants apparaissaient sur les kayaks et les casques. Daintree Kayaks proposait essentiellement des promenades en mer le long de la côte, pour explorer plages, récifs et mangroves, promettant à ses clients des « moments extraordinaires » et des « excursions en pleine nature, mais en toute sécurité, accessibles même aux aventuriers les moins expérimentés ».

Visiblement, le fleuve était laissé de côté. Même les plus téméraires ne s'aventuraient pas en kayak sur le Daintree, de peur d'y rencontrer des crocodiles de mer géants – les « *salties* », comme on les appelait ici.

Daintree Kayaks proposait aussi des formations permettant d'obtenir des brevets et des diplômes. Saisie d'un pressentiment, elle regarda de plus près.

Ian était inscrit en tant que titulaire d'un brevet de sauveteur en mer ; il avait reçu une récompense pour ses compétences maritimes et avait commencé, l'année dernière, à valider un diplôme d'instructeur, qui lui permettrait de former à son tour des personnes et des groupes à la pratique du kayak en mer, dans des conditions modérées.

Accompagnés par Cooper et l'inspecteur Liang, satisfait de mener une opération de cette envergure, ils vérifièrent d'abord l'intuition de Cooper, qui pensait que le couple allait essayer de quitter l'Australie.

Les docks furent contrôlés. Ils passèrent au peigne fin tous les bateaux se rendant directement à Port Moresby, en Papouasie-Nouvelle-Guinée, ou faisant d'abord escale aux îles du détroit de Torres. Les registres des passagers des bateaux partis au cours de la dernière semaine furent passés en revue. Rien n'indiquait que Ian, Naiyana ou Dylan soient montés à bord.

Mais il ne s'agissait là que des compagnies officielles. Ils poussèrent leurs investigations plus loin. Les capitaines de voiliers privés n'avaient besoin d'aucun document d'identité et ne posaient pas de questions. Tous ceux qu'ils interrogèrent leur firent la même réponse : ils n'allaient jamais jusqu'à la Papouasie-Nouvelle-Guinée, et passer de l'île Thursday à la Papouasie était illégal. Sauf si on habitait le détroit de Torres. Telle était la doxa officielle. Celle qui les maintenait à l'abri des problèmes. Un discours qui semblait presque trop bien répété.

Ils avaient quasiment fini de faire le tour du quai quand Emmaline s'approcha d'un type en train de lustrer son voilier. On voyait saillir les tendons sur ses mains tant il frottait pour faire briller le pont de son petit bateau, son gagne-pain.

Il leur sortit le même discours. Il n'allait pas là-bas. Trop loin. Illégal.

— Quelqu'un vous l'a déjà demandé ?

Le bonhomme s'arrêta de frotter et la regarda.

— Il y a des gens qui demandent, répondit-il.

— Il y en a eu récemment ?

— Ouais, quelqu'un me l'a demandé. C'était vendredi.

Cela faisait quatre jours.

— Est-ce qu'il ressemblait à ça ? demanda Emmaline en lui montrant la photo de Ian Kinch sur son portable.

— Oui, je crois que c'est lui, répondit-il tout en se remettant à frotter.

L'homme était assez nerveux, il regardait tout le temps autour de lui comme s'il s'attendait à ce que quelqu'un lui saute dessus.

— Pourquoi vous a-t-il demandé à vous ?

L'homme leva les yeux. Ses mains continuèrent à travailler, tandis qu'il haussait nonchalamment les épaules.

— Il a dû trouver que j'avais l'air sympa.

— Et vous ne l'avez pas été ?

— Même bien payé, j'irais jamais aussi loin.

— Mais il a essayé ?

— Il m'a dit qu'il avait quelques gros biftons qui pouvaient rendre la balade intéressante.

— Pour un seul passager ?

Le gars haussa à nouveau les épaules.

— Je suppose. Il a mentionné personne d'autre, et j'ai pas posé de questions. Le type a aussi dit qu'il était prêt à travailler pour payer une partie du voyage.

— Travailler pour vous ?

— J'imagine.

— Et c'est tout ?

Le marin haussa à nouveau les épaules.

— Il a dit qu'il serait dans les parages quelques jours, si jamais je changeais d'avis.

— Et vous ne l'avez pas fait ?

— Je suis toujours là, pas vrai ?

— Une idée de l'endroit où il pourrait loger ?

L'homme y réfléchit un instant.

— Il n'a rien dit.

128

Emmaline

Ainsi, Ian Kinch avait proposé de travailler en échange d'un passage à l'étranger. Et, pour autant qu'elle pouvait en juger, il comptait voyager seul.

Il commençait à être à court d'argent. Peut-être avait-il cherché dans les environs un petit boulot pour pouvoir régler la différence. Si c'était le cas, le choix qui s'offrait à lui était réduit.

Cap Tribulation n'était pas vraiment une ville à proprement parler. Nommée par le lieutenant James Cook quand celui-ci avait précipité son trois-mâts, *l'Endeavour*, sur le récif qui l'avait endommagé, c'était une succession disparate d'écogîtes, de complexes hôteliers touristiques, d'auberges de jeunesse et d'autres hébergements situés plus loin dans la forêt tropicale.

Des cafés, des restaurants et quelques supérettes venaient compléter cette offre. Tous les commerces du coin furent contrôlés, et le nom et la photo de Ian, présentés au personnel.

Le caissier de la supérette, un type au regard pétillant avec des dreadlocks brunes, était absolument certain d'avoir vu passer Ian Kinch.

— Quand ?

L'homme secoua la tête, comme si cette partie de ses souvenirs était floue.

— Je dirais que c'était il y a trois… non, quatre jours.

Emmaline insista.

— Êtes-vous sûr que c'était bien lui ?

— Aussi sûr que je vous vois devant moi.

— Et combien de joints vous fumez par jour ? demanda Oily, qui inspectait les rayonnages comme si Ian pouvait être caché au milieu des conserves de tomates.

Le caissier eut l'air presque offusqué.

— Zéro, répondit-il. Vous pouvez faire venir vos chiens renifleurs, si vous voulez. J'ai rien à cacher.

Emmaline lança un regard noir à Oily, qui retourna fureter dans le magasin.

— Donc vous en êtes sûr ?

— J'ai l'esprit clair, inspectrice.

— Bien. Alors vous vous souvenez de ce qu'il a acheté ?

— Vous rigolez ou quoi ?

— Pas de KitKat au beurre de cacahuètes ?

Il ouvrit de grands yeux, étonné de sa suggestion.

— Ça risque pas, répondit-il en secouant la tête. On n'en vend pas.

— Rien d'autre ?

La tête se secoua à nouveau.

— Non. Vous ne voulez pas me fouiller pour voir si j'ai de la drogue ?

— Pas aujourd'hui, répondit Emmaline. On a d'autres chats à fouetter.

129

Emmaline

Ian ayant été aperçu dans le secteur, la prochaine étape était de déterminer les endroits où il pouvait avoir travaillé. L'inspecteur Liang avait lancé ses hommes en masse sur les agences d'activités de plein air et d'aventure, tels les moustiques qui semblaient suivre Emmaline à la trace. Elle pensait en avoir déjà avalé un million. Et ce n'était qu'une estimation prudente.

Daintree Kayaks avait apparemment fait faillite l'année précédente. Aux Canoës de Riley, on n'avait jamais vu ni entendu parler de Ian Kinch, mais, comme le fit remarquer ladite Riley – épouse du vendeur aux dreadlocks, au vu de la photo de mariage sur la plage punaisée au mur –, elle n'était installée dans la profession que très récemment, depuis l'été dernier.

Chez Daintree Adventures, un certain Odion avait déjà entendu parler de Ian Kinch, mais ne l'avait pas revu depuis l'année passée.

Johnny, le propriétaire de Tribulation Experience, le connaissait, lui aussi. Mais encore une fois, il ne l'avait pas vu récemment. Il se demandait comment il allait. Emmaline trouva sa réflexion étrange ; la visite de la police aurait dû lui donner un indice de la situation de Ian. Les nouvelles ne pouvaient pas être bonnes. Il renvoyait l'image d'un vieux surfeur, la quarantaine, la peau tannée par le soleil, le genre à ne jamais avoir aucun souci. Il proposa même de les emmener, Oily et elle, chevaucher les vagues pour partir à la recherche de Ian, mais Emmaline n'imaginait pas Kinch en train de faire tranquillement un petit tour en mer avec Dylan et Naiyana.

À 15 heures, ils avaient interrogé la plupart des entreprises du coin. Emmaline abandonna Liang pour aller tenter sa chance auprès de Canyaks, un centre situé à l'extrême nord de la ville, géré par un couple enthousiaste.

Ce fut la femme qui répondit aux questions d'Emmaline, le mari étant occupé à récurer un kayak à l'arrière du magasin, dans un espace ouvert qui donnait sur la baie. Elle se tenait debout au comptoir, un grand sourire sur le visage. Elle donnait l'impression d'une personne qui ne se serait pas vue faire autre chose ni être ailleurs. Emmaline ressentit une petite piqûre de jalousie à l'idée que cette femme avait trouvé sa place.

— Je connais Ian, dit-elle sans même regarder la photo.

— Quand l'avez-vous vu pour la dernière fois ?

Elle sembla jeter un coup d'œil discret par-dessus son épaule en direction de son mari, et ses boucles décolorées par le soleil dissimulèrent un instant son expression. Quelque chose s'était-il passé entre eux ?

Elle se retourna. Le sourire s'était transformé en un rictus grimaçant.

— Il y a trois jours, environ, répondit-elle.

— Ici ?

Elle secoua la tête.

— En ville. Il essayait de trouver un boulot. Il avait l'air paumé. J'avais envie de l'aider, mais on a à peine assez de boulot pour deux, alors vous imaginez pour trois…

À nouveau, elle regarda par-dessus son épaule. Sa voix se transforma en murmure.

— J'aime bien Ian, dit-elle. Mais je l'ai trouvé bizarre, presque… désespéré. J'ai déjà vu ça par le passé. C'est comme s'il était devenu *troppo*.

— *Troppo* ?

— On appelle comme ça les gens qui passent trop de temps à se cacher, à rester à l'écart de la civilisation et qui deviennent un peu… un peu fous. Ça nous est arrivé avec un type qu'on employait il y a quelques années. Un soir, il a pris une camionnette où il y avait quatre kayaks et du matériel et il est parti. Il a refourgué le tout plus loin, sur la côte. On a perdu plusieurs milliers de dollars. C'est à ce moment que j'ai appris à faire attention aux gens. Il y a ceux qui ont désespérément besoin de boulot, et ceux qui sont tout simplement désespérés. *Troppo*.

Cette évocation fit naître une certaine tristesse dans ses yeux. Emmaline voyait que le sujet la touchait.

— Et vous ne l'avez pas revu, depuis ?

— Non, mais essayez de voir chez Tribulation. C'est là que je suis tombée sur lui. Il en sortait.

— La boutique Tribulation Experience ? demanda Emmaline en fronçant les sourcils.

— C'est ça, répondit la femme. Avant, ça s'appelait Daintree Kayaks, mais Johnny voulait un nom plus percutant pour sa nouvelle boutique. Ian et lui sont très proches. Il l'a peut-être laissé faire quelques heures, en souvenir du bon vieux temps.

En un clin d'œil, Emmaline fut sortie. Johnny, de chez Tribulation, ne lui avait apparemment pas tout dit.

Si Johnny fut surpris de voir la police débarquer une seconde fois à sa porte, il n'en montra rien. Il continua à faire l'inventaire des articles de son magasin, les inscrivant sur son registre.

— Vous avez changé d'avis pour la petite balade le long de la côte ? demanda-t-il en riant.

— Et vous, vous avez changé d'avis sur la dernière fois que vous avez vu Ian Kinch ? répliqua Emmaline, en espérant que son franc-parler couperait à Johnny l'envie de leur raconter des craques.

Il s'arrêta un instant, avant de retourner à ses rayons.

— Je ne l'ai pas vu depuis l'an dernier.

— Ce n'est pas ce qu'on nous a dit, rétorqua Oily. Quelqu'un l'a vu sortir de cette boutique il y a trois jours.

Johnny resta silencieux.

— Est-ce que vous vous rendez bien compte que nous sommes à sa poursuite, monsieur McLaughlin ?

Emmaline vit Johnny perdre un peu de son air désinvolte en entendant la gravité dans sa voix.

— Il est soupçonné de trois meurtres, ainsi que de la disparition de deux autres personnes.

Johnny ouvrit la bouche, comme s'il était sur le point de parler, mais la stupéfaction l'en empêcha.

— C'est pour cela que nous cherchons à le contacter.

— Trois meurtres… ? fit Johnny.

Emmaline hocha la tête.

— Donc je vous le demande à nouveau, dit-elle. Avez-vous vu Ian Kinch récemment, monsieur McLaughlin ?

Il hocha rapidement la tête.

— Où et quand ?

— Il n'a rien dit au sujet de…, commença Johnny, laissant sa phrase en suspens. Il est venu me demander du travail. Quelques heures, au noir. Je connais Ian depuis des années. Il vient tous les étés… Vous dites qu'il aurait tué trois personnes ?

— C'est ce que nous cherchons à découvrir, monsieur McLaughlin, dit Oily.

— Voilà pourquoi nous devons lui parler, ajouta Emmaline.

— Ian ne ferait pas…, lâcha Johnny en secouant la tête. C'est un bon gars.

— Il y a peut-être des choses que vous ne savez pas sur votre ami, dit Emmaline. Ça arrive tout le temps. Quand est-il venu ici ?

— Il y a trois jours. Je lui ai donné quelques heures de boulot. Je l'ai pas revu depuis. Je me suis dit qu'il était sorti se balader en mer.

— Est-ce qu'il vous a dit où il logeait ?

— Il a dit que c'était un peu plus loin, sur la côte. Pas tout à fait dans la ville.

— Il vit dans sa voiture ? demanda Oily.

Johnny le regarda bizarrement.

— Personne ne dort dans sa voiture, ici. Avec les vitres remontées, on finirait cuit à l'étouffée, et, avec les vitres baissées, piqué à mort par les moustiques.

— Est-ce qu'il vous a donné le nom de l'endroit ? demanda Emmaline.

— Non, mais je n'en vois qu'un.

130

Emmaline

All Tomorrow's était une société qui louait des cabanes et des bungalows située à côté de la plage. Le Mount Sorrow dominait le paysage de toute sa hauteur, avec son sommet empanaché d'un cercle de nuages qui semblaient le protéger du monde d'en bas. Le bureau d'accueil aussi était une cabane. Par l'unique fenêtre, on apercevait, à travers les arbres, une magnifique plage de sable blanc.

La propriétaire était vêtue d'une robe quasi transparente, ce qui mit à mal la concentration d'Oily. Elle s'appelait Summer Haze et se montra désireuse de leur venir en aide.

Emmaline lui demanda si une personne nommée Ian Kinch louait actuellement un de ses biens. Après avoir examiné sa tablette, Summer secoua la tête. Avant de leur adresser un petit sourire plein de compassion. Elle était désolée de ne pas pouvoir les aider davantage.

— Et par le passé ? demanda Emmaline.

Au bout de quelques clics, le sourire de Summer parla pour elle.

— Oui, dit-elle, on a bien eu un Ian Kinch. Pendant les trois dernières années. En général, il réservait dans les bungalows Ponting ou Waugh. Ils ont un accès direct à la plage.

Il était logique que Kinch donne son véritable nom pour réserver ici. Cet endroit était son échappatoire. Sa séparation entre sa vie privée et sa vie publique.

— Il y a des cabanes occupées en ce moment ? demanda Liang.

— Elles le sont toutes. C'est l'été ! s'exclama Summer d'une voix enjouée.

— Est-ce que cet homme en a loué une ? demanda Emmaline en montrant sur son téléphone la photo de Ian.

Summer secoua la tête. À nouveau, la déception s'afficha sur son visage, comme si le Mount Sorrow exerçait encore son influence mélancolique.

— Mais je ne travaille qu'un jour sur deux, précisa-t-elle.

— Qui travaille... ? commença Oily, qui avait enfin trouvé le courage de s'exprimer.

Emmaline lui coupa la parole.

— Quelqu'un a payé en liquide ?

Summer vérifia dans son registre. Et hocha la tête.

— M. et Mme Jessop, dit-elle. Au bungalow Waugh. Je n'étais pas de service ce jour-là. D'ailleurs, puisqu'on en parle, je n'ai vu aucun des deux quitter le bungalow.

Emmaline regarda Liang, mais celui-ci était déjà en train de sortir.

131

Emmaline

La brigade spéciale d'intervention d'urgence fut à nouveau déployée. La cabane était cernée.

L'expression confiante de l'inspecteur Liang s'était délitée à mesure que la journée se déroulait, et son impatience s'accrut lorsque la menace du soir tombant commença à se faire sentir. Emmaline éprouvait la même chose. Une opération comme celle-ci avait de bien plus grandes chances de succès lorsque la visibilité était optimale. Il fallait s'en tenir aux protocoles, s'en tenir à la formation reçue. Telles étaient les consignes que Liang avait clairement formulées à la brigade spéciale d'intervention d'urgence.

Enfin en position, les policiers s'immobilisèrent. Il n'y avait eu aucun mouvement, ni à l'extérieur ni à l'intérieur de la petite cabane en rondins située en hauteur, sous la canopée qui plongeait tout dans l'ombre. Même ces satanés moustiques semblaient suspendus en vol.

Emmaline était convaincue que Ian et Naiyana étaient à l'intérieur. Dylan aussi, espérait-elle. C'était l'endroit parfait pour se cacher. Au moins jusqu'au moment où ils réussiraient à prendre le large, que ce soit à bord d'un bateau ou en passant d'île en île. Contre une bonne somme en liquide, quelqu'un finirait bien par leur rendre ce service. Ian n'avait juste pas encore tiré le bon numéro.

Le téléphone d'Emmaline sonna. C'était Zhao. Elle hésita à répondre. La tempête était sur le point de faire rage, et elle ne voulait pas rater ça. Mais son instinct lui souffla de prendre l'appel.

— Oui ? répondit-elle à voix basse.

— C'est au sujet de Dylan Maguire.

— Qu'est-ce qu'il y a ?

À l'autre bout du fil, Zhao laissa passer un silence.

— Des gens des environs de Hurton sont tombés sur des dingos qui rôdaient autour des moutons.

— Et ?

— Ils ont retrouvé des bouts de vêtements qui avaient été ingérés puis digérés par les animaux. Une étiquette, aussi, avec un nom.

Emmaline savait ce que Zhao était sur le point de dire. Elle ferma les yeux pour s'y préparer.

— Dylan Maguire. Non loin de là, il y avait quelques os et un crâne. Le crâne présentait une fracture au-dessus de l'œil.

Emmaline retint sa respiration. En dépit des manœuvres de l'inspecteur Liang et de la brigade d'intervention d'urgence, toute l'agitation autour d'elle sembla s'arrêter.

— On nous a confirmé que cette blessure était bien la cause de la mort, dit Zhao.

132

Naiyana

La crête les prit par surprise, car, de l'autre côté, la pente était bien plus raide que ne l'avait été la montée. Ils allaient trop vite. Naiyana poussa un cri lorsque le pick-up se cabra dans les airs ; elle eut soudain l'impression qu'on lui arrachait l'estomac. Les yeux fermés, elle attendit la descente. Elle plaqua la paume de ses mains au plafond, comme pour essayer de freiner leur subite ascension. Luttant pour retrouver le contrôle du véhicule, Ian laissa lui aussi échapper un cri étouffé. Ils allaient s'écraser violemment au sol. L'avant de la Toyota piqua en direction de la terre. Là, juste devant eux, se tenait Lorcan. Et Dylan. En plein dans leur trajectoire.

Tout se déroula au ralenti. Elle ne savait plus bien si le cri qu'elle poussait était la continuation de celui qui lui avait échappé lorsqu'ils s'étaient élancés par-dessus la crête, mais c'était un hurlement aigu et désespéré. Elle vit Lorcan tendre le bras vers son fils pour essayer de l'écarter de la trajectoire du véhicule. Elle sentit l'avant du pick-up heurter le sol et les pneus s'enfoncer aussitôt dans le sable meuble. Elle espéra que cela freinerait leur progression, mais la Toyota ne sembla pas ralentir d'un iota. Elle regarda, horrifiée, Lorcan tirer sur le

T-shirt de Dylan. Puis elle perdit son enfant de vue et il n'y eut plus devant elle que des broussailles et du sable.

Alors, deux sons lui parvinrent.

Le premier était un son creux, qui tinta légèrement, comme la boucle d'une ceinture contre du métal.

Au moment où elle entendit le second, plus fort, sa tête fut projetée brutalement en avant. Le choc sourd explosa dans ses oreilles et fit vibrer son crâne. Le pick-up freina et s'arrêta complètement. Elle se sentit faiblir tandis que son corps basculait en arrière, contre le dossier de son siège. Tout ce qu'elle avait discerné avec tant de netteté jusque-là s'était mué en un grand flou. Elle ferma les yeux, serrant très fort les paupières. Comme si elle voulait appuyer sur le bouton de redémarrage. Elle aurait tant aimé pouvoir le faire. Ses yeux lui faisaient mal quand elle les rouvrit. Une sensation intolérable s'empara soudain de chaque centimètre de sa peau ; elle avait l'impression d'être en train de prendre feu. Il y avait du sang sur le pare-brise. Et du sang qui coulait de son menton et gouttait sur ses genoux. Pendant un instant, elle resta assise là, cherchant à réinitialiser son système. Elle entendit Ian lui demander comment elle allait, une main brûlante posée sur son bras.

Par les fenêtres du véhicule, elle ne voyait rien d'autre que de la poussière.

Dylan.

Elle attrapa la poignée de la portière, défit sa ceinture de sécurité et faillit tomber à l'extérieur du pick-up.

133

Lorcan

La douleur était diffuse mais intense. Il réussit à se redresser sur son unique coude valide, l'autre bras restant gourd et inutile. Une fracture. Il regarda Dylan, étendu dans le sable, en paix. Un spectacle presque idyllique. Mais soudain la réalité vint le frapper en pleine poitrine. Il fit un bond en avant et se précipita à quatre pattes pour s'approcher de son fils. Du coin de l'œil, il vit Naiyana jaillir hors de la Toyota, le visage ensanglanté. Elle s'avança vers eux en titubant, tel un monstre sorti d'un vieux film d'horreur.

Alors qu'il soulevait la tête de Dylan pour la poser sur ses genoux, Naiyana s'agenouilla près de lui.

Lorcan posa la main sur la bouche de son fils. Il ne sentit aucun souffle.

Il reposa la tête de Dylan par terre et se mit à exercer des compressions sur sa poitrine d'une seule main, se rappelant, comme à travers un épais brouillard, la formation aux gestes de premiers secours qu'il avait reçue des années plus tôt. Près de lui, Naiyana criait, appelant son fils, lui caressant le visage.

Lorcan continuait d'appuyer frénétiquement sur la poitrine de Dylan. Son corps tressautait à chaque pression, comme s'il était encore en vie.

Et à chaque fois Lorcan priait pour voir les yeux de son fils s'ouvrir.

Mais il ne pouvait pas le sauver. Dylan était mort.

Lorcan remit la tête de Dylan sur ses genoux, pendant que Naiyana serrait la main de son enfant dans la sienne. Il la regarda. Ils étaient enfin unis à nouveau. Dans la douleur.

Il entendit une portière s'ouvrir derrière eux. Il se retourna et vit Ian sortir du pick-up, le fusil à la main, comme un fermier prêt à achever un chien blessé.

Lorcan ne bougea pas. Son propre fusil n'était qu'à quelques mètres, derrière Naiyana, mais il n'y avait plus aucune connexion entre son cerveau et ses membres. Le seul impératif qui semblait lui déchirer l'intérieur du crâne, c'était de ne pas abandonner Dylan. De ne pas le laisser partir. Les larmes de Naiyana se mirent à couler, ce qui fit naître en Lorcan le vain espoir qu'un déferlement d'amour parviendrait à faire revenir leur fils. Ou peut-être qu'une compétition entre eux, si dérisoire soit-elle, pour savoir qui l'aimait le plus, parviendrait à le ressusciter. Cela préfigurait en tout cas les inévitables accusations qui allaient suivre pour déterminer qui l'avait tué.

Il sentit son chagrin le submerger et se retirer comme une vague, laissant derrière elle un vide que la haine vint remplir aussitôt.

Il regarda Ian, qui restait là, debout, à les fixer.

— Tu l'as tué, dit-il.

Il cherchait à exprimer toute sa rage, mais seul un faible gémissement sortit de sa bouche, car son bras le lançait atrocement.

— Je ne l'ai pas vu, se défendit Ian, d'une voix affaiblie également. Je ne voulais pas.

— C'est toi qui l'as emmené jusqu'ici ! cria Naiyana à Lorcan, d'une voix plus féroce que celle des deux hommes. Pourquoi est-ce que tu t'es enfui ?

— Vous le savez très bien, tous les deux, répondit Lorcan.

Elle le regardait fixement, comme si elle cherchait à lire une réponse dans ses yeux.

— Tu as vu, dit-elle enfin.

Les mots semblaient lui manquer. On aurait dit un moteur en panne, prêt à lâcher.

— J'ai vu Ian, déclara Lorcan, qui serrait les dents en prononçant ce nom. J'ai vu Ian tuer Mike. J'en déduis qu'il a tué Stevie aussi.

— Non, il n'a pas…, commença Naiyana.

Ian hocha la tête, l'air ébranlé.

— Je n'étais pas là. Naiyana peut le confirmer. Mike a dit que c'était toi qui l'avais tué.

— Tu mens. Je t'ai vu tuer Mike, pourquoi tu n'aurais pas tué Stevie aussi ?

Alors que Ian continuait à agiter la tête pour nier en bloc, Lorcan poursuivit.

— Je sais aussi pour vous deux. Donc, ce que je me dis, c'est que Mike et Stevie l'ont découvert comme moi. Il y a eu une bagarre, et tu les as tués tous les deux.

— Non, protesta Ian.

— Qui est-ce que la police croira, à ton avis ?

Il vit Ian lever son fusil. Lorcan savait que son comportement était idiot, étant donné que Ian avait déjà tué quelqu'un. Mais il s'aperçut qu'il s'en foutait. Tout lui était égal, à présent. Seul Dylan comptait pour lui. Son magnifique enfant. Il ferma les yeux et ravala ses larmes. Cette interruption permit à un éclat d'instinct de survie d'étinceler brièvement en lui. Il devait rester en vie. Il le devait à Dylan.

— Mais je n'ai aucune envie d'aller voir les flics, se reprit Lorcan.

— Qu'est-ce que tu veux, alors ? lui demanda Ian.

— On partage l'or. Et chacun repart de son côté.

Il sentait leurs regards braqués sur lui. Comme si Ian et Naiyana cherchaient à évaluer s'il disait la vérité. Était-ce vrai qu'il ne voulait que de l'argent ? La cupidité aurait donc pris le dessus sur la douleur d'avoir vu son fils se faire tuer ?

— Je veux emmener Dylan avec moi et l'enterrer, dit-il.

Naiyana se mit à secouer la tête, serrant plus fort la main de Dylan dans la sienne.

— Tu ne me l'enlèveras pas ! s'écria-t-elle.

— Tu n'as pas le choix. Tu es partie avec le type qui l'a tué. C'est toi qui as décidé ça.

— C'était un accident, répéta Ian, tournant les yeux vers Naiyana comme pour tâcher de la rassurer.

Ian avait l'air réellement bouleversé, mais Lorcan sentit la fureur le submerger.

— C'est ta faute, cracha-t-il à Ian. Et la tienne aussi, dit-il à Naiyana.

Il la regardait dans le blanc des yeux, se tenant à quelques centimètres de son visage, où les larmes avaient laissé des traînées sur ses joues couvertes de sang.

— J'emmène Dylan ! cria-t-il, trouvant la force de hurler au milieu de ce paysage désertique et vide.

Le premier coup de poing ne fut pas très violent, mais il lui fit mal ; les jointures de Naiyana lui firent l'effet d'un couteau, et ses dents s'entrechoquèrent. Un second coup l'atteignit en plein visage. Naiyana avait lâché la main de Dylan et l'attaquait pour de bon. Cherchant à parer ses coups de poing, Lorcan se débattait, à terre, près du corps de son fils, faisant tout son possible pour se défendre malgré son bras estropié. Ils se griffaient et se mordaient dans le sable et la poussière.

Ian continuait de pointer son fusil sur eux.

134

Naiyana

Elle se battit de toutes ses forces. Elle se battit férocement, à la déloyale. Il le fallait. Le sang qui lui coulait dans les yeux l'avait pratiquement aveuglée. Elle s'appuya sur les réflexes et la présence d'esprit que toute cette année passée à affronter les coups durs avait aiguisés en elle. Elle donna des coups de poing et, quand cela ne sembla plus faire la différence, elle griffa. Puis elle mordit. Il ne lui prendrait pas son fils.

Elle entendit Ian leur crier d'arrêter. Mais ils se battaient pour Dylan. Pour tout ce qu'ils avaient traversé. C'était un combat à mort.

Lorcan la frappa au cou et elle sentit soudain tout le côté de son corps s'engourdir. Elle lui lâcha l'épaule.

Il n'y eut pas d'autre coup. Il se contenta de la repousser violemment.

Cela permit à Naiyana d'essuyer un peu du sang qui lui coulait dans les yeux ; on aurait dit de la mélasse, épaisse et piquante. Sa douleur au crâne avait beau l'inciter à abandonner, elle tenta désespérément de se relever. Pour y aller à nouveau. Pour en finir. Sa main effleura quelque chose de dur. De métallique. Le fusil.

Elle s'en empara et se remit debout tant bien que mal. Elle leva l'arme, la pointa sur Lorcan. Sur la masse floue qu'il était maintenant, avec son bras qui pendait le long de son corps. Elle entendait Ian lui hurler de reposer le fusil.

Et Lorcan lui crier que Ian avait tué son enfant.

Il fallait qu'elle mette fin à tout ça.

Elle allait viser la poitrine. Même un tir moyennement précis suffirait.

Elle tâcha d'avoir une position stable, mais elle se rendit compte qu'elle maîtrisait peu ses mouvements, comme si le coup qu'elle avait reçu à la tête avait pulvérisé ses connexions nerveuses. Le sable retint ses pieds tandis que le poids de son corps l'emportait en avant. Elle trébucha et s'écroula de façon pathétique.

De sa main encore valide, Lorcan tenta d'attraper le fusil. Elle essaya de presser la détente, mais il lui arracha l'arme des mains, et elle vit la crosse se retourner et s'abattre sur son front. Nouvelle explosion de douleur. Des étoiles tourbillonnèrent devant ses yeux clos.

Le coup de feu la rendit quasi sourde. Elle tenta d'ouvrir les yeux malgré la douleur, et aperçut Lorcan couché à côté d'elle. Avec un trou béant dans la poitrine, d'où s'échappaient des flots de sang. Elle ouvrit la bouche mais aucun son n'en sortit. Malgré la chaleur torride du soir et le sang épais qui semblait lui brûler les yeux, elle roula sur le dos et se tourna face au soleil, comme si elle cherchait à devenir complètement aveugle.

Ian apparut, flou, dans son champ de vision, au-dessus d'elle. Il avait le fusil entre les mains. Le moment était venu de la tuer. Elle regarda son doigt effleurer la gâchette. Elle essaya de croiser le regard bleu qui l'avait entraînée dans ce désastre.

Pour le supplier. Mais de quoi, au juste ? De l'achever ? De mettre fin à ses souffrances ?

Elle ne trouva pas la réponse à ces questions ; ses paupières papillonnaient, et le monde autour d'elle s'effaça peu à peu, la plongeant dans l'obscurité la plus totale.

135

Naiyana

Elle avait passé la plus grande partie du trajet qui leur avait fait traverser le pays sur la banquette arrière, à lutter contre des accès de migraine, de nausée et de vertiges, mais elle était surtout écrasée par le poids de ce qui s'était passé. Dylan était mort. Lorcan était mort. Elle était en cavale avec leur meurtrier, traînée loin d'eux alors qu'ils gisaient dans le sable. Ian lui avait déclaré son amour tout au long du chemin. Encore et encore. Sans doute parce qu'elle était tout ce qui lui restait. Il reprochait à Lorcan d'avoir mis Dylan en danger. Il reprochait à Lorcan d'être à l'origine de tout cela. De l'avoir poussé à tirer.

Naiyana, elle, ne tenait qu'une seule personne pour responsable. Ian.

Il l'avait emmenée chez lui et dans cette cabane. C'était son refuge, apparemment. Il y restait quelques mois par ans, s'il avait de l'argent. Il l'avait mise en garde contre les moustiques, mais sans préciser à quel point ils étaient nombreux. Ils volaient en nuées, comme un fléau prêt à s'abattre, mais, grâce au répulsif qu'elle avait vaporisé sur tout son corps, elle était comme invisible. Si seulement elle pouvait trouver le moyen d'éloigner Ian. Ou ses souvenirs.

Il était sorti et leur avait acheté des perruques, une noire pour elle, une blonde pour lui. Il gaspillait de l'argent avec ses déguisements alors qu'ils avaient à peine de quoi manger. Les moustiques n'auraient bientôt plus de sang à aspirer.

La perruque ne changea rien. Naiyana se regarda dans le miroir, aveuglée par ce visage familier. Elle était à l'origine de tous ces problèmes, et rien de tout cela n'avait valu la peine d'être vécu. La haine d'elle-même enflait chaque jour, mais ce n'était rien à côté de celle qu'elle avait pour lui. Elle se sentait de plus en plus affaiblie par l'hémorragie et la douleur paralysante d'avoir perdu Dylan. Ian avait tué son enfant, et maintenant elle était coincée avec lui.

Après quelques jours et quelques maigres repas qu'elle s'était forcée à avaler, elle s'était enfin sentie plus forte. Assez forte pour faire ce qu'elle avait à faire.

136

Emmaline

— L'hypothèse la plus probable, c'est que les animaux ont emporté le cadavre de Dylan post mortem. Lorcan était trop lourd, donc ils sont revenus plus tard pour finir de… de le manger, dit Zhao.

Emmaline regardait fixement la cabane. Elle avait espéré retrouver Dylan vivant et en bonne santé. Elle se disait qu'il restait encore une infime lueur d'espoir. Les techniciens de la police scientifique avaient peut-être fait erreur, il s'agissait peut-être du crâne d'un autre enfant.

Elle attendait aux côtés de Liang lorsque celui-ci donna le signal. Deux membres de la brigade spéciale d'intervention d'urgence s'approchèrent sans bruit de la porte du bungalow. Après une brève pause et un décompte silencieux, ils firent irruption dans la cabane en défonçant la porte d'entrée, tandis que deux autres agents y pénétraient par-derrière.

— Ne bougez pas ! crièrent-ils brusquement.

L'injonction fut rapidement suivie d'un « C'est bon ». Pas de coup de feu, pas de mouvement. Les occupants avaient dû être pris par surprise ou devaient être au bout de leurs forces.

Emmaline doubla Liang, qui n'avançait qu'à petites enjambées, et se mit à courir.

Arrivée en haut du perron, elle s'arrêta brusquement et franchit le pas de la porte presque au ralenti, sans savoir ce qu'elle espérait ou s'attendait à voir.

À l'intérieur, l'atmosphère était fétide. Des emballages alimentaires jonchaient le sol, de même que de la gaze médicale usagée, des bandages et des pommades. Dans l'air flottait l'odeur âcre qu'avaient produite deux personnes enfermées dans une petite pièce humide pendant trop longtemps. Ainsi que la puanteur omniprésente du répulsif antimoustiques.

Naiyana était étendue sur une natte de bambou sous une fine couverture. Ses joues étaient creusées, et une expression de désespoir hanté se lisait sur son visage. Près d'elle gisait une masse sombre qu'Emmaline prit d'abord pour un petit animal, mais qui s'avéra être une perruque noire. Une perruque blonde était posée à côté. Quelques mèches maculées de rouge étaient accrochées au cadavre de Ian Kinch. Un fusil et un couteau ensanglanté étaient également par terre, près de la natte.

Naiyana Maguire éclata en sanglots, et les tendons de son cou saillirent tandis qu'elle poussait un cri strident en direction de ceux qui venaient de perturber le lieu où elle attendait la mort.

— Il a tué Dylan !

Inspirant avec difficulté, elle sembla soudain se rendre compte de l'endroit où elle était et de ce qui s'était passé. Elle cligna des paupières, et sa voix se mua en murmure.

— Il fallait que je le tue. Il a tué mon fils…

Emmaline avait un millier de questions à lui poser. Que lui était-il arrivé à Kallayee ? Qu'était-il arrivé à son mari ? À Stevie Amaranga ? À Mike Andrews ? Et que s'était-il passé ensuite ?

Mais Naiyana marmonnait toute seule, semblant près de sombrer sous le poids de son chagrin.

Les secouristes se précipitèrent dans la pièce et passèrent près d'Emmaline avec leur matériel. Ils étaient venus réparer un désastre à jamais irréparable.

Remerciements

Au moment où j'écris ces lignes, le monde entier est confiné, soumis à la crise de la Covid-19. Je l'ai déjà évoqué dans la dédicace, mais je tiens à réitérer mes remerciements à tous les personnels hospitaliers, aux employés de la poste et à ceux des supermarchés, ainsi qu'à chacun des travailleurs essentiels qui s'exposent aux risques afin que nous puissions rester chez nous, à l'abri.

Pour ce qui est du livre lui-même, je dois une nouvelle fois remercier l'Australie-Occidentale, qui m'a inspiré cette histoire – avec une pensée pour le Territoire du Nord et le Queensland, également –, car la majesté et l'infinité de possibles qui se cachent derrière chaque ville, chaque rocher et chaque ravin sont un véritable trésor pour un écrivain.

Les personnes que je souhaite remercier sont les mêmes que pour mon premier roman, mais je tiens à les mentionner à nouveau, car elles méritent tous les honneurs pour m'avoir permis de rester concentré et sain d'esprit en cette période difficile. En premier lieu, il y a ma femme, Harpinder, qui n'hésite jamais à me donner un avis sincère à propos d'une histoire ou d'une intrigue, qui est un modèle de travail acharné, de courage et de talent. Et qui ne m'a pas tué pendant le confinement, alors qu'elle était aux premières loges pour supporter mes plaisanteries lamentables.

Je tiens à remercier ma famille et mes amis, qui, même s'ils sont loin, restent toujours disponibles, à l'autre bout du fil ou par écrans interposés. Merci à mon merveilleux agent, Marilia Savvides, de chez 42 M&P, pour ses conseils avisés quant à ce qui fonctionne ou non, et pour m'avoir soutenu depuis le début. Sans elle, ce livre n'aurait jamais vu le jour. Mon éditrice, Anne Perry, est toujours aussi extraordinaire, pleine de conseils et de bonnes idées ; elle m'a aidé à remodeler ce livre pour en atteindre la meilleure version possible. Kay Gale a relevé les nombreuses et flagrantes erreurs que mes yeux n'avaient pas remarquées. À Kim, Jack, Petros, Rhiannon, Alexandra et Gillian : merci beaucoup pour votre soutien en coulisses. À Bethan, Harriett et Jess : merci pour votre aide, surtout quand je débarque à l'improviste. Merci aussi à Jamie, Breanna, Sharon, Siobhan et à toute l'équipe de S&S Australia, qui ont été si gentils avec moi et m'ont aidé quand j'étais là-bas, l'année dernière, à l'époque où les voyages existaient encore.

Je remercie également tous les lecteurs, tweeters et blogueurs qui prennent le temps de lire tous les livres qui sortent et d'en faire la critique. Ma reconnaissance va aussi à toutes les librairies qui traversent une période difficile en ce moment et où j'espère pouvoir retourner dans un avenir proche.

Enfin, à mes débuts, l'an dernier, je ne connaissais personne dans le monde du roman policier, mais j'ai eu la chance de m'acoquiner avec un groupe d'écrivains merveilleux, les *Criminal Minds*. Ils m'ont aidé à garder le moral pendant ce long et lent processus que représente l'écriture d'un livre, et j'espère pouvoir bientôt les revoir.

C'est à peu près tout. Si j'ai oublié quelqu'un qui mériterait de figurer dans cette dédicace, j'en suis désolé : cela ne résulte pas d'une absence d'efforts de sa part, mais d'une défaillance de ma mémoire. Toutes les erreurs qui pourraient s'être glissées dans ce livre sont également ma faute, et non celle d'un quelconque collaborateur. De cela aussi, je tiens ma mémoire responsable.

Composé et édité par HarperCollins France.

Achevé d'imprimer en février 2021.

CPI
FIRMIN-DIDOT

à Mesnil-sur-l'Estrée (Eure)

Dépôt légal : mars 2021.

Pour limiter l'empreinte environnementale de ses livres, HarperCollins France s'engage à n'utiliser que du papier fabriqué à partir de bois provenant de forêts gérées durablement et de manière responsable.

Imprimé en France